La receta secreta de la señora Quinn

Olivia Ford

Traducción de Laura Rins Calahorra

Papel certificado por el Forest Stewardship Council®

MIXTO
Papel | Apoyando la silvicultura responsable
FSC® C117695

Título original: *Mrs. Quinn's Rise to Fame*

Primera edición: mayo de 2024

Printed in Spain – Impreso en España

ISBN: 978-84-666-7570-3
Depósito legal: B-4469-2024

Compuesto en Llibresimes

Impreso en Black Print CPI Ibérica
Sant Andreu de la Barca (Barcelona)

BS75703

Para la abuela y el abuelo, cuyo amor inspiró esta novela.
Y para Noll, por todo

Mientras que los cuerpos envejecen, las almas no.

DELIA SMITH

Prólogo

Era una noche de diciembre, de las que suelen hacer que te sientas más que a gusto dentro de casa. Sin embargo, esa en concreto no le parecía igual. En el exterior, los árboles se veían frágiles y desprovistos de vida; aquellas extrañas formas retorcidas le recordaban que estaba muy lejos de su hogar. Alcanzó su nuevo libro de recetas, acarició la cubierta azul cobalto, la abrió y ejerció presión sobre el lomo para que no se cerrara solo. Sostuvo el lápiz en suspenso sobre el grueso de páginas inmaculadas y se deleitó con el olor almizclado del papel nuevo.

Receta uno. Tenía que ser su pastel de cumpleaños favorito, aquel con el que se había ganado el reconocimiento de su familia. Escribió el título: Pastel Selva Negra de Jenny, *y se esforzó por trazar líneas y bucles con su mejor caligrafía mientras dividía la página en las secciones* Ingredientes *y* Preparación. *Sintió el tacto húmedo de la manga pastelera llena de nata, la magia de los pulcros rosetones que surgían en espiral de la boquilla. Pensó en el olor acre del cacao en polvo que se agarraba a la garganta si cometías el error de esparcirlo con demasiado entusiasmo y en lo bien que contrastaba con el suave relleno de cereza.*

Volvió la página: receta número dos. Tenía que ser algo más cotidiano, como el día lluvioso que se llenaba de emoción en cuanto aparecía el recipiente donde preparar la mezcla. Rápidamente repasó de memoria sus recetas familiares favoritas y se detuvo al recordar los pastelitos de chocolate crujientes de la abuela Audrey, que habían llegado hasta ella a través de varias generaciones. Los copos de maíz, el cacao y el sirope dorado se derretían y se mezclaban para formar niditos de felicidad masticable. Recordó lo que sentía cuando, de pequeña, alguien sacaba del armario una lata de sirope Lyle's con sus espirales de adorno en verde y dorado y la forma en la que su padre abría la tapa haciendo palanca, como si fuera de un bote de pintura, pegada por hebras de auténtica dulzura sin aditivos. El interior, visto de cerca, te sumergía en un pozo de ámbar, y lamer la cucharilla era, sin duda, el más puro placer terrenal.

La última receta consistiría en un postre navideño, pero ¿cuál elegir? Pensó en pinchar la superficie de las tartaletas con un tenedor y reservar generosas porciones de fruta seca para el postre de Navidad. No importaba que todos los años sucediera exactamente lo mismo, como en una obra de teatro bien ensayada, porque cada vez le producía una sensación nueva y mágica. Sin embargo, ese año las cosas eran diferentes. Todo aquello que solía esperar con tantas ganas entraba en conflicto con el peso que sentía en el corazón. Esperaba que la sonrisa que ahora era forzada volviera a surgir algún día de forma natural.

Mientras hacía rodar el lápiz entre las palmas de las manos, se acordó del tiffin *de su padre. La satisfacción de triturar con el rodillo las sabrosas pastas de té hasta formar migas diminutas de algo completamente nuevo: una mezcla densa y mantecosa de confitura de piel de cítricos, cacao, sirope y uvas pasas.*

Imaginó que un hijo suyo se despertaba la mañana del día de Navidad con la emoción de encontrar un calcetín abultado por los regalos que contenía. ¿Sería capaz de tirar del otro extremo del petardo navideño y dejarlo ganar? ¿U observar su cara de alegría al abrir el paquete que tanto deseaba? Y, lo más importante de todo, ¿lo vería disfrutar del tiffin *de su padre, tal como había hecho ella?*

1

Bizcocho de té y fruta seca

Sesenta años después

Jennifer Quinn no tenía ni idea de que a los setenta y siete años se convertiría en alguien de renombre.

Era una tarde gris de invierno y había resuelto dedicarla a una ocupación simple pero gratificante: hornear un bizcocho de té y fruta seca gracias a una receta que, según sospechaba, tenía más años que ella misma. Esta había hallado refugio bajo la deslucida cubierta del *Curso de cocina completo* de Delia Smith y estaba escrita con la caligrafía de su abuela en una hoja de papel amarillenta que había servido para posar muchas tazas de té, a juzgar por los cercos dorados de diversos diámetros que la manchaban de arriba abajo. «Si no tienes *mantequiya*, usa margarina», había anotado su abuela entre paréntesis, lo cual le recordó los problemas que tuvo con la ortografía durante toda su vida. Es extraño, pensó, cómo las recetas sobreviven a las personas que las han escrito y, sin embargo, es casi como si las devolvieran parcialmente a la vida, como si una diminuta parte de su alma residiera en esas instrucciones.

Echó las pasas dentro del platillo metálico de su balanza de cocina fabricada con hierro fundido, y el contrapeso ascendió hasta alcanzar un frágil equilibrio. Frunció el entrecejo mientras pensaba en la herramienta digital equivalente que Bernard solía sugerirle que adquiriese y se preguntó por qué la sociedad sentía la constante necesidad de arreglar cosas que no estaban rotas.

A continuación rasgó el paquete que contenía las pasas sultanas y se sintió abrumada por un intenso y dulcísimo aroma que le recordó a cuando, de niña, colaboraba en la elaboración del postre de Navidad. Se acordó de los momentos en los que removía la fruta empapada en brandi para mezclarla con la masa densa y granulosa y, cuando su tía no la miraba, robaba cucharaditas furtivas.

—¡Yuju! —exclamó Bernard cuando la puerta de entrada se cerró tras de sí.

Miró el interior de la tetera. El Earl Grey había hervido lo suficiente para dejar su sabor amargo y tenía la superficie cubierta por una ligera película.

—Hola, cariño —la saludó él—. ¿Se ha caído algo ahí dentro?

—No —respondió ella, y bajó la tapa para verter té en abundancia sobre la fruta mientras el vapor le humedecía las mejillas—. Estoy preparando un bizcocho de té y fruta seca. ¿Cómo te ha ido el día?

Él depositó una bolsa de papel sobre la encimera, entre los restos de azúcar y harina.

—Resulta que, a mi edad, me he vuelto asmático —dijo, abriendo un pequeño armario situado por encima de ella, donde guardó una cajita junto al montón de botes de medicamentos—. Me han recetado un inhalador.

Ella se volvió y abrió los ojos con ligero asombro.

—¿Asmático?

—Bueno, o es asma o tengo una enfermedad pulmonar obstructiva crónica. Me han dicho que me cuide.

—Suena a algo grave, ¿no? —preguntó ella, y reparó en su respiración fatigosa y en la frágil curvatura de su espalda bajo el jersey de lana.

—La verdad es que no sería para ponerse a lanzar cohetes, pero espero que el inhalador funcione.

—¿Qué les hace pensar en esa enfermedad?

—Se ve que puede ocurrir cuando envejeces. Creen que

guarda relación con los años que me dediqué a la carpintería, que el serrín me ha dañado los pulmones. En fin, me han aconsejado que me tome las cosas con calma, y yo les he dicho que eso es fácil porque no es que estemos a punto de embarcarnos en ninguna gran aventura, ¿verdad? —Cerró la puerta del armario a la vez que un amago de risa se le atascaba en la garganta—. Les he dicho que a estas alturas nos conformamos con el periódico y las zapatillas.

Ella frunció los labios y asintió con prudencia.

—Nunca agradeceré bastante el privilegio de envejecer juntos —dijo él, y le plantó un beso en la coronilla.

—Ni yo —convino ella mientras depositaba el cuenco de pasas en maceración sobre el alféizar de la ventana, con la esperanza de que crecieran hasta adquirir el grosor de un dedo tras pasar mucho tiempo en remojo.

Solía dejarlo reposar toda la noche, pero ese día tendría que bastar con un par de horas.

—Ahora, si no te importa, voy a echarme una siesta.

—En absoluto —dijo ella a la vez que programaba el temporizador con un movimiento experto, y el silencio amplificó cada uno de los frenéticos tic tacs.

—¡Tu programa está a punto de empezar! —gritó Bernard desde la sala de estar, donde el televisor había distraído un instante su atención del periódico.

—¡Ya voy! —respondió ella mientras rebuscaba dentro del cajón contiguo al horno.

Contenía una mezcla de los objetos de mayor y menor utilidad en una casa, según el punto de vista de quien los mirase. Estaba lleno a rebosar de cosas que la pareja había acumulado durante toda una vida juntos: un juego de destornilladores hallado dentro de un petardo de Navidad en 1995; una concha con ojos de plástico móviles hecha por su sobrina nieta, Poppy; y, lo más importante, el papel antiadherente que estaba buscando. Recubrió el molde a la velocidad del rayo, lo llenó con la mezcla y lo deslizó dentro del horno caliente antes de reunirse con Bernard en la sala de estar.

Las cejas rebeldes del hombre apenas asomaban por encima del periódico mientras movía las desgastadas zapatillas al ritmo de la sintonía de *Britain Bakes*. Siempre se jactaba de que no le importaba lo más mínimo aquel programa y permanecía oculto tras el papel; sin embargo, a menudo lo veía asomar la cara por encima del borde cuando el drama de un merengue derrumbándose captaba su atención.

Esa semana, en la edición especial de Navidad del programa, un elenco de antiguos concursantes debía enfrentarse al reto de preparar un pastel de celebración. Se recogió el fino cabello gris con un pasador y sintió una oleada de incomodidad al ver que el concursante Graham, un camionero afable y simpático, recibía críticas porque su «Papá Noel bajando por la chimenea» estaba demasiado seco. A ella le pareció que se había esforzado por elaborar algo distinto con un exceso de ingredientes. Quienes solían ganar eran aquellos que preparaban un postre conocido pero bien elaborado y con un toque original. Así, resultó que una profesora de Historia llamada Laura recibió el batidor de oro por su nueva versión del clásico pastel de Navidad de chocolate, cereza y almendras. Según el jurado, los sabores eran impresionantes; sin embargo, ella estaba segura de que prefería la versión clásica. Miró a Bernard a la espera de su reacción; pero, al parecer, él estaba de acuerdo, puesto que el periódico le cubría toda la cara y subía y bajaba al ritmo de sus ronquidos de satisfacción.

Cuando aparecieron los créditos, pensó en la proximidad de su septuagésima séptima Navidad, ya que otro año estaba a punto de llegar a su fin. Observó a Bernard mientras dormía; su respiración producía aquel silbido suyo tan característico, una voz de soprano entre los ronquidos de tenor. Dejó vagar la mente y la invadió un pensamiento sombrío: ¿cuántas Navidades más podrían pasar juntos? Le resultaba inconcebible la perspectiva de que Bernard se quedara solo, sentado en su sillón sin que nadie lo despertara para avisarlo de que era hora de irse a la cama. Pensó en la otra posibilidad: que fuese ella quien se quedara sola contemplando el sillón vacío de Bernard, la tapicería de terciopelo oscuro, deformada tras haberse amoldado a su figura, la huella dejada por alguien que ya no estaba en este mundo. Su corazón se llenó de apremio ante su menguante existencia. Experimentó la dolorosa realidad de su edad, de haber llegado a un punto donde los años de vida pasados sumaban muchos más que los que tenía por delante.

Cogió el mando a distancia de al lado del sillón y lo enfocó hacia el televisor como si con ese gesto pudiera también silenciar sus pensamientos, pero justo cuando estaba a punto de apagarlo, un anuncio interrumpió los créditos:

«¿Te gusta hacer pasteles? ¿Tienes la habilidad necesaria para formar parte de la próxima temporada del programa? Haznos llegar tu solicitud mediante el enlace que encontrarás en la página web de *Britain Bakes*».

Se puso en alerta, y el miedo se transformó en fantasía mientras escribía mentalmente titulares del periódico local:

JENNY QUINN, UNA CONCURSANTE DE SETENTA Y SIETE AÑOS PROCEDENTE DE KITTLESHAM GANA EL PREMIO A LA MEJOR PASTELERA DE GRAN BRETAÑA Y DEJA A LOS JUECES MARAVILLADOS CON SU BIZCOCHO DE TÉ.

—¿Ya se ha terminado? —dijo Bernard, que se había despertado con un sobresalto.

—Si, sí... Es hora de irse a la cama —dijo ella, relegando de inmediato aquel pensamiento a un rincón de su mente, como si la hubieran pillado leyendo el diario íntimo de otra persona.

A la mañana siguiente, Jenny se despertó temprano, como de costumbre, y oyó a Bernard silbando en la cocina de la planta baja mientras preparaba una taza de té para cada uno. Era un sonido tan grabado en su mente que se preguntó si estaría allí siempre, aun cuando él ya no estuviera.

Oyó el tintineo de los botes que indicaban que Bernard se estaba tomando las distintas píldoras de su medicación, seguido de unas sonoras vaporizaciones e inspiraciones sibilantes cuando usó su nuevo inhalador. A continuación sonó el rugido del hervidor de agua al alcanzar el punto de ebullición, la ventosa de la puerta de la nevera cuando él la abrió para sacar la leche y el golpe sordo del periódico al aterrizar sobre el felpudo de la puerta. Igual que un reloj, Bernard apareció con dos tazas de Earl Grey y el periódico bajo el brazo; su pelo blanco formaba aquellos bucles alborotados tan queridos por ella y que revelaban que esa noche había dormido bien.

—Buenos días, cariño —dijo él, y retiró las cortinas, de modo que la colcha quedó bañada por la fría luz del invierno.

En el exterior, los árboles se estaban convirtiendo rápidamente en siluetas a medida que se veían despojados de las pocas hojas que quedaban en sus ramas, y los pájaros erizaban las plumas a causa de la baja temperatura.

—He tenido una idea —siguió diciendo, y le brillaron los ojos—. Le haré una casa de muñecas a Poppy como regalo de Navidad, una casa tradicional de la época victoriana. Ya sé que no falta mucho, pero creo que me dará tiempo.

—Qué bonito —opinó ella, y dio un sorbo de té caliente—, pero ¿estás seguro de que te conviene? Sin duda saldrá mucho serrín.

—No creo que me afecte a estas alturas —repuso Bernard.

—Estoy convencida de que le va a encantar —prosiguió ella.

No era la primera vez que pensaba que habría sido un padre maravilloso.

Mientras Bernard se dirigía a la planta baja para iniciar una de sus activas mañanas en el cobertizo, ella recordó las palabras relativas a que ya no les esperaba ninguna aventura, que debían conformarse con llevar una vida sencilla y, a modo de protesta tácita, fue al despacho. Era una habitación pequeña y cuadrada que albergaba todo el correo más soso, aquel que tenía una ventana transparente y una dirección mecanografiada. Lo más importante de aquella sala era un ordenador con la correspondiente impresora que aceleraba un poco los latidos de su corazón cuando se sentaba enfrente, convencida de que la estaba juzgando según su habilidad para usarla.

Al mover el ratón, la máquina cobró vida, como accionada por una multitud de ventiladores cuyo sonido hacía pensar que ser un ordenador era muy duro. En la impresora había unas cuantas hojas abandonadas con el título «Haz tu propia casa de muñecas», y ella sonrió al imaginar a Bernard entusiasmado buscando información sobre su nuevo proyecto. Tecleó con los dos dedos índices «Britain Bakes» en el motor de búsqueda y pulsó el botón de «enviar solicitud».

Examinó brevemente el formulario. Contenía una cantidad abrumadora de preguntas y pedía que se adjuntaran fotografías tanto de ella misma como de sus mejores recetas. Su mirada recayó en la pregunta «¿Por qué cocinas pasteles y para quién?». Se quedó un momento pensativa. Era algo que nunca se había parado a pensar. Cuando la vida se le hacía bola, preparar un pastel era tan sencillo como tener a mano huevos, azúcar, mantequilla y harina. Era lo que más la conectaba con su pasado y con las recetas que acompañaban a algunos de sus recuerdos más queridos. Pensó en los terrones crujientes de la señora Quinn, la madre de Bernard, que consistían en contundentes porciones de arroz inflado con forma cuadrada, tan prácticos y sin pretensiones como ella misma. Las recetas de postres hacían inmortales a algunas de las personas a quienes más adoraba.

La siguiente casilla contenía la pregunta «¿Cuál es tu receta más sorprendente?». Recordó los pasteles de cumpleaños que había preparado para Bernard a lo largo de los años, que siempre estaban en sintonía con su afición más reciente. Uno de sus mayores éxitos había consistido en un coche deportivo de pan de jengibre elaborado ante la imposibilidad de permitirse adquirir el objeto real. ¡Su pastel de boda! Sin duda, esa era la receta de la que más orgullosa se sentía. La había elaborado hacía casi sesenta años y recordaba la gran emoción que la invadió al decorar el borde con glaseado blanco mientras repetía para sí su nuevo nombre una y otra vez: señora Jennifer Quinn. La iglesia de Todos los Santos estaba situada en la cima de una colina, rodeada de prados, y olía a cera de vela, incienso y roble. Su padre la había acompañado hasta el altar donde Bernie, un hombre alto de ojos castaños, la esperaba nervioso con las manos entrelazadas a la espalda y toda la atención puesta en ella y en ese momento tan especial. Su pelo oscuro, casi siempre difícil de domar, lucía bien peinado hacia un lado, lo cual acentuaba sus orejas prominentes, un rasgo del que él se avergonzaba, pero que a ella le inspiraba un gran cariño.

Desvió la atención hacia una sección del formulario donde se pedía que evaluara su habilidad para cocinar galletas, tartas, hojaldres, bizcochos, pasteles, postres en general y... pan. Pero ella jamás había horneado una barra de pan de la que se sintiera satisfecha. De hecho, la última vez que lo intentó le quedó tan salada que incluso los pájaros la habían rechazado, y aun así se consideraba digna de aspirar al puesto de mejor pastelera del Reino Unido. De repente se sintió muy ridícula y le sorprendió cómo había podido imaginarse a sí misma como algo más que una anciana a quien le agradaba preparar pasteles, igual que a millones de mujeres como ella.

Mientras bajaba con el cursor por la pantalla sintió que empezaba a perder la motivación. A sus setenta y siete años, nada más y nada menos, debería contentarse con lo que tenía y, sin embargo, no podía evitar preguntarse qué había conseguido realmente en todo ese tiempo. Dejando de lado a Bernard, ¿qué tenía? Un sentimiento de culpa ascendió por su interior como una voluta de humo mientras lo imaginaba escuchando sus pensamientos, y eso hizo que le repugnara su propia ingratitud.

Se disponía a cerrar el formulario cuando saltaron sus alertas. Al final de la página aparecía la fecha límite, 11 de enero, subrayada y en negrita, como desafiándola. Tres semanas. Cerró la página web, apagó el ordenador y abandonó el despacho a toda prisa. ¿Era una señal o se trataba tan solo de una dolorosa coincidencia?

2

Pan rústico

Los Quinn siempre habían soñado con vivir en Kittlesham cuando se jubilaran. Era un pueblo al que habían ido a parar durante un viaje de vacaciones por la costa, en un verano especialmente caluroso de sus primeros años de matrimonio. El clima constituía el recuerdo principal de ese viaje, excepto por la breve incursión de Bernard en la moda de los pantalones de campana. El lugar, enclavado en el valle del río Huckmere, parecía un territorio virgen descubierto por ellos, como si hubieran entrado en el jardín secreto o atravesado el fondo de un guardarropa, y ambos estuvieron de acuerdo en que era el sitio perfecto donde vivir sus últimos días. Era un pueblo de ensueño con preciosas casas imperfectas y pubs medievales de puertas tan pequeñas que Bernard se veía obligado a agacharse para entrar, aunque cada año lo notaba un poco menos. Incluso la tienda de ultramarinos parecía más bien la despensa de una casa particular; y, a pesar de que los clientes iban cambiando según la época, el establecimiento permanecía inalterado.

Era una mañana fría y se dirigían por la calle principal hacia la iglesia, la cual parecía cubierta de azúcar glas a causa de la escarcha.

—No te resbales —le dijo a Bernard sujetándolo un poco

más fuerte, y sintió el calor de su propia mano rodeada por la de él, unas manos que sufrían a la par la deformidad en los nudillos y las manchas en la piel y que, sin embargo, seguían encajando a la perfección.

—¿Esos son Ann y Fred con un cochecito de bebé? —preguntó Bernard, y una ráfaga de su cálido aliento se disipó en el aire gélido.

Ella vio una masa confusa de abrigos y sombreros que resultaba más vívida a medida que se acercaban.

—Me parece que sí —respondió.

Ann era una mujer pequeña pero matona, con unos ojos penetrantes que destilaban la misma frialdad que sus modales. Se trataba de uno de esos seres desafortunados cuya apariencia a primera vista les acarreaba automáticamente mala fama, y, sin embargo, Jenny le había cogido cariño con los años y la quería aún más por ello. Su lealtad era inquebrantable, y con ella siempre sabías con exactitud qué terreno pisabas. Su marido, Fred, no tomaba decisiones por sí mismo, pero parecía completamente feliz con esa dinámica.

—¡Hola! —exclamó Ann, empujando el cochecito hacia ellos con tal determinación que este empezó a tambalearse con violencia sobre el suelo adoquinado mientras Fred y sus dos nietos la seguían; era como si estuviera empujando un carrito de la compra y ellos tres fuesen algunos de los productos incluidos en su lista.

—Toby, Isabelle, estos son nuestros amigos Jenny y Bernard —dijo la mujer.

Isabelle se escondió al instante detrás de la pierna de Fred y Toby los miró desde abajo con la nariz arrugada por el frío.

—Mucho gusto —saludó Jenny, y vio que Bernard se asomaba al cochecito.

—Es mi hermanita Ellie —anunció Toby con el pecho henchido de orgullo—. Es nueva.

—Enhorabuena —lo felicitó Bernard—. Es preciosa.

—Este fin de semana estamos ocupadísimos, como podéis ver. ¡Nos toca hacer de abuelos! —se excusó Ann.

—Qué bien —dijo Jenny—. ¿De dónde venís?

—De comprar caramelos —dijo la pierna de Fred, que casi tapaba a Isabelle por completo.

Ann puso los ojos en blanco mientras le abrochaba el botón del cuello del abrigo a Toby, de modo que parecía que la prenda llevara al niño y no al revés.

—Fred los ha llevado a la tienda de golosinas y, claro, se han olvidado por completo de la visita al museo.

—¿Cómo estáis? —preguntó Fred un poco más fuerte de lo necesario a causa de su pérdida auditiva.

—Bien, gracias —contestó Jenny—. Bernard se ha pasado toda la semana en el cobertizo construyendo una casa de muñecas para Poppy y yo estoy ocupada preparando postres para Navidad.

—Menudo lujo eso de no tener nunca obligaciones —soltó Ann, sacándose un pañuelo de papel de la manga para enjugarle la nariz a Isabelle con un movimiento hábil—. Con cinco nietos se está ocupado todo el día, ¿verdad, Fred?

Fred esbozó una sonrisa vacua a modo de respuesta válida para todo que había aprendido con el paso de los años.

—Pues será mejor que no os entretengamos más —dijo Jenny, y bajó la vista a la punta del zapato de Bernard para evitar cruzar la mirada con Ann.

—Muy bien. Hasta pronto —se despidió su amiga, e hizo girar el cochecito con movimientos bruscos—. ¡Vamos, Isabelle!

Mientras proseguían su camino, el frío se volvió más penetrante.

—Qué niños tan monos —opinó Bernard, cuyas orejas estaban adoptando un tono rosado muy poco saludable—. Y son todos pelirrojos, incluso el bebé.

—Vamos a entrar aquí —dijo ella, y lo arrastró hacia la tienda—. Necesito harina y levadura.

La cocina se mantenía justo igual que cuando se instalaron en la vivienda y, aunque era pequeña y antigua, resultaba agradablemente familiar. En ella todo ocupaba un lugar concreto, de tal modo que Jenny actuaba como si fuera un coche que nadie más supiera conducir. Los muebles, en otro tiempo nuevos y estilosos, estaban mal alineados debido al peso que soportaban sus bisagras, pero ella sabía bien cómo abrir y cerrar los cajones para que no se salieran de las guías.

Había decidido preparar una de las recetas de pan de su madre porque la había titulado *Receta sencilla de pan rústico*, y acarició su caligrafía con el dedo. Las palabras parecían garabatos trazados a toda prisa, y eso le hizo pensar en la constante carrera a contrarreloj de la mujer, lo cual era, al mismo tiempo, su cualidad más entrañable y su defecto más frustrante. Recordó cómo de niña la arrastraba calle abajo y sus pies apenas rozaban el suelo hasta que la dejaba en la puerta exterior de la escuela diez segundos después de que sonara el timbre que anunciaba el comienzo de las clases. También se había colado mil veces en la última fila de la iglesia durante la misa, conteniendo la respiración para no alertar a nadie de que había llegado a la carrera y, aun así, cinco minutos tarde. Tal vez fuese por los constantes retrasos de su madre por lo que ella gestionaba tan bien el tiempo, y se enorgullecía de ello.

Apretó la masa con los puños para eliminar el aire, y el dolor de los nudillos le recordó su avanzada edad. La pasta elástica se extendió ante sus ojos como si estuviera viva.

—Cuando haya conseguido sacar todo el aire, tendré que dejarla fermentar otra vez —dijo sonriéndole a la ventana como si estuviera frente al jurado de dientes blanquísimos del programa televisivo *Britain Bakes*.

—Al cabo de una hora estará a punto para...

—Cariño, ¿va todo bien?

Bernard asomó la cabeza por la puerta, con cara de preocupación, y provocó que Jenny soltara la masa de golpe, de modo que esta saltó por los aires y se estampó contra las frías baldosas de la cocina con un sonido humillante.

—Santo Dios —exclamó cuando recobró el autocontrol y recogió del suelo aquella bola blanda en un intento de salvarla—. Solo estaba leyendo la receta en voz alta; a veces me ayuda a recordarla.

—Creía que estabas hablando con alguien por la ventana —dijo él, y echó un vistazo para ver si había alguien mientras ella colocaba la masa dentro de un molde para pan—. ¿Vas a meterla en el horno después de que se haya caído al suelo? —preguntó, cada vez más desconcertado por la situación.

—Oye, Bernard, ¿esto qué es, un concurso de preguntas y respuestas? —soltó ella mientras se abanicaba con una vieja manopla de cocina—. Solo quiero ver si la masa sube. Es para probar si me sale bien; no tenemos que comérnoslo.

Él asintió y regresó al cobertizo.

Pasaron dos horas más antes de que el pan estuviera listo, lo cual le supuso cinco horas de actividad que, a diferencia de lo que ocurría con los pasteles, ni siquiera le ofrecían el placer de rebañar el cuenco y aprovechar hasta la última cucharadita de masa. Cuando cortó la barra, las rebanadas cayeron hacia los lados con un ruido sordo. Había quedado apelmazada y seca, y tras probar un bocado tuvo la certeza de que no se comería ninguno más.

—Conque receta sencilla, ¿eh? —dijo en tono burlón, y salió al jardín con la barra bajo el brazo para desmenuzarla sin miramientos y ofrecérsela a los pájaros.

El agua caliente salpicaba las muñecas de Jenny, que frotaba con energía el cuenco de la mezcla a la vez que observaba cómo el sol se escondía detrás de los árboles. De pronto, un mirlo se posó con ligereza sobre la casita para pájaros y empezó a picotear los trozos de pan a ritmo de *staccato*.

—Bueno, por lo menos alguien lo disfruta —dijo Bernard, y retorció un paño de cocina para limpiar el interior de un vaso mientras aguardaba la reacción de su esposa—. Si los pájaros no le hacen ascos, es que estás mejorando.

El mirlo arrojó el trozo de pan al aire y lo desparramó por el suelo para después alejarse dando saltitos por el césped.

—Me parece que has hablado demasiado pronto —respondió ella, y su sonrisa se tiñó de culpabilidad.

Si se planteaba en serio la posibilidad de entrar en el concurso, tenía mucho trabajo por delante, se dijo. De momento, no se lo contaría a nadie; solo se lo diría a Bernard si lo decidía en firme y la aceptaban. Le pareció que era lo lógico. Durante cincuenta y nueve años de matrimonio, esa sería la segunda vez que le escondía algo. Su primer secreto pertenecía a otra vida y estaba encerrado a cal y canto en los confines de su mente, donde pensaba mantenerlo enterrado por los siglos de los siglos.

3

Tronco de chocolate

La celebración de Nochebuena era la excusa perfecta para que Jenny pusiera en práctica las recetas que pensaba incluir en su solicitud para el concurso sin que nadie le cuestionara por qué elaboraba dulces suficientes para cebar a todo el pueblo. Estaba ultimando un tronco de chocolate, una apreciada receta familiar que pertenecía a la difunta hermana de Bernard, Margot. La mujer había sido una gran amante de la vida; lo abrazaba todo y a todo el mundo con tanto entusiasmo que estar en su compañía producía el mismo efecto que caminar bajo el sol. De hecho, una vez Jenny pensó que había vivido con la generosidad propia de alguien que sabe que le será concedido poco tiempo en este mundo. Desde su muerte, ella se ocupaba de seguir con la tradición todos los años en vista de lo mucho que eso significaba para Bernard. Así, Margot siempre estaría presente en sus fiestas navideñas.

Introdujo con cuidado un tenedor en el centro de una lámina de bizcocho de chocolate, y se felicitó en secreto al sacarlo y ver que estaba limpio. Lo apartó para dejar que se enfriara y lo cubrió con un paño de cocina decorado con autorretratos dibujados por los compañeros de párvulos de Poppy. En la ilustración, su sobrina nieta no tenía cuerpo, sino solo una cara grande y eufórica de la que partían los brazos y las piernas, enmarcada por una interpretación abstracta de su media melena. El niño que aparecía junto a Poppy se llamaba Oliver y parecía de una especie distinta por completo: era exageradamente menudo, pero tenía las manos en forma de trébol y no le faltaba ninguna parte vital del cuerpo.

A Jenny le llamó la atención cuánto carácter escondían esos dibujos. Por los detalles, deducía que el pequeño Oliver tenía una personalidad madura y extremadamente observadora. Poppy, que seguía sin vacilar los pasos de su abuela Margot, era muy parlanchina, y su gran cara sonriente con piernas delataba frescura y confianza en sí misma.

Cuando el bizcocho se hubo enfriado, usó una espátula para recubrirlo con una lustrosa capa de chocolate y pequeñas espirales de nata montada, imaginando que era el sándwich más sabroso del mundo. A continuación empezó a enrollarlo muy poco a poco, y contuvo la respiración mientras iba dando forma al bizcocho con el mayor cuidado. Si se rompía sería un desastre, aunque a Margot eso le habría dado igual. Su cuñada le habría dicho que el sabor no variaba y que, con el azúcar glas por encima, nadie se daría cuenta.

—¡Por el amor de Dios! ¿Estás segura de que nos va a caber todo eso en el coche? La casa de muñecas también...

Bernard había entrado en la cocina, donde todas las superficies estaban saturadas de pasteles y el aire conservaba el calor del bizcocho de chocolate. Allí, expuestas sobre sendas rejillas para que se enfriaran, se alineaban todas las recetas favoritas de la familia: tartaletas de fruta seca, pastelitos *tiffin* y los terrones crujientes de la señora Quinn, que siempre hacían su aparición especial en Navidad. Además había algunas novedades poco convencionales, entre las que se encontraba una corona de bizcocho cubierta de bayas glaseadas que parecía recién sacada de la portada de una revista.

—Sí que cabrán, me las pondré en el regazo —repuso Jenny, y se deleitó espolvoreando azúcar glas por encima del tronco de chocolate, que era lo que más le gustaba después de ver nevar de verdad.

—El tronco de chocolate de Margot —dijo Bernard como si le estuviera dando la bienvenida a un viejo amigo.

—No hay Navidad sin él —afirmó Jenny—. ¿Dónde está Ernie?

Abrió el cajón contiguo al horno y rebuscó hasta sacar un elemento decorativo con forma de petirrojo y aspecto más bien descuidado que colocó encima del pastel, con el pico colgando de un hilo.

—Al menos hay alguien a quien los años le sientan peor que a mí —constató Bernard a la vez que encajaba las tapas en los recipientes.

—Espera —exclamó Jenny con falsa espontaneidad—. ¿Te importaría hacer una foto de todo esto, ya que ahora tiene tan buen aspecto?

Él estuvo de acuerdo y desapareció para ir a buscar la cámara al piso de arriba. Cuando volvió, ella había extendido su mejor mantel de cuadros de color rojo y estaba adornando sus creaciones con ramitas de acebo del jardín.

—Menudo festín —dijo Bernard, que se había colocado las gafas en la punta de la nariz y se esforzaba por fijar la vista en la pantalla digital—. Haré una contigo.

Ella se colocó los finos mechones de pelo plateado detrás de las orejas y se aplicó otra capa de pintalabios rosa mientras adoptaba una sonrisa muy poco natural ante la cámara.

—¿Qué tal estoy?

—Preciosa —la alabó él, y miró el reloj—. Bueno, será mejor que nos vayamos. Es posible que con este tráfico tardemos tres horas en llegar.

Tradicionalmente celebraban la Nochebuena con la sobrina de Bernard, Rose, su marido, Jeremy, y sus dos hijos, Poppy y Max. Poppy tenía ocho años, y Max, catorce, y la llegada de los Quinn marcaba para ellos el inicio de las fiestas navideñas.

Bernard colocó y recolocó mil veces las cosas en el maletero del coche y bajó los asientos para tratar de encajar la casa de muñecas entre el equipaje. Cuando lo hubo logrado, cerró el maletero de golpe y se quedó sin aliento.

—¿Has cogido el inhalador? —preguntó Jenny, cuya figura apenas asomaba bajo los recipientes con los pasteles.

—Está en mi maleta —respondió él justo en el momento en el que el motor se ponía en marcha con un rugido—. Dios no quiera que tengamos un accidente, Jenny. ¡Creerían que en el coche viajaba una familia de lionesas!

Mientras avanzaban por la autopista, acompañados por la melodía de los villancicos que sonaban en la radio, Jenny observó el interior de los coches cercanos con pasajeros que se dirigían a sus diversas celebraciones de Nochebuena. Vio a un caballero de semblante preocupado a quien imaginó que, en pleno momento de pánico, habían enviado en busca de la mantequilla de brandi para el postre. No podían hacerse una idea de lo fácil que era elaborarla y lo deliciosa que resultaba la receta casera. En la parte trasera de un coche familiar viajaban dos niños pequeños que miraban el cielo del anochecer en busca del primer atisbo de Papá Noel. Uno de ellos se volvió y, con la nariz pegada al cristal, señaló el coche de los Quinn. Por un momento, Jenny se preguntó si el pequeño la había confundido con alguien, pero enseguida se dio cuenta de que quien había captado su atención era Morris: el pequeño oso de aspecto cansado colocado en una esquina del salpicadero.

Morris tenía dos ojos de cristal, uno de los cuales colgaba de un hilo y miraba en otra dirección, y algunas calvas en zonas que antes estaban cubiertas de suave felpa. Había vivido en todos sus coches, pero le habían puesto el nombre del primero, un Morris Minor 1000. Recordó cuando lo compraron, el día en que Bernard cumplía veinticinco años, y su sonrisa radiante al acariciar la capota abovedada de color huevo de pato. Al principio ella se había mostrado reacia por el gran desembolso que suponía, pero fue imposible disuadir a Bernard, quien había estado ahorrando su salario durante meses. «Piensa en todas las aventuras que viviremos con él», le había dicho, y no se equivocaba.

Posó la mirada alternativamente en Morris y en Bernard, que estaba concentrado en la carretera. Las arrugas de las comisuras de sus ojos y alrededor de su boca revelaban que era un hombre de buen talante, un hombre que reía. Admiró aquellas pestañas pobladas tan poco comunes que llevaba medio siglo deseando y pensó en las horas que había pasado sentada a su lado mientras conducía. A veces hablaban; otras, disfrutaban del silencio y de la compañía mutua. No se imaginaba la vida sin él.

4

Una tartaleta de fruta seca, media zanahoria y un poquito de jerez

Jenny estaba sentada en un taburete, con el delantal de su madre doblado alrededor de la cintura para no arrastrarlo por el suelo mientras ella observaba cómo cortaba la manteca de cerdo y la margarina a daditos y, en silencio, los sumergía dentro de la harina.

—Tienes que frotar las dos cosas juntas; así —le indicó su madre a la vez que se quitaba los anillos y los colocaba en equilibrio sobre el alféizar. Tenía escamas de jabón Sunlight bajo las uñas tras haberlo arañado para hacer la colada.

Se situó de pie detrás de su hija y empezó a cantar mientras sostenía los daditos de grasa y la harina entre las palmas de las manos: «O come let us adore Him, O come let us adore Him...». *Luego empezó a frotárselas como si tuviera frío y la mezcla fue cayendo igual que unos copos de nieve.* «O come let us adore Him, Christ the Lord».

Jenny asintió. La suave tela de la falda plisada de su madre le rozaba el dorso de las piernas. Intentaba imitar lo que ella acababa de hacer, pero sus pequeñas manos resultaban mucho menos eficaces.

—Eso es —la animó su madre antes de colocarle con suavidad el pelo detrás de las orejas y plantarle un beso en la co-

ronilla—. Debes tener paciencia; al final parecerán migas de pan.

La grasa se aferraba a sus dedos, de modo que la obligaba a parar para arrancársela como si fueran un par de guantes, y a continuación volvía a introducirla en el cuenco y proseguía. Había algo muy placentero en el hecho de usar las manos, en el cosquilleo producido por la harina al colarse entre sus dedos.

Su madre dio un grito ahogado.

—¡Son las dos! —exclamó, y se inclinó sobre la mezcla para terminar con el último dadito a la velocidad del rayo antes de añadir un poco de agua fría a la masa—. Le he prometido a la abuela que a esta hora estaríamos en su casa; no sé cómo ha podido pasar el tiempo tan deprisa.

Lo mezcló todo con ayuda de un cuchillo mientras el cuerpo se movía al compás del medallón que le golpeaba el pecho. A continuación formó una bola con sus delicadas manos, cubrió la tabla de amasar con harina y colocó la bola en el centro.

—Ahora tienes que aplanarla hasta que mida medio centímetro más o menos —dijo, mostrándole el grosor con los dedos, y le entregó el rodillo.

Jenny colocó cada mano en un extremo y presionó la masa con él sirviéndose de todas sus fuerzas para moverlo adelante y atrás, pero lo único que consiguió fue hundirla mucho en el centro.

—Por eso yo utilizo la mitad de la manteca —dijo su madre, y apoyó las manos con suavidad sobre las de Jenny para ejercer un poco más de fuerza—. Es más fácil de amasar.

Por fin la pasta obtuvo el aspecto de una lámina fría y suave. Sin poder resistirse, la niña la acarició y la harina le cubrió las puntas de los dedos.

—Ahora viene lo mejor —dijo su madre. Colocó un cortador sobre la lámina y empezó a dejar suaves hendiduras en la masa—. Tienes que marcar tantas formas como sea posible, hay que conseguir que queden bien cortadas y muy juntas.

Jenny ejerció presión sobre la masa hasta que el cortador se hundió y tocó la tabla. Después golpeó la pulcra forma con los dedos para extraerla y admiró su simetría sobre la palma de la mano.

—Muy bien —alabó su madre.

Al final, lo único que quedó sobre la tabla fue un hilo de la masa sobrante. Su madre se apresuró a formar con él una bola y repitió el proceso hasta que solo quedó un trocito del tamaño de un dado.

—¿Me lo puedo comer? —dijo Jenny.

Su madre asintió, y al hacerlo se le formó un hoyuelo en la mejilla derecha.

—No está muy dulce, ¿verdad?

—No —convino Jenny, aplastando la masa viscosa contra el paladar—. Pero me gusta.

Fueron ajustando las circunferencias a los moldes, presionando en los rincones, y luego les añadieron una cucharadita de fruta seca especiada.

—¿Quieres saber un secreto? —preguntó su madre, y se acercó tanto que Jenny notó el olor de su perfume—. Si alguna se queda con poco relleno, coloco una fina capa de pasta de almendra antes de cubrirlas. Por eso a tu padre le encantan.

Jenny pintó la circunferencia con agua y ajustó una capa de masa encima, con lo cual se formó un pulcro montículo en el centro que su madre pinchó con un tenedor. Estaba empezando a desanimarse porque habían terminado cuando descubrió una circunferencia sobrante.

—Si te das prisa, aún puedes hacer una tartaleta de fresa —le dijo su madre mientras sacaba la mermelada de la alacena.

—Creo que se la guardaré a Papá Noel —decidió Jenny—. Seguramente ya habrá comido muchas de fruta seca.

Su madre colocó las tartaletas dentro del horno ya caliente y Jenny se sentó con la espalda apoyada en él. Sus mejillas adoptaron un tono escarlata a la vez que un dulce aroma llenaba la casa.

—Mamá —empezó a decir Jenny con la frente arrugada por la preocupación—, ¿este año habrá mensaje de Navidad, aunque no tengamos rey?

—Supongo que lo pronunciará Isabel, que ahora es nuestra

reina —explicó la mujer—. Oye, cosita linda, ¿quieres un poquito de mermelada?

A Jenny se le iluminó la cara cuando su madre le tendió la cucharilla como si fuera un pirulí. La apretó contra la lengua y saboreó el dulzor de la fresa. No había nadie en el mundo más feliz.

La luna brillaba en contraste con el cielo nocturno, y se sentaron alrededor del fuego con bandejas de jamón cocido, huevos a la escocesa y ensalada Waldorf mientras daban sorbitos de sus copas de vino caliente y reían y charlaban irradiando una alegría que solo se sentía en Nochebuena.

Un olor a tierra impregnaba la sala gracias al abeto que se erguía con orgullo junto a la ventana, vestido con recuerdos que narraban la historia de la familia. Exhibía viejos elementos decorativos de los años cuarenta que habían pertenecido a Margot: bolas de colores pastel con ranuras doradas que parecían haber tomado la forma de un exprimidor de cítricos. También tenía una estrella hecha con pasta de sal y colgada con una cinta roja que Poppy había decorado con generosas pinceladas de pintura metalizada y en cuyo dorso había grabado sus iniciales. En una de las ramas más bajas descansaba un muñeco de nieve de papel crespón, destartalado pero valiosísimo, probablemente adornado con las bolitas de algodón que Rose usaba para retirarse el maquillaje.

Jeremy le estaba hablando a Bernard de sus escapadas en bicicleta. Era un hombre nervudo y extremadamente activo que se pasaba la semana ejerciendo de abogado; pero los fines de semana se vestía de licra y salía al monte, donde sus piernas de pistón lo impulsaban por carreteras serpenteantes y cuestas imposibles. Poppy se removía con entusiasmo e intentaba que Bernard dejara de atender a su padre para poder acaparar su atención, con interrupciones del estilo: «Tío Bernie, ¿te gustaría venir a ver mi cuarto?».

Jenny comprendía por qué Poppy lo quería tanto. Tenía una forma maravillosa de conectar con los niños porque los trataba como a iguales. Nunca les hablaba en tono condescendiente ni fingía un entusiasmo exagerado, ni tampoco hacía comentarios sobre su apariencia. En vez de eso, los escuchaba de forma igual de sincera que a un adulto.

Mientras Poppy guiaba a Bernard por la casa como si estuviera paseando a un perro labrador obediente y cansado, Rose intentaba convencer a Max para que entablara una conversación. Al parecer, desde las anteriores Navidades, el chico se había transformado en un auténtico adolescente.

—Cuéntale a la tía Jenny lo del premio que has ganado en la escuela —dijo, colocándose un mechón de su pelo grueso y rubio detrás de la oreja, aunque se soltó al instante con el envidiable vigor del pelo de los Quinn.

Max balanceaba una rodilla arriba y abajo a la vez que evitaba el contacto visual con tanto empeño que habría dado igual que estuviera desnuda delante de él.

—He ganado el premio a la nota más alta de Matemáticas de este curso —dijo como si hubiera cometido un delito castigado con la pena de muerte.

Jenny se sorprendió en silencio de que la voz del chico hubiera adquirido un tono nuevo y extraño, igual que una trompeta tocando una nota equivocada.

—Eso es estupendo, Max —dijo, y le vino a la cabeza su imagen de pequeño, sentado en un taburete de su cocina, donde hacía robots de galleta con restos de masa mientras ella preparaba tartaletas de fresa—. Entonces ¿te gusta ir a la escuela?

Max se retiró la mata de pelo de la frente y se sacó el móvil del bolsillo con disimulo.

—No está mal —dijo, sonriéndole a algo en la pantalla antes de responder a la velocidad del rayo.

—Pronto tendrá que elegir las asignaturas para el certificado de secundaria —añadió Rose, que se disputaba su atención—. ¿Verdad, Max?

Él asintió.

—Historia, Tecnología musical, Español y Fotografía.

—¿Fotografía? —se extrañó Rose, y se incorporó un poco en el asiento—. ¿Desde cuándo?

—Desde que mis amigos han decidido…

—¡No tendrías que basar tu futuro en lo que decidan tus amigos!

—Así que español —la interrumpió Jenny mientras observaba cómo Max hurgaba en lo que quedaba de sus uñas—. Qué lengua tan bonita. Será muy motivador tener asignaturas diferentes.

—Pues sí —dijo Max sin dejar de mirar por debajo del flequillo a su madre como si quisiera fulminarla. En su labio superior se apreciaba la sombra de un bigote incipiente.

Jenny había visto a Rose convertirse en madre como si fuera la cosa más natural del mundo. Hubo Navidades en las que preparaba la cena de Nochebuena con Max colgado de su pierna a la vez que llevaba a un bebé diminuto arropado debajo de su jersey. Hubo momentos en los que se sacaba un colín de pan del bolso como si fuese una varita mágica y lo usaba como medio para distraer a Max cuando este estaba al borde de las lágrimas, o hacía aparecer de la nada un cuaderno de pintar para negociar algo mientras intentaba disfrutar de una comida. Jenny se preguntaba si todo el mundo desarrollaba esas habilidades con tanta facilidad, y si Jeremy quería más a Rose por ello.

Después de cenar llegó el momento que todos habían estado esperando: el descubrimiento del postre de Nochebuena de Jenny. Los ojos de Poppy se iluminaron y empezó a dar palmaditas cual foca entusiasmada al ver el *tiffin*. Jenny sintió una cálida oleada de satisfacción mientras observaba a Poppy atacando al postre: mordisqueó la galleta para dejar solo la suave cobertura de chocolate y saboreó hasta el último bocado.

—Este año has preparado más postres que nunca. ¡Nos durarán varias semanas! —aseguró Jeremy, que lo devoraba todo con los ojos.

—Ay, mira —exclamó Rose con la mano inmóvil sobre el tronco de chocolate—. Poppy, Max, este era el postre favorito de vuestra abuela Margot.

—Qué bueno —dijo Max a la vez que se servía una generosa porción y se la zampaba como si fuera la primera vez que probaba el dulce, sin apenas pararse a respirar.

—Eres la mejor pastelera del mundo, tía Jenny —afirmó Poppy con los dientes manchados de chocolate.

—Hacer pasteles es su superpoder —repuso Bernard.

Jenny miró dentro del gran frigorífico americano. Aquella cocina era el polo opuesto a la suya; todo líneas rectas y puntos de luz sin nada que colgara de las bisagras ni se saliera de las guías.

—¿Hace falta un vaso de leche? —preguntó Poppy mientras sacaba una zanahoria del cajón de las verduras—. A lo mejor cuando llegue tiene sed.

—Creo que preferirá una copita de jerez —dijo Bernard, mal sentado en un taburete de la isla de la cocina que no se asemejaba en nada a su sillón tapizado de terciopelo—. ¿A ti qué te parece, cariño?

—Estoy de acuerdo contigo —repuso Jenny—. Todo el mundo le dejará leche.

Acompañó a Poppy junto a la chimenea mientras se deleitaba con aquella inocencia mágica que hacía que se lo creyera todo a pies juntillas y, a continuación, retiró la tapa de la bandeja de las tartaletas de fruta seca, lo que levantó una nube de azúcar glas. Observó cómo Poppy detenía la mano encima de todos y cada uno de los pastelitos, evaluándolos, antes de, por fin, elegir uno.

—Estos pastelitos tienen un ingrediente secreto, así que estoy segura de que le gustarán.

—¿Qué es? —preguntó Poppy en el momento en que Bernard aparecía con una copita de jerez.

—Tienen una capa de pasta de almendras debajo de la masa que los recubre. No hay punto de comparación.

—¿Estáis despiertos? —preguntó Poppy asomándose por una rendija de la puerta, susurrando, pero con intención de despertarlos.

—Aún estábamos durmiendo, Pops —repuso Jenny, y miró el reloj con los ojos pegajosos.

Las 5.45 de la mañana. Era demasiado temprano incluso para Bernard.

—Feliz Navidad, cariño —dijo él con voz muy ronca, y estiró el brazo para coger las gafas—. Creo que será mejor que nos levantemos ya.

Jenny se cubrió con la bata y bajó la escalera detrás de Poppy, con Bernard, Rose y Jeremy siguiéndolas medio dormidos e interpretando una pésima ejecución de la conga. Al parecer, Max había llegado a esa edad en la que el deseo de quedarse un rato extra en la cama pesaba más que la emoción de sacar un regalo del calcetín con la primera luz del alba. Fuera aún estaba oscuro y en el ambiente flotaba una neblina gélida que brillaba bajo la luz de las farolas. A sus setenta y siete años, Jenny aún sentía la emoción de ese día, como si en la mañana del día de Navidad se obrara una especie de magia que convertía a cada cosa en la mejor versión de sí misma.

Poppy se detuvo en la puerta de la sala de estar. Dio media vuelta, con la mirada llena de entusiasmo e impaciencia.

—¿Entro? —preguntó.

Ellos asintieron y la niña abrió la puerta. En el ambiente se apreciaba la calidez del olor a pino y tan solo la luz del árbol de Navidad, bajo el cual sobresalían coloridos paquetes de formas intrigantes. Dentro del hueco de la chimenea había un gran bulto cubierto con una manta de cuadros, demasiado grande para encajarlo en el calcetín que colgaba a su lado.

—¡Ha venido! —constató Poppy, y corrió hacia la forma misteriosa.

Jenny observó a Bernard en el momento en que la niña retiró la manta; le brillaban los ojos detrás de aquellas gafas que reflejaban un millar de lucecitas.

—¡Una casa de muñecas! —exclamó, y miró dentro de las habitaciones diminutas que olían a pintura fresca y virutas de madera.

Era una casita de estilo victoriano con los marcos de las ventanas blancos y un tejado que podía abrirse para dejar al descubierto los pequeños dormitorios del ático.

Bernard buscó el interruptor, encendió de una vez todas las diminutas luces del techo y la casita cobró vida. Poppy saltó con regocijo ante aquel pequeño mundo suyo donde todo estaba a punto para recibir a los habitantes que, a sus ojos, eran tan reales como Papá Noel.

—Margot Manor —dijo, señalando el cartel de la puerta de entrada, pintado a mano.

Rose y Jeremy se acercaron y se apiñaron alrededor de la niña para leer el cartel.

—Gracias, Papá Noel —dijo Rose mirando a Bernard, y se llevó la mano al corazón como para mostrarle que se sentía plena.

5

Pastel de Navidad

Entre un remolino de calzado y abrigos de invierno, Jeremy intentó sacar a la familia de casa para dar un paseo anunciando la hora a cada rato. En cualquier otro momento del año, eso no habría supuesto ningún alboroto, pero ese día era 26 de diciembre, y eso implicaba todo un acontecimiento. Rose envolvió varias porciones de pastel de Navidad con papel de aluminio y preparó un termo de té mientras Max buscaba sin demasiado entusiasmo los calcetines largos que siempre se ponía con las botas de agua pero que habían desaparecido junto con estas.

—Me parece que no podré ir con vosotros —dijo echándose el pelo hacia un lado y dejando al descubierto sus ojos, lo cual ocurría pocas veces. Ese día los tenía hinchados por la falta de sueño—. No encuentro los calcetines.

—No seas ridículo, ponte un par de los míos —dijo Jeremy, y le lanzó el recambio enrollado en una bola que recorrió el recibidor de punta a punta y que obligó a Max a seguir su trayectoria, contrariado.

Al final consiguieron salir. Las briznas de hierba congeladas crujían bajo sus pies y se vieron obligados a sorberse la nariz ante la primera ráfaga de aire frío de la mañana. Jenny se volvió a mirar a Bernard, que caminaba de la mano con Poppy mientras le hablaba de los poderes secretos de la acedera a la hora de aliviar el picor provocado por las ortigas. Allí, rodeados de la familia, Jenny recordó lo mucho que Bernard disfrutaba al formar parte de una piña y, sin embargo, había tenido que conformarse con vivir la vida en pareja.

—¿Sabes? Me acuerdo de que el tío Bernard me explicó eso mismo cuando yo era pequeña —dijo Rose—. Fue durante una de nuestras acampadas de vacaciones.

—¿Te acuerdas de aquellas vacaciones? —preguntó Jenny.

—Claro que sí. —Rose dio palmadas con las manos cubiertas por los guantes—. Forman parte de mis mejores recuerdos. El helado, los partidos de críquet en la playa, los cucuruchos de *fish and chips*...

Jenny pensó en los años en los que se habían llevado a Rose de acampada durante las vacaciones de verano con la intención de concederles un respiro a Margot y a John, pero, sobre todo, porque les gustaba hacerlo. Llenaba el coche a tope con latas de galletas, botes de sopa, pan, alubias al horno... Bernard siempre bromeaba afectuosamente diciendo que tenían la previsión de estar fuera seis días, no seis meses. Se acordó de ellos tres por la noche, a cobijo de la lona, escuchando el ulular de los búhos y el crujido de los árboles, y de cómo Bernard lograba convencer a Rose de que había visto lo que él llamaba «un hada del mar», lo cual ella recibía con gran entusiasmo. Por la mañana, dentro de la tienda, casi siempre aparecía alguna concha oculta que el hada se había dejado olvidada.

—¿Y te acuerdas del año de las tormentas? —prosiguió Rose, cubriéndose la boca con la mano al revivirlo—. ¿Y de que se nos colaba el agua en la tienda?

—¡Sí! —afirmó Jenny—. Terminamos durmiendo en el coche, ¿verdad?

Rose asintió.

—Pero el tío Bernie se quedó en la tienda para dejarnos más espacio.

Caminaron un rato en silencio, enfrascadas en sus recuerdos individuales mientras iban sincronizando el paso.

—¿Qué propósitos tienes para el próximo año? —preguntó Rose.

Jenny pensó en la fecha límite para enviar la solicitud, y el atisbo de emoción quedó rápidamente sofocado por la fecha: 11 de enero.

—No lo sé, la verdad... —dijo, y se alegró de que estuvieran caminando y no se le viera la cara—, aunque a Bernard y a mí nos espera un gran año. En octubre celebramos las bodas de diamante.

—Claro —dijo Rose, balanceando los brazos—. ¿Vais a dar una fiesta?

—Supongo que algo haremos, pero primero tiene que llegar la fecha.

Rose se echó a reír.

—Si habéis conseguido pasar juntos cincuenta y nueve años, seguro que podréis resistir unos meses más.

Jenny no quiso sacarla de su error por miedo a parecer macabra.

—¿Y tú? ¿Tienes previsto algo importante?

—Creo que estaré bastante centrada en el trabajo —dijo Rose, cuyas botas de agua tenían la puntera mojada y brillante—. Este año, si todo va bien, me harán socia de la empresa.

—Es estupendo —se alegró Jenny, y se sacó un pañuelo de papel roto de la manga para sonarse la nariz—. Cruzaré los dedos por ti, aunque seguro que no necesitas que te desee suerte.

—Gracias —respondió la chica—. Lo que más me preocupa de ascender es si sabré encontrar un verdadero equilibrio entre asumir retos y estar presente para Poppy y Max.

Jenny asintió como si lo entendiera.

—A veces pienso que Poppy es aún muy pequeña y que Max me necesita más de lo que está dispuesto a reconocer, sobre todo ahora que se acercan los exámenes.

Jenny buscó algún sabio consejo que darle, alguna experiencia en la que basarse, pero en vez de eso notó que se hacía más y más pequeña y que la atenazaba cierto sentido de inferioridad.

—Nunca he sido todo lo que tú eres —soltó ante la necesidad de decir algo—, así que seguramente mis ideas no te servirán de mucho, pero tienes dos hijos preciosos y una carrera brillante, de manera que confía en tu instinto. Gracias a él has llegado hasta aquí.

Se volvió a mirar a Bernard y a Poppy, que en la distancia estaban inclinados sobre una verja para examinar la madriguera de un topo.

—Gracias por dejarnos disfrutar de tu familia, Rose.

—Tía Jenny —empezó a decir ella, y le acarició el brazo con la mano enguantada—, ya sabes que nos consideramos más que afortunados por poder contar con vosotros.

—¡Esperad! —grito Jeremy, y agitó la mano derecha en el aire a la vez que les daba alcance—. Me parece que tendríamos que aminorar un poco la marcha; a Bernard le está costando seguirnos.

—Ya me he dado cuenta de que está un poco más delicado que la última vez que lo vimos —dijo Rose, y bajó la voz a la vez que unas arrugas le surcaban la frente—. Tiene ochenta y dos años, Jeremy. Creo que debería haber ido por el otro camino, el más corto.

Jenny sintió una punzada en el pecho. Las palabras de Rose encerraban una dolorosa verdad.

—¿Por qué hemos parado? —dijo Max caminando en su dirección con las manos muy hundidas en los bolsillos, de manera que daba la impresión de estar encorvado de forma permanente.

—Solo estamos esperando a que llegue el tío Bernie —explicó Rose—. Así podremos caminar todos juntos.

Cuando Bernard se acercó, tenía la respiración fatigosa.

—¿Estás bien, cariño? —le preguntó Jenny mientras lo observaba buscar un tocón.

—Sí —repuso él, y apartó la mirada para distraer la atención de sí.

A continuación sacó el inhalador del bolsillo y se lo llevó a la boca. El pecho le subía y le bajaba con tanta agitación que sonaba igual que un acordeón humano.

—¡El tío Bernie tiene un inhalador! —exclamó Poppy, y su entusiasmo casi alcanzaba el nivel del de la mañana de Navidad—. Me muero por un inhalador... Mi amiga Jessica tiene uno.

—¿Hacemos una pausa para tomar el té? —propuso Rose, y todos se mostraron de acuerdo sin dudarlo y se sentaron en torno al tocón mientras observaban los campos que los rodeaban—. ¿Quién quiere un trozo de pastel de Navidad? —añadió a la vez que se esforzaba por desenvolverlo con los guantes puestos sin rendirse, como si se tratara de algún desafío de un juego de mesa.

—Tía Jenny —dijo Poppy, tirándole del brazo a la vez que señalaba algo entre los árboles.

Cuando oteó el horizonte, vio emerger a un ciervo que lucía su enrevesada cornamenta como si fuera una corona sobre su cabeza. Observaba entre la niebla de diciembre como una criatura mitológica, y los excursionistas, uno a uno, se pararon en seco. La multitud de personas que lo observaban fue en aumento, y también la manada, cuya elegancia ponía de manifiesto la torpeza de los humanos, que los miraban como imbéciles envueltos con abrigos y bufandas. Dos grupos de especies diferentes que se observaban mutuamente con absoluta admiración.

Jenny se distrajo con un niño pequeño que formaba parte de la multitud. No tenía más de dos años y su delicado pelo se curvaba hacia un mismo punto de su nuca.

Rose al final consiguió desenvolver el pastel y repartirlo entre los miembros del grupo. Le pasaron el termo con el té humeante, pero Jenny lo rechazó con amabilidad. Todo lo que se servía de un termo tenía un sabor ligeramente salado, como si la sopa que un día contuvo hubiera dejado un residuo permanente.

El pequeño avanzaba con paso inseguro hacia la multitud e iba adquiriendo velocidad como un coche sin control. Examinó el lenguaje corporal de los excursionistas cercanos para intentar deducir quiénes eran sus padres.

—Está delicioso, Rose —dijo Bernard alabando el pastel, y eso le recordó que tenía que probarlo.

Al instante supo que Bernard solo había querido ser amable. De hecho, el pastel estaba demasiado cocido. El borde exterior aparecía quemado y el centro se desmoronaba como si fueran terrones de arena mojada. Pero lo peor no era que estuviese reseco; lo peor era la desagradable sorpresa de las pasas de corinto, cuya textura arenosa crujía entre los dientes.

—Gracias, tío Bernie. Es la receta infalible de mamá —dijo

Rose, y Jenny sintió una punzada de culpabilidad. Menos mal que los pensamientos no se oían en voz alta.

—Solo me gusta la capa de arriba —dijo Poppy, tras lo cual separó la capa de glaseado y la mordió como si fuera tiza.

—Qué poco amable, Poppy. Tu madre se ha esforzado mucho para hacer este pastel —repuso Rose con las cejas arqueadas.

El niño pequeño se había apartado de la multitud e iba directo hacia el ciervo, cuya presencia se volvió, de repente, amenazadora por la altura de las cornamentas que se elevaban sobre él. Jenny oyó los fuertes latidos de su corazón al ver que el niño avanzaba más y más deprisa, como si el peligro tuviera un campo magnético propio.

—Yo me comeré tu parte, Pops —dijo Max, que extendió la mano y se zampó de golpe su trozo.

Sin previo aviso, salió corriendo detrás del pequeño. Su mente apenas asimilaba lo que sus piernas habían decidido hacer. Cuando estuvo más cerca, estiró el brazo para alcanzar la punta de la capucha y, al aferrarla, el niño cayó de culo.

Pasaron tres segundos antes de que emitiera un llanto desgarrador.

—Lo siento —se disculpó en voz baja mientras él la miraba. Era un pequeño extraño con unos ojos verdes que no conocía de nada y una costra amarilla alrededor de la nariz.

El niño recobró el aliento con sonoras bocanadas, pero pronto guardó silencio mientras se miraban, ambos igual de desconcertados por lo que acababa de ocurrir.

—No debería haberle tirado de la capucha, podría haberlo estrangulado —le espetó la madre a la vez que aupaba al niño sobre su cadera y este retomaba el llanto.

—Lo siento —dijo, y se retiró con la mirada fija en el suelo y la esperanza de volverse invisible.

Cuando regresó junto al grupo, notaba las mejillas ardiendo.

—Bien hecho, Jenny. Nunca te había visto actuar tan deprisa —dijo Bernard con una risita.

—Bueno, me alegro de que te hayas divertido —le soltó ella, y el grupo quedó sumido en un silencio incómodo.

Mientras regresaban, cruzando los prados y manteniendo conversaciones de cortesía, Jenny solo anhelaba volver a casa y esconder esa parte de sí misma que había dejado ver.

Un profundo color añil teñía el cielo, y los reflectores brillaban como los platos de una balanza en la carretera que se extendía ante ellos de regreso a Kittlesham tras haber puesto fin a otra Navidad.

Sus pensamientos quedaron amplificados a causa del silencio del coche, y varios fragmentos de ese día fueron apareciendo en su mente: la mirada sobresaltada del niño; la furia que observó en la de su madre. Se acordó de que Bernard se había quedado rezagado durante la excursión, y de cómo las palabras de Rose le atenazaron el corazón al confirmar su temor. Llegados a ese punto, cada nuevo día era un regalo del cielo.

Se volvió hacia él, abrumada por el súbito impulso de contarle lo del concurso, lo de sus ganas de algo más; pero mientras ella se debatía al borde de la sinceridad, él respiró profundamente y empezó a silbar. La culpa la sumió en el silencio. ¿Por qué no le ocurría igual que a él y se contentaba con una vida más simple? Pensó en lo que le había dicho a Rose: «Confía en tu instinto. Gracias a él has llegado hasta aquí». Y, sin embargo, ella nunca se aplicaba su propio consejo. Apretó los puños para desterrar las voces de su mente. El tiempo se le escapaba, y la sensación de que estaba llegando a su fin le agitaba el pecho y le aprisionaba los huesos.

Era ahora o nunca. Tenía que lanzarse a por ello.

6

Tarta de merengue al limón

Jenny solía pensar que el mes de enero era el peor del año. La emoción de la Navidad había terminado y, al mismo tiempo, la expectativa de la primavera quedaba todavía muy lejana. Con todo, ese año se presentaba distinto; tenía una fecha marcada en el calendario.

Se le hizo la boca agua ante la idea del relleno de intenso sabor cítrico, firme como la crema inglesa fría y endulzado por los ingrávidos remolinos de merengue. Eso junto con la pasta mantecosa era el trío perfecto de textura y sabor, y también la especialidad de su padre. No había nada que igualara el aroma de su tarta de merengue al limón haciéndose en el horno, con las vaharadas de crema de limón caliente que llenaban la casa.

Levantó con cuidado la lámina de hojaldre maleable, la colocó encima del plato de contorno acanalado e hizo presión con los dedos para encajarla en los surcos. Los extremos sobrantes quedaron colgando por encima del borde y pasó un cuchillo por la circunferencia de modo que cayeran sobre la encimera; una tarea de lo más gratificante. Pinchó la base con un tenedor y la dejó dentro del frigorífico para que se enfriara, lo cual le concedió un buen margen de tiempo para acudir a la tienda a por otra caja de huevos.

Tras rebuscar en el bolso, sacó su monedero de piel. De él

sobresalía de todo menos dinero: la primera foto para el pasaporte de Poppy, una vieja fotografía de Max tomada en la escuela, una imagen de Bernard recortada de la foto de unas vacaciones poco después de que él vendiera la carpintería, al inicio de su jubilación. Miró de cerca la cara alegre, cuya tez tenía el color de la avellana, en marcado contraste con su actual aspecto cetrino. Detrás había listas de la compra y sellos de correos, pero el bolsillo donde guardaba los billetes estaba completamente vacío. Se había gastado toda la asignación semanal y aún era miércoles.

—¡Bernie! —lo llamó.

El hombre apareció con expresión perpleja. Era generoso pero también comedido con respecto al dinero, y siempre tenían bien controladas las cuentas.

—Tengo que ir a la tienda a comprar más huevos, pero me he quedado sin dinero. Nunca me había resultado tan caro hacer pasteles.

—Me parece que es porque haces tres cada día, cariño. No me quejo, pero ¿no te parece que te estás pasando?

Jenny lo sopesó un momento mientras buscaba una excusa para oponerse. Era difícil encontrar una explicación para la cantidad de pasteles que preparaba últimamente. Eran muchos más de los que alcanzaban a comerse entre los dos; el congelador estaba lleno hasta los topes y casi todos los vecinos habían recibido algún obsequio envuelto en papel absorbente.

—Bueno, es que mi propósito de año nuevo es alegrarle a todo el mundo el mes de enero —dijo sin dejar de rebuscar en el monedero—, y he prometido que llevaré una tarta de limón a la residencia de ancianos del pueblo. Es una de sus recetas favoritas.

—Es una causa muy noble —alabó él, y empezó a separar los billetes de su paga como si fueran naipes—. Esta semana no me he gastado demasiado dinero, así que toma.

Ella sintió cierta vergüenza cuando se guardó los billetes en el monedero y salió rumbo a la tienda. Sin embargo, lo cierto era que *Britain Bakes* se había abierto paso lenta y silenciosamente hasta ocupar el centro de su vida y estaba presente en todos sus pensamientos. De noche, tumbada en la cama, escribía mentalmente listas de la compra, y cuando se levantaba por la mañana se debatía entre las magdalenas y los bocaditos de fondant.

Jenny se removió ante el reconfortante sonido de las hojas de periódico al rozar las sábanas mientras Bernard las doblaba para reducirlas a un tamaño más manejable. Aspiró el intenso olor matutino de sus cuerpos, y se disponía a coger su taza de té cuando reparó en la fecha impresa debajo del titular. Era 9 de enero, dos días antes de aquel que traía consigo un dolor silencioso cuando llegaba con cada cambio de año, aunque este en particular venía cargado de un significado especial. Solía pasar ese día totalmente concentrada en que acabara cuanto antes, y soportaba en secreto su propio duelo personal sin que este disminuyera con el paso del tiempo, tal como le dijeron que ocurriría. Se frotó el labio superior con la suave sábana de algodón cuando una sensación de caer en picado le atravesó las entrañas y la vació por dentro.

Dio un sorbo de té. La última oportunidad para enviar la solicitud era hoy; de otro modo, no llegaría a tiempo.

—He quedado para jugar una partida de bolo césped con Ann y Fred, cariño —dijo Bernard—. ¿Te apetece venir? Luego podríamos comer todos juntos.

Ella hizo una pausa.

—Me encantaría, pero tengo un montón de trabajo, y debo que escribir mensajes de agradecimiento y...

—¿No podrías dejarlo para otro momento? —preguntó él en tono esperanzado.

Ella saltó de la cama como si no lo hubiera oído.

Bernard acudió a su cita vestido con un jersey blanco y unos pantalones de los que desprenden electricidad estática con el roce. Jenny pensó en lo raro que estaba con cualquier indumentaria que no fueran sus habituales pantalones de pana, una camisa y un jersey de lana.

Abrió el ropero para sacar la solicitud a medio rellenar oculta dentro de la sombrerera, en el estante más alto. Para alcanzarla, utilizó el taburete del tocador, y se distrajo un momento mirando uno de los trajes de Bernard: el que llevó en la boda de Rose y Jeremy muchos años atrás, de un moderno tono hueso y con una cintura mucho más estilizada. Aquel traje decía mucho de Bernard cuando tenía poco más de sesenta años. Ya no se lo ponía nunca, se dijo Jenny mientras se llevaba la manga a la nariz y aspiraba el fuerte olor de la prenda guardada durante tanto tiempo, pero que aún conservaba el toque amaderado de su loción para después de afeitarse. Las prendas tenían la capacidad de capturar un instante en el tiempo y conservarlo intacto para siempre en tanto que su dueño envejecía y cambiaba de aspecto. Se imaginó vaciando el guardarropa cuando él ya no estuviera; cada camisa, cada pajarita, le traería un recuerdo suyo, y le resultaba inconcebible la idea de reducir la vida de Bernard a bolsas para la beneficencia.

Alcanzó la caja y levantó la tapa. Doblada encima de su mejor sombrero negro estaba la solicitud que había impreso varias semanas atrás. La había guardado allí, pero también la tenía presente en sus pensamientos, y aquella semilla de esperanza incipiente había ido creciendo y creciendo hasta que ya no logró contenerla por más tiempo.

Decidió terminar de rellanar la solicitud en la cocina, el lugar donde mejor hacía las cosas. La encimera de fórmica era de un tono crema moteado como la cáscara de un huevo de codorniz, y se dedicó a unir los puntos con el dedo mientras pensaba las respuestas al cuestionario y las iba anotando en trozos de papel de borrador antes de escribir la versión definitiva con la tinta verde de su pluma estilográfica.

¿Qué tal se te da elaborar panes y pasteles? ¿Qué dicen tus familiares y/o amigos al respecto?

En Navidad, mi marido dijo que hacer pasteles era mi superpoder. Sé que no es una opinión imparcial, pero creo de verdad que es lo único que se me da bien. Me crie en una familia que concedía una importancia vital a los pasteles en cualquier celebración. Durante las semanas previas a un cumpleaños, de-

dicábamos tanto tiempo a hablar de cómo sería el pastel que se convertía en algo más importante que la propia fiesta. Procedo de una larga línea ancestral que siempre ha considerado que cocinar pasteles es uno de los mayores placeres de la vida, algo que debe compartirse y que, a la larga, tal como ahora he descubierto, se convierte en un recuerdo. Sé que se me da bien hacer pasteles y suelo salir airosa cuando me enfrento a un reto.

Le costó evaluar sus habilidades; le parecía algo de lo más antinatural. ¿Resultaría arrogante o, peor, demasiado optimista? Por otra parte, si hablaba de sí misma con excesiva modestia, quizá perdería una gran oportunidad. Puso ejemplos de sus mejores recetas dentro de cada categoría y basó la valoración en la opinión de sus amigos y familiares en lugar de en la propia.

Tartas:

Tarta de cerezas al brandi del tío Stanley: lleva el nombre de mi tío porque le gustaba tantísimo que repetía una, dos o tres veces, y a continuación tenía que ausentarse de la mesa por culpa del dolor de estómago. Su glotonería fue muy criticada, pero, mirándolo en retrospectiva, era todo un cumplido.

Sonrió a medida que la asaltaban los recuerdos, cada uno motivado por una receta distinta; pero cuanto más avanzaba con la solicitud, menos relación guardaban las preguntas con los pasteles en sí. De repente paró de escribir y la pluma dejó un borrón en el papel.

¿Cuál es tu mayor aspiración en la vida?

En setenta y siete años, jamás nadie le había formulado esa pregunta. No se consideraba una persona con aspiraciones: nunca había destacado por sus notas en la escuela, no había tenido éxito profesional ni formado una familia. Hasta hacía poco tiempo, nunca se había planteado la posibilidad de albergar pretensiones.

«Por una vez, seré sincera», pensó.

Durante toda mi vida me he guiado más por las pequeñas victorias que por las grandes ambiciones. Que la espiral de un brazo de gitano sea perfecta; que la cobertura rosa de un pudin de verano elaborado con mano experta forme una suave cúpula; que al cortar un suflé Alaska el helado esté frío. Diría que mi mayor logro ha sido mi matrimonio con Bernard, mi marido. Este año celebramos las bodas de diamante y siento un gran amor por él. Sin embargo, mientras Bernard está cómodamente aposentado en el ocaso de su vida, yo he empezado a cuestionarme qué he hecho con la mía. Cuando me llegue el día, no habré dejado en este mundo nada salvo quizá unas cuantas recetas guardadas en un cajón de la cocina. Esta solicitud para Britain Bakes *es el primer gran proyecto en el que me embarco, y tengo setenta y siete años. Lo que quiero decir es que últimamente me he dado cuenta de que es ahora o nunca.*

Se esforzó por ajustarse a la casilla destinada para cada respuesta, cumplimentándola con la tinta esmeralda y su mejor caligrafía, que en los últimos años se había vuelto algo irregular. Miró el reloj: las 4.15 de la tarde. Había perdido la noción del tiempo. La última recogida del correo era a las cinco. Además Bernard regresaría dentro de poco.

Dobló las hojas con cuidado dentro del sobre junto con una serie de fotografías tanto antiguas como recientes. Una era del cuarenta cumpleaños de su padre, donde se veía su cara de placer frente a un campo de críquet hecho con bizcocho y glaseado de color. También incluyó algunas más recientes, entre las que había una de ella misma tomada por Bernard en Nochebuena, donde se la veía llena de orgullo y rodeada por sus recetas para la ocasión, como un profesor en una fotografía de la clase. Cerró el sobre y volvió a abrirlo en un intento por imaginar cómo lo recibirían, hasta que decidió que lo más importante era que llegara a tiempo.

Pasó la lengua por el borde dulzón y presionó la solapa con fuerza. A continuación anotó la dirección y añadió un sello. Mientras se ponía el abrigo de invierno y se dirigía a la puerta, vio la silueta de Bernard en el cristal, seguida de unas voces.

Miró el reloj: las 4.30.

—Buenas tardes, Jenny —la saludó Ann con voz aflautada.

A su lado, Fred esbozó una sonrisa anodina como si fuera una marioneta, y ella, la ventrílocua.

—He invitado a Ann y Fred a tomar una taza de té y un trozo de pastel, puesto que tenemos de sobra —dijo Bernard frotándose las manos—. ¡Es para celebrar que hemos ganado!

—Ah, ¡felicidades! —respondió ella, pero sus ojos delataron la falta de entusiasmo.

—¿Te marchas? —preguntó Ann, y la escrutó de arriba abajo.

—Tengo que enviar unas cartas de agradecimiento. Pero, por favor, pasad. No tardaré mucho.

La mirada de Ann le recorrió el brazo y se posó en el gran sobre marrón que llevaba en la mano.

—¿Solo hay una?

La situación era acuciante, y Jenny notó cierto temblor en las extremidades.

—Las... las he puesto todas dentro de un sobre grande —dijo, y a continuación se llevó la mano a la espalda y salió por la puerta.

Para su gran alivio, Ann trotó en dirección a la cocina y Fred la siguió dócilmente. Mientras, Bernard se apoyó en el marco de la puerta, con el entrecejo fruncido.

—Pero no tienes por qué enviar las cartas ahora mismo, en este preciso momento, ¿verdad? Si quieres, luego las echaré yo en el buzón.

En otras circunstancias, le habría entregado el sobre a Bernard y habría corrido a preparar el té. Sin embargo, ese día no tenía tiempo.

—Trae —insistió él—, si me las das, me las guardaré en el bolsillo del abrigo para no olvidármelas.

Ella se acercó el sobre al pecho.

—Quiero que salgan hoy. Vuelvo en diez minutos, Bernie. Tú ve y enciende el hervidor de agua.

Dicho eso, se escabulló por debajo del brazo de él, que estaba sujetándole la puerta, y corrió hacia el pueblo antes de que Bernard tuviese tiempo de reflexionar sobre lo que acababa de ocurrir.

Las 4.55. Notó la tensión en los hombros como si llevara

puesta la percha del abrigo. Se abrió paso a gran velocidad contra el gélido aire de enero, encogiendo los pies dentro de los zapatos para ejercer presión con las suelas y que estas no resbalaran en el terreno helado. Cuando se estaba aproximando a la escuela local, oyó a un grupo de niños que salían de una actividad extraescolar cargados con los equipos de gimnasia, las bolsas de la comida y las mochilas con los libros. Miró a sus padres y se preguntó si su mayor ambición sería caminar a su lado.

Cuando dobló la esquina donde estaba el buzón de correos, vio a una empleada que lo estaba vaciando.

—¡Espere! —gritó, y echó a correr, con la bufanda ondeando tras de sí.

La cartera se volvió a mirarla. Tenía la nariz sonrosada por el frío.

—No se preocupe, cielo; aún llega a tiempo —dijo.

Jenny sacó el pesado sobre y lo soltó dentro del saco del correo, donde aterrizó con un ruido sordo entre los centenares de cartas: facturas, invitaciones, notas de pésame... La invadió una emoción repentina al darse cuenta de que la cartera no tenía ni idea de lo que contenía el sobre. ¿Qué pensaría si se lo contaba? Tal vez allí dentro hubiera otras solicitudes, algunas de concursantes más jóvenes y atrevidos a quienes se les daba mejor que a ella hornear pan.

Tras darle las gracias a la mujer y emprender el camino de vuelta a su casa, recordó de qué forma había dejado a Bernard, casi con la palabra en la boca, y pensó que el pobre seguramente estaría volviéndose loco buscando dónde colocar el pastel y se habría olvidado de servir la leche en una jarra. Si aún no le había contado la verdad era porque creía que no merecía la pena. De todos modos, lo más probable era que jamás la llamaran del concurso, por lo que no había ninguna necesidad de que él se agobiara pensando que no estaba satisfecha con la vida que llevaban juntos y deseaba lograr algo por sí misma.

7

Shortbread

Jenny se arrodilló debajo de la escalera y alcanzó la fría superficie donde guardaban la mantequilla. La sopesó en la mano mientras retiraba el papel antigrasa, y vio las suaves huellas amarillas de la última vez que alguien la cogió. Examinó su delicada forma ovalada y notó un nudo en la garganta cuando advirtió a quién pertenecían. Sobrecogida por una sigilosa oleada de nostalgia, se preguntó cómo era posible que tuviera frente a sus ojos las huellas de aquellas manos que tanto echaba de menos; las manos que la habían hecho sentirse segura al sostener las suyas y que le lavaban el pelo los domingos por la noche para después peinárselo en dos pulcras trenzas. Unas manos que vio por última vez aferradas al manillar de la bicicleta cuando un coche la embistió.

Miró atónita lo que acababa de encontrar mientras asimilaba el valor de esa parte de ella.

—No tenemos todo el día, Jennifer. Tu padre ha pedido shortbread, *así que necesitamos ciento ochenta gramos. ¿Hay suficiente? —preguntó la tía Ethel a la vez que decantaba el arroz molido en el cuenco con un movimiento rápido.*

—No —respondió ella, mordiéndose el labio en un intento por reprimir las lágrimas. Usar la mantequilla habría supuesto perder un pedacito más de ella, y aquello era cuanto le quedaba—. Se ha gastado toda.

Oyó que la tía Ethel se acercaba y notó su aliento pestilente cuando se inclinó sobre ella.

—¿Por qué dices mentiras? —exclamó la mujer, y extendió las manazas para alcanzar el resto de mantequilla con sus dedos rechonchos.

Jenny quiso agarrarla del brazo para quitársela, pero en vez de eso observó con horror cómo su tía regresaba a la cocina, la hacía pedazos con los dedos y los arrojaba dentro del cuenco.

—¿Vas a ayudarme o piensas quedarte ahí plantada? —preguntó, y empujó el taburete con el pie de manera que rechinó sobre las baldosas.

—Te ayudo —respondió lo más bajito posible, y se subió al taburete.

—Tienes que trabajar la masa con las manos —le explicó la tía Ethel, y la inmovilizó entre sus brazos gruesos mientras aporreaba la mantequilla para integrarla en aquella mezcla en seco.

Jenny contuvo el aliento hasta que su tía se apartó.

Introdujo las manos en el cuenco y apretujó los ingredientes entre los dedos mientras recordaba la imagen de su madre apostada tras ella, su calor, su perfume, el destello de sus anillos sobre el alféizar. La casa había quedado sumida en un grave silencio desde que ella no estaba; su canturreo había sido sustituido por la pulsación de los relojes.

La tía Ethel era hermana de su padre, pero no se parecían en nada. De hecho, las únicas cosas en las que coincidían eran el apellido y la pasión por los dulces. Desde la muerte de su madre, la tía Ethel había tomado el relevo para ofrecerle apoyo a su padre y tratar de ocupar su lugar, ante la repulsa de Jenny. El tiempo que pasaba junto a su tía le producía la sensación de estar constantemente esperando algo: a que su padre volviera del trabajo; a que sus abuelos acudieran de visita; a que su madre apareciera por la puerta para poder enterrar la cara en su suave cuello.

La mezcla se había convertido en una masa densa y dorada que apretó para formar una bola con las manos cubiertas por una película de grasa. Arrancó un pellizco y se lo llevó rápidamente a la boca a la vez que eliminaba las marcas de la superfi-

cie de la masa. Delicioso. Arrancó un poco más y la mantequilla se le derritió en la lengua. «Solo otro más», pensó, y se llevó un buen bocado.

—¿Qué estás haciendo? —la riñó la tía Ethel, que apareció a su lado ataviada con la rebeca azul de su madre.

La prenda no lucía, le quedaba mal; era como si la hubieran rellenado con paja, y recordó a su madre tejiéndola mientras la furia le retorcía el estómago y la obligaba a apretar la masa contra el paladar.

—Compruebo que esté bien —contestó a la vez que su tía apartaba el cuenco lejos de ella.

—Si te comes la masa, no quedará suficiente para los shortbread *—le espetó en tono seco.*

Jenny la miró con los ojos entornados; la ira le quemaba la garganta.

—Mamá me dejaba probar la masa —dijo.

—¿De verdad? —La tía Ethel contrajo el rostro—. Bueno, pues yo no te dejo.

Habían pasado dos semanas y cinco días desde que Jenny envió su solicitud; lo sabía porque llevaba la cuenta. Colocó la masa para los *shortbread* en el fondo de un molde metálico y la apretó con las manos antes de alisarla con el dorso de una cuchara. Frunció los labios y se concentró en dejar la superficie muy plana, tanto que incluso si colocara encima el nivel de Bernard, este quedaría horizontal, y luego decoró la parte superior pinchándola con el tenedor. Usó la punta para formar una cenefa en el borde y fue dándole la vuelta al molde mientras marcaba su contorno como si fuera el segundero de un reloj. De repente, el sonido del teléfono la distrajo de su tarea.

—Bernie, ¿puedes cogerlo tú? —lo llamó, y el silencio que se hizo a continuación le hizo recordar que su marido estaba en el jardín.

Deslizó la masa para los *shortbread* dentro del horno y, con las gafas empañadas, corrió a contestar.

—Jennifer Quinn al habla, ¿quién es? —dijo aferrando el auricular justo a tiempo—. Dios mío. —Bajó la voz—. Sí, rellené la solicitud yo misma… solo que no esperaba tener noticias suyas.

Se miró al espejo, los surcos de su piel le recordaban a un pañuelo de papel usado una y otra vez. «¿De verdad me está pasando esto?», pensó, y se hundió en la silla situada junto a la mesita del teléfono mientras se sujetaba la mano izquierda entre las rodillas.

—Sí, sí, puedo hablar. De hecho, ahora mismo tengo una masa de *shortbread* en el horno. —Hizo una pausa. El entusiasmo de la joven que hablaba desde el otro lado de la línea telefónica la tranquilizó—. Sí, todos los días preparo alguna receta. Lo hago desde que tengo uso de razón. Mi especialidad son los pasteles, pero me he propuesto mejorar con el pan.

»Vivo con mi marido, Bernard —siguió diciendo, y recordó que debía afinar el oído por si él llegaba—. Casi sesenta, este año celebramos las bodas de diamante.

»Sí, sí que está bien alimentado.

Se echó a reír, pero paró en seco al darse cuenta de que estaba armando mucho escándalo.

—Nunca me han ido bien las pruebas, pero lo intentaré. —Se incorporó en el asiento, muy seria, con un mechón de pelo entre los labios—. Bueno, creo que puede ser por dos cosas. Si abres la puerta del horno antes de que termine de hacerse y se escapa el calor, o si añades demasiado bicarbonato… o supongo que si dejas reposar la mezcla más tiempo de la cuenta antes de meterla en el horno.

»Creo que se sabe que está listo cuando ha crecido el doble de su tamaño, o si cuando lo empujas hacia abajo recupera su forma poco a poco.

Sostuvo el auricular con el hombro y utilizó las manos para retorcerse el pelo formando un moño tirante que sostuvo con una pinza y le produjo una molestia liberadora.

—El bizcocho genovés es una receta de bizcocho tradicional en la que los huevos se baten junto con el azúcar hasta que quedan líquidos y esponjosos antes de incorporar la harina, y luego hay que añadir aceite o mantequilla. En el bizcocho Gioconda… Lo siento, me he quedado completamente en blanco.

Notó que se estaba sonrojando y se ahuecó el cuello de la blusa para que le entrara aire.

—Lleva frutos secos. ¡Almendras! El bizcocho Gioconda se hace con almendras molidas. —Mientras escuchaba, se esforzó por respirar hondo y se mordisqueó la parte interior de la mejilla—. Hay que colocar mantequilla encima de cada capa; no me acuerdo de la palabra técnica.

Se sintió como si estuviera rebuscando en el armario donde guardaba los utensilios de cocina para encontrar algo que sabía que tenía pero con lo que no lograba dar.

—¡Masa laminada!

Se recostó en la silla y soltó un suspiro de alivio.

—Los cruasanes llevan levadura y el hojaldre no. Supongo que es porque los cruasanes tienen que ahuecarse más que el hojaldre.

La puerta trasera se cerró de golpe.

Oyó el ruido de los cierres del abrigo de Bernard cuando se lo desabrochó para colgarlo, y a continuación se quitó las botas y se puso las zapatillas. Las suelas golpeteaban en el suelo cuando entró en la cocina.

De inmediato, Jenny se puso de pie y se recompuso como si fuera una actriz y acabara de cambiar de papel.

—Cariño, me parece que se está quemando algo.

Ella reparó en el olor acre procedente del pasillo.

—Estoy al teléfono, Bernie. Solo serán dos minutos. ¿Puedes sacar tú el pastel del horno?

»Lo siento —susurró al aparato—. Acaba de quemárseme la masa de los *shortbread,* aunque seguramente no debería contárselo…

»Sí, el miércoles estoy libre.

Una intensa emoción se prendió en la boca de su estómago y se propagó por todo su ser como una mecha en llamas. Escarbó en el bolso de mano para encontrar la lista de la compra y anotó la dirección en el reverso.

Oyó cerrarse la puerta del horno y bajó la voz cuando Bernard recorrió el pasillo hasta la escalera para dirigirse arriba.

—Está en la agenda. ¿Qué tengo que llevar?

»Me mandarán un correo electrónico... Fantástico. Sí, el que puse en la solicitud. Gracias. Adiós.

Depositó el teléfono en el soporte con la sensación de que pesaba más que una piedra y se apoyó en la pared a la vez que exhalaba un suspiro de alivio.

Por un momento, el futuro dejó de antojársele algo temible, un espacio donde solo le aguardaban el envejecimiento y el duelo, y, en su lugar, se presentaba lleno de esperanza y posibilidades. Se había convertido en un camino que deseaba recorrer.

—¿Va todo bien, cariño? —preguntó Bernard desde el despacho, y su entusiasmo momentáneo se disipó en cuanto cayó en la cuenta de que su marido estaba a punto de recibir un correo electrónico de *Britain Bakes.*

Subió la escalera a toda prisa y se plantó en el despacho.

—Sí, todo bien —dijo; y, en lugar de mirarlo a él, clavó los ojos en la pantalla—. ¿Qué haces?

—Rose me ha enviado un correo electrónico para preguntarme si podemos cuidar de Poppy el miércoles. No tiene colegio y ambos trabajan. Estaba pensando que podríamos invitarla a dormir y llevarla a ver los dinosaurios del Museo de Historia Natural o tal vez el cambio de guardia del Palacio de Buckingham.

—Estupendo... —De pronto palideció al darse cuenta de que coincidían las dos citas—. ¿Este miércoles?

—Sí —dijo él, y, con gesto alegre, cogió unas hojas de la impresora para colocarlas bien en una pila—. ¿Te parece buena idea?

—Sí, será genial —respondió ella, que se había quedado clavada en el sitio— ¿Te importa dejarme un momento el ordenador, cariño? Tengo que comprobar una receta.

Jenny oyó el sonido de un nuevo mensaje. Se aferró al respaldo de la silla mientras observaba la escena con impotencia.

Bernard miró la pantalla.

—Es correo basura —dijo a la vez que abría un mensaje de una compañía eléctrica para, a continuación, eliminarlo al instante.

Ella relajó la mano del respaldo de la silla y esta crujió cuando Bernard se puso de pie.

Cuando el hombre se hubo marchado del despacho, Jenny cerró la puerta. Sentía cargo de conciencia por su entusiasmo. Si de verdad creyera que lo del concurso era una buena idea, se habría sincerado con él desde el principio, ¿no?

Sonó un nuevo mensaje. Lo abrió.

Querida Jenny:

Gracias por hacernos llegar tu solicitud para participar en *Britain Bakes*. Nos complace inviarte a nuestra audición del miércoles 2 de febrero en Londres. Por favor, guíate por las indicaciones y los horarios del documento adjunto. Deberás elaborar en casa y traer contigo lo siguiente:

—12 unidades idénticas de una receta individual elegida por ti.

—1 pastel elegido por ti.

—1 pieza de pan (que prepararás con la receta adjunta).

Los candidatos seleccionados deberán participar en «El reto a ciegas», que tendrá lugar por la tarde y que consistirá en preparar un pastel igual al del modelo pero sin la receta. Proporcionaremos información más detallada el mismo día de la prueba a aquellos que superen la fase inicial por la mañana.

Para cualquier consulta, no dudes en ponerte en contacto con nosotros. Estamos impacientes por tenerte aquí el miércoles y conocerte en persona.

Volvió a leer el mensaje; aquellas palabras fueron una inyección de energía. Seleccionó la opción «imprimir» antes de eliminar el mensaje y guardarse su secreto en el bolsillo. Todavía no estaba preparada para compartirlo.

8

Pudin de pan y mantequilla

Por primera vez en la historia de su matrimonio, Jenny se plantó abajo antes que Bernard.

Eran las cinco de la mañana y se sentía como si estuviera allanando una propiedad ajena, como si en las horas previas a las ocho esa casa fuera solo de Bernard y ella se estuviera colando en su territorio. Entró en la cocina vestida con el camisón. Llevaba las gafas de lectura en la punta de la nariz y notaba punzadas de cansancio en los ojos. Esa semana se le estaba haciendo larga como una jornada continua e interminable, y había dejado para el último momento la elaboración del pan que exigían en la audición de Londres.

«Lo primero es lo primero», se dijo, tras lo cual dio un gran sorbo de té y puso la radio para sintonizar una emisora de música clásica que le calmara los nervios. Había decidido quedarse con lo que sabía, y la noche anterior preparó un pastel Selva Negra y doce rollitos idénticos de salchicha de Lincolnshire y cebolla caramelizada.

Abrió la nevera y sacó un cuenco de masa cubierto por un gorro de ducha con un estampado floral. Según recordaba, era algo que su madre solía hacer, y a ella le resultaba divertido cómo el hecho de colocarle un gorro a un objeto inanimado le confería personalidad.

Retiró la prenda, aspiró el penetrante olor de la levadura y se alegró al observar que la masa había doblado su tamaño durante la noche. Echó un vistazo a la receta que le habían enviado de *Britain Bakes*. No especificaba demasiado; contenía una lista de ingredientes, pero muy pocas instrucciones o indicaciones sobre el aspecto que debía tener aquel pan. ¿Tenía que ser una hogaza? ¿Una *baguette*? ¿Una trenza?

Abrió su libro de recetas, pasó las páginas en busca de inspiración y se detuvo en una con la tinta tan débil que apenas resultaba legible y que había titulado *Pan de la guerra*. Se elaboraba con harina integral y melaza, y servía para recordar la época en la que, tras la guerra, la harina de trigo escaseaba. Pensó en las estanterías del supermercado, tan repletas de opciones, y se preguntó qué habrían hecho sus padres con semejante surtido. En la página de la derecha había una receta de panecillos de patata irlandeses escrita con caligrafía mayúscula, lo cual indicaba que era de su padre. Consistía en su ingeniosa forma de convertir el puré de patata sobrante en un delicioso pan para el desayuno del día siguiente. El pan de patata tenía poco sabor, pero era consistente y reconfortante, y también la mejor forma de sentirse cerca de su padre ahora que él ya no estaba en este mundo.

Volvió la página. Escrita a lápiz encontró la receta de los *Bollos de la* corronacion *de Isabel II*. A juzgar por las faltas de ortografía y las pequeñas coronas dibujadas encima de las letras «o», era una de las recetas de su abuela. Entre las páginas encontró una fotografía con el color desvaído. Entornó los ojos mientras la sostenía frente a sí a la luz del amanecer, y su semblante se suavizó al reconocer lo que era. Inmortalizaba a un sinfín de familias presentes en una fiesta de coronación celebrada en la calle, reunidas alrededor de una mesa y vestidas con sus mejores galas. Se vio a sí misma de niña, acurrucada detrás de la pierna de su padre. Hacía poco que su madre había muerto y sus sonrisas resultaban vacías, cargadas del dolor de la pérdida. En el centro del festín de celebración vio la corona de pan de su abuela: la inspiración que buscaba. Como no tenía descendencia, con ella el árbol genealógico llegaría a su punto final, pero también gracias a ella aquellas valiosas recetas familiares podrían alcanzar la cumbre estelar de la televisión nacional.

Presionó la masa con el puño y observó cómo se desinflaba sin dejar de estirarla para eliminar el aire del blando interior. La dividió en cinco partes, tal como indicaba el dibujo de su abuela, las enrolló formando unos suaves bultitos ovalados y las dispuso en círculo dentro de la bandeja del horno. Reparó en que la receta contenía una indicación adicional: «Están cerca como buenos vecinos, pero no se tocan», y sonrió por dentro mientras colocaba los bultitos tal como correspondía. Tenía que personarse en la audición a las once y media, y aún no le había dicho a Bernard que no podría pasar el día con Poppy y con él.

Pasaron varias horas hasta que el pan estuvo listo, y luego examinó su obra mientras se enfriaba sobre la rejilla. El pan de la fotografía tenía una forma marcada e impactante; a su lado, el que ella había elaborado resultaba anodino y decepcionante. El corazón empezó a latirle con tal fuerza que casi podía notar el bulto debajo de la blusa. No tenía tiempo de elaborar otro pan, pero tampoco podía presentarse con eso en el concurso. «¿Qué puede hacerse con un pan que ha salido mal? —se dijo, y chascó los dedos cuando su cerebro hizo un clic—: Pudin de pan y mantequilla».

Volvió a encender el horno y este se iluminó como los focos de un escenario, y a continuación alineó sobre la encimera nata, pasas, huevos y nuez moscada. Cortó el pan en rebanadas irregulares y las untó con mantequilla lo más rápido posible para después colocarlas en el fondo de un plato. No era lo que pedían, pero ¿quién no disfrutaría de la dulzura esponjosa del pan empapado en nata con su crujiente corteza dorada?

—Buenos días, cariño —la saludó Bernard, que tenía la nariz roja a causa del calor de la ducha y se escarbaba los oídos con una toalla—. Será mejor que nos demos prisa, no quiero que se nos haga tarde para recoger a Pops. ¿Crees que podrás estar lista en media hora?

Ella se hizo muy muy pequeña.

—Bernie... —empezó a decir, mirando a cualquier parte menos a él—. Tengo un dolor de cabeza horroroso.

—Vaya, cielo —contestó él, y detuvo los metódicos movimientos con los que se estaba secando los oídos—. ¿Te has tomado algún calmante?

—Sí, a primera hora. Mira, creo que es mejor que te adelantes tú para asegurarnos de no llegar tarde.

Él bajó la barbilla y frunció el entrecejo.

—Estaré mejor si duermo un par de horas, y luego cogeré el tren y me encontraré con vosotros.

Bernard le puso la mano en la frente y Jenny tuvo la seguridad de que podía oír el ruido de los engranajes de su cerebro.

—No sé si es buena idea que vayas sola. El trayecto no es fácil, tienes que cambiar...

—Ya lo sé.

Él se sorprendió un poco.

—Jenny... —Hizo una pausa para encontrar las palabras adecuadas—. Me parece que eso de levantarte temprano y meterte en la cocina de buena mañana no te sienta bien. Me preocupa que estés trabajando demasiado y andes agotada. Anoche estuviste despierta hasta tarde preparando rollitos de salchicha, y están deliciosos, pero Poppy también pasará un día fantástico sin ellos.

—¿Cómo sabes que están deliciosos? —se extrañó ella, de repente paralizada.

—Después de que te fueras a la cama, me desperté hambriento, seguramente porque me había dormido con aquel olorcillo tan agradable, así que me comí uno. Lo que quiero decir es que me preocupa que te estés imponiendo demasiada presión, y no sé si te hace bien ni si es necesario en absoluto.

Ella sintió un martilleo en las sienes. Había preparado doce rollitos de salchicha idénticos, tal como indicaban las instrucciones. Menudo desastre.

—Tendrías que haberme preguntado primero. —Él la miró como si fuera una completa desconocida—. Lo siento, Bernard. Me vuelvo a la cama. Te veré en casa de Rose por la noche si me encuentro mejor.

—Será mejor que lo anule —dijo él sacudiendo la cabeza—. No quiero dejarte sola si no te encuentras bien. No es recomendable.

—Qué va, solo me duele la cabeza. Tienes razón, ando agotada. Me vuelvo a la cama, pero tú tienes que irte a ver a Poppy.

—Vale... —dijo con voz apagada—. Si insistes...

Ella puso fin rápidamente al pudin de pan con mantequilla y regresó a la cama sin apartar los ojos del reloj mientras escuchaba la sinfonía del abrir y cerrar de cajones de Bernard y caía en la cuenta de que había dejado de silbar como solía hacer.

Jenny se hundió en el asiento del taxi mientras el vehículo recorría las calles de Londres, temerosa de descubrir a Bernard y a Poppy entre la multitud. Miró el reloj. Lo más probable es que a esa hora estuvieran camino del Museo de Historia Natural. Cruzó y descruzó las piernas varias veces con una enorme agitación dentro del cuerpo, como si tuviera los nervios y la conciencia enzarzados en una pelea. Le era imposible ponerse cómoda.

Se detuvieron en un semáforo y le llamó la atención un anciano caballero sentado a solas frente al ventanal de una cafetería. Tenía la expresión vacía y la piel cenicienta. Su bastón estaba apoyado en un taburete, y el hombre parecía confuso ante la iluminación de bombillas desnudas y la complicada variedad de cafés. A su alrededor, los clientes charlaban y reían, y a Jenny se le encogió el alma al pensar en todas las cosas que seguramente le gustaría decir pero que, por desgracia, permanecerían en su interior por no tener a nadie con quien compartirlas. Pensó en Bernard y tuvo miedo de que algún día se encontrara solo frente al ventanal de una cafetería.

—¿Está de visita? —preguntó el taxista.

Por algún motivo, la pantalla acrílica que los separaba le pareció un confesionario.

—Sí —dijo hablándole al cogote mientras abrazaba los recipientes con la comida—. Voy a una audición.

Estaba tan lejos de su casa, en un lugar donde era tan anónima, que las palabras brotaron de su boca antes de que tuviera tiempo de frenarlas.

—¿Es usted actriz? ¿Hay algo que deba saber? —preguntó mirándola por el retrovisor lateral.

—Me presento a *Britain Bakes* —dijo para ver cómo reaccionaba.

Los ojos de él emitieron un destello y los clavó en ella de tal forma que Jenny tuvo que apartar la mirada.

—La felicito, señora. A mi mujer le encanta ese programa. ¿Cuándo la veré por la tele?

—Ah, no, todavía estamos en una fase muy inicial. Es muy probable que no me seleccionen, pero se me presentó la oportunidad y pensé que por qué no probarlo si, total, ya tengo setenta y siete años.

—Claro, ¿por qué no? Yo creo firmemente que la edad no es más que un número. Mi mujer se pondrá loca de contenta cuando se lo cuente.

Se detuvo junto a lo que parecía una universidad. Las calles estaban pobladas de jóvenes con aspecto profesional que sostenían tazas de café para llevar como si fueran accesorios. Imaginó que ocupaban puestos de altos vuelos, ya que irradiaban la promesa de un futuro brillante.

—Ya estamos, es aquí —dijo el taxista, y se apeó de un salto para abrirle la puerta; al parecer se había ganado el estatus de cliente VIP—. Le deseo muchísima suerte, señora.

Jenny salió del taxi y se colgó las diversas bolsas al hombro. Mientras seguía las indicaciones hasta la recepción, tomó conciencia de su dolor de cabeza, el cual, puede que por karma, se estaba volviendo muy real.

—¿Vienes a la audición? —le preguntó una joven que miraba su carpeta a través de unas gafas de montura gruesa y llevaba un *walkie-talkie* prendido en los pantalones tejanos—. ¿Eres Jennifer Quinn?

La pilló por sorpresa que aquella completa desconocida supiera su nombre, sobre todo porque estaba muy lejos de casa.

—Sí, exacto. Tengo cita para *Britain Bakes*, a las once y media.

—Muy bien, llegas puntual. Sígueme, por favor —dijo, y enfiló un pasillo bordeado por sendas barandillas metálicas—. Yo soy Carys, por cierto. Soy quien te entrevistó por teléfono.

—Ah, estupendo —repuso Jenny, y siguió a Carys mientras se preguntaba si eso era lo que se sentía al comenzar la universidad: una mezcla de orgullo y terror que producía náuseas.

—Bueno, Jenny, recuérdame de dónde vienes.

—De un pueblo pequeño que se llama Kittlesham.

—Recibido.

—¿Cómo dices?

—Lo siento, alguien acaba de hablarme por aquí —repuso la chica señalando el *walkie-talkie*—. ¿Has tenido un buen viaje?

—Bastante bueno, sí, gracias. ¿A qué te dedicas, Carys?

—Soy productora.

Jenny asintió sin estar muy segura de lo que significaba, pero le sonaba haberlo leído en los créditos del programa.

—Yo fui la primera que leyó tu solicitud. Tu marido debe de estar muy orgulloso. Recuerdo que pusiste que es un gran fan de tus recetas.

Por primera vez, Jenny se dio espacio para pensar hasta qué punto Bernard se sentiría orgulloso de ella si conseguía que la aceptaran en el programa. Había estado muy concentrada en mantener su secreto a salvo hasta que supiera el resultado.

Siguió a Carys por la típica escalera de un edificio institucional, que desprendía un inconfundible olor a centro educativo impregnado de mil actividades: pintura acrílica, limpiador de suelos y madera. Doblaron una esquina para entrar en un aula y se topó con lo que le pareció un espacio intimidatorio. Jamás había cocinado en un sitio así. En el centro de la sala había una mesa grande sobre la que se extendían creaciones de todas las formas y tamaños: pasteles decorados con elaboradas flores de azúcar, trenzas de pan impresionantes y una variopinta mezcla de desastres que incluían un brazo de gitano agrietado en el centro.

En una esquina del aula, mirando hacia la mesa, vio a los nerviosos concursantes sentados en fila y charlando entre sí. Probó a emparejar a cada uno con su creación, y se sorprendió de que un fornido señor al que había relacionado con la trenza de pan se levantara para recoger doce *macarons* multicolor de aspecto impecable antes dirigirse a una sala para la audición.

—Tengo que confesarte una cosa —le dijo a Carys con la mirada fija en sus pies—. El pan me ha salido mal y a última hora lo he convertido en un pudin de pan y mantequilla. Además, solo tengo once rollitos de salchicha. Hice doce, pero mi marido no se dio cuenta de que eran para el concurso y se comió uno mientras yo dormía.

Para su gran alivio, Carys soltó una risita.

—Explica eso cuando te hagan la entrevista —dijo mirando la pantalla de su teléfono antes de volver a guardárselo rápidamente en el bolsillo—. Quizá el hecho de que tu marido se haya comido un rollito sea una prueba de lo bien que cocinas.

—Quizá —respondió Jenny, no muy convencida de que la excusa surtiera efecto.

Se dirigió al centro de la sala con la clara sensación de parecer muy fuera de lugar. ¿Qué estaba haciendo en la audición de un programa televisivo? Notaba las miradas de los extraños, esperando para ver qué iba a depositar esa anciana mujer sobre la mesa.

Miró sus recipientes uno a uno y comprobó el estado de sus creaciones como si fueran bebés dentro de sus cunas. Los rollitos de salchicha de Lincolnshire estaban un poco desplazados, pero su parecido era satisfactorio, y al abrir la tapa desprendieron un aroma a hojaldre y salvia. Los dispuso sobre una bandeja y los colocó encima de la mesa. Sin duda, la comida horneada tenía su propia jerarquía, y en ese momento tomó conciencia de que quizá había optado por recetas muy fáciles. Sus rollitos no podían compararse ni por asomo con el impecable bizcocho en forma de corona junto al que los situó, un bizcocho que casi parecía de adorno, aunque confiaba en que sí resultaran un poco más refinados que los *cupcakes* azules del otro lado. Nada comestible debería ser azul bajo ningún concepto.

Cuando abrió el segundo recipiente, se le cayó el alma a los pies. La capa superior del pastel Selva Negra se había desmoronado contra un lateral y las pulcras espirales de nata estaban manchadas del relleno de cereza que se había salido y había embadurnado el recipiente hasta el punto de hacer que pareciese el escenario de un crimen.

—¿Va todo bien?

Levantó la cabeza y vio a un joven de amables ojos castaños vestido con una camisa de estampado llamativo que le recordó a la moda de los ochenta. Sus orejas parecían paréntesis enmarcando su cara, igual que las de Bernard, y sobresalían entre su brillante pelo negro.

—No, la verdad es que no —respondió ella sacudiendo la cabeza—. Esta mañana aquí había un pastel Selva Negra, y ahora... es un desastre. No ha sobrevivido al viaje en tren. —Notó que las comisuras de sus labios se curvaban hacia abajo—. Creo que debería volver a casa —resolvió y, decepcionada, dejó caer los hombros—. No debería estar aquí.

—No, me parece que podemos salvarlo —indicó el joven mirando dentro del recipiente como si fuera un médico dando una segunda opinión—. En mi mochila tengo un cuchillo de plástico y algunas servilletas.

Jenny y el joven de ojos amables pasaron los siguientes quince minutos arrodillados en el suelo de la sala de espera, practicando lo que parecía una operación a corazón abierto.

—Me llamo Azeez, por cierto —dijo él con la mirada clavada en el pastel mientras recogía la nata con el cuchillo.

—Encantada, Azeez. Yo soy Jenny. Muchas gracias por tu ayuda.

—No hay de qué —respondió él sin dejar de rebuscar en los bolsillos—. Podría habernos pasado a cualquiera. —Extendió la mano y le mostró una chocolatina—. ¿Crees que si espolvoreas esto por encima tendrá mejor aspecto?

—Vale la pena intentarlo, si no te importa —repuso ella, y se dispuso a triturarla con los dedos para cubrir el desastre que pocas horas antes había ultimado tan bien—. Creo que ya hemos hecho todo lo posible, no vamos a mejorarlo más —anunció antes de colocar su misión de rescate sobre la mesa junto con las otras creaciones.

—Por lo menos tendrás algo que explicar en la entrevista —apostilló Azeez—. ¡Trabajas muy bien bajo presión!

—No sé yo —dijo Jenny encogiéndose de hombros—, pero está claro que tú sí.

—¿Qué forma le has dado al pan? —preguntó él.

Ella sacudió la cabeza.

—Para serte sincera, lo he cortado a rebanadas, lo he untado con mantequilla y... —Azeez se echó a reír—. No, no, lo digo en serio. —Jenny sacó pecho—. No se me da muy bien hornear pan y me ha quedado demasiado apelmazado. Como no tenía tiempo de hacer otro, lo he convertido en un pudin de pan y mantequilla.

No tuvieron tiempo de decir nada más porque la llamaron y le tocó recoger sus creaciones. Cuando se estaba marchando, el joven levantó los pulgares en señal de buena suerte.

Entró en la sala de audiciones como si fuera una alumna a quien la directora de la escuela ha llamado a su despacho. El corazón le iba a cien por hora cuando se situó delante de dos mujeres de semblante grave. La de la izquierda llevaba las cejas maquilladas en una expresión de sorpresa permanente que contrastaba con su mirada hosca. La mujer sentada a la derecha tenía el pelo teñido de rosa, y costaba no fijar los ojos en él cuando la mirabas. Se presentaron como estilistas gastronómicas.

—Bueno, ¿qué nos has traído? —preguntó la mujer de la izquierda.

—Antes de empezar, me gustaría explicar que durante el trayecto hasta aquí he tenido un percance, y también me ocurrieron dos cosas antes de salir de casa. Preparé una de mis especialidades que nunca falla, un pastel Selva Negra, pero se ve que son delicados a la hora de viajar. La cobertura original tenía decoraciones de nata y cereza —dijo, y les presentó el pastel—. He intentado reconstruirlo en la sala de espera.

Las mujeres pestañearon, pero su expresión no reveló nada.

—Y, dinos, ¿qué ha ocurrido con esto? —preguntó la mujer del pelo rosa señalando el plato con el pudin.

—Bueno, ya sé que no es lo que se pedía —se disculpó Jenny juntando las manos—. Lo único que puedo decir es que estoy tratando de mejorar mis panes. En esta ocasión no me parecía lo bastante bueno para traerlo aquí, así que, como no tenía más tiempo, lo he convertido en un pudin.

—De acuerdo —dijo la mujer mientras garabateaba algo en su cuaderno—. ¿Y cuál crees que fue el error?

—Estaba demasiado apelmazado, no tenía suficiente aire.
—Como estaba convencida de que no tenía nada que perder, prosiguió—. Para ser sincera, lo que ha fallado es que soy una golosa sin remedio. En realidad solo disfruto cocinando cosas

que pueda probar durante la elaboración, así que no practico lo suficiente con los panes...

La mujer con el pelo teñido de rosa apretó los labios y su mirada delataba que no era la respuesta que estaba esperando.

—¿Y los rollitos de salchicha? ¿Por qué hay solo once?

Jenny se sintió como si hubiera olvidado hacer los deberes; sus excusas sonaban patéticas.

—Bueno, preparé doce, lo prometo, pero mi marido se comió uno. No sabía que eran para el concurso...

Las mujeres asintieron en silencio y se lo llevaron todo para catarlo. Jenny vio desaparecer sus creaciones como cuando el veterinario se lleva a tu mascota y la situación escapa a tu control sin que puedas hacer nada. Ese era el problema de cocinar pasteles, pensó para sus adentros. Si preparas un guiso, puedes probarlo, pero es imposible saber cómo va a quedar un pastel hasta que llega el momento de la verdad.

Tras diez minutos de incomodidad, las mujeres volvieron. Jenny examinó sus rostros en busca de alguna señal que indicara que habían disfrutado con la cata, pero no la encontró. Lo único que le dio cierta seguridad fue el limpio corte en forma triangular de donde habían cogido la primera porción de pastel. «Parece que no se ha desmoronado», pensó. Miró los rollitos de salchicha y, para su tranquilidad, vio pequeños trocitos de hojaldre dorado esparcidos en el plato, lo cual era buena señal. También faltaba una buena parte del pudin. Eran pequeñas victorias.

—A ver, explícanos cómo has preparado cada una de estas recetas —dijo la mujer de expresión sorprendida.

Jenny empezó a relajarse cuando regresó mentalmente a su cocina, aquel entorno familiar y tranquilizador. Describió los procesos culinarios como si estuviera conduciendo por rutas que conocía como la palma de su mano, y al cabo de poco se encontró enfrascada en una conversación exhaustiva sobre los riesgos de conservar los huevos en la nevera.

—La grasa se espesa, por eso yo siempre los tengo en la encimera —explicó, y las estilistas gastronómicas asintieron al unísono. Incluso le pareció que una de ellas había sonreído.

—Gracias, Jenny. Si eres tan amable de pasar con el director de *casting*, te está esperando al final del pasillo, en el aula seis, que está a la derecha.

Siguió las indicaciones hasta el aula situada en una parte más nueva del edificio y se frotó las manos a la vez que le daba vueltas a su alianza. Allí olía a alfombra recién estrenada y a café, todo lucía unos luminosos tonos grises y blancos y la puerta era un enorme panel de cristal que implicaba que cualquiera que pasara por allí podría observar momentáneamente lo que estaba ocurriendo dentro.

—Encantado de conocerte, Jenny. Soy el director de *casting* —dijo un hombre con acento de Yorkshire, una barba muy cuidada y un bolígrafo apoyado detrás de la oreja—. Gracias por venir.

Se puso a toquetear la parte trasera de una cámara antes de situarse detrás de esta y observar a Jenny.

—Si no te importa, la pongo en marcha.

Jenny se colocó el pelo detrás de las orejas y estiró hacia delante el collar de perlas.

—El pastel que nos has traído hoy, ¿significa algo especial para ti?

Ella pensó en el libro de recetas con la cubierta azul cobalto que había escrito mucho tiempo atrás.

—Hornear pasteles es una expresión de amor, supongo. Las recetas tienen un valor sentimental para mí, y el pastel Selva Negra siempre ha sido mi opción número uno para los cumpleaños. Es el favorito de mi familia. Si por algún motivo no puedo estar presente en un cumpleaños, me aseguro de que nunca falte el pastel Selva Negra en la celebración.

—¿Con qué frecuencia preparas pasteles durante una semana normal?

—Ah, cada día. Forma parte de mi rutina, hace que me sienta realizada. Soy de una generación que se acostumbró a hacer las cosas en lugar de comprarlas; lo aprendimos de nuestros padres. Solían salir más baratas.

Se incorporó un poco en el asiento y se aclaró la garganta al recordar que se hallaba ante una cámara.

—En el formulario de solicitud mencionas mucho a tu familia. ¿Son una parte importante de tu amor por los pasteles? —le preguntó el hombre, y miró su teléfono.

—Sí, sin duda. Tengo una colección de recetas escritas por mi familia que para mí han sido como los libros de texto del colegio; me han enseñado todo lo que sé. Muchas de ellas han sobrevivido a los queridos parientes que las escribieron, así que, cuando sigo las instrucciones, además de elaborar un pastel, me sirve para recordarlos.

El hombre reprimió una sonrisa y volvió a depositar el teléfono sobre la mesa.

—¿Y tienes nietos que te ayudan en la cocina?

Jenny hizo una pausa y dio un sorbo de agua de un vaso de plástico que quedó aplastado entre sus dedos.

—No, no tengo —dijo, y miró la piel manchada del dorso de sus manos—. Solo estamos mi marido Bernard y yo. Tenemos dos sobrinos nietos, Poppy y Max. A veces me ayudan. Bueno, sobre todo la niña, Poppy; Max ahora es adolescente. —Se removió en la silla, incómoda, y cruzó y descruzó las piernas—. Cuando se llega a mi edad, te das cuenta de que has alcanzado una etapa de la vida en que cualquier día puede ser el último. Como decía, Bernard y yo no hemos formado una familia propia y últimamente he caído en la cuenta de que, cuando me marche de este mundo, no habré dejado nada. Nunca he conseguido nada digno de mención... Pero, por lo menos, espero dejar mis recetas.

Por la cara de preocupación del hombre, supo de inmediato que había hablado de más.

—Lo siento, no he respondido a la pregunta.

—No, no pasa nada —respondió él—. Háblame de tu marido, Bernard.

—Conocí a Bernie en un baile, en aquella época en la que la gente iba al baile. Este año celebramos sesenta años de casados, las bodas de diamante. Bernie ha disfrutado toda la vida con un buen pastel —dijo, y el sentimiento de culpa le borró la sonrisa.

—¿Y qué crees que puedes aportar a un programa como *Britain Bakes*?

—Bueno, mis recetas no son modernas. Nunca he preparado una tarta arcoíris ni una *red velvet*, y me cuesta hornear pan —dijo, y en ese momento cayó en la cuenta de que había dicho justo lo contrario de lo que le habían preguntado—. Pero se me dan muy bien los clásicos y, sin duda, puedo compartir las recetas de pasteles de toda la vida que han triunfado en mi familia. Además me encantan los retos, de manera que me emplearé en cuerpo y alma.

El hombre se sacó el bolígrafo de detrás de la oreja y empezó a darle vueltas entre las palmas de las manos.

—¿Algo más?

Al parecer no había hablado suficiente.

—A mi edad es fácil sentir que te quedas atrás, como si no tuvieras un lugar en el futuro del mundo... Pero espero descubrir que todavía me aguardan aventuras y experiencias relevantes.

Se hizo un largo silencio mientras el hombre garabateaba en el papel, y Jenny pensó en sus propias palabras y aguardó con una incomodidad que aumentaba por momentos.

—Gracias, Jenny —dijo por fin, y dejó el bolígrafo para ponerse de pie y apagar la cámara—. Gracias por haberte desplazado hasta aquí y por haberte tomado el tiempo de responder a nuestras preguntas; y por las recetas, claro.

Ella asintió y cogió rápidamente su abrigo.

—Espero que no tengas pensado hacer nada especial esta tarde porque me gustaría que te quedaras para «El reto a ciegas».

Jenny se quedó paralizada, con el brazo en una extraña posición dentro de la manga del abrigo.

—¿En serio? —preguntó, atónita.

—En serio —contestó el hombre.

—Ha sido muy intenso —afirmó una joven cuando salían en fila de la audición mientras pestañeaba ante la cámara de su móvil con los ojos muy abiertos y la cabeza un poco inclinada.

—Lo siento —dijo Carys, e intentó interrumpirla agitando los brazos—. No se puede...

—Ya lo sé, no te preocupes, no lo colgaré todavía —soltó la chica a la defensiva—. Solo estoy recopilando imágenes para más tarde.

—Me temo que no estáis autorizados a filmar nada durante el proceso de selección —la informó Carys.

La chica puso los ojos en blanco y se guardó el teléfono en el bolsillo.

—¿Para qué recopilas imágenes? —preguntó Jenny.

—Es un reportaje sobre el viaje, para mi empresa.

Jenny, confusa, decidió no seguir preguntándole sobre ese tema.

—Me llamo Jenny, por cierto.

—Yo soy Sorcha —dijo la joven, y se retorció la coleta hasta formar una especie de cuerda reluciente—. ¿Cómo te ha ido?

—Mejor que esta mañana —respondió Jenny—. No estoy acostumbrada a las balanzas digitales, pero por suerte he preparado muchas tartas Reina Victoria en mi vida, así que conozco de memoria las cantidades...

Sorcha ladeó la cabeza.

—Pero ¿cómo pesas los ingredientes?

—Con una balanza clásica, de las de pesas —respondió Jenny, e imitó una balanza con los brazos—. En un lado se ponen las pesas y en el otro los ingredientes.

—¿En serio? ¿Y cómo piensas arreglártelas si te seleccionan para el concurso? Yo creía que eso solo lo usaban en la época victoriana.

—Pues no estoy segura, la verdad. Seguramente quedamos pocos —dijo, sintiéndose una anticuada a la que habían pillado haciéndose pasar por quien no era—. Bueno, ya está bien de hablar de mí. ¿Y a ti? ¿Cómo te ha ido?

—Con la televisión nunca se sabe —repuso Sorcha—. La receta me ha ido bien, pero al final lo que cuenta es todo el conjunto.

—Hemos terminado por hoy, chicos —anunció Carys, que había vuelto a aparecer con su tablilla sujetapapeles y su entusiasmo—. Que nadie se olvide de recoger sus recipientes, están en la mesa de la sala de espera. Si sois tan amables de seguirme, voy para allá.

Jenny se alegró de separarse de Sorcha y siguió a Carys por un pasillo cuyas luces fluorescentes contrastaban con la oscuridad del cielo. Fue más tarde cuando cayó en la cuenta de que, a esas horas, Bernard debía de hallarse de vuelta en casa de Rose y sin duda estaría preguntándose dónde andaba. ¿Y si la había llamado por teléfono a casa y ella no había respondido? Estaba tan centrada en la audición que no había pensado en ello.

—Ya sabéis que solo los treinta y dos primeros han participado en la sesión de esta tarde, ¿verdad? —preguntó Carys.

—No, yo no lo sabía —dijo Jenny con la mirada fija en los mocasines de borlas que asomaban por debajo de su abrigo de lana.

Se preguntó cómo era posible que, a sus setenta y siete años, estuviera entre los treinta y dos primeros de algo que no fuese la lista de espera para una prótesis de cadera.

—Perdona, Carys, ¿no tendrás por casualidad un teléfono que puedas prestarme? Es para avisar a mi marido de que hemos terminado.

—Claro —dijo Carys, y se sacó un móvil del bolsillo.

No tenía teclas.

—Me parece que tendrás que marcarme tú el número.

Le dictó el número de casa de Rose, y la joven lo marcó con tal agilidad que apenas movió los dedos. Con cada señal de llamada, los nervios de Jenny iban en aumento; pensaba qué le diría a Bernard si contestaba. No tenía sentido contarle la verdad antes de saber seguro cuál sería el resultado.

El teléfono dejó de sonar y saltó el buzón de voz.

—Hola, soy Jenny... Solo llamo para avisarte de que estoy de camino... Llegaré dentro de una hora, más o menos... Espero que lo hayas pasado bien con Poppy. Te veré dentro de un rato. Adiós.

Le devolvió el teléfono a Carys, y esta la guio hasta la puerta del edificio mientras le explicaba que, si la seleccionaban para participar en el concurso, recibiría noticias durante el siguiente mes.

—Gracias —dijo Jenny, pero la palabra le pareció insuficiente—. Gracias por dejarme intentarlo, Carys. Nunca soñé con poder hacer lo que he hecho hoy, y lo recordaré siempre.

Carys se llevó la mano al corazón.

—Ha sido un placer. Cruzaré los dedos por ti; ¡los de las manos y los de los pies!

Cuando Jenny salió a las oscuras calles de Londres, el ambiente gélido cargado de ligeros copos de nieve le azotó las mejillas y estos se derritieron al contacto con su piel. Sintió que algo dentro de sí había cobrado vida: la frágil llama de la ambición. Y pensó que, cuando deseas algo, te vuelves vulnerable ante la posibilidad de perderlo.

9

Tortilla

—Gracias, señoras —dijo Jenny mientras recogía los huevos frescos de las gallinas y los sostenía uno a uno en la mano durante un par de segundos para deleitarse con su delicado calor.

Cuando terminó el racionamiento, la mayoría de los vecinos se deshicieron de las gallinas, pero a Jenny y a su padre les fue imposible separarse de «las señoras», como ellos las llamaban, y de su frecuente aportación de huevos frescos. Se habían convertido en parte de su pequeña familia.

Regresó a la cocina, rompió dos en una sartén caliente y estos crepitaron cuando les echó aceite por encima con una cuchara, tras lo cual se formó una película de color rosa pálido sobre las yemas. Saltó de un lado a otro, imaginando que el mango de la sartén era un compañero de baile, mientras tarareaba al compás de Victor Silvester. Se había pasado la mañana en la escuela mecanografiando al ritmo de su música para mantener la velocidad y ahora las melodías no paraban de reproducirse en bucle en su cabeza.

Reconoció las pisadas de su padre acercándose a la puerta de entrada y la forma de llamar suavemente antes de abrir a pesar de que era su casa. Su baja estatura quedaba compensada por un gran carácter, y su presencia aportaba calidez a todas las estancias.

—Justo a tiempo —dijo Jenny a la vez que colocaba los huevos sobre una rebanada de pan y estos dejaban un rastro de aceite.

Su padre colgó el abrigo y colocó el sombrero de ala estrecha en equilibrio sobre este; a continuación se sentó a la mesa de la cocina, donde lo esperaba una taza de té humeante.

—Gracias, Jen. Hay algo que huele de maravilla —dijo frotándose las manos al ver que frente a él aparecía un sándwich de huevo.

Se lo llevó a la boca, pero se detuvo para observar a su hija, que había regresado rápidamente junto a los fogones.

—Hoy estás de muy buen humor —dijo con un tonillo pícaro—. No será por algún chico, ¿verdad?

Ella se volvió y sacudió la cabeza con una mirada traviesa.

—Tengo buenas noticias.

Él le dio un bocado al sándwich y el plato quedó decorado con gotas de color ocre.

—Tú dirás.

Jenny se sentó a la mesa junto a su padre y entrelazó las manos con fuerza.

—Me han ofrecido un trabajo en Lady Jane's, la tienda de ropa.

—No pensarás dejar el curso de secretariado, ¿verdad? —dijo él recostándose en el respaldo de la silla—. Sé que te cuesta la taquigrafía, pero lo superarás. Cuando entiendas que con eso no te faltará nunca trabajo, creo que...

—No te preocupes, papá —lo interrumpió ella—. Es un trabajo de sábados.

—¡Ah! —El hombre dio un sorbo de té caliente—. En ese caso, ¡enhorabuena!

—Con ese dinero podré pagarme algunas clases extra de taquigrafía y conseguiré llegar a las ciento veinte palabras por minuto. Imagínate lo que significa; me contratarán en un equipo de mecanógrafas, me haré secretaria y ¡tendré una carrera propia!

Jenny cruzó las piernas y empezó a balancear la de encima con tal entusiasmo que golpeó la mesa y se formaron unas ondas en el té.

—Algunas chicas de mi clase van a clases con una profesora particular una vez por semana y dicen que las ha ayudado muchísimo, así que pienso ahorrar y hacer lo mismo.

—Me parece una idea excelente —dijo su padre mientras rebañaba el plato con una corteza de pan.

—Hay una chica que iba a mi escuela y que hace poco ha encontrado trabajo de secretaria de un director de empresa. —Bajó la voz como si estuviera contando un secreto—. Dicen que gana cinco libras a la semana.

—No está nada mal para una joven —opinó él, y aparecieron unas arruguitas alrededor de sus ojos—. ¿Cuándo empiezas?

—Este sábado.

Su padre miró el reloj antes de levantarse deprisa y ponerse el abrigo a la vez que daba el último sorbo de té.

—Será mejor que vuelva al trabajo —dijo palpándose los bolsillos—. Te veré esta noche.

Cuando se disponía a abrir la puerta, se detuvo como si hubiera olvidado algo.

—Jen...

—¿Sí?

—Estoy muy orgulloso de ti, ya lo sabes. Y tu madre también lo estaría. Eres nuestro pequeño tesoro.

Frente a la puerta de casa de Rose, Jenny se aplicó el pintalabios mirándose en el picaporte metálico. Respiró hondo para tranquilizarse mientras recordaba la misión de rescate del pastel Selva Negra, el momento en que la seleccionaron para la prueba de la tarde y el alivio que sintió cuando supo que el reto a ciegas era una tarta Reina Victoria. Al llamar a la puerta trató de recordar cómo eran las de los demás, pero no consiguió una imagen clara. La invadió una sensación de alivio cuando vio la silueta de Bernard dibujada en el cristal.

—¿Dónde narices has estado? —le preguntó él con los ojos muy abiertos y expresión de desconcierto—. Empezaba a preocuparme.

—Lo siento, es muy tarde. Me he pasado prácticamente el

día entero en la cama; casi se me ha pasado el dolor de cabeza —dijo Jenny mientras las sienes le martilleaban en señal de protesta, y a continuación dejó los recipientes en el suelo—. ¿Has escuchado mi mensaje?

—Sí —dijo él, y se frotó la nuca con la mano antes de volver a poner los brazos en jarras—. Hace más de dos horas.

—¿Dónde están Poppy y Max? ¿Rose y Jeremy aún no han vuelto del trabajo? —preguntó para tratar de distraerlo.

—Han salido a cenar. Les he dicho que podían aprovechar esta noche, ya que nosotros estamos aquí. Max se ha ido a casa de un amigo y me temo que a Poppy ya no la verás, se ha acostado y duerme como un tronco. —Hizo una pausa y se cruzó de brazos con aire preocupado—. ¿Seguro que estás bien?

—Sí, sí. Solo estoy cansada.

Él se agachó para recoger las bolsas del suelo y le colgó el abrigo en la percha.

Jenny arrugó la nariz al entrar en la cocina cuando la azotó una nube sulfúrea. Sobre los fogones había una gran sartén. Fue directa hacia ella y removió la masa amarilla con una espátula. Le pareció una mezcla de huevos revueltos y tortilla salpicada de algunos trocitos de cáscara. Por algún motivo se veía cruda y chamuscada al mismo tiempo.

—¿Esta es tu cena? —le preguntó a Bernard.

El hombre se rascó la cabeza y en su entrecejo se formó una profunda arruga.

—Sí —contestó—. Me estaba haciendo una tortilla.

—Oh, Bernie —exclamó ella mientras raspaba la sartén y arrojaba su contenido al cubo de la basura—. Para empezar, esta sartén es demasiado grande.

Se interrumpió al darse cuenta de que, seguramente, no era el mejor momento.

Bernard dejó las bolsas en la encimera de la cocina y guardó silencio cuando miró dentro de los recipientes y abrió los tápers.

El chasquido de una tapa alertó a Jenny.

—A este pudin de pan y mantequilla le falta un buen trozo... ¿Y el pastel? ¿Y por qué hay medio rollito de salchicha?

Jenny puso en marcha los engranajes de su cerebro a la vez

que echaba mantequilla en una sartén pequeña y la observaba deslizarse por la superficie caliente.

—Cuando estaba en el tren me ha entrado hambre —dijo—. No había comido nada en todo el día.

Notó que él examinaba todos sus movimientos mientras cascaba los huevos en un cuenco y separaba las dos mitades para batir el contenido junto con una pizca de pimienta. Cuando la sartén estuvo bien caliente, Jenny arrojó dentro la mezcla que, bajo su mirada, siseó y se contrajo, volviéndose opaca y escupiendo chispas de mantequilla.

—Cuéntame cómo te ha ido el día en Londres. ¿Qué tal está Poppy? ¿Lo ha pasado bien?

—Lo hemos pasado estupendamente, cariño. Te habría gustado mucho venir. —Bernard se frotó los ojos por debajo de las gafas—. Sobre todo le han encantado los dinosaurios gigantes, y para colmo se le ha caído un diente de leche.

—¿Ha podido guardárselo?

—Sí, lo tiene al lado de la cama. Espera recibir la visita del Ratoncito Pérez.

Jenny ralló un poco de queso y cogió un puñado de cebollinos de la maceta que había en el alféizar de la ventana para trocearlos en la tortilla de modo que cayeron como pequeñas briznas de un verde vivo. A continuación la dobló formando una mitad perfecta, la aplastó un poco con la espátula y el queso fundido se esparció por la sartén.

Cuando por fin se sentaron a cenar, observó que Bernard se había aislado en una burbuja donde estaba únicamente concentrado en su apetito. Cada vez que se llevaba el tenedor a la boca, le temblaba la mano. Esa noche, por algún motivo, se le veía especialmente vulnerable, con la mandíbula carente de firmeza y la papada flácida. Jenny tuvo la impresión de estar captando un atisbo de lo que sería sin ella.

Antes de acostarse, solo le quedaron fuerzas para hacer una última cosa. Buscó dentro de su monedero una moneda de una libra y la pulió con vinagre para que brillara.

Subió la escalera de puntillas y abrió con cuidado la puerta del dormitorio de Poppy, solo lo justo para poder pasar. Olía a limpio y a aceite Olbas, tal vez por algún resfriado durante el invierno. Las superficies se veían repletas de objetos: pulseras de recuerdo de alguna fiesta, pasadores para el pelo y todo tipo de peluches, uno de los cuales estaba colocado de forma extraña dentro de la cocina de la casa de muñecas. En la oscuridad tuvo la certeza de que jamás había visto a nadie que destilara tanta paz como Poppy en ese momento; sus párpados en forma de medialuna tenían un tono lila, y sus sueños iban acompañados de pequeños suspiros de satisfacción.

Junto a la mesilla de noche había un recipiente plateado de tamaño diminuto. Conteniendo la respiración, Jenny levantó la tapa y, al volcar el recipiente sobre la palma de su mano, salió un diente pequeño y afilado. Tenía el borde irregular y se veía el puntito marrón de la raíz en el centro. Lo sostuvo un momento, y entonces cayó en la cuenta de que jamás había ejercido de Ratoncito Pérez.

Recordó la emoción de sentir un hueco viscoso y el sabor metálico de la sangre que solo podía asociarse con un diente de leche colgando de un hilito. Pensó que jamás había tenido en la mano un diente de sus propios hijos, ni había podido escuchar el sonido de los pasos infantiles corriendo hacia su dormitorio de buena mañana para mostrarle lo que había aparecido debajo de la almohada. No solo había renunciado a los momentos más importantes de la maternidad, sino también al día a día: ir a la escuela cogidos de la mano; escuchar las anécdotas de la jornada durante el baño; arroparlos a la hora de acostarse.

Deslizó la moneda bajo una esquina de la almohada de Poppy y abandonó la habitación de puntillas.

—Que tengas dulces sueños, pequeña —susurró, y cerró la puerta tras de sí.

10

Tostadas con mermelada

Jenny se despertó en la habitación de invitados de la casa de Rose y Jeremy. Abrió los ojos ante el techo inclinado, las ranuras de las persianas y el olor de la ropa limpia, que era distinto al de su hogar. Estuvo un rato sin saber dónde se hallaba, hasta que por fin acudieron a su mente vívidas oleadas de recuerdos del día anterior: el calor de los focos, la mirada curiosa de las cámaras, el ruido metálico de los utensilios. De no ser porque estaba dolorida a causa del esfuerzo que había supuesto todo junto, se habría preguntado si había ocurrido de verdad.

Oyó las fuertes pisadas de Poppy en la escalera seguidas de las lejanas inflexiones de la voz de Bernard como reacción a la noticia del Ratoncito Pérez. Embutió los pies en las zapatillas e introdujo los brazos en las mangas de la bata para dirigirse abajo y unirse a ellos.

—¿La tía Jenny se encuentra mejor esta mañana? —oyó que preguntaba Rose cuando se estaba acercando a la puerta de la cocina.

Ella se detuvo al oír su nombre.

—Pues... no lo sé —confesó Bernard.

Jenny se esforzó por distinguir sus voces entre el sonido de la vajilla, sin moverse ni un ápice.

—¿Qué quieres decir? ¿Hay algún problema?

—Algo no va bien, Rose —dijo él bajando la voz—, y no tengo ni idea de qué es ni de cómo puedo arreglarlo.

Jenny se despertó de golpe cuando la asaltó la dolorosa certeza de que no debería estar escuchando esa conversación, pero no podía parar.

—¿Qué ha pasado?

—Bueno, es un conjunto de pequeñas cosas que aparentemente no tienen importancia, pero cuando se conoce a alguien tan bien como yo conozco a Jenny, sabes que algo va mal.

—¿Qué clase de cosas?

Se abrió y se cerró la puerta de la nevera, y alguien se sirvió un vaso de zumo.

—Siempre está cansada y nunca había pasado tanto tiempo como ahora delante del ordenador... Parece que esté buscando información sobre algo. Y le ha dado por cocinar pasteles como si no hubiera un mañana; muchas veces se mete en la cocina en cuanto sale el sol. —Un cuchillo rozó la superficie de una tostada—. Ya sé que suena absurdo, pero le ocurre algo. Además nunca se había levantado antes que yo.

A Jenny le rugió el estómago de hambre y se lo apretó con fuerza para acallarlo.

—A ella siempre le ha gustado mucho hacer pasteles, ¿verdad? —dijo Rose con un hilo de voz que revelaba preocupación.

Se oyó el chasquido sordo de la tapadera de un tarro al abrirse.

—Sí, pero esta vez es diferente. Siempre los había hecho para nosotros, para comerlos en casa, pero ahora prepara tal cantidad que podría alimentar a un ejército entero. Y la otra noche se puso como una fiera porque me comí un rollito de salchicha. Parecen cosas tontas, pero no son nada propias de ella. Encima, quedaban muchos más rollitos.

Jenny sintió una punzada de culpabilidad. Todo cuanto tenía que hacer era entrar en la cocina y pararían de hablar, pero la curiosidad la tenía paralizada.

Se oyó el crujido de una tostada entre los dientes.

—¡Y encima lo de ayer! —exclamó él. La tostada entorpecía sus palabras—. Se pasó el día en la cama con dolor de cabeza.

Y luego me llamó desde un número desconocido para avisarme de que llegaría tarde.

Jenny apretó los ojos con fuerza. ¿Cómo no se le había ocurrido pensar en eso?

—Hace poco la oí hablar por teléfono con alguien.

Ella se esforzó por oír mejor mientras respiraba de forma entrecortada.

—¿Con quién? —preguntó Rose.

—No lo sé, pero dijo que nunca le habían ido bien las pruebas. Oí solo fragmentos de la conversación. También habló de que algo había crecido el doble de su tamaño y que se había quedado completamente en blanco.

—¿Por qué se había quedado en blanco?

—Bueno —empezó a decir él con la voz apagada por la preocupación—, he estado buscando información y podría ser por algún problema vascular en el cerebro.

El rostro de Jenny palideció de golpe.

—¿Crees que...?

—Sí. —Bernard hizo una pausa—. Eso es lo que me preocupa.

—¿Que esté enferma? —preguntó Rose.

Jenny se mordió el labio al notar que se le tensaba el pecho, víctima de sus propias mentiras.

—Oh, tío Bernard. Pero si estáis muy unidos, siempre lo compartís todo. ¿Por qué iba a ocultarte una cosa así?

—No sé más, pero, precisamente porque estamos muy unidos, tal vez no quiera preocuparme.

—¿Y crees que iría al médico sin ti? Es muy difícil ocultarle algo así a alguien a quien quieres. No me la imagino en esa situación; siempre lo hacéis todo juntos.

Jenny quiso desaparecer. A su verdadero yo se le cayó el alma a los pies al oír la visión que tenían de ella.

—No, no la veo yendo sola al médico. Pero eso explicaría por qué pasa tanto tiempo delante del ordenador buscando información sobre síntomas, la extraña llamada telefónica y sus ausencias para acudir a las visitas.

—Supongo que tienes razón —dijo Rose a la vez que golpeaba el borde de la taza con una cucharilla—, pero no explica que prepare tantos pasteles ni por qué se levanta tan temprano.

—Bueno, es posible que, si no puede dormir, se levante y se ponga a hacer pasteles. Siempre ha sido su válvula de escape y seguramente la distrae.

A continuación se hizo un silencio.

—Creo que deberías preguntárselo. Nos estamos poniendo en lo peor.

—Ya lo sé, tienes razón, pero me parece ridículo preguntarle si está enferma cuando nos conocemos mejor el uno al otro que a nosotros mismos. Parece que le esté diciendo que me está ocultando...

—¡Tía Jenny! —exclamó Poppy, que había aparecido tras ella.

Jenny dio un respingo. Se volvió de cara a Poppy y la conversación de la cocina se interrumpió de golpe.

—Mira —le dijo la niña, y extendió la mano para revelar una brillante moneda de una libra.

—¿Te la ha dejado el Ratoncito Pérez? —Poppy asintió y la contempló sobre la palma de su mano—. Es bonita y muy brillante. Seguro que le ha gustado mucho tu diente —dijo Jenny, agradecida de tener compañía para entrar en la cocina.

—Buenos días.

—Buenos días —respondieron Rose y Bernard al unísono.

—¿Has dormido bien, cariño? —le preguntó Bernard.

—Sí, gracias —respondió ella, y se inclinó sobre la cafetera. Observó a Jeremy cuando entró en la cocina y se dispuso a prepararse una especie de gachas muy elaboradas que contenían arándanos y varios tipos de semillas.

—Sírvete tostadas con mermelada —la invitó Rose, que llevaba el pelo mojado enrollado en la coronilla con una toalla.

—Gracias. ¿Qué tal anoche? ¿Fuisteis a algún sitio bonito?

—¡De maravilla! Estuvimos en el restaurante italiano de la esquina. Hacía siglos que no íbamos los dos solos —explicó Rose, y parpadeó con sus ojos azules que se veían pequeños sin el maquillaje habitual.

—Me alegro —dijo Jenny, y deslizó una rebanada de pan dentro de la tostadora, consciente de que la estaban observando.

Mientras la empujaba hacia abajo, vio que Bernard apartaba

las migas de pan con el dedo hacia los bordes de su plato, y en ese momento deseó no haber empezado otra vez con los secretos. Ya le había costado bastante ocultarle el primero.

—¿Cinco por cinco? —preguntó Bernard de camino a la escuela de Poppy.

Tenían los brazos entrelazados y los balanceaban adelante y atrás. La niña entornó los ojos en busca de la respuesta.

—¡Cincuenta y cinco!

—No tanto —repuso él—. Vamos a contar juntos: cinco, diez, quince, veinte...

—¡Veinticinco! ¿A que sí?

—Muy bien —dijo Bernard.

Jenny agradecía que Poppy los mantuviera distraídos y con ello evitara las conversaciones difíciles.

—¿Cuatro por tres?

—Cuatro, ocho, ¡doce!

—¡Bien! —exclamó él.

Jenny notaba que Bernard tenía ganas de captar su atención, pero mantuvo los ojos pegados a la acera.

Al doblar la esquina vieron a muchos pequeños con uniformes rojos que se acercaban desde todas partes, y el coro de palabras de despedida creció en intensidad. Las puertas de la escuela quedaron rodeadas de una multitud de adultos que agitaban las manos y armaban alboroto. Los interrumpió la campana que sonó en mitad del caos y tras la cual los niños corrieron a formar varias filas como si fuera una coreografía.

—Adiós, cariño —se despidió Bernard, y abrazó fuerte a Poppy—. Hasta pronto.

—¿Cómo de pronto?

—Muy pronto —dijo Jenny, y le dio un beso.

Observaron a la niña cuando corrió hacia la fila y se despidieron de ella con la mano. La mochila saltaba al mismo ritmo que su pelo y el abrigo ondeaba tras de sí como si fuese una capa. Por un instante, al verla desaparecer hacia el interior del aula, tuvieron la impresión de estar viviendo la vida que jamás habían vivido.

Cuando se alejaron de la puerta del colegio, el silencio se hizo más intenso e incómodo.

—Cariño... —empezó él.

Ella sintió que se encogía por dentro.

—¿Sí?

—No sé muy bien cómo plantearte esto —dijo él, esforzándose por encontrar cada palabra—, pero ¿hay algo que no me hayas contado?

—¿Qué quieres decir? —preguntó ella con los ojos fijos en el camino que tenía por delante para que no pudieran revelar nada.

—Ya sé que el otro día dije que te estabas pasando, pero me refiero a que no pareces... la misma de siempre.

Ella guardó silencio y dejó que él prosiguiera.

—No me estás escondiendo nada, ¿verdad? Algo sobre tu salud...

—¿Mi salud? —se extrañó ella, aliviada de no estar contando exactamente una mentira—. No, cariño. Estoy más sana que una manzana, por lo que yo sé.

Él asintió, pero el gesto de su boca seguía expresando preocupación.

—Mejor así —dijo.

Pronto le contaría la verdad, se dijo, pero solo lo haría si el resultado era satisfactorio. ¿Qué sentido tenía confesarle su ridícula ambición si al final no le servía para nada? Mientras tanto debía hacer acopio de fuerzas y desprenderse de su angustia sin decir ni una palabra.

11

Bizcocho de frutas de Yorkshire

Nunca tuvo la intención de enamorarse de Ray. Él era mucho mayor, estaba a punto de cumplir treinta años y ella tenía dieciséis, pero en su presencia le ocurría algo; era pura química, pura emoción, lo envolvía todo. Como la correhuela, los sentimientos la invadieron sin que ni siquiera se diera cuenta de que había caído en sus garras.

Eran las cinco menos cinco. Le ardían las manos mientras contaba las ganancias del día y las contrastaba con la lista de la máquina registradora. Era consciente de cada centímetro de su ser, de la posición de sus pies, del pelo, como si estuviera contando el dinero en un escenario en vez de hacerlo en la trastienda de Lady Jane's. Cuando oyó sonar la campanilla de la puerta, la sangre afluyó a sus mejillas.

—¿Está abierto todavía?

Hundió los hombros con desánimo; no era él.

—Lo siento, señora, ya hemos cerrado. Abriremos de nuevo el lunes a las diez de la mañana.

La puerta se cerró con un ligero traqueteo. Siguió contando las libras, los chelines y los peniques con la sensación de tener una película metálica en los dedos. Eran las cinco en punto. A esa hora, él ya solía estar allí.

Volvió a oírse la campanilla de la puerta. Enderezó la postu-

ra, pero mantuvo la cabeza baja para dar la impresión de estar ocupada.

—Hola, cielo. ¿Está aquí la señora Smith?

Levantó la cabeza y vio al caballero que regentaba la tienda de reparación de calzado situada enfrente.

—Lo siento, no está. ¿Quiere que le deje un mensaje? Me pilla de camino cuando vuelvo a casa.

—Gracias, cielo, pero puedo esperar al lunes —dijo el hombre mientras ella mantenía las esperanzas fijas en la tarde del sábado, aunque la perspectiva perdía emoción por momentos cada vez que se abría la puerta.

Colocó los últimos billetes de diez chelines sobre la pila y anotó un total de treinta y cinco libras que subrayó dos veces. Habían vendido un par de vestidos de corte sencillo y la cazadora de lana del escaparate. La señora Smith estaría contenta. Depositó el dinero en el fondo de un sobre marrón, lo dobló varias veces y lo guardó en el bolso, donde se topó con un trozo aplastado del bizcocho de frutas de Yorkshire, envuelto en papel de hornear, que le había sobrado de la comida. «Si me lo como, es la excusa perfecta para hacer tiempo en caso de que llegue tarde», pensó mientras lo desenvolvía y clavaba los dientes en el bizcocho esponjoso y las pasas carnosas. Era sencillo pero estaba delicioso, y saboreó cada bocado.

Se sacudió las migas del regazo y apagó la luz. Le llamó la atención lo distinta que se veía la tienda en la oscuridad: el espacio concurrido y luminoso pasaba a ser una habitación llena de barras y desprovista de vida.

Sonó la campanilla y el corazón le dio un vuelco.

—¿Estás robando el dinero de la caja registradora, Jen?

Se volvió y vio su silueta recortada en la puerta de entrada, y una oleada de calor y excitación la recorrió de pies a cabeza. Era un hombre de aspecto pulcro con los hombros anchos y una mata de pelo moreno que, si lo mirabas de cerca, comenzaba a tener algunas canas en las sienes.

—Claro que no —protestó ella e intentó buscar una combinación de palabras que sonara más ingeniosa sin conseguir articular ninguna.

—¿Ha ido bien el día? —preguntó él, tras lo cual cerró la

puerta y se apoyó en ella con la tranquilidad de quien conoce todos sus puntos fuertes.

—Sí, con mucho ajetreo, gracias —repuso ella, consciente del cuerpo de aquel hombre cerca del suyo, como si estuvieran ligados con cuerdas.

Él se le acercó con pasos lentos.

—Pobrecita. ¿Qué tal si te invito a tomar algo de camino a casa?

Por mucho que intentó reprimirla, notó que una sonrisa le tiraba de las comisuras de la boca, de modo que tuvo que fingir que estaba revisando el contenido de su bolso.

—Tengo que pasar por casa de tu madre para dejarle el dinero de la caja, y a estas horas ya debe de estarse preguntando dónde me he metido.

—No te preocupes por eso —dijo, y colocó una mano sobre el mostrador.

Tenía las proporciones perfectas y ella notó que se ruborizaba al imaginarlo tocándola.

—Podemos pasar por allí de camino.

Ella se pasó los dedos por el pelo y evitó mirarlo.

—¿Y qué pasa con... —bajó la voz— Margaret?

Él esbozó una sonrisa ladeada, como la que se ofrece a un niño, y en su mejilla izquierda se formó un bonito hoyuelo.

—Tú no tienes que preocuparte por la señora Eaton, mi esposa. Además, este fin de semana se ha marchado a visitar a sus padres.

«Mi esposa». Las palabras tiñeron de vergüenza la euforia que sentía. Toda su felicidad había quedado vinculada sin remedio al hecho de que él estuviera presente, y aquellas visitas se habían ido volviendo más y más frecuentes. Desde el momento en que lo conoció, su atención pasó a ser como la luz de un reflector y la seguía con la mirada mientras ella trabajaba. Se había acostumbrado a ello y lo anhelaba con tanta intensidad que, cuando él no estaba, sentía que su existencia estaba sumida en las tinieblas.

—De acuerdo —resolvió ella, y fue a buscar el abrigo—. Pero solo pararemos para tomar algo.

Él sostuvo la prenda por los hombros mientras ella introdu-

cía los brazos en las mangas, y notó un cosquilleo en la piel al sentir la presencia de aquel cuerpo y el aroma de la loción para después del afeitado.

—Jen —le dijo, y de nuevo apareció el hoyuelo—, intenta no cogerme de la mano hasta que lleguemos al pub.

—Ray, yo nunca...

Él le puso el dedo en los labios con una sonrisa pícara, y el olor del tabaco impregnado permaneció incluso después de que lo retirara. Ese hombre la hacía sentir muchas cosas contradictorias, se sentía muy viva y a la vez muy contenida, anhelaba su contacto y al mismo tiempo se moría de vergüenza.

Cuando cerró la puerta de la tienda, fueron caminando hasta la casa de la madre de Ray y ella trató de imaginar qué debía de sentirse caminando al lado de aquel hombre de manera legítima, cogidos de la mano, sin intentar parecer invisible.

Después de la audición, la vida volvió a la normalidad. El mes de febrero pasó en una nebulosa de mañanas frías, tardes oscuras y cenas copiosas. No hubo más llamadas anónimas ni *castings* a escondidas, y ella enterró los recuerdos tras las distracciones del día a día, aunque en los momentos más tranquilos tendían a resurgir. La vida volvió a la normalidad, más o menos.

Abrió el recetario en busca de algo con lo que acompañar el té de San Valentín. Ann y Fred llegarían en un par de horas y no tenía los ingredientes para preparar nada especial, de modo que hizo exactamente lo que habría hecho su madre: un bizcocho de frutas de Yorkshire, ese que la gente conocía como el bizcocho de «córtate un trozo y vuelve a por más». Pasó las páginas hasta encontrar dentro la cartulina amarillenta con la receta escrita por su madre, de la que había adaptado las medidas anotándolas al lado de la cantidad original.

Mezcló la sal, la harina y las especias variadas, y el olor del clavo le provocó picor de nariz. Introdujo la mantequilla, comprobó la receta y vio que su madre había añadido una anotación al lado de la palabra «leche»: *reservar la capa de nata para un bizcocho de crema y frutas.* No pudo evitar oír su voz, y la imaginó retirando la capa de nata de la leche para luego montarla y decorar con ella el bizcocho de crema y frutas del domingo. Jamás malgastaba nada.

Cascó un huevo y lo sostuvo en alto mientras su contenido caía dentro del cuenco por efecto de la gravedad.

—Será un bizcocho de frutas sencillo pero rico. Es lo que improvisaría mi madre si tuviera invitados a la hora del té —dijo mirando a la ventana—. Cuando casi no había mantequilla, la extendíamos por encima al final en lugar de utilizarla en la mezcla.

La vida podía robarte muchas cosas, pero nunca la imaginación.

Vertió los trozos de fruta con su piel, y se acordó del ingrediente que nunca fallaba a la hora de volver a por más: las cerezas confitadas. Por suerte, siempre guardaba un tarro en el armario de los ingredientes. Las cortó por la mitad, cubiertas por el almíbar, y admiró su alegre tono rojo. Pocas cosas en la vida eran mejores que cortarte un trozo de pastel y descubrir que habías tenido la buena fortuna de obtener una importante proporción de cerezas. De pequeña siempre las sacaba con los dedos y se las guardaba para el final, lo cual dejaba grandes agujeros rojizos en el bizcocho.

Se esforzó por devolverlas al armario, donde el molde en forma de corazón aguardaba en el rincón menos accesible por la falta de uso. Lo llenó con la masa moteada, cubrió bien todos los rincones y espolvoreó azúcar moreno por encima para que estuviera un poco crujiente.

—Ven a ver esto, cariño —la llamó Bernard desde el jardín en el momento en que introducía el bizcocho en el horno.

Se puso el abrigo y salió en dirección a donde él la esperaba con los brazos en jarras y la mirada fija en la tierra mientras su respiración entrecortada se transformaba en vaho.

—Míralos —dijo él con orgullo señalando un conjunto de brotes verdes coronados por sendas campanillas de invierno que se multiplicaron ante los ojos de Jenny—. Con ochenta y dos años, y aún me maravillo cada vez que lo veo.

Ella comprendía muy bien a qué se refería.

—La primavera debe de estar al caer —dijo, y juntó las palmas de las manos—. Tengo el pastel en el horno y Ann y Fred no tardarán en llegar, ya sabes cómo son.

—Sí, siempre llegan temprano —convino él mientras se sacudía la tierra de las rodillas.

—Será mejor que vaya a arreglarme un poco para estar presentable —resolvió ella, consciente de que debía esforzarse por tener buen aspecto para así contrarrestar cualquier duda que aún pudiera quedarle a su marido.

Jenny miró dentro del horno y descubrió que el bizcocho había subido tan bien que la forma de corazón parecía henchida de amor. Lo sacó con la ayuda de un trapo de cocina, y la cadena de su mejor colgante de ámbar le quemó por efecto del calor. Sonó el timbre de la puerta. Era un aparato antiguo que al girarlo emitía un ruido estridente y ponía los nervios de punta.

—Un momento —dijo mientras se dirigía tambaleándose a la encimera para dejar el pastel, del que había subestimado el tamaño.

¡Riiing!

—¡Ya voy! —gritó Bernard que bajaba a toda prisa la escalera al tiempo que introducía un brazo en su jersey de lana de color rojo.

Oyó que él abría la puerta de entrada y, a continuación, el taconeo de los diminutos zapatos de Ann en el pasillo.

—Buenas tardes, Jenny —la saludó, y entornó sus ojos azules—. Estás muy elegante.

Jenny no supo distinguir si se trataba de una observación o de un cumplido, pero pensó en lo arreglada que debía de parecer con el conjunto de jersey y chaqueta azul marino, el juego de joyas de ámbar y la sombra de ojos cobriza.

—Gracias —dijo a la vez que preparaba la bandeja para el té—. He pensado que valía la pena hacer un esfuerzo, ya que es San Valentín.

—¿Qué has preparado? —preguntó Ann asomándose sobre el molde del pastel.

—Un bizcocho de frutas de Yorkshire.

—Uf, qué receta tan antigua. Mi madre solía hacerlo, pero

han pasado años, si no décadas, desde que lo probé por última vez.

La sonrisa de Jenny se tensó como la cuerda de un tendedero.

—Aquí huele muy bien —alabó Fred mientras se frotaba las manos y recuperaba su posición habitual: justo detrás de Ann y un poco a la izquierda.

—Fred, puedes ayudar a Jenny a llevar la bandeja, ¿verdad? —dijo Ann en un tono que no era en absoluto una pregunta.

Él se puso en alerta e hizo lo que le ordenaban, y el servicio de té de la mejor porcelana tintineó al ritmo de su pulso inestable.

El cálido aroma especiado del pastel había llegado hasta la sala de estar, donde el primer sol de primavera brillaba en algunas zonas. Bernard puso su disco de Frank Sinatra y Jenny reparó en el cuello de la camisa de cuadros rosas que asomaba por debajo del jersey y que sabía que había elegido expresamente para la ocasión.

—¿A que es una pastelera excelente? —dijo, admirando el bizcocho en forma de corazón mientras ella le servía el té.

—¿Quién quiere un trozo?

—Uno para mí y otro para Fred, por favor —pidió Ann.

Jenny deslizó el cuchillo para cortar la primera porción, que revelaría cómo había quedado por dentro, y se imaginó que formaba parte del jurado de *Britain Bakes*. Para su alivio, el pedazo se sostuvo en un triángulo perfecto adornado con llamativas cerezas, que habían quedado muy bien distribuidas. Una de las porciones era la que tenía más cantidad de cerezas, y se la tendió a Bernard.

—Está delicioso, Jenny —alabó Fred con miguitas pegadas al labio superior.

Ann le hizo un gesto con la servilleta y él las esparció en todas direcciones al frotarlas con el dorso de la mano.

—¿Cuántos días de San Valentín lleváis juntos? —preguntó Bernard.

Ann miró al techo como para indicar que no pensaba en ello desde mucho tiempo atrás.

—En marzo hará cincuenta y tres años.

—Enhorabuena. No es moco de pavo.

—Yo trabajaba en la biblioteca del pueblo y Fred solía venir todos los fines de semana sin falta para intercambiar los libros. Pensé que debía de ser un hombre muy instruido, pero cuando le pregunté por lo que había leído, no supo decirme gran cosa.

Jenny miró a Bernard y se sonrieron brevemente. Resultaba curioso cómo, después de tantos años, aún podía imaginar al joven Fred con su bolsa de libros y su poca facilidad de palabra.

—Bueno, no los había leído —confesó él mientras trataba de atrapar una cereza que daba vueltas en el plato—. Mi madre me dijo que había una chica guapa trabajando en la biblioteca del pueblo y quise comprobarlo por mí mismo. —Pilló la cereza y se la llevó directamente a la boca—. Y tenía razón.

—¿Cuántas veces me invitaste a ir al cine, Fred? —dijo Ann con las cejas arqueadas—. Siete —contestó ella misma sin darle opción a pronunciar palabra. Los miró a la espera de su reacción mientras movía la boca como si estuviera succionando una cereza—. Y aquí estamos, con tres hijos y cinco nietos, y pensar que jamás habrían existido de no ser porque Fred fingía leer libros.

Jenny observó que Fred rebuscaba su teléfono en el bolsillo de los pantalones. Al final sacó un estuche de piel que se abría como una agenda y les presentó orgulloso la foto de sus cinco nietos abrazados en un sofá como un mar de pelo rojizo.

—Tom, Isabelle, George y Toby —explicó señalando sus caras con los dedos torpes—, y la pequeña Ellie en aquel extremo.

—Son maravillosos —exclamó Bernard—. Mira qué pelo.

—Los bucles cobrizos son por mi madre, todo el mundo la llamaba la Pelirroja. El rasgo se saltó dos generaciones y, de repente, sin esperarlo, todos lo heredaron —explicó Ann empujando el teléfono hacia Jenny—. Tom es igual que mi padre, un genio de los números.

Jenny examinó la fotografía que habían tomado Ann y Fred. Aunque los niños no tenían más de cinco o seis años, le sorprendió hasta qué punto eran como pequeñas cápsulas del tiempo de todos aquellos que les precedían, espejos de los antepasados que habían sufrido guerras y se habían enamorado y, por un afortunado golpe del azar, habían conseguido sobrevivir. El pelo rojo y la facilidad para las matemáticas eran, de hecho, un regalo muy antiguo de alguien a quien jamás habían conocido, pero sin el cual no habrían existido.

—Qué agradable debe de ser mirar a Tom y ver en él a tu padre —comentó a la vez que le devolvía el teléfono a Fred.

—Lo es —confirmó Ann—. No hay nada comparable. Aunque no se tiene tiempo para cocinar pasteles en San Valentín. Ser abuela de cinco nietos te ocupa todas las horas del día.

Jenny sintió que se le encogía el corazón al saber que no tenía nada verdaderamente importante que pudiera mostrar.

—A veces siento algo parecido cuando cuidamos de Poppy, la hija de mi sobrina. La observo cuando habla y veo... —Bernard hizo una pausa cuando las palabras se atascaron en su garganta—, veo a mi hermana.

Jenny estiró el brazo por debajo de la mesa y posó la mano en los suaves pantalones de pana de él.

—¿Te apetece otro trozo? —ofreció Jenny mirando a Fred mientras este se guardaba el teléfono en el bolsillo.

—¿Puedo, Ann? —preguntó.

—Un trocito muy pequeño —accedió ella, y tomó un sorbo de té—. ¿Dónde os conocisteis vosotros?

—En un baile de la cooperativa en los animados años sesenta —explicó Bernard con una sonrisa que se propagó por toda su cara—. Vi a Jenny desde el otro lado de la sala y supe de inmediato que no me marcharía sin hablar con ella.

—¿Tú también te habías fijado en él, Jenny? —quiso saber Ann.

—Mi amiga sí, pero yo no, hasta que me pidió que bailara con él. Menos mal que lo hizo.

—¿Bernard fue tu primer amor?

—Bueno... me parece que antes me enamoré de los pasteles —soltó, lo cual provocó risas de cortesía—. Pero creo que, en realidad, el amor verdaderamente importante es el último.

El jardín era un puro susurro sumido en la oscuridad mientras Jenny fregaba los utensilios de cocina y se peleaba con una persistente mancha de té que bordeaba la boca de la tetera y resultaba imposible de eliminar. El pastel de fruta en forma de corazón parecía un poco triste, a medio comer sobre la encimera. Por lo menos lo habían disfrutado, pensó, especialmente Fred, que se las había arreglado para zamparse varios «trocitos muy pequeños» a lo largo de la tarde.

—Cariño —empezó a decir Bernard desde el pasillo con voz trémula, insegura—, tienes un recado en el contestador...

Sus palabras quedaron en suspenso.

Jenny se tomó un momento antes de quitarse los guantes de goma y volverse hacia la puerta.

—No he oído el teléfono —siguió diciendo él—. Ha debido de sonar antes, cuando tenía puesta la música.

—¿De quién es? —preguntó ella, que estaba empezando a perder la aparente serenidad.

—No estoy seguro, Andy no sé qué. De una compañía que no me suena de nada.

Ella se precipitó hacia el teléfono como si fuera un petardo sin explotar mientras albergaba la esperanza de que Bernard desapareciera, pero, en vez de eso, él se quedó a su lado, examinándola de cerca. En un intento por aparentar tranquilidad, decidió escuchar el mensaje con el auricular muy pegado a la oreja para que no se oyera nada desde fuera. Era aquel director de *casting* de la barba cuidada, y le pedía que le devolviera la llamada.

Volvió a colocar el auricular en el soporte.

—Bueno, ¿quién era? —preguntó él.

Cuando levantó la cabeza para mirarlo se dio cuenta de que el óvalo de su cara formaba unas sombras alargadas, síntoma de la preocupación, que lo hacían parecer incluso mayor que antes de Navidad. Era muy cruel dejarlo con la duda por más tiempo.

—No he sido del todo sincera contigo, Bernard —dijo cuando las palabras brotaron de sus labios sin que tuviera tiempo de darles forma en el cerebro.

Él abrió mucho los ojos, aterrado.

—No es nada que deba preocuparte —lo tranquilizó, y le cogió la mano. Notó su tacto cálido, su piel apergaminada, y sintió mucho amor—. No estoy enferma, pero pensarás que soy muy ridícula. —Él prestó mucha atención a cada una de sus palabras—. Y casi no tiene sentido que te lo cuente ahora, puesto que es posible que todo haya terminado.

—¿Qué es? —preguntó él.

—Me... Me he presentado a *Britain Bakes*.

Él guardó silencio y contrajo el rostro, confundido.

—¿*Britain Bakes*? ¿El programa de la tele? ¿El de los pasteles?

—Sí. —Ella pestañeó para soportar la sensación de ridículo—. No te había dicho nada porque me daba vergüenza incluso sentirme con ganas de participar.

Se hizo un silencio mientras él se frotaba la frente.

—¿Cuándo? —preguntó.

—Bueno... —Ella se acarició el labio superior con la manga de seda—, envié la solicitud justo después de Navidad, y puede decirse que he estado participando en audiciones desde entonces.

—¿Audiciones? ¿Dónde?

—Una fue una entrevista por teléfono, y la otra, una prueba en Londres.

—¡¿En Londres?!

Jenny sintió que, una vez que había empezado a hablar, no podía parar.

—He conseguido llegar a la final —dijo, y un escalofrío de emoción se propagó por su interior—, así que estoy esperando noticias... y seguramente el mensaje del contestador es por eso.

—¿A la final?

Ella asintió, y su ánimo se serenó al recordar el pastel Selva Negra aplastado, el rollito de salchicha desaparecido y el pudin de pan y mantequilla.

Él siguió frotándose la frente como si intentara introducir toda aquella información en su cerebro mediante un masaje. Al final la miró.

—Lo sabía. Sabía que no eras la de siempre —dijo con los labios formando una línea indescifrable—, solo que pensaba que estabas enferma. Me tenías preocupado Jenny, y lo sabías.

Le cambió la cara cuando encajó, una a una, todas las piezas del puzle.

—Por eso hacías tantos pasteles... y te perdiste el día con

Poppy... y te pusiste como una fiera porque me comí un rollito de salchicha. —Se le veía herido—. ¿O sea que todo eran mentiras?

—Bueno... —empezó a decir ella con la cabeza ladeada mientras elegía las palabras—, eran mentiras piadosas.

—¿Mentiras piadosas? —Tenía la voz ronca por la agitación y sus ojos emitieron un destello de dolor—. No entiendo por qué no me lo contaste; siempre lo compartimos todo.

El sentimiento de culpa atravesó las entrañas de Jenny como un cuchillo afilado.

—Ya lo sé —dijo—. Lo siento mucho.

Permanecieron en mitad de un silencio incómodo, y por un momento se sintieron igual que los dos extraños que fueron una vez, mucho tiempo atrás. Ella buscó algo que decir para arreglar las cosas, pero él tenía razón. Lo que había hecho era imperdonable.

—Ven aquí —le dijo él, y cuando la rodeó con los brazos a ella le pareció que estuviera abrazada a un andamio.

—Soy una persona horrible —confesó Jenny con la cara hundida en el jersey.

—No, no lo eres —la tranquilizó él, y ella notó que su cuerpo se relajaba—, pero no debemos ocultarnos cosas, Jenny. Solo nos tenemos el uno al otro.

Una lágrima salada resbaló por su mejilla mientras escuchaba los latidos del corazón de Bernard. Pues no sabía ni la mitad, pensó.

Él retrocedió para mirarla y sus ojos recuperaron una pizca de luz.

—Tendrás que devolverles la llamada, ¿no?

—Ah, no sé —dijo ella encogiéndose de hombros—. Es viernes y es un poco tarde, así que seguramente se habrán ido todos a casa.

—O quizá no. ¿Lo intentas, por lo menos?

Jenny dio un hondo suspiro y levantó el auricular. Volvió a escuchar el mensaje con el corazón acelerado y marcó el número para devolver la llamada.

El teléfono empezó a sonar.

Bernard se acercó para leerle la expresión de la cara.

Ella estaba serena, dispuesta a iniciar la conversación y presentarse, pero solo obtuvo la respuesta mecánica de un contestador automático.

—Hola, soy Jennifer Quinn... —a Bernard se le iluminó la mirada— he oído el mensaje. Buen fin de semana, adiós —dijo de forma atropellada.

Estampó el teléfono en el soporte.

—¿Ha saltado el contestador? —Ella asintió—. Pues entonces sigue contándome —dijo cuando regresaron a la cocina—. Quiero saberlo todo.

—Bueno —repuso ella mientras volvía a ponerse los guantes de goma—, no estoy muy segura de por dónde empezar.

12

Suflé Alaska

Sus manos acariciaron el terciopelo del asiento a la vez que se encendían las luces del intermedio. Era como despertar de un sueño, un sueño en el que había admirado la belleza de Holly Golightly y había mirado a los ojos a Paul Varjak.

—¡Guau! —le susurró a Sandra, sentada a su derecha con la boca un poquito entreabierta—. Creo que es lo mejor que he visto en mi vida...

Había conocido a Sandra el primer día en la escuela de formación profesional cuando descubrieron que, por accidente, se habían intercambiado los abrigos con el cuello de piel. Como Sandra era bastante más alta que Jenny, enseguida se dieron cuenta del error. Sandra se dirigió hacia ella vestida con una prenda excesivamente ajustada mientras Jenny se miraba de arriba abajo con desconcierto. La joven era la mayor de cinco hermanos y siempre reaccionaba enseguida. Su hogar era muy distinto al de Jenny: un adorable caos de habitaciones compartidas, relaciones fraternales y sobremesas animadas. Jenny envidiaba el ajetreo y el bullicio casi tanto como Sandra envidiaba su soledad.

—Siempre que vamos al cine dices lo mismo —rio su amiga—, pero debo decir que estoy de acuerdo. Tiene tanto estilo...

Las dos se volvieron hacia el foco de luz en el mismo instan-

te, como si hubieran visto un ángel. Se trataba de una acomodadora con una bandeja de helados.

—¿Te apetece uno? —preguntó, y el simple pensamiento hizo que le gruñeran las tripas.

—Por supuesto —contestó Sandra, y sacó seis peniques del monedero.

Jenny se abrió paso hasta el pasillo a toda prisa para no perder tiempo y quedarse sin helado, que era igual de importante que la película.

—¿En qué puedo servirla? —preguntó la acomodadora.

—Dos tarrinas de vainilla, por favor —dijo, y le entregó los peniques que conservaban el calor de la palma de su mano.

Regresó junto a Sandra y no perdió ni un segundo en retirar la cubierta de papel y hundir la diminuta cucharilla de madera en la masa fría y cremosa para deleitarse cada vez que se la llevaba a la boca.

—En el cine siempre sabe mejor, ¿verdad? —observó, y fue pasando la cuchara alrededor del borde, donde el helado se estaba derritiendo con el calor de su mano.

Sandra emitió un sonido que indicaba que estaba de acuerdo y se lamió los labios.

—¿Qué tal van las cosas en Lady Jane's? —preguntó haciendo una pausa mientras jugueteaba con la cucharilla entre los dedos.

—Me gusta mucho el trabajo —dijo Jenny—. Además, casi he ahorrado lo suficiente para las clases de taquigrafía, y eso es un alivio.

—Cuando tu profesora te haya enseñado, ¿podrás enseñarme tú a mí?

—Lo intentaré, pero creo que tardaré un tiempo en tenerlo por la mano —repuso con la cuchara colgando entre sus labios mientras la lamía—. Imagínatelo: cuando seamos secretarias podremos pagarnos el cine todos los fines de semana.

—¡Y no te olvides del baile! —exclamó Sandra, que estaba rebañando el envase—. Estaría bien conocer a un chico que me saque de esa casa de locos...

Algo en la forma de sonreír de Jenny hizo que Sandra lo notara enseguida.

—¿Eh? —exclamó, y dejó la tarrina de helado olvidada sobre su regazo—. ¿Has conocido a alguien?

Jenny miró la cortina y se ruborizó.

—Pues claro que sí —dedujo Sandra—. ¡Te has puesto como un tomate!

—¡Chisss! —Jenny miró alrededor y se inclinó para acercarse a Sandra—. Es del trabajo, pero...

—¿Un chico? ¿En Lady Jane's?

—Bueno, es el hijo de la dueña. Aparece de vez en cuando mientras estoy trabajando y...

Sandra se recolocó en el asiento como si ahora Jenny estuviera en la gran pantalla.

—¿Por qué no me lo has contado antes? ¿Qué aspecto tiene?

—Bueno, es muy guapo —explicó, y sintió mariposas en el estómago al pensar en él—. Es un poco más mayor que yo... y tiene un hoyuelo precioso en la mejilla izquierda.

Sandra pestañeó, ansiosa por conocer todos los detalles.

—¿Estáis saliendo juntos? ¿Cuánto es «un poco más mayor»?

—Tiene casi treinta años, creo —dijo mientras apuraba las últimas gotas del helado acompañándolas con la cucharilla—. No lo sé; es complicado.

—¡Treinta años! —A Sandra le estaba costando no alterarse—. ¿Por qué es complicado?

Jenny miró alrededor y le indicó a Sandra que se acercara.

—Está... Está casado.

Sandra dio un grito ahogado.

—Jenny... —empezó a decir con la mirada encendida—, ¿os habéis besado?

—Yo al principio no lo sabía —explicó, y notó que una oleada de calor le inundaba el rostro, de modo que se alegró de que las luces se apagaran y las conversaciones se fueran extinguiendo.

—Sí que os habéis besado —dijo Sandra pellizcándole el muslo—. Lo noto.

Jenny sacudió la cabeza y se volvió hacia la pantalla. Cuando abrieron las cortinas y esta cobró vida, sintió los ojos de Sandra clavados en ella, pero no cedió y siguió mirando hacia de-

lante, aunque tenía un desagradable nudo en la boca del estómago.

Por mucho que lo intentara, Jenny no podía dormir. Se dedicó a leer los correos electrónicos, pese a que las fuertes punzadas de los ojos le recordaban que eran las cuatro de la madrugada y debería estar en la cama en lugar de así de despierta. Había un mensaje de Rose en el que adjuntaba una foto de Poppy con un diploma por su buen trabajo en las clases de arte. A continuación encontró el boletín informativo del club de tenis y bolos, y, más abajo, un anuncio de pantalones de hombre a mitad de precio. Nada de *Britain Bakes*. Se dirigió a la planta de abajo, con cuidado de no hacer ruido con las tablas del suelo, que crujían ocultas bajo la alfombra.

Cuando abrió la puerta de la cocina para cerrarla con cuidado tras de sí, aspiró el cálido aroma del bizcocho que se estaba enfriando sobre la rejilla. Lo rozó suavemente con el dorso de la mano y decidió que tenía la temperatura adecuada para la siguiente fase de aquella misión de repostera impulsada por el insomnio, cuyo objetivo consistía en elaborar el postre preferido de Bernard en cualquier ocasión: un suflé Alaska.

Volvió a mirar la receta y siguió sus anotaciones para añadir algunas cucharaditas de zumo de naranja por encima del bizcocho. Le parecía que, sin eso, tendría un dulzor demasiado normal. Cuando el bizcocho hubo absorbido el zumo, lo cubrió con mandarinas en almíbar que se escurrían entre sus dedos como pececillos.

«El merengue de la parte superior va a suponer todo un reto en mitad de la noche», se dijo mientras cubría la ranura inferior de la puerta con un trapo de cocina para no molestar a Bernard. Contuvo la respiración al introducir el batidor de varillas en las claras de huevo para removerlas; y, como por obra de un milagro, las transformó en una ligera espuma a punto de nieve. Añadió poco a poco el azúcar, una pizca de sal y el cremor tártaro y observó cómo se mezclaban con las palabras de Bernard en su mente: «No debemos ocultarnos cosas, Jenny. Solo nos tenemos el uno al otro».

Sabía que lo del 11 de enero había sido una señal, pero no esperaba que el pasado cobrara tanta fuerza en su memoria. Habían pasado muchos años.

Sacó el helado de vainilla del congelador y el frío le pegó los dedos al recipiente. Cuando hubo rellenado el bizcocho de bolitas amarillas, lo cubrió con brillantes espirales de merengue, y entonces reparó en que había escrito las palabras: *tiene que cubrirse bien sin dejar huecos, si no el helado se derretirá con el calor de horno*, acompañadas de una carita preocupada. Recordó que la frase era producto de un error durante una cena de celebración: nada más cortar la primera porción, el helado inundó el plato. El suflé Alaska era un experimento científico.

Tras esculpir la forma con intrincados toques de la espátula, retrocedió para admirar su obra: la anémona marina del mundo de la repostería. Tendría que sobrevivir en el congelador hasta la hora de la comida, y entonces sorprendería a Bernard con él.

—Buenos días, cariño —la saludó Bernard, y depositó una taza humeante a su lado, sobre la mesilla—. ¿Te has pasado aquí toda la noche?

—Buenos días —le correspondió ella, y su confusión inicial se disipó en cuanto vio dónde estaba—. No podía dormir y he bajado para preparar un pastel. Debo de haberme sentado en el sofá y me ha vencido el sueño.

Notó que le lloraban los ojos cuando Bernard descorrió las cortinas y la luz entró a raudales por las ventanas.

—En la cocina huele de maravilla. No es porque estuviera roncando, ¿verdad?

—Bueno, sí que has roncado, pero no más de lo habitual.

Cuando se puso de pie, le dio la impresión de que llevara puesto un chaleco tejido con cadenas de hierro en lugar del camisón de flores. Conocía esa sensación, por mucho que le doliera admitirlo.

—Bernard —dijo, y dio un sorbo de té—, me siento vieja.

Él se volvió a mirarla y sonrió.

—¿Muy vieja?

Ella hizo una breve pausa. Las articulaciones le crujieron al desperezarse.

—Como si tuviera noventa y nueve años.

—Ah, no es para tanto. Siguen siendo dos cifras.

—Pues entonces ¿a qué edad se es viejo? —preguntó, mirándolo como si quisiera comprobar que había entendido bien su respuesta.

Él lo pensó un momento.

—Creo que hay personas que se sienten viejas a los veinticinco años, pero tú tienes muchas ganas de vivir, cariño.

—¿Sí? —preguntó con el cuello entumecido por la postura en la que se había dormido.

—Bueno, llevas dos meses presentándote a audiciones para un programa de televisión. Eso no suena a pasarse el día tejiendo en zapatillas, precisamente.

Ella esbozó un amago de sonrisa.

—Lo que tienes que recordar, Bernard Quinn, es que lo que algunos llaman «tener muchas ganas de vivir» otros lo consideran perder la chaveta —comentó, y ambos se echaron a reír.

Rieron tanto que a Jenny le entraron pinchazos en un costado y no podía mantenerse erguida, lo cual aún los hizo reír más.

—Bernard —dijo tratando de recobrar el aliento cuando un pensamiento sombrío la obligó a ponerse seria—, ¿alguna vez has pensado qué pasará cuando uno de los dos…?

—Uno de los dos, ¿qué?

—Cuando uno de los dos… bueno, se quede solo.

Bernard miró por la ventana y embutió las manos en los bolsillos de la bata.

—Supongo que alguna vez lo he pensado, sí.

—¿Y?

—Es muy triste, pero no tiene sentido recrearse pensando en las cosas que no podemos remediar —dijo con una sonrisa de pesadumbre en los labios—. Además estoy dispuesto a pagar el precio.

—¿Qué quieres decir?

—Bueno, sé que es imposible tener una cosa sin la otra —prosiguió—, y si nos lamentamos por lo que hemos perdido será porque también nos ha dado la mayor felicidad.

Jenny notó un nudo en la garganta cuando se levantó para abrazar la cintura de Bernard y enterrar la cara en la lana de su anticuada bata de estar por casa. Se aferró a él mientras escuchaba los gemidos de su estómago y el latido de su corazón.

—Creo que deberías ir a darte un baño —le propuso él tras dar un suspiro para recobrar el ánimo—. Siempre sienta bien.

Jenny se dirigió a la planta superior e hizo exactamente eso: dejó salir el agua caliente del grifo y añadió un chorro de gel. En la superficie afloraron unas burbujas de vaho que se pegaron al espejo del cuarto baño mientras ella se quitaba el camisón por la cabeza y lo depositaba doblado sobre la silla.

Se miró el cuerpo y se acarició los brazos de manera que la piel se acumuló en un punto y formó arrugas que le recordaron a la capa de nata de la leche. Todo había sufrido el efecto de la gravedad; sus pechos parecían bolsillos colgando a causa del peso que soportaban, veteados por venas verdosas y salpicados de las manchas acumuladas durante muchas vacaciones de verano. Con la edad, había aprendido a apreciar su cuerpo y lo juzgaba con una mirada más benévola. Había funcionado muy bien durante setenta y siete años y estaba agradecida por ello.

Embutió el pelo en su gorro de baño y fue introduciéndose centímetro a centímetro en el agua caliente hasta que quedó sumergida del todo y notó el cosquilleo de las burbujas en la parte inferior de la barbilla. Los productos cosméticos de Bernard estaban alineados junto al lavabo; la vieja maquinilla de afeitar y la brocha eran como extensiones de sí mismo. Todas las mañanas sin falta, después de leer el periódico en la cama, Jenny lo oía en el cuarto de baño cuando golpeaba tres veces la maquinilla de afeitar en el borde del lavabo antes de enjuagarla dentro del agua. Repetía eso mismo en intervalos cortos, y a continuación la ducha chirriaba al cobrar vida. Desde que lo conocía, siempre había sido un hombre de costumbres. La vida sin él sería como si se pararan las manecillas del reloj.

—¡Cariño! —la llamó desde el pie de la escalera—. ¡Te esperan al teléfono!

Jenny se repuso; salió de la bañera, se envolvió con una toalla y se dirigió al dormitorio dejando un rastro de gotas por donde pasaba.

—Hola, soy Jenny —dijo, consciente de que Bernard estaba escuchando en el otro aparato.

—Hola, Jenny, soy Andy, de *Britain Bakes*.

—Ah, hola, Andy. Siento no haber respondido a tu llamada ayer, tuvimos invitados y no oí el teléfono.

—No te preocupes, y disculpa que te moleste en sábado. Sé que hemos tardado unos días en ponernos en contacto contigo. Quería agradecerte tu participación en la audición y...

Jenny tenía el corazón en la boca mientras observaba las gotitas de agua que resbalaban por su piel y se acumulaban en los pliegues.

—No hay de qué.

—Nos dejaste muy impresionados con los pasteles y en particular con tu inusual presentación del pan —se apoyó en la pared para sostenerse mientras los engranajes de su cabeza no paraban de dar vueltas— en forma de pudin de pan y mantequilla —añadió.

—Ah, bueno, es que quería demostrar que tengo recursos —dijo—. Para ser sincera, pensaba que me expulsarían.

Creyó oír un ruido al otro lado de la línea telefónica, pero no estaba segura.

—Bien, pues estoy encantado de anunciarte que, lejos de eso, has impresionado al equipo y has conseguido clasificarte entre los ocho finalistas.

Jenny aferró la toalla de baño, que había resbalado muy por debajo de sus axilas. En ese momento era incapaz de hacer cálculos, pero la palabra «encantado» resonaba en su mente.

—¿Los ocho finalistas?

—Sí. Enhorabuena. Concursarás en la próxima edición de *Britain Bakes*; si tú quieres, por supuesto.

Oyó el clic del auricular seguido de las fuertes pisadas de Bernard al subir la escalera más deprisa que nunca en el montón de años que llevaban juntos.

—¿Va... en serio?

Andy se echó a reír.

—Pues claro que va en serio, eres fantástica. De veras nos

emociona poder darte la bienvenida a la familia de *Britain Bakes*. Carys está completamente emocionada; no ha dejado de apostar por ti desde que leyó tu solicitud.

—Que Dios la bendiga —repuso Jenny en el momento en que Bernard aparecía a su lado y levantaba los pulgares con expresión eufórica—. Disculpa que no diga gran cosa, es que no puedo creer que me hayan elegido... —prosiguió, y se sintió desnuda solo con el gorro de baño y la toalla, que aferró con más fuerza cuando un escalofrío formó centenares de bultitos en su piel—. Gracias.

—No hay de qué. Hemos recibido miles de solicitudes, de manera que eso significa que lo has hecho la mar de bien. Te dejo para que disfrutes del fin de semana. El equipo se pondrá en contacto contigo el lunes para indicarte el calendario del rodaje y todos los detalles, pero quería darte la buena noticia.

—Gracias... Muchas gracias.

—Ah, una cosa más: no lo comentes con nadie. Tu nombre aparecerá anunciado en la prensa cuando terminen las sesiones de rodaje, pero hasta entonces debes mantener la noticia en secreto. Te enviaré un acuerdo de confidencialidad para que lo firmes, pero mientras tanto no debe saberlo absolutamente nadie.

—¿Un acuerdo de confidencialidad?

—Sí.

—Ah, bueno, no hay problema —dijo—. No se lo he dicho a nadie más que a Bernard.

—Estupendo. Que tengas un buen fin de semana, Jenny.

—Igualmente, adiós.

Colgó, y Bernard la aferró por los hombros antes de rodearla con los brazos. Jenny estaba anonadada mientras su cerebro intentaba procesar lo ocurrido en los últimos sesenta segundos.

—¡Jenny! ¡Lo has conseguido! —exclamó Bernard estrechándola tan fuerte que tuvo la sensación de que iba a explotar—. ¡Madre de Dios! ¡Lo has conseguido!

Ella abrió la boca, pero no pronunció palabra alguna. Solo brotaron lágrimas.

13

Iglesia de jengibre de Todos los Santos

En múltiples ocasiones durante los últimos meses, Jenny se había hallado junto al fregadero lleno de utensilios de cocina, con la cara roja y a punto de abandonar la idea del concurso. Ese día, sin embargo, no era así. Acababa de elaborar una deliciosa receta para la semana de las galletas y la casa estaba llena del olor de las especias calientes.

Oyó la llave de Bernard en la cerradura, seguida del crujido de las bolsas de la compra, lo cual indicaba que llegaba a casa tras otro viaje al supermercado. Últimamente parecía que viviera allí, donde se dedicaba a escrutar las estanterías en busca de las últimas exigencias culinarias de Jenny.

—Creo que lo tengo todo —dijo con la respiración fatigosa cuando dejó las bolsas de la compra en el suelo y depositó las llaves sobre la encimera—. ¿A qué hora llegan los de *Britain Bakes*?

—De un momento a otro —dijo ella mientras aguardaba a que él se diera cuenta del detalle.

Bernard empezó a vaciar las bolsas cosa por cosa: huevos, azúcar, suero de leche... De repente algo captó su atención. Sobre la mesa vio lo que parecía la maqueta de una iglesia construida con galletas de color tostado, con los detalles dibujados con fino glaseado blanco y completada por vidrieras elaboradas con azúcar veteado de diversos colores.

—Es la iglesia de Todos los Santos... —admiró él.

Ella dio una palmada.

—¡La has reconocido!

—Pues claro, es increíble.

Se acercó para examinarla y señaló a un hombre alto que estaba de pie junto a la puerta de la iglesia.

—¿Ese soy yo? —preguntó, y esbozó una sonrisa pícara—. Creía que tenía las facciones mucho más finas.

—¡Vamos, Bernard!

Sonó el timbre de la puerta y Jenny se alisó la blusa y se retocó el pelo.

—¿Qué tal estoy? —preguntó con la mirada viva, ávida.

—Guapísima.

Fueron juntos hasta la entrada y divisaron la silueta de varias personas a través del cristal.

—Parece que son ellos —dedujo Jenny, y se preparó antes de abrir la puerta.

—Hola —saludó Carys, que llevaba el pelo recogido en una especie de ramillete sobre la coronilla y que a Jenny le recordó a una tubería reventada.

—Hola, Carys —saludó Jenny a su vez, y le dio un abrazo rápido—. Bienvenida a Kittlesham. Este es mi marido, Bernard.

Bernard parecía un poco asombrado, y Jenny cayó en la cuenta de que debía de resultarle extraño ver que tenía un trato tan familiar con alguien a quien él no conocía de nada. Toda su vida adulta había sido una experiencia conjunta, hasta el punto de que si uno de los dos olvidaba el nombre de una persona o un lugar del pasado, el otro estaba allí para proporcionar la información. En cambio, la situación presente les recordaba que ella había hecho eso sola.

El hombre le tendió la mano a Carys.

—Hola, Bernard, he oído hablar mucho de ti —lo saludó ella, correspondiendo a su gesto.

—Espero que sean cosas buenas. Entra, deja que te coja el abrigo.

Detrás de Carys había una larga hilera de personas con maletas de aspecto pesado y que al pasar junto a ellos los saludaron con un educado «hola, Jenny; hola, Bernard» y una inclinación de cabeza. A continuación abrieron las maletas y sacaron postes de color negro con los que formaron trípodes de un tamaño tres veces superior al original y sobre los que colocaron algo que parecían focos. Era como si el circo hubiera llegado a la ciudad y se hubiera instalado en su cocina.

—Bueno; hoy toca... —empezó a anunciar Carys, y les hizo señas para que se acercaran— filmar la parte del programa en la que presentamos a los concursantes. Es una especie de foto del momento actual. La voz en *off* dirá algo como «Jenny vive en Kittlesham con su marido, Bernard», y veremos un pequeño clip de los dos *in situ*. —Se colocó bien las gafas sobre la nariz y ladeó la cabeza—. ¿Me entendéis?

—Perfectamente.

Jenny miró a Bernard, cuyas cejas estaban muy juntas por efecto de la concentración, y se relajó cuando intercambiaron una breve mirada de entusiasmo.

—Empiezo a arrepentirme de no haber hecho obras en la cocina; nunca pensé que saldría por la tele —dijo Jenny con aire de disculpa al mirar los armarios desvencijados.

—Pues yo me alegro de que no sea así —repuso Carys—. Esto es... tan auténtico. Y me encantan los narcisos.

A Bernard se le iluminó la expresión.

—Son del jardín —explicó.

Carys se volvió hacia un caballero que llevaba puestos unos auriculares y tenía una bolsa llena de botones y lucecitas.

—¿Podemos ponerles los micrófonos, por favor? —le dijo.

—Hola, soy Graham —se presentó el hombre, y prendió un aparatito diminuto en el cuello de la camisa de Bernard—. Si eres tan amable, bájatelo hasta la cintura por debajo del jersey y te lo sujetaré al bolsillo de los pantalones.

—¿Te ponemos polvos antibrillo? —preguntó Carys mirando a Bernard como si fuera una pregunta habitual para él.

Una expresión de pánico atravesó el rostro de Bernard cuando Carys se irguió para empolvarle la frente con la brocha antes de cerrar el estuche del maquillaje. Jenny reprimió las ganas de reír. Siempre había una primera vez para todo.

—Bueno, creo que empezaremos contigo, Jenny. Me gustaría que cogieras un libro de recetas de la estantería de ahí y lo hojearas. Luego empieza a pesar un poco de harina y azúcar en tu bonita balanza y...

—¿Puede ser cualquier receta?

—Sí, sí, cualquier cosa va bien. Ni siquiera tienes que preparar un pastel de verdad.

Jenny miró alrededor. Probablemente, jamás había tenido a tantas personas juntas en aquella casa. Bernard parecía un extraño en su propio hogar mientras permanecía apartado y asimilaba todo aquello.

—¿Empiezo? —preguntó Jenny.

—Sí, en cuanto estés lista —la animó Carys—. Olvídate de que nosotros estamos aquí.

La cocina quedó en silencio. Jenny se estiró para alcanzar el libro de recetas de la estantería y hojeó las páginas, consciente de las luces, las cámaras y los extraños que la rodeaban. Había horneado miles de pasteles en su pequeña cocina antes de ese momento, sin embargo, de repente, su espacio íntimo había pasado a ser un espacio público, como si una enorme lupa siguiera cada uno de sus movimientos.

—Fantástico, sigue así, vamos a salir para tomar unas imágenes desde el jardín —dijo Carys.

Un hombre que sostenía una cámara salió por la puerta trasera, y Jenny vio que Bernard ponía mala cara cuando el operador pisó el macizo de flores con una de sus enormes botas negras.

—Fantástico, gracias. Si puedes asomarte por la ventana y mirar hacia mí... sigue removiendo...

El hombre hizo una señal de aprobación con los pulgares y Bernard expresó un claro alivio cuando volvió a colocar la bota sobre el césped.

—Perfecto. Vamos a grabar en la sala de estar para crear ambientación —indicó Carys al equipo técnico—. Bernard, sería fantástico que estuvieras leyendo el periódico cuando Jenny entre con uno de sus pasteles. ¿Tienes algo que puedas servir, Jenny?

—Tengo una tarta de limón, algunos *shortbread* de lavanda y bocaditos de fondant guardados en las latas.

—Pon en la bandeja un poco de cada y la tetera con el té —ordenó Carys mientras el equipo técnico desmontaba el circo y volvía a montarlo en la sala de estar—. Bernard, tú podrías estar sentado como si fuera un día normal, quizá leyendo el periódico, y cuando entre Jenny reacciona como lo harías habitualmente.

—Entendido —contestó él, y se acomodó en el sillón a la luz del brillante foco que habían situado sobre su cabeza y que resaltaba cada una de las manchas de la piel propias de sus ochenta y dos años.

En la sala se hizo un silencio sepulcral. Bernard cogió el periódico y lo abrió con muy poca naturalidad.

—Disculpa —interrumpió Carys, y le cambió el periódico—. El único periódico que nos ha firmado la autorización es el *Kittlesham Herald*, de manera que tendrás que leer este, si no te importa.

—No hay problema, cielo —dijo él.

—En tres, dos, uno...

Jenny apareció poco a poco desde la cocina con una bandeja llena de dulces y su mejor juego de té Royal Albert, cuyo tintineo era tan intenso que más bien parecía el tañido de una campana. Bernard arqueó las cejas para fingir sorpresa y dejó el periódico a un lado.

—Mmm... ¡Huele de maravilla! —exclamó de forma exagerada, y se dio una palmada en las rodillas mientras sonreía de oreja a oreja.

Jenny vio que Carys se volvía hacia el responsable de los micrófonos y este sacudía la cabeza.

—Vale, vamos a intentarlo otra vez —anunció, y los miembros del equipo entablaron conversaciones distendidas—. Jenny, me parece que el sonido quedará mejor si la bandeja con el té está ya sobre la mesa y tú entras solo con los dulces.

Jenny asintió y dejó un momento la bandeja para retocarse el pintalabios.

—... y, Bernard, tú no tienes que decir nada. Solo trata de parecer natural.

—De acuerdo, cielo —dijo, y volvió a levantar el periódico.

—De nuevo, en tres, dos, uno...

Jenny dobló la esquina con la bandeja de dulces. En un intento de ser expresivo sin pronunciar palabra, Bernard bajó el periódico para asomar la cara y produjo un efecto que ella no había visto en su vida.

—¿Te encuentras bien? —preguntó, un poco alarmada.

—Vale, vamos a probar otra cosa —resolvió Carys—. Un momento.

A continuación hubo una conversación agitada entre Carys y el hombre serio que miraba por la pantalla.

—Por un momento he pensado que iba a darte un infarto —susurró Jenny al oído de Bernard.

Él bajó la cabeza y empezaron a temblarle los hombros mientras intentaba controlar el ataque de risa que acabó contagiando a todo el equipo.

—Lo siento —se disculpó a la vez que se enjugaba una lágrima—. Menos mal que la que va a ir a la tele eres tú. Me parece que me he cargado el papel de marido goloso.

—Bueno —dijo Carys mirando el reloj—, creo que para que esto parezca más natural deberíais poneros a resolver un crucigrama juntos en el sofá. Entonces, Jenny, tú servirás el té para los dos, y Bernard, tú estirarás el brazo para coger uno de los pasteles.

Ambos asintieron. Bernard dobló el periódico por la página de los pasatiempos, que casualmente era su favorita, y el hombre de la cámara se arrodilló sobre una alfombra frente a ellos y dejó un rastro de barro en la moqueta.

—Vale, empezamos.

Jenny cogió la tetera y sirvió el té sin vacilar. Unas burbujitas diminutas ascendieron y se pegaron al borde de la taza, lo cual Bernard interpretó como la señal para estirar el brazo y coger un *shortbread*.

—Mucho mejor —aprobó Carys—. Ahora seguid actuando como si nosotros no estuviéramos.

Bernard dio un sorbo de té y mojó el *shortbread* durante tres segundos antes de darle un bocado; era el lapso de tiempo ideal para que no se destrozara.

—Esta es para ti, cariño —empezó a decir—. Cinco horizontal, de seis letras: pastel de Lancashire.

—Eccles.

—Perfecto —contestó él, y siguieron resolviendo el pasatiempo sin lograr, para su desgracia, olvidarse del público.

Después de lo que les parecieron los diez minutos más largos de su vida, Carys se levantó de un salto.

—Genial. ¡Hemos terminado! —anunció, y los miembros del equipo se pusieron a charlar mientras desmontaban el circo y lo introducían en las maletas de cabina.

—Lo siento —se disculpó Bernard—. Me parece que no se me da muy bien esto.

—Qué va, es que cuesta acostumbrarse a estar delante de la cámara —dijo Carys—. ¿Tienes las recetas a punto, Jenny?

—Sí, casi —respondió ella con la voz teñida de entusiasmo.

Miró a Bernard, a quien ya echaba de menos a pesar de que lo tenía de pie a su lado.

—Será una concursante extraordinaria —dijo él guiñándole un ojo a Carys, y ella le correspondió con una sonrisa.

—Me parece que vas a echarla de menos, ¿verdad?

—Muchísimo —respondió—, pero lleva sesenta años cuidando de mí y es hora de que haga algo por ella. Quién sabe, ¡a lo mejor incluso aprendo a cocinar!

—Gracias por todo, Carys —dijo Jenny.

—No hay de qué, me habéis puesto las cosas muy fáciles. Te llamaré mañana para informarte del plan para las próximas dos semanas —dijo mientras se abrochaba la cremallera de la chaqueta—. De hecho, podrías empezar por abrirte una cuenta en algunas redes sociales y subir fotos de algunas de tus recetas.

Era como si Carys acabara de pedirle que se embarcara en una misión espacial.

—¿Es eso de los tuits? —preguntó Bernard.

—Sí, Twitter, Facebook, Instagram. No es que sea obligatorio, pero va muy bien para sacarle el máximo partido a esta oportunidad. Algunos exconcursantes incluso han recibido propuestas para publicar un libro.

—Madre de Dios —exclamó Jenny, y le vino a la cabeza el libro de recetas que había escrito sesenta años atrás—. No sé si les voy a interesar mucho.

—Te sorprenderás.

La furgoneta estacionada fuera cobró vida con un rugido.

—Bueno, será mejor que me vaya. Gracias por este día y hasta muy pronto —se despidió Carys, y abrazó a Jenny como si fuese su abuela.

La pareja se quedó de pie en la puerta, agitando la mano en señal de despedida mientras el circo se hacía cada vez más pequeño hasta que desapareció. Bernard rodeó a Jenny por los hombros y la atrajo hacia sí. Siempre había encajado a la perfección en su costado.

—Es todo muy emocionante, ¿verdad?

Ella sacudió la cabeza y miró hacia la calle.

—Me parece imposible que sea verdad... Tengo la impresión de estar viviendo una vida que no es la mía; es como si todo esto fuera un gran enredo y la persona a la que han elegido para el concurso no fuese la auténtica Jenny.

Él le estrechó el brazo.

—Al contrario; esa persona es, precisamente, la auténtica Jenny.

14

Tarta de queso mascarpone y lima

—Poppy, ¿te gustaría ayudarme a decorar la tarta de queso?

—Sí, por favor —respondió la niña, retozando de emoción.

Había crecido desde la última vez que la vieron y tenía las facciones más pronunciadas. En el lugar del diente de leche que había perdido pocos meses atrás, y que había sido sustituido por una reluciente moneda, lucía ahora una paleta muy blanca que ocupaba la posición central de su sonrisa.

—Esto es lo que queremos conseguir —explicó Jenny mostrándole la foto de una receta de tarta de queso de los años ochenta, coronada por una prominente decoración de uvas escarchadas y láminas de chocolate en forma de hoja.

—¿Son de verdad?

—Son de chocolate, pero las haremos con hojas de verdad, sí.

Poppy arrugó la nariz, confundida.

—Ya verás, ven conmigo —dijo Jenny, y se dirigió al jardín.

Rose, Bernard y Jeremy estaban disfrutando del sol de primavera, charlando y tomando el té mientras Max permanecía alejado y pendiente del teléfono móvil que tenía en el regazo. El secreto de Jenny ocupaba tanto espacio en su conciencia que sentía que era como una persona a la espera de ser reconocida.

—Tenemos que recoger unas veinte hojas de rosa. Intenta que no sean las que están mordisqueadas por los bichos.

—¿Como esta? —preguntó Poppy, que había recogido una hoja plagada de agujeritos marrones.

—Exacto, esas no las queremos.

Observó cómo la niña recorría los tallos con sus manitas.

—Cuidado con las espinas —le advirtió, y retiró una hoja para mostrársela—. Pinchan tanto como las agujas.

Regresó a la cocina, donde derritió un poco de chocolate negro y observó a Poppy por la ventana mientras esta inspeccionaba cada una de las hojas con detalle y sopesaba si valía o no. La compañía de la pequeña le servía de distracción, lo cual agradecía muchísimo porque la obligaba a centrarse en el momento presente en lugar de pensar en las semanas que estaban por venir.

—Ya está —anunció Poppy cuando se plantó a su lado con dos puñados de hojas.

Jenny le alcanzó un taburete, le pasó un delantal por la cabeza y lo dobló varias veces sobre su cintura para evitar que arrastrara hasta el suelo. A continuación se lo ató a la espalda con una lazada doble y tuvo la impresión de estar viéndose a sí misma, aunque al mismo tiempo había llegado a ocupar el rol de la abuela que anuda el delantal.

Aclararon las hojas con cuidado bajo el frío chorro del grifo y las secaron dándoles suaves golpecitos con un trapo de cocina.

—Lo que tenemos que hacer es cubrir la parte de atrás de la hoja con chocolate deshecho. ¿Sabes por qué lo hacemos por detrás?

Poppy negó con la cabeza.

—Porque luego retiraremos las hojas, y la parte de atrás tiene las formas más marcadas que la de delante.

Jenny vio que Poppy se había despistado y estaba pendiente del cuenco de chocolate.

—Las bañaremos en chocolate, así —dijo, y le mostró el movimiento como si estuviera pintándose las uñas antes de depositar la hoja sobre papel absorbente con la parte cubierta de chocolate hacia arriba—. Hasta que queden cubiertas del todo.

Jenny observó cómo Poppy cogía la hoja más grande y la removía dentro del chocolate durante cinco segundos, con los dedos blancos de sujetarla tan fuerte.

—¿Así, tía Jenny?

—Perfecto.

Depositó la bandeja con las hojas en la nevera y, a continuación, separó dos claras de huevo pasando las yemas anaranjadas de una mitad de la cáscara a la otra.

—Tenemos que meter las uvas en la clara de huevo una por una —explicó, y le mostró lo que quería decir—. Las sacudimos y las rebozamos con azúcar.

—¿Como el pegamento y la purpurina?

—Exacto —sonrió, y Poppy cogió la primera uva y la introdujo en el pegamento, lo cual le recordó a una época no muy lejana pero anterior a la presión de tener que hornear una obra maestra.

—Cariño, ¿vienes? —la llamó Bernard.

Ella respiró hondo y fingió que no lo oía. Sabía muy bien por qué quería que se reuniera con ellos, pero compartir su secreto lo convertiría en algo muy real y aterrador, y la presión aumentaría más y más con cada persona que lo supiera.

—¿Cariño?

—Me parece que el tío Bernard te está llamando —observó Poppy.

—Gracias, Pops —dijo, y notó mariposas en el estómago—. ¿Sabrás seguir con esto si salgo ahí fuera?

La niña asintió mientras hacía rodar una uva en el azúcar y la colocaba con cuidado en la bandeja.

Cuando Jenny se acercó a la mesa, su visión perdió nitidez, como una fotografía expuesta al sol.

Bernard se volvió hacia ella y dio una palmada.

—Tenemos una noticia sensacional.

Alrededor de la mesa se hizo un silencio de expectación. Si hubiera sido más joven, seguramente todos le habrían mirado el vientre. Max dejó el teléfono sobre la mesa y Rose y Jeremy se irguieron un poco en sus asientos.

—La noticia tiene que ver con Jenny —añadió, irradiando orgullo—. ¿Se lo dices tú, cariño?

—Bueno —empezó ella, con la mirada fija en la tetera—, voy a concursar en *Britain Bakes.*

Los comensales la miraron como si se hubiera hecho un corte de pelo nuevo y llamativo.

Max fue el primero en romper el silencio.

—¿El programa de la tele? —preguntó.

—Sí —asintió ella—, por cosas de la vida, me han ofrecido participar.

—¡Jenny! —exclamó Rose, que se levantó de un salto y le arrojó los brazos al cuello—. ¡Felicidades! ¿Cuándo empieza? ¿Desde cuándo lo sabes? Tengo tantas preguntas...

—Envié la solicitud justo después de Navidad. No lo sabía nadie, era una especie de... secreto tonto.

—¿Os acordáis de cuando yo creía que estaba enferma? —dijo Bernard, sacudiendo la cabeza con incredulidad—. Pues era porque estaba participando en las audiciones y yo no comprendía nada de nada.

Rose asintió despacio, como si todo empezara a encajar.

—¿Y cómo narices se te ocurrió ocultárselo al tío Bernie?

—Bueno, es que pensaba que acabaría en nada. —Jenny tragó saliva—. Supongo que me daba un poco de vergüenza, a mis setenta y siete años. Cuando los demás lo saben, te sientes más presionada, ¿no?

Notaba todos los ojos posados en ella.

—Sé a lo que te refieres —convino Jeremy—. El día que yo me examiné del carnet de conducir, no se lo dije a nadie.

—Sí, y a veces yo no comento cuándo tengo exámenes en la escuela —explicó Max, y Rose lo miró preocupada durante un segundo antes de decidir dejarlo estar.

—Sabía que este año te habías esforzado más con los dulces de Navidad —dijo—. ¡Lo sabía!

—¿Y cuándo empiezas? ¿Tendrás que marcharte lejos para el rodaje? —preguntó Jeremy, que siempre estaba ansioso por conocer las cuestiones prácticas.

—Pues la semana que viene. Tendré que pasar un par de días en un hotel, y entre rodaje y rodaje, volveré a casa para practicar.

—Me parece que es lo más emocionante que nos ha pasado en la vida —rio Rose—. ¿Puedes creértelo, tío Bernie?

Max asintió para indicar que estaba de acuerdo, y al sonreír mostró el brillo metalizado de un *bracket*.

—No me sorprende que haya conseguido un puesto en el programa, pero tendré que pellizcarme para creerlo cuando de verdad salga por la tele.

—Qué locura —opinó Max sin dejar de dar golpecitos con el pie—, la tía Jenny va a hacerse famosa.

—No, no —protestó ella—; no van a empezar a salirme admiradores de debajo de las piedras. Además puede que me expulsen la primera semana.

—¿Quién más lo sabe? —se interesó Rose.

—Solo vosotros. No podemos decírselo a nadie excepto a las personas más cercanas. Anunciarán a los participantes cuando haya terminado el rodaje.

—El otro día vino un equipo de televisión para filmarnos en casa —explicó Bernard, animado.

—¡¿Qué?! ¿Han estado aquí? —se sorprendió Max. Parecía que acabara de enterarse de que sus tíos eran agentes secretos—. ¿En esta casa?

—Sí —confirmó Bernard—, tuvimos que fingir que vivíamos un día normal, pero estábamos actuando. Yo lo hice fatal.

—¿Actuando? —preguntó Jeremy mientras servía un poco más de té a todo el mundo.

—Bueno, sí, Jenny tuvo que fingir que había hecho pasteles y luego resolvimos juntos un crucigrama. Parece una tontería, pero estaba todo lleno de gente, luces y cámaras. Jenny sí que supo actuar con naturalidad.

Todos parecían algo atónitos, como si no fueran capaces de procesar la información.

—¡Ya está! —gritó Poppy para alivio de Jenny.

Se levantó de un salto y regresó a la cocina, su lugar seguro. Poppy la recibió con un mohín.

—¿Por qué hacen el tonto ahí fuera? —preguntó, e hizo sobresalir el labio inferior.

—¿Qué quieres decir?

—En el jardín. Todos hacen el tonto. Os he oído.

—Ah, es porque tenía un secreto y se lo he contado.

Poppy reflexionó sobre ello unos instantes.

—No hay que tener secretos.

—Ah, ¿no? ¿Por qué?

—Porque se hacen grandes —aseguró con tal convicción que Jenny se quedó sin saber qué decir—. ¿Qué es?

—Si quieres te lo cuento, pero entonces tendrás que guardarme el secreto.

La niña lo pensó un momento y en su tierna frente se formaron unas arruguitas.

—Vale.

—He conseguido entrar en un concurso de pasteles y saldré por la tele —le explicó Jenny—, pero la gente aún no puede saberlo.

—Ah, vale —dijo Poppy, que había recuperado su expresión normal y señalaba la bandeja—. ¿Están bien?

—Excelente, Pops —la alabó, y sacudió un poco las uvas en las que se había acumulado una gruesa capa de azúcar.

A continuación las introdujo una a una en el centro de la tarta de queso, formando una pila.

—Ahora viene mi parte favorita —anunció, y sacó de la nevera la bandeja con las hojas, que parecían cubiertas de gotas del rocío de la mañana.

Suavemente tiró del pecíolo como si fuese una pegatina y debajo apareció, impresa en el chocolate, una red de vetas simétricas y perfectas. Por más años que pasaran, nunca dejaba de maravillarse ante ese pequeño placer.

—¡Guau! —exclamó Poppy mientras examinaba el resultado sobre la palma de su mano.

Fueron colocando juntas las hojas de chocolate alrededor del corazón de uvas escarchadas y crearon un postre de los años ochenta con todo su llamativo esplendor.

—Chócala —dijo Poppy, y extendió la mano mientras admiraban su obra de arte.

Jenny chocó la suya de dedos encogidos.

—No tan suave —rio Poppy, y chocó sus dos palmas, lo cual hizo que Jenny se sintiera muy vieja.

Cuando cogió el pastel y se dirigió al jardín, se imaginó a sí misma al cabo de una semana, sosteniendo su pastel y caminando en dirección al jurado. El miedo y la emoción se asentaron en su vientre, mezclados de forma indistinguible, pero la sensación quedó interrumpida por el chasquido de un tapón de champán.

—¡Por la tía Jenny! —exclamó Jeremy, y todos alzaron sus copas burbujeantes.

—¡Por la tía Jenny! —repitieron a coro sin levantar la vista de la tarta de queso.

—Mírate, lo harás la mar de bien —dijo Rose estrechándole el brazo—. No me cabe duda.

Mientras recorría el perímetro de la mesa con la mirada hacia las caras emocionadas de aquellos a los que tanto amaba, experimentó algo nuevo y agradable. Más allá del miedo y la preocupación, habitaba un sentimiento que era como cuando el sol le bañaba la nuca. Durante un curioso instante tuvo la sensación de que había logrado despertar el orgullo de su familia.

Colocó unas cuantas rebanadas de pan en la tostadora y dejó la mermelada encima de la mesa del desayuno. En la casa rugía el fragor de cuando estaba llena, con grifos que se abrían y se cerraban y pisadas diminutas que correteaban por el rellano de la escalera.

—Buenos días —la saludó Max cuando se unió a ella en la mesa. Tenía los párpados hinchados por el sueño—. Te he preparado una cosa… —Sus dedos se movieron a la velocidad de la luz mientras sostenía el móvil en el aire.

—Necesito las gafas —dijo Jenny, y las sacó del estuche para colocárselas sobre la nariz—. ¿Qué es?

—Tu cuenta para las redes sociales —dijo él, y su voz se volvió algunos tonos más grave—. El nombre de usuario es «lafamosaseñoraQuinn». «Jennifer Quinn» y «Jenny» ya estaban cogidos. He subido algunas fotos de pasteles hechos por ti.

—Dios mío —exclamó ella, que se sentía como una auténtica analfabeta en ese nuevo mundo en el que, al parecer, había hecho su incursión—. ¿No es un poco presuntuoso eso de «famosa»?

—No le des muchas vueltas —le aconsejó Max—. El mío es «MaxDevoraquesos».

Jenny se lo quedó mirando, perpleja.

—¡Pero si no soportas el queso!

—Ya lo sé —dijo él encogiéndose de hombros, y Jenny no pudo por menos que reírse por dentro.

—Bueno, gracias, Max —dijo, y golpeó con el dedo la foto de su tronco de chocolate para ampliarla—. Es muy amable por tu parte.

—Cuidado —dijo él sonriendo con discreción para ocultar la ortodoncia—, o le darás un *like* a tu propia publicación.

Jenny jugueteó con un mechón de pelo entre los dedos y se mordisqueó el interior de la mejilla sin dejar de preguntarse qué quería decir eso exactamente. Bajo cada fotografía había varias palabras separadas, como #postres, #hornear, #pastel y #chocolate.

—¿Qué son estas palabras? —preguntó con los ojos entornados tras los cristales de sus gafas.

—Ah, son las etiquetas, ayudan a la gente a encontrar las cosas que busca.

Ella trató de encontrar algo con lo que orientarse, un marco de referencia a partir del cual pudiera comprender lo que Max acababa de explicarle.

—No te preocupes. Tú mándame las fotos que quieras publicar y yo me encargo, si te parece bien.

Ella suspiró aliviada y se colocó el mechón de pelo retorcido detrás de la oreja.

—Gracias. El correo electrónico se me da bien, pero todo esto es demasiado —se disculpó, y le sirvió un vaso de zumo de naranja al chico.

—No pasa nada —dijo él, y se tomó el zumo en tres tragos.

—Buenos días —saludó Rose, y se unió a ellos en la mesa del desayuno—. ¿Qué estáis tramando?

—Le he creado a la tía Jenny una cuenta para las redes sociales —explicó el chico a la vez que deslizaba el teléfono sobre la mesa en dirección a su madre.

—Genial —alabó ella mientras movía con rapidez el dedo por la pantalla—. Bien hecho, Max.

—Y, muy amablemente, se ha ofrecido a echarme una mano,

por suerte —dijo Jenny a la vez que esparcía una gruesa capa de mermelada sobre su tostada.

Rose le devolvió el teléfono a Max.

—Me preguntaba si te apetece que hoy salgamos juntas de compras. He pensado que quizá quieras comprarte algo de ropa para *Britain Bakes*.

—Me encantaría —respondió Jenny, y apuró el té.

—Bueno, ¿qué vamos a comprar? ¿Te han dicho algo sobre el estilo de ropa que tienes que llevar para el rodaje? —preguntó Rose, y le ofreció a Jenny un caramelo de menta de su bolso mientras subían por la escalera mecánica y alcanzaban la entrada de los grandes almacenes.

—Creo que puedo ir como me apetezca. Solo me dijeron que no lleve nada de rayas ni de cuadros, ni nada con un logo muy grande, pero no lo veo problemático —dijo, y un aroma dulzón se le pegó a la garganta a medida que personas de facciones inmaculadas impregnaban cartoncitos y los entregaban a los clientes.

—¿Necesitas algo de maquillaje, ya que estamos aquí?

—Supongo que tendré que pintarme un poco...

—¿En qué puedo ayudarlas? —se ofreció una señorita con las pestañas tan gruesas como palos de escoba, situada detrás de un mostrador construido con palés relucientes como si estuviera en el asiento del piloto de una aeronave.

—No lo sé. ¿Quizá un pintalabios?

Jenny miró a Rose, y ella puso una cara como diciendo «¿por qué no?».

—Tenemos productos nuevos que han salido hoy mismo. Si quieren sentarse aquí, se los mostraré —dijo la dependienta, y accionó una palanca que hizo subir de golpe un taburete plateado. Alcanzó un espejo circular con un brazo extensible y lo orientó hacia el rostro de Jenny. La mujer se sintió extraña de que algo tan íntimo como una sesión de maquillaje tuviera lugar en mitad de la planta de unos grandes almacenes a la vista de todo el mundo.

—¿Qué productos suele utilizar? —le preguntó la joven.

—Pues algo de polvos, colorete, pintalabios, máscara de pestañas... A veces también sombra de ojos.

—Tenemos una nueva gama que le sentará muy bien.

Jenny cerró los ojos con fuerza y la señorita le aplicó unas gotitas de algo frío sobre los párpados. Las pulseras de su muñeca entrechocaban cada vez que introducía la brocha en el recipiente. Jenny notó el cálido aliento de la joven en las mejillas cuando le estiró las pestañas con algo que parecía un peine en miniatura para luego aprisionarlas en un aparato.

—¿Qué le parece? —preguntó, y accionó un interruptor que iluminó el espejo.

Jenny pestañeó varias veces antes de abrir los ojos y le costó un instante acostumbrarse a ver su cara en el espejo de aumento.

—Madre mía —exclamó al ver solamente un centenar de surcos profundos que se dividían en otros más superficiales, como los afluentes de un río. Sus iris habían adquirido un tono azulado parecido a las alas de un escarabajo y las pestañas eran como tallos que se afinaban hacia la punta y que aquella señorita había conseguido milagrosamente curvar hacia el cielo. Recordó haberse aplicado, cuando era joven, máscara sólida que mezclaba con saliva para conferirle a su mirada aquel aspecto de ojos grandes e inocentes mientras imaginaba que era Elizabeth Taylor o Audrey Hepburn.

—Mira qué pestañas —admiró Rose, y cogió el producto para inspeccionarlo.

—Tengo otra cosa que le resaltará mucho los pómulos, un segundo —dijo la señorita antes de desaparecer por detrás del mostrador.

—No puedo llevar tanto maquillaje cuando estoy en la cocina, Rose. En menos de una hora me estará chorreando por la cara —confesó Jenny con un hilo de voz.

Rose asintió mientras seguía con la mirada a la dependienta, que había regresado y agitaba un frasquito.

—Este es el nuevo iluminador —explicó a la vez que se aplicaba una esponja fría sobre las mejillas de Jenny.

De nuevo volvió a enfocarla con el temible espejo de aumento y reveló una sombra cobriza que hizo que Jenny se sintiera a punto de actuar en una obra de teatro navideña.

—Creo que lo que le gustaría comprar es un pintalabios —la auxilió Rose.

—¿Rosa? ¿Rojo? ¿Neutro?

—Suelo usar tonos rosas, a veces rojos; alguno bonito para el verano sería estupendo —dijo Jenny, con la espalda un poco dolorida de estar sentada en el taburete.

La dependienta rebuscó en los bolsillos de su delantal y sacó un lápiz con el que le dibujó cuidadosamente el contorno de los labios antes de rellenarlos con un brillo de color rojo amapola. Le picaba. Jenny bajó la vista a sus rodillas para evitar mirar a la dependienta a los ojos. El olor de su perfume le resultaba empalagoso.

—Increíble, ¿verdad? —dijo la joven, y retrocedió un poco para admirar su trabajo.

—Me encanta —dijo Rose.

Jenny se miró al espejo y captó un atisbo de sus dientes amarillentos.

—También es de larga duración, de manera que no hace falta volver a aplicarlo hasta al cabo de doce horas.

—Eso le resultará muy útil —dio Rose guiñándole el ojo a Jenny.

—Muy bien, pues me quedo con el rojo amapola y el rosa tulipán, por favor —dijo, y estiró las puntas de los pies para bajar a tierra firme.

Sacó el monedero y le tendió unos billetes arrugados a la joven de pestañas increíbles.

—Aquí tiene —dijo la joven, y le entregó una bolsa de cartón brillante rematada por un lazo—. Que lo disfrute.

Jenny se cogió del brazo de Rose para dirigirse a la escalera mecánica.

—¿Se me ve ridícula? —preguntó.

—No, no, estás estupenda, pero sí, estoy de acuerdo en que ese maquillaje no es apto para cocinar pasteles. —Sonrió—. ¡Si es que existe tal cosa!

Cuando entraron en la sección de ropa de señora y recorrieron el laberinto de perchas de plástico con primaverales estampados de flores, empezaron a comunicarse con leves sonidos de valoración, como si estuvieran frente al espectáculo de fuegos artificiales más decepcionante del mundo. Poco a poco se fueron distanciando como si fuesen perros husmeando un rastro y su atención las llevó hacia extremos distintos. Jenny pensó que ojalá durante aquellos años en los que trabajó en Lady Jane's hubiera aprovechado al máximo la ventaja de poder ponerse cualquier cosa porque todo le quedaba bien. Ahora, sin embargo, cogía las prendas, las miraba y las devolvía al perchero.

—¿En qué puedo ayudarla, señora? —dijo alguien en un tono tan alto que resultaba alarmante.

Jenny dio media vuelta y se encontró frente a una dependienta que se cernía sobre ella.

—No necesito nada, gracias —repuso, aunque durante un instante se distrajo admirando su corte radicalmente asimétrico.

—¿Se ha perdido? —preguntó la dependienta, y se agachó un poco, como si hubiera encontrado a un niño pequeño en el supermercado.

—He venido con mi sobrina, gracias —explicó, y miró alrededor en busca de Rose.

—¿Dónde está?

—No lo sé... Pero seguro que no anda lejos —dijo, y fingió sentirse atraída por un jersey amplio de cuello alto para poner fin a aquella conversación.

—¿Qué aspecto tiene? ¿Puede describírmela? —insistió la joven, lo cual llamó la atención de los otros clientes.

Jenny notó que le ardían las mejillas.

—Estoy bien, gracias —repitió, pero cuanto más intentaba sonar convincente, menos lo parecía.

La mujer se colocó el pelo del lado más corto detrás de la oreja y esbozó una sonrisa forzada.

—¿Qué busca, cielo?

Jenny dio un hondo suspiro. Tal vez fuera cuestión de darle algo que hacer a la señorita para que la dejara en paz.

—Estoy buscando una blusa.

—Una blusa, muy bien —repuso, como si por fin hubiera dicho algo sensato—. Sígame.

Jenny la siguió con reticencia, sorteando el cúmulo de clientes y prendas, mientras mantenía en su mente una acalorada conversación con la chica sobre el hecho de que podía parecer una anciana que no sabía orientarse en unos grandes almacenes, pero que, de hecho, estaba a punto de salir en televisión.

—¡Tía Jenny! —la llamó Rose, agitando los brazos llenos de perchas y prendas.

—¿Es ella? —preguntó la dependienta.

—Sí —masculló Jenny con la mandíbula prieta.

—¿Va todo bien? —quiso saber Rose mientras paseaba la mirada de la una a la otra.

—Me ha parecido que andaba un poco perdida, la pobre, pero por fin la hemos encontrado —dijo, y volvió a esbozar aquella sonrisa forzada.

Jenny mantuvo la boca bien cerrada mientras la mujer desaparecía entre los colgadores.

—No andaba perdida —protestó cuando la dependienta ya no podía oírla—. Esa mujer me hablaba como si hubiera perdido la chaveta. ¿Tan mayor se me ve?

—Claro que no —la tranquilizó Rose, y extendió los brazos tan cubiertos de prendas que parecían alas—. He encontrado algunas cosas que creo que te gustarán. Son cómodas, para que puedas llevarlas cuando cocinas, pero elegantes al mismo tiempo.

—Gracias —contestó con un suspiro—. No es nada divertido esto de hacerse vieja, Rose.

—Ya, pero me parece que cualquier día de estos vas a empezar a divertirte de lo lindo —dijo ella con una sonrisa.

Jenny se recordó a sí misma a los dieciséis años, en un momento crucial, dispuesta a dedicarse en cuerpo y alma a lo que esperaba que fuese la carrera de su vida y a disfrutar de su primer amor. Allí, plantada en mitad de los grandes almacenes más de sesenta años después, reconoció aquel mismo precipicio desde el que estaba a punto de arrojarse al vacío.

15

Quiche Lorraine

Jenny mezcló la nata, los huevos, la sal y la pimienta con el brío de un jinete del Aintree Grand National. A su lado, las tiras de beicon, que se contraían al cocerse, silbaban y chisporroteaban en la sartén junto con la cebolla e iban llenando todos los rincones de la casa de un humo que hacía la boca agua. Cuando estuvieron listas, lo dispuso todo en el molde con una generosa porción de queso y lo introdujo en el horno, tras lo cual programó un temporizador de veinticinco minutos.

Mientras aguardaba, cogió un trozo de cartón que había cortado de una caja de copos de avena y anotó las comidas de Bernard de los siguientes días junto con las instrucciones para elaborarlas. No soportaba la idea de que sobreviviera a base de alubias y pan tostado.

—Voy a cargar el coche, cariño —anunció él cuando asomó la cabeza por la puerta, y acto seguido estuvo a punto de caerse bajo el peso de la maleta.

—Ten cuidado —dijo ella, y corrió a ayudarlo—. Creo que deberíamos darnos un capricho y comprarnos de esas maletas con ruedas.

—Estoy bien —dijo él, aunque su cara indicaba lo contrario—. ¿Necesitas algo de la cocina?

—Solo la balanza, por favor.

Bernard depositó la maleta en el suelo y tuvo que doblar las rodillas y sacar los codos hacia fuera para sostener la balanza, como si pesara una tonelada. A continuación la trasladó en esa extraña postura.

—¿Te permiten utilizar esta antigualla?

—La han aceptado, a mi buena amiga, gracias a Dios.

Mientras Bernard llevaba la balanza al coche, Jenny limpió las encimeras con un trapo de cocina sucio y sintió una cálida punzada por aquel pequeño espacio del que apenas había salido durante los últimos dos meses. Los ajados armarios de melamina, los azulejos que amarilleaban alrededor del horno, el hervidor de agua con la tapa pegada por una gruesa capa blanca de cal que obligaba a llenarlo por el pitorro. Era su hogar, y el cariño que sentía por él aumentaba a causa de su partida.

Interrumpida por el sonido del temporizador, abrió la puerta del horno y de él salió una ráfaga con olor a mantequilla. La capa superior de la quiche había formado una película dorada y Jenny la golpeó suavemente con el dedo. Notó una ligera resistencia, de modo que apagó el horno por última vez y recorrió con los dedos las formas desdibujadas que una vez habían sido números.

Fuera, el coche cobró vida con un rugido.

—Adiós, cocinita mía —se despidió mientras se ponía el abrigo.

Cogió su libro de recetas de la familia y cerró la puerta principal tras de sí.

—¿Preparada? —preguntó Bernard, inclinándose para abrir la puerta del acompañante.

—Tan preparada como siempre —repuso ella, y se alejaron, con la casa cada vez más pequeña en la distancia hasta que tomaron una curva y desapareció.

—Te he dejado una quiche Lorraine en el horno; tienes las instrucciones de cocción en la encimera —dijo, y las praderas formaron una nebulosa verde.

—Gracias, cariño.

—Solo estaré fuera un par de días, de todos modos —dijo en un tono de calma muy poco convincente—. Dentro de nada habré vuelto.

—¿Qué toca cocinar esta semana?

—Es la semana de los pasteles.

—Y eso ¿qué implica?

—Voy a preparar pastelitos glaseados de ruibarbo y crema inglesa para «El reto de la docena» —explicó mientras se masajeaba las sienes—. Y un Battenberg de chocolate y naranja para «La delicia del pastelero». Quién sabe si lograré participar en «El reto a ciegas».

Se hundió en el asiento.

—Bueno, lo único que me da pena es no poder hincarles el diente —comentó él, y al accionar el cambio de marchas se oyó un chasquido.

Jenny posaba los ojos en puntos definidos entre los árboles, mirando de un lado a otro.

—No seré un hazmerreír, ¿verdad, Bernard? No me habrán admitido en el programa para que la gente se ría de mí, ¿no?

Él guardó silencio un instante y ella pensó que no la había oído.

—Jennifer Quinn —empezó a decir aferrándose al volante—, deja de dudar de ti misma.

De pronto, ella notó que las mariposas de su estómago eran más bien avispas.

—Y, de todas formas, yo te amo —aseguró, volviéndose para que sus miradas se encontraran—, aunque tengas el culo flácido.

Ella esbozó una sonrisa reticente.

Encendió la radio para dar con algo que llenara su cabeza con otra clase de ruido. En vez de eso, se convirtió en una sintonía de fondo de sus pensamientos y la transportó a la cocina, donde trabajaba la masa, decoraba *macarons* y rellenaba *éclairs*. Cada vez le pesaban más los párpados a medida que daba forma al glaseado de chocolate con una espátula y cerraba el borde de una empanadilla con los dedos... empujaba y doblaba... empujaba y doblaba... hasta que su cuerpo se rindió a la llamada del sueño.

Antes de que se diera cuenta, el coche aminoró la marcha y Bernard, que tenía dificultades para leer el rótulo que había enfrente, se inclinó hacia delante en su asiento con una mano en el volante y la otra en la rodilla de Jenny para intentar despertarla.

—Creo que hemos llegado, cariño —anunció—. Estamos en el hotel Bramley House.

Ella tragó saliva y notó que le raspaba la garganta.

—Sí, es aquí. Qué rápido. —Dio un sorbo de agua y bajó la visera del asiento mientras buscaba el pintalabios en el bolso—. Espérate aquí un momento —dijo posando una mano en la rodilla de él—. No puedo salir ahí con esta facha. —Se pintó los labios con el carmín y miró en el espejo a las demás personas que salían de los coches, se despedían de los niños y llevaban maletas hacia la recepción del hotel—. Todos tienen la mitad de los años que tengo yo, como máximo —observó al tiempo que introducía el pintalabios en el tubo y ajustaba la parte superior con un clic.

—Y ni la mitad de experiencia que tú —repuso Bernard.

Tras salir del coche, él sacó la maleta y la balanza del maletero y cruzaron la zona de aparcamiento, donde intercambiaron sonrisas de cortesía con las otras familias a la vez que Jenny intentaba deducir cuál de sus miembros era el concursante.

—Los de *Britain Bakes*, si se dirigen a la sala de reuniones de la izquierda, les facilitarán la llave de la habitación. Pueden dejar el equipaje aquí —gritó un joven con una camiseta del programa que señalaba una hilera de carritos para maletas.

Había un zumbido de emoción en el ambiente mientras todos pasaban junto a Jenny en tropel.

Bernard cargó la maleta en el carrito y Jenny notó que la excitación inicial se convertía en pavor a medida que los segundos los acercaban al momento en que él tendría que marcharse.

—Buena suerte, cariño —le dijo extendiendo los brazos.

Había llegado la hora. Jenny husmeó aquel aroma de lana, loción para después del afeitado y hogar, y lo aferró con fuerza sin soltarlo.

—Pásalo bien —la animó—. Te irá de maravilla. Estoy muy orgulloso de ti.

Ella asintió y se apartó de mala gana.

—Gracias, haré todo lo posible... Y si me necesitas, solo tienes que llamarme.

Dicho eso, cogió el equipaje y se dirigió a la sala de reuniones sin ser capaz de volverse a mirar. Si lo hubiera hecho, habría visto que él esperaba a que desapareciera por completo antes de marcharse, con las manos embutidas en los bolsillos de sus pantalones de pana y los ojos brillantes a causa de las lágrimas.

Jenny empujó la puerta de la habitación 207 con fuerza, como si tuviera que luchar contra la mullida moqueta. Olía a limón sintético y la sorprendió el tamaño de la cama, sobre la cual se alzaba un cabecero tapizado de casi dos metros de la clase que ella relacionaba con la familia real.

Vio que en una esquina había una bandeja con un hervidor de agua y lo encendió para prepararse una taza de té mientras desempaquetaba su ropa nueva con cuidado y la colocaba en los colgadores con la esperanza de que por la mañana hubieran desaparecido las arrugas. Vertió el agua hirviendo en las tazas y añadió un tarrito de leche en cada una, lo cual cubrió la infusión con una película satinada.

—¡Madre de Dios! —exclamó mientras retiraba las bolsitas de infusión al darse cuenta de que había preparado dos tazas de té, una un poco más fuerte que la otra.

Era normal desarrollar pequeños hábitos tras haber compartido bastante más de la mitad de la vida con otra persona, y entre los principales se encontraba hacer las cosas por dos. En muchos aspectos, Jenny consideraba que su relación con Bernard era la receta de la que se sentía más orgullosa, y la había ajustado y modificado con el transcurso de toda una vida en común a medida que ambos aprendían a comprenderse de un modo cada vez más profundo. Agitaba un huevo para averiguar si estaba lo bastante fresco, observaba la forma de extender la mantequilla en la tostada para captar un estado de ánimo o añadía una pizca de sal al chocolate para potenciar la armonía. Conocerlo de forma tan intuitiva formaba parte de la esencia de la persona en quien ella se había convertido.

Con el último sorbo de té, se dio cuenta de que solo tenía diez minutos antes de que todos se reunieran en el restaurante de la planta baja para la cena de la primera noche. Se dirigió deprisa al ascensor, y este paró en la primera planta.

La puerta se abrió con un alegre sonido.

—¡Jenny!

Durante un par de segundos se esforzó por situar mentalmente aquellos ojos oscuros y la forma de aquella amable sonrisa. Era el joven que la había ayudado a rescatar el pastel Selva Negra en la audición.

—¡Azeez! —exclamó ella, y sintió el impulso de arrojarle los brazos al cuello cuando la invadió el alivio ante la visión de una cara conocida.

—O sea, que funcionó, ¿no? Nuestra operación de rescate chapucera valió la pena —dijo entrando en el ascensor.

—Sí —respondió Jenny—. Muchas gracias. De no haber sido por ti, sin duda hoy no estaría aquí.

Él sonrió.

—¿Qué tal el tiempo de prácticas? —preguntó ella.

—La verdad, muy estresante. He tenido muchos momentos de crisis. Lo siento mucho por Ashley.

—¿Ashley es tu novia?

—No, es mi novio.

—Ah, lo siento.

Jenny se avergonzó en silencio por haber dado por sentada una cosa así.

—¿Qué tal te ha ido a ti? —preguntó él con las cejas enarcadas mientras se atusaba el pelo en las paredes cubiertas de espejo.

—Me alivia que te hayas confesado, porque yo me he sentido igual; ha habido momentos en los que he estado a punto de tirar la toalla. Mi marido tenía que ir a comprar día sí día no, y, por lo que dice, dejaba temblando los estantes de la repostería.

—No me extraña. Qué bien poder hablar con alguien que ha pasado por lo mismo, ¿verdad? Los demás no terminan de hacerse a la idea, ¿a que no? —dijo él a la vez que el ascensor se detenía en la planta baja, y salieron para dirigirse juntos al restaurante.

—Jenny, Azeez, bienvenidos —los saludó animadamente una pareja de desconocidos—. ¿Cómo os ha ido el viaje hasta aquí?

Los dos concursantes intercambiaron una mirada con la esperanza de que el otro supiera quiénes eran aquellas personas.

—Bien, gracias —contestó Azeez, y les tendió la mano—. Disculpad, ¿cómo os llamáis?

—Laura y Matt, del equipo de *casting*. Olvidaba que no nos conocéis; nosotros tenemos fotos vuestras en la pared del despacho, por eso enseguida hemos sabido quiénes sois.

Antes de que Jenny tuviera tiempo de procesar el dato de que su foto estaba colgada en la pared de un despacho, oyó un grito de «¡Hola, Jenny!», y Carys se dirigió hacia ella dando brincos. Se había cortado el flequillo desde la última vez que la había visto, y estaba peinado de tal forma que apenas se movía un pelo de su sitio.

—¿Cómo estás?

—Bien, gracias, cielo. Me alegro de verte.

—Azeez, yo soy Carys. Me parece que no nos conocemos —dijo, y lo abrazó como si fuera un viejo amigo a quien no veía desde hacía siglos antes de volverse de nuevo hacia Jenny—. La última vez que nos vimos fue durante el rodaje. Por cierto, me encanta tu casa, es monísima —dijo, y se cerró una abertura del flequillo con las puntas de los dedos.

—A mí, durante el rodaje, me pedían todo el rato que hiciera el papel de estudiante de arquitectura. Me dijeron que me sentara en el suelo del dormitorio y dibujara líneas con el transportador y pasara páginas de cuadernos de bocetos. Jamás había hecho eso en toda la carrera.

—Fue una licencia artística —dijo Carys guiñándole el ojo.

—Estudiante de arquitectura —repitió Jenny—. O sea que en la semana de las galletas construirás algo espectacular, ¿no?

—Espero que sí —dijo él con una mirada traviesa—, pero a los arquitectos no nos preparan para trabajar con pan de jengibre, o no tanto como a mí me gustaría.

Apareció un camarero con una bandeja y les ofreció un cóctel cítrico a cada uno. Las burbujas ascendían rápidamente hacia la superficie y desaparecían con una multitud de pequeñas explosiones que a Jenny le provocaron un cosquilleo en la nariz cuando dio un sorbo.

—¿Nos sentamos? —preguntó Carys, y los guio hasta una gran mesa.

—Esto me recuerda un poco al primer día de universidad —comentó Azeez a la vez que sacaba una silla.

—Pues imagino que sí. Bueno, yo no he ido a la universidad, pero supongo que debe de ser algo parecido a esto.

—Solo que aquí todo el mundo te conoce por tu nombre y te dan de beber champán —dijo él mientras paseaba la mirada por el mar de caras desconocidas—. Además, solo uno conseguirá el diploma.

Las sillas de alrededor se llenaron de personas del equipo y concursantes, y en la sala empezó a reinar un animado rumor que fue en aumento a medida que iban circulando las bebidas. Había un párroco con gafas redondas que parecía rondar los cincuenta años, y estaba Sorcha, a quien Jenny reconoció de las audiciones, con aquellos rizos morenos que solo suelen lucir las estrellas de cine. También había una profesora de teatro, cuya voz tenía una entonación que atajaba todas las demás, y un joven granjero con aspecto de ser muy tímido. Intercambiaron historias sobre lo que los había llevado a enviar la solicitud para participar en el programa, sobre sus mayores desastres durante el tiempo de prácticas y los percances que habían sufrido con tal de guardar el secreto. A Jenny le sorprendió descubrir que llevaban vidas muy diferentes, eran de edades muy diversas y tenían historias familiares muy distintas, y, sin embargo, todos sin excepción se pirraban por hacer pasteles.

—Bienvenidos, concursantes —los saludó una mujer con aspecto de autoridad, que al instante golpeó el lateral de un vaso con una cucharilla.

Era extraordinariamente bajita y las prendas se ceñían a su pulcra cintura.

—Me llamo Sarah, soy una productora ejecutiva y estoy encantada de dar la bienvenida a los ocho mejores pasteleros no profesionales del país. Este año hemos recibido doce mil solicitudes, de forma que estar aquí es un gran logro, ¡y ya todos formáis parte de la gran familia de *Britain Bakes*!

En la sala se oyó un fragor y a Jenny la asaltaron unas punzadas en la boca del estómago. «Doce mil solicitudes».

—Andy, nuestro maravilloso director de *casting*, va a leer los nombres de los concursantes. Por favor, levantaos cuando os llame para que podamos asociar la cara con el nombre —prosiguió Sarah, y le tendió una hoja de papel al hombre de la barba cuidada que Jenny recordaba de la audición.

—¡Azeez Patel! —llamó Andy, y Azeez, sentado al lado de Jenny, se levantó y sonrió de oreja a oreja.

Ella aplaudió un poco más fuerte en honor a su nuevo amigo, quien volvió a sentarse y se abanicó la cara con una servilleta.

—¡Paul Dixon!

Un hombre se puso de pie. Jenny había oído que era bombero, y la camisa se ceñía a sus músculos de tal forma que daba la sensación de que la llevaba pintada con espray.

El pulso se le aceleró a la espera de oír su propio nombre mientras, uno a uno, los concursantes se iban levantando.

—¡Angela Sutton!

Una mujer muy alta apartó la silla y esta cayó hacia atrás y provocó un pequeño alboroto que ella trató de disimular con una carcajada escandalosa.

—Y, por fin, ¡Jennifer Quinn!

Jenny se quedó paralizada como un conejo ante los faros de un coche, hasta que una oleada de adrenalina la obligó a ponerse de pie.

—Gracias —dijo, y levantó la mano para agitarla en un intento de saludo antes de dejarse caer de nuevo en el asiento.

—Vendrá un autobús que os recogerá en el hotel a las cinco y media de la mañana para llevaros hasta vuestro destino —anunció Carys cuando hubieron terminado de cenar—. Es temprano, pero os acostumbraréis, os lo prometo.

—Entonces será mejor que me vaya a la cama —dijo Jenny mirando el reloj.

—Yo también voy —decidió Azeez.

Se despidieron y abandonaron el runrún del restaurante para recorrer los quedos pasillos del hotel. Jenny notaba unas punzadas de cansancio en los ojos mientras seguían las flechas en busca de sus números de habitación.

Azeez se detuvo un instante y, a continuación, se inclinó y la obsequió con un abrazo inesperado.

—Hasta mañana a primera hora, cielo —le dijo Jenny, e introdujo la tarjeta en la ranura de la puerta de su habitación.

—Que duermas bien —respondió él, y desapareció en dirección al ascensor.

Jenny recordó entonces que su amigo se alojaba una planta más abajo. Debía de haber dado un rodeo para acompañarla.

De pie frente al espejo del cuarto de baño, ataviada con el camisón, observó su reflejo bajo los potentes focos mientras se retiraba el maquillaje con discos de algodón. «Aquí estamos», se dijo. Estaba pasando de verdad. Se sirvió un vaso de agua y trepó a la enorme cama. Las sábanas estaban tirantes y tuvo que abrirse paso para acomodarse bajo ellas.

Apagó la luz de la mesilla de noche y se colocó de lado con la mirada clavada en las sábanas intactas a su lado y la almohada ahuecada e impecable. Estiró una pierna y empujó con el pie entre la fría ropa de algodón hasta donde solía topar con el cálido cuerpo de Bernard, la horma de su zapato. Cerró los ojos e imaginó su coronilla, que había visto cambiar del color castaño al blanco níveo, el crujido de su libro al volver las páginas y, luego, los ronquidos que iban y venían como las olas en la playa. Esas rutinas familiares solían mezclarse con los ruidos del quehacer cotidiano, pero esa noche la habían dejado sumida en un absoluto silencio.

16

Pastelitos glaseados de ruibarbo y crema inglesa

Iba camino de casa de Sandra durante la mañana de un jueves lluvioso cuando la asaltó aquella sensación. Entornó los ojos ante las primeras gotas, que cayeron en ráfagas contra su cara, y apresuró el paso mientras remetía la barbilla dentro del cuello del abrigo. De pronto tuvo que frenar porque notó que se le tensaba la mandíbula y se le llenaba la boca de líquido. Buscó un lugar, el que fuese, hasta que corrió a ocultarse tras el árbol más cercano. Aquellas raíces oscuras y retorcidas le revolvieron el estómago y se dobló sobre sí misma a la vez que las lágrimas le rodaban por las mejillas y su cuerpo arrojaba todo lo que tenía dentro.

Notó un sabor agrio en la boca y se apoyó contra el tronco del árbol; ahora el contacto de las frías gotas de lluvia en la piel era un bálsamo. Abrió la cartera y revolvió en el fondo para sacar una bolsa de papel arrugada que parecía un harapo de tan raída que estaba. Descubrió, aliviada, que dentro quedaba un dulce de ruibarbo y crema inglesa, con sus alegres vetas de color rosa y amarillo bajo la capa superior espolvoreada con azúcar glas. Sonó la campana de la iglesia; llegaba tarde. Se embutió el dulce en la boca y siguió andando mientras el sabor del ruibarbo contrarrestaba la acidez de su garganta.

Nada más doblar la esquina, vio a Sandra encaramada al

muro de su casa, como de costumbre, con el cabello revuelto oscilando al viento. Su amiga se dio unos golpecitos en la muñeca y bajó al suelo.

—Espabila —le dijo, haciendo aspavientos con los largos brazos.

Jenny trató de apresurarse; cada par de pasos daba un saltito de tal forma que parecía que anduviera coja. El dulce chocaba contra sus dientes.

—Lo siento —se disculpó, y apoyó una mano en el muro para recobrar el aliento.

—Buenos días —la saludó Sandra, y trató de atarse el pelo con un pasador que sujetaba entre los dientes—. Si no corremos, llegaremos tarde a la clase de contabilidad. ¡Vamos!

Dicho eso, su amiga enfiló la calle cuesta abajo. Por cada uno de sus largos pasos, Jenny tenía que dar tres. Las carteras les golpeaban los muslos.

Otra vez la asaltó la misma sensación.

—No puedo —confesó con la respiración entrecortada, y ralentizó el paso.

Se agachó detrás de un banco cercano, dobló el cuerpo y notó que le ardía la garganta.

Sandra dejó de caminar.

—¿Te encuentras bien? —preguntó, y se recogió el pelo hacia atrás para apartarlo de la cara—. ¿Voy demasiado deprisa?

Jenny la vio rebuscar en un bolsillo y tenderle un pañuelo.

—No lo sé —dijo mientras se enjugaba con él las comisuras de la boca—. Me ha pasado otras veces, pero suele parar.

—¿Te pasa a menudo? —quiso saber Sandra.

Jenny respiró hondo, aplacada por la sensación de estar vacía.

—Últimamente, un par de veces.

—¿Y no crees que deberías ir al médico? —sugirió Sandra con la seguridad que confiere ser la mayor de cinco hermanos—. Si quieres, te acompaño.

Jenny notó la piel de gallina en los brazos y negó con la cabeza.

—Me iré a casa a descansar, y si no mejoro, pediré una cita.

Sandra suspiró y se colocó bien la cartera.

—Pues te acompaño a casa —resolvió.

—No te preocupes, no hace falta —la tranquilizó Jenny, y miró el reloj—. ¡Anda, ve! Si corres, aún llegarás a tiempo para la primera clase. Pásame los apuntes.

Se sentó en una rígida silla de la sala de espera saturada por el potente olor de la clorhexidina mientras observaba cómo una madre distraía con el pañuelo a modo de marioneta a su pequeño, que lloraba a pleno pulmón. Más tarde tomaron asiento una anciana y su marido; ella tenía la cara demacrada y macilenta. Jenny no pudo evitar pensar que les aguardaban malas noticias.

—Señorita Jennifer Eaton —la llamó el doctor Walker tras asomar la cabeza por la puerta.

Llevaba la corbata tan ajustada que la camisa quedaba encogida alrededor del cuello y formaba las mismas arrugas que el habitual ceño de su frente al mirar por encima de las gafas.

Jenny se levantó, contenta de dejar atrás los llantos, cuando el doctor la hizo pasar a su consulta, fresca y tranquila, y cerró la puerta tras de sí. Había sido el médico de cabecera de la familia durante toda su vida y, sin embargo, jamás la trataba con confianza, por lo que ella dudaba de que supiera quién era en realidad.

Tomó asiento frente a su mesa y guardaron silencio unos instantes mientras él limpiaba los cristales de sus gafas con la corbata y volvía a colocárselas sobre la punta de la nariz.

—Bueno, bueno —dijo consultando sus notas—, señorita Eaton. ¿En qué puedo ayudarla?

En las pocas ocasiones que se había sentido lo bastante enferma para acudir a la consulta del doctor Walker, él siempre se había mostrado tan impasible que Jenny se consideraba tonta por haberle pedido su opinión. A los nueve años, lo avisaron para que fuese a visitarla a casa porque tenía una tos seca que la obligaba a guardar cama. El dotor Walker apareció con su maletín y, sin inmutarse, le recetó unas pastillas y reposo absoluto. El padre de Jenny comentó que el hombre se habría comportado de la misma manera si a su hija le hubieran arrancado media pierna, y ella estaba convencida de que ese día, en la consulta, sería exactamente igual.

—Hace días que tengo náuseas, sobre todo por las mañanas, pero durante el día se me pasan, y también cuando como.

—¿Náuseas? —preguntó él removiendo los papeles—. ¿Pero vomita?

—Sí, también —dijo, y notó la boca seca al bajar la vista al regazo.

—Ya —comentó él—. Y, aparte de las náuseas y los vómitos, ¿ha notado algo más?

Ella pensó en lo mucho que le costaba dormir boca abajo porque le dolían los senos, pero la incomodaba explicarle eso a un hombre. Además no le pareció importante.

—No —dijo—, nada más.

Jenny esperaba que el doctor la enviara a casa a descansar, pero, en vez de eso, irguió un poco la espalda y enarcó las cejas.

—¿Tiene el periodo con regularidad?

A ella se le encendieron las mejillas.

—Sí, normalmente sí... —contestó, hurgándose las uñas—. Esta vez se me está retrasando varias semanas.

El doctor juntó las palmas de las manos y luego las estampó en la mesa con un gesto exagerado y muy poco propio de él.

—¿Cabe la posibilidad de que... esté encinta? —preguntó, rematando la frase con una entonación muy aguda.

Ella guardó silencio. Tenía un nudo en la garganta y no podía hablar.

—¿Señorita Eaton? —insistió él, y empujó las gafas para subírselas un poco sobre la nariz.

—No lo había pensado —confesó Jenny mientras se removía en el asiento con incomodidad—. No creía que fuera...

—Es muy sencillo. —El hombre posó la mirada sobre la mano izquierda de Jenny—. ¿Ha mantenido relaciones sexuales?

Ella examinó la trama de la madera del escritorio y los nudos le parecieron negros e inquietantes.

—¿Eso es un sí?

—Él me dijo que no habría problema si...

—¿Si qué, exactamente?

—Dijo que... —Jenny buscó las palabras adecuadas, pero no las encontraba—, que había que retirar la tetera del fuego antes de que hirviera.

La frase quedó en el aire sin respuesta, como mofándose de ella.

—Normalmente, en esta situación, le recomendaría que planificara rápidamente la boda —dijo el hombre a la vez que hacía rodar un lápiz entre las palmas de las manos.

Ella se hundió más en el asiento.

—Si eso no es posible, entonces tiene dos opciones —le explicó—, y le recomiendo mucho la primera.

—¿Cuál es? —preguntó ella con un hilo de voz.

—Dar al niño en adopción —repuso el doctor mientras garabateaba algo en su historial.

—¿Y la otra?

El hombre hizo una pausa y la miró con frialdad.

—Seguro que es capaz de usar su imaginación —dijo antes de seguir escribiendo.

Ella deslizó la mano bajo la chaqueta y palpó su vientre cálido. Un escalofrío le recorrió la espalda.

Jenny abrió los ojos ante una mañana muy distinta de aquellas a las que estaba acostumbrada. La melodía que silbaba Bernard, el borboteo del hervidor de agua y el sonido del periódico al caer sobre el felpudo habían sido sustituidos por la estridente alarma del despertador y los números «05.00» parpadeando con una luz refulgente en medio de la oscuridad. Igual que cuando aterriza un paracaídas, tardó algunos segundos en tomar contacto con la realidad y darse cuenta de que estaba en el hotel y de que ese era su primer día en *Britain Bakes.*

Mientras los pájaros le daban los buenos días con sus trinos, se vistió con su mejor atuendo compuesto por una blusa y unos pantalones y lo completó con la chaqueta de cachemira de color azul celeste que Rose había elegido para ella. Se aplicó su nuevo pintalabios rojos frente al espejo del baño y reparó en que le temblaba la mano. «Es tan fácil como batir huevos, azúcar, mantequilla y harina», se dijo.

Cerró la puerta de la habitación y se dirigió al restaurante del hotel impulsada por una energía que la obligaba a avanzar a una velocidad sorprendente, teniendo en cuenta la hora.

—Buenos días —la saludó Azeez, y le hizo una señal con la mano para que se uniera a él—. Por favor, dime que estás igual de cansada que yo. Siento como si nos hubiéramos levantado en mitad de la noche.

—Esa es una de las pocas ventajas de hacerse viejo, cielo —empezó a decir ella a la vez que cogía una napolitana de chocolate y se servía una taza de té—; necesitas dormir menos. ¿Cómo te encuentras?

—Nervioso, emocionado y mareado —dijo él dando un sorbo de su bebida. Aún se observaban las marcas de la almohada en su mejilla—. ¿Y tú?

—Igual —convino—. Tenemos diez minutos. ¿Vamos con los demás?

Se acercaron a la recepción, donde Jenny vio algunas de las caras de la noche anterior. El párroco miraba el reloj a intervalos regulares, demasiado pendiente para implicarse por completo en la conversación que Paul, el bombero, intentaba entablar. Detrás de ellos, Sorcha formaba el símbolo de la paz con los dedos frente a la cámara del móvil. Jenny no pudo por menos que admirar su vestido verde esmeralda, drapeado y ajustado al cuerpo y, en comparación, se sintió muy mediocre con aquel peinado lacio y canoso y la sosa chaqueta azul.

—Ya empezamos, ¿eh? —dijo una cálida voz detrás de ella seguida de la risa que procede del mismo centro de las entrañas y que hace que te tiemble todo el cuerpo.

Jenny dio media vuelta y vio a la concursante que la noche anterior había volcado la silla.

—Tengo la sensación de que estoy a punto de subirme al autobús escolar —dijo Jenny.

La joven soltó otra carcajada y Jenny concluyó que debía de ser una de esas personas que tienen la capacidad natural de generar risa a demanda.

—Soy Ángela, por cierto —dijo, y se llevó la mano al pecho mientras recobraba el aliento—. Lo siento, ¿me recuerdas tu nombre?

—Jenny —repuso, y vio que acababa de llegar el minibús.

Al ocupar los asientos, se preguntaron unos a otros qué tal habían pasado la noche e hicieron conjeturas sobre quién sería el primer miembro del jurado. Poco a poco, el nerviosismo fue apoderándose de ellos, y guardaron silencio mientras miraban el cielo del amanecer a través de la ventanilla. Jenny buscó en su bolso el teléfono móvil que Bernard le había entregado para que lo utilizara durante el viaje y, al presionar la tecla de encendido, este interrumpió la quietud con un sonido muy fuerte y embarazoso.

—Guau —exclamó Azeez con una mueca burlona—, ¿es de los años noventa?

Se oyeron risitas de los otros concursantes, y Jenny no pudo evitar sonreír al responderle con un codazo. En la pantalla vio un sobre. Lo abrió y leyó: «BUENA SUERTE, CARIÑO. UN BESO. TE QUIERO. BERNARD». Volvió a leer el mensaje y se empapó de toda la calidez que destilaba antes de desconectar el aparato y guardarlo de nuevo en el bolso.

—¡Ya estamos! —exclamó Angela, dando golpecitos con el dedo en la ventanilla—. ¡Es aquí!

El autobús tomó una curva y bajó traqueteando por un camino de grava, lo cual los obligó a erguirse en sus asientos y volver la cabeza como flores a la luz. Jenny escudriñó el horizonte en busca de algo conocido y vio jardines cuidados, árboles enormes con las hojas al viento y un barracón que no pegaba nada con el entorno. De pronto, allí estaba; en mitad del terreno, con el sol ascendiendo por detrás: la icónica mansión que tantas veces había visto en la pantalla del televisor. Cruzaron las puertas de la finca y le pareció más grande incluso de lo que imaginaba.

Al apearse del autobús se sintió como si tuviera un gancho amasador en el estómago que le estuviera retorciendo las tripas hasta formar un nudo muy prieto.

—Buenos días y bienvenidos, concursantes. Venid conmigo, por favor —saludó Carys.

Azeez estrechó el brazo de Jenny y ambos siguieron a la chica por un lateral de la casa, como patitos al agua.

El rocío de la mañana lamía las puntas de los mocasines de

Jenny mientras Carys los guiaba hasta la parte trasera de la casa para cruzar un huerto de árboles frutales en dirección a un enorme edificio de piedra caliza rotulado La Cuadra. Cuando se acercaron a la puerta y ella la abrió, todos ahogaron un grito. Se trataba de un establo reformado, espléndido pero rústico, con las paredes de ladrillo de color crema y vigas vistas de roble a lo largo de la cubierta donde se alineaban focos de plató. La luz era impactante, mucho más intensa de lo que se captaba en la pantalla del televisor, como si acabaran de entrar en un teatro en plena función.

Jenny lo reconoció todo, igual que a un viejo amigo: el enorme obrador cubierto de tarros y utensilios, las tiras decorativas con luces parpadeantes enroscadas en los travesaños, los puestos de trabajo personalizados, cada uno con sus propios fogones. Por el rabillo del ojo, captó uno con un faldón floreado donde se exhibía con orgullo su balanza de hierro fundido, de aspecto mucho más tronado que los flamantes utensilios de su entorno. Pensó que ese debía de ser su puesto, y sintió un cosquilleo por dentro. Dedujo también cuál era el de Sorcha, con el frontal cubierto por un muro de rosas artificiales.

—La cocina está allí —explicó Carys, y señaló una pesada cortina que se abría, tras la cual y durante dos segundos, Jenny divisó carritos de supermercado de plástico y pilas industriales de acero, como si fuera una mariquita desplegando las alas para revelar las maravillas de su sistema interior—. Y ahí está la tribuna —añadió señalando hacia el otro extremo de la sala—. Pero vosotros no entraréis en ninguna de esas dos zonas; no queremos arruinar la magia.

—¿Qué es la tribuna? —le preguntó Jenny a Azeez con un hilo de voz.

—Creo que es donde se aloja el director.

—Ah —asintió ella—. No lo había pensado.

Carys salió del establo y cruzó los jardines en dirección a una pequeña carpa salpicada de sillas y refrescos. El aire era húmedo y olía a tierra.

—Esta es la zona de descanso, donde pasaréis mucho mucho tiempo.

—No puedo creer que esto fuera una cuadra —dijo el joven

granjero al arrellanarse en una silla—. No se parece nada a las cuadras que yo conozco.

—Los estilistas gastronómicos vendrán dentro de poco a comprobar que todos tengáis los ingredientes correctos para la receta de hoy —anunció Carys alzando la voz para acallar la cháchara—. Si no es así, no temáis decirlo; en el supermercado tenemos a un asistente preparado para todas las ocasiones.

Angela se echó a reír, pero Jenny tenía bastante claro que Carys no bromeaba.

—Otra cosa importante: antes de meter algo en el horno, gritad «entrando», para que una cámara pueda captar el momento. Y, de la misma manera, cuando saquéis algo acostumbraos a gritar «saliendo», porque necesitamos filmar todos los pasos importantes.

Parecía que estuvieran viviendo una fantasía cuando se alinearon como niños en la puerta de la clase mientras un caballero les explicaba por dónde moverse y dónde situarse. Jenny se sintió como si estuviera dentro del agua observándolo todo tras el casco de un traje de buzo, rodeada por el medio pero sin llegar a integrarse del todo con él.

—¡En marcha! —gritó el hombre, y cruzaron el huerto de árboles frutales y la zona ajardinada hasta unos escalones de piedra que Jenny procuró subir con extremo cuidado para no caerse al tropezar con el primer obstáculo.

Cuando entraron en el establo, se le puso la piel de gallina. Avanzó hasta su puesto de trabajo, que, por suerte, estaba en el centro, arropado por los demás. No podía esconderse, pero por lo menos no estaba en primera fila. Sobre la encimera había un delantal doblado; era de algodón rígido y del color de la masa pastelera. Se lo pasó por la cabeza y dejó que cayera hasta las rodillas, tras lo cual se lo anudó a la espalda como solía hacer su madre muchos años atrás. Jamás había tenido la sensación de que un delantal la cubriera tanto, como si acabara de ataviarse con una armadura para entrar en la batalla.

Embutió las manos muy dentro del bolsillo delantero mientras el espacio se sumía en el silencio. La alivió ver que el puesto de Azeez estaba situado justo enfrente, con los laterales de sendos colores vivos, tal vez inspirados en su gusto por las camisas llamativas. Por la situación de los frigoríficos, dedujo que los compartirían.

Cuando entraron los miembros del jurado, tuvo la sensación de que todo lo ocurrido anteriormente formaba parte de un simple ensayo general. Amanda, a quien admiraba desde hacía tanto tiempo, estaba impresionante con el elegante vestido ondeando tras su figura alta y esbelta y el cabello plateado peinado en un pulcro moño en la nuca como si fuera el propio metal precioso, sin un mechón fuera de sitio. Sus pómulos altos y la ligereza de su paso le conferían cierto aire felino. Por televisión solía guardarse las cartas y se comunicaba sobre todo a través de la sutileza del lenguaje corporal, ladeando la cabeza o arqueando las cejas. En persona tenía una presencia sobrenatural que acalló a toda la sala en cuanto entró.

La seguía un joven con el cabello recogido en la coronilla y un bigote muy bien moldeado que le confería un aire creativo. No lo reconocía, pero a primera vista le pareció un miembro de algún grupo musical, aunque eso no tenía por qué significar que fuese adecuado para el puesto. Miró a Azeez y por su expresión dedujo que sabía muy bien quién era aquel hombre.

—Bienvenidos a *Britain Bakes* —dijo Mo, un joven humorista que no paraba de moverse—. Junto a Amanda tenemos a nuestro invitado de hoy para que forme parte del jurado: el periodista gastronómico y autor de *Lo dulce*, ¡Angus de Winter!

Angus saludó con una inclinación de cabeza mientras se retorcía un extremo del bigote.

—La primera prueba del concurso es «El reto de la docena» —anunció Mo—. Vuestra tarea consiste en hornear doce pastelitos glaseados idénticos, ni uno más ni uno menos.

—Disponéis de dos horas para tenerlos terminados —prosiguió Katie, una presentadora más discreta.

—Tres... dos... uno...

—¡Al horno!

Hacía mucho tiempo que Jenny no utilizaba un horno nuevo; la puerta estaba reluciente y los números se leían con claridad. Tenía que acostumbrarse. Cuando lo encendió, el interior se iluminó como un teatro. Olía a plástico nuevo. Iba a elaborar una receta que originalmente era de Rose, pero en los últimos meses la había modificado para crear algo un poco más experimental. En su opinión, el secreto residía en el glaseado; no había nada más delicioso que la combinación de una capa exterior de azúcar crujiente tras la que se ocultaba un bizcocho jugoso de sabor intenso.

—¿Qué tenemos por aquí? —preguntó Amanda, y Jenny estuvo a punto de arrojar una cáscara de huevo dentro de la mezcla del bizcocho.

Levantó la cabeza y la vio sonreír a una proximidad aterradora. Sin la protección de la pantalla del televisor, todo le parecía muy real.

—Voy a preparar pastelitos glaseados de ruibarbo y crema inglesa —anunció, y engrasó cada uno de los doce pequeños huecos del molde—. Es una versión modificada del glaseado de limón de mi sobrina.

—Dos de mis ingredientes favoritos —confesó Angus de Winter, y sus cejas se dispararon hacia arriba con entusiasmo.

—¿Y tú crees... —empezó a decir Amanda con expresión serena pero interrogativa— que el ruibarbo aportará un toque igual de intenso que el limón?

Jenny sintió que empezaba a dudar de sí misma mientras la pregunta daba vueltas en su mente. Tal vez debería haber seguido sus propios consejos y haberse quedado con lo sencillo: el tradicional sabor cítrico del limón que, francamente, era bastante difícil de mejorar.

—Eso espero.

—Y veo que usas una balanza tradicional —apostilló Amanda—. Me parece que eres la primera concursante que lo hace.

—Es lo que siempre he usado en la cocina —dijo Jenny mientras añadía tres cucharadas soperas de crema inglesa en polvo a la mezcla de harina, huevos y leche para, a continuación, batirlo todo con las varillas. Tuvo que contenerse para no lamer el batidor—. Sin ella estaría perdida.

Separó la mezcla en las doce partes y rellenó todos los rincones del molde con ayuda de la espátula.

—Entrando —anunció, aunque esperaba que nadie la oyera.

En cuestión de segundos, una cámara apareció a su lado y captó su imagen mientras abría la puerta del horno y deslizaba los pastelitos en la bandeja intermedia.

—¿Qué viene a continuación? —preguntó la mujer situada detrás de la cámara a la vez que ajustaba el objetivo.

Jenny puso en marcha los engranajes mentales.

—Ahora tengo que preparar el glaseado —dijo, y cortó un manojo de ruibarbos de tallo rosado para revelar su corazón de color verde y sabor intenso—. No es posible exprimir el ruibarbo como si fuera un limón, así que tendré que hervirlo.

—¿Cómo acabas si robas un pastelito de ruibarbo y crema inglesa? —dijo Mo saliendo de la nada, con expresión vivaz y juguetona—. ¡Pringado! —se respondió a sí mismo, y desató un mar de risas entre los participantes más cercanos.

—Qué bueno —alabó Jenny, y las rodillas le crujieron al agacharse hasta la altura del horno.

Posó la frente en el cálido tirador y miró los pastelitos, que habían crecido pero aún estaban pálidos porque no habían terminado de cocerse.

—Os quedan treinta minutos, concursantes —avisó Katie desde la parte trasera de la sala—. ¡Solo treinta minutos!

El ambiente de la sala se alteró como si, en cuestión de minutos, tuvieran que dar con el código para salvar el mundo.

—¡Saliendo! —gritó Azeez, agachado tras su puesto.

Las cámaras lo siguieron y hubo cierta controversia cuando acercó la oreja a los pastelitos. Unos segundos después se volvió hacia Jenny y le hizo una señal que ella interpretó como que iban a cortarle la cabeza.

—¿Todo bien? —musitó.

Él sacudió la cabeza y le indicó que no con los pulgares hacia abajo antes de volverse hacia la cámara.

La nariz la alertó de un familiar aroma avainillado del bizcocho terminado de cocer.

—¡Saliendo! —gritó, y la cámara apareció de nuevo.

Deslizó el molde con las doce cúpulas doradas sobre la encimera y empujó cada una un poquito con el dedo.

—¿Tienen el aspecto que esperabas? —quiso saber la presentadora.

Jenny asintió.

—Voy a introducir una brocheta en el centro para ver si sale limpia —anunció. Para su alegría, la brocheta salió reluciente en todas las ocasiones—. Estupendo, tal como estaba previsto —dijo, y perforó los pastelitos con un palillo de aperitivo para rociarlos con el jugo de ruibarbo de forma que el líquido penetró poco a poco igual que la lluvia cala en la arena.

—Concursantes, por favor, colocad vuestros pastelitos sobre la encimera —ordenó Katie.

Con doce movimientos rápidos, Jenny colocó los suyos sobre un soporte y se incorporó para respirar. Miró alrededor de la sala. El resto de los concursantes estaban hechos un desastre, igual que ella; se enjugaban la frente con el delantal y tenían harina en el pelo.

—Felicidades por haber llegado al final del primer reto —dijo un hombre que lucía una camiseta negra—. Por favor, seguid a Carys hasta la zona de descanso mientras el equipo limpia la cocina y tomamos algún *close-up*.

—¿*Close-up*? —le susurró Jenny a Carys cuando salían del establo en fila india, como si acabaran de terminar un examen.

—Es un primer plano de los pastelitos —explicó con una sonrisita mientras cruzaban el césped.

Jenny sintió el impulso de volver atrás y comprobar qué aspecto tenían, como si se los hubieran arrancado demasiado pronto de las manos.

—La he cagado bien —confesó Azeez, y se dejó caer en el sofá de la zona de descanso como si fuera una marioneta a la que le han cortado los hilos—. Los bizcochitos no se han cocido por igual; algunos se han quemado y otros están crudos.

—Es muy difícil porque estamos acostumbrados a nuestro horno —convino Jenny—, pero es el primer día; aún queda otra receta.

—No me apetece nada ser el primero a quien echen, la verdad —dijo el chico con aire alicaído—. ¿A ti te ha ido bien?

—Creo que sí —respondió ella.

Se apostaron junto a sus puestos de trabajo mientras Amanda y Angus avanzaban por el plató con una lentitud exasperante. Jenny se esforzó por oír los respectivos veredictos, favorables o no, y se le cayó el alma a los pies cuando usaron la palabra «apelmazados» para describir los pastelitos de lima y limón de Angela. Los de grosella espinosa y flor de saúco de Sorcha, sin embargo, recibieron muchos elogios. Cuando se dirigieron hacia Azeez, Jenny se puso tensa. Le preocupaba tanto que lo echaran a él como a ella misma.

—Bueno, bueno; cardamomo verde y naranja —dijo Amanda, y se llevó un tenedor lleno a la boca. Tras una pausa insoportable, añadió—: Están un poco secos.

Él asintió de buena gana como para demostrar que estaba de acuerdo con los comentarios, y Jenny sintió lástima por él.

—De todos modos, el sabor está muy logrado, el cardamomo verde se encuentra en perfecta proporción con la naranja —añadió Angus.

Ella trató de captar la mirada de su amigo, pero este sentía tal alivio que no se dio cuenta, y al cabo de un instante Jenny vio que el jurado iba directamente hacia ella. Entrelazó las manos por debajo de la encimera y se mordió el interior de la mejilla.

—¿Qué tal ha ido? —preguntó Angus señalando sus pastelitos.

—Creo que bien —contestó Jenny en el momento en que cortaban uno.

La masa se mantuvo firme, y vio el bizcocho teñido de rosa en las zonas donde había calado el ruibarbo. Intentó descifrar la expresión de los jueces mientras masticaban, pendiente de si arqueaban una ceja o intercambiaban una mirada.

Amanda fue la primera en romper el silencio tras depositar el tenedor en el plato con el consiguiente ruido de la porcelana.

—Muy bien logrado, pero tengo que ser sincera: cuando me has dicho que ibas a utilizar ruibarbo para darles sabor a los pastelitos, me he asustado un poco. No penetra igual que los cítricos y, personalmente, opino que funciona mejor en las recetas de crumble. —Jenny tragó saliva a la vez que hacía un gran esfuerzo por adoptar una expresión digna ante las cámaras—. Pero me has demostrado que estaba equivocada. Está delicioso.

A Jenny le dio un vuelco el corazón.

—El bizcocho tiene una textura ligera muy agradable. La crema inglesa, con su sabor avainillado, es tal como debe ser, y el ruibarbo le aporta una excelente jugosidad. Un postre fantástico —alabó Angus, y la miró fijamente para indicar que hablaba en serio.

—Gracias —contestó ella, y exhaló un hondo suspiro cuando el jurado se alejó de su lado.

Azeez hizo un rápido gesto de aprobación con los pulgares a la altura de la cadera y Jenny pensó en Bernard, muerta de ganas de darle la noticia. Había superado la primera prueba; solo le quedaba la segunda.

17

Battenberg de chocolate y naranja

Durante unos tres segundos al día, el secreto de Jenny dejaba de oprimirle el pecho y atenazarle las entrañas, y era en aquel pequeño momento de placer que separaba el sueño y la vigilia. La luz que, a primera hora, se filtraba por las cortinas e inundaba la habitación quedaba ensombrecida por el peso en la conciencia de su terrible error. El resto del día, lo pasaba huyendo de él y tratando de fingir que no estaba allí con la vana esperanza de que desapareciera. Sin embargo, invadía sus pensamientos mientras trataba de concentrarse en la escuela, acechaba entre líneas en cualquier conversación y era lo único que tenía en mente cuando estaba sola.

—¿Por qué siempre te guardas el mazapán para el final? —preguntó Sandra al observar a Jenny despojar con cuidado la porción de Battenberg de la cobertura de mazapán y depositarla en la palma de la mano durante el camino de vuelta de la escuela.

—Porque es la mejor parte —contestó ella, y dio un mordisco del suave bizcocho rosado con un nudo de tristeza instalado en la garganta.

—Si comieses así de despacio en mi casa, no te quedarían ni las migajas —dijo Sandra cubriéndose la boca con la mano—. Para cuando llegaras al mazapán, alguien se lo habría zampado.

Jenny fingió una especie de sonrisa de cortesía, poco convincente, y prosiguieron en silencio.

—¿Va todo bien? —preguntó su amiga mientras se sacudía las migas de las manos.

—Sí —contestó Jenny—. Me parece que estoy cansada de tanto teclear...

Sandra le dio un puntapié a un guijarro que fue a parar a la alcantarilla.

—Yo también —dijo.

Cuando cruzaron el parque, Jenny deslizó la mano por los barrotes de hierro de la barandilla.

—Hoy me marcho por otro camino —anunció tras detenerse junto a la salida—. Tengo que hacer unos recados para la tía Ethel.

—¿Puedo ir contigo? —propuso Sandra—. ¿Cuánto tardarás?

—Para serte sincera, ahórratelo. No tiene nada de emocionante.

—De acuerdo —convino Sandra con una inclinación de cabeza—. Te veré por la mañana.

Jenny observó a Sandra, que prosiguió su camino por la calle. Su sombra se le antojó la de un gigante bajo el sol de la tarde.

—¡Gracias por el Battenberg! —exclamó la chica volviendo la cabeza.

Jenny avanzó un tramo más por el parque. Iba mordiéndose el interior de la mejilla mientras caminaba en dirección a aquel banco, el más tranquilo del parque, bajo la sombra de las hayas y apartado del camino. Tenía el vestido empapado de sudor en las axilas, igual que le ocurría siempre antes de verlo, pero esa vez la emoción estaba tan mezclada con el miedo que no sabía distinguir lo uno de lo otro.

Esperó; sus ojos se posaban en todo lo que se movía: una rama que crujía con la brisa, una bolsa de papel, una madre empujando un cochecito de bebé. Cuando él dobló la esquina, lo vio enseguida, con aquella forma de caminar tan segura y ufana, los ojos oscuros entornados ante el sol de la tarde y el cigarrillo colgando con despreocupación de los labios. Ella bajó la vista a sus manos y empujó la cutícula contra las medialunas de la base de las uñas.

—Qué alegría verte por aquí —la saludó él, y apareció el hoyuelo en su mejilla izquierda cuando se colocó a su lado y la rodeó con el brazo por encima del respaldo del banco, como si este le perteneciera—. ¿Estabas tan impaciente que no podías aguardar al sábado?

—No… —empezó ella, y bajó la vista al suelo por entre los listones de madera del banco, con el corazón acelerado—. Tengo que contarte una cosa, y no quería decírtelo en la tienda —le explicó.

—Si lo que quieres decirme es que me amas, ya lo había adivinado —soltó él arqueando mucho las cejas.

—No me esperaba una cosa así…

Él retiró el brazo del banco y arrojó el cigarrillo al suelo para aplastarlo contra la tierra con la punta de la bota.

—¿Qué pasa?

—Es que estoy… —Hizo una leve muesca con las uñas en el banco—. Estoy embarazada.

Era la primera vez que lo decía en voz alta y le resultó extraño, como si estuviera contando una mentira.

Él miró al otro lado del parque mientras se pasaba la mano por la barbilla y luego por el pelo. De no ser porque no paraba de mover las rodillas arriba y abajo, Jenny creería que no la había oído.

—¿Quién más lo sabe? —preguntó él, y sus palabras perforaron el silencio como agujas.

—Nadie —respondió ella—, solo te lo he contado a ti.

Él se inclinó sobre las rodillas y entrelazó las manos mientras miraba al suelo. El silencio era desconcertante, imprevisible, y Jenny se sintió como si estuviera demasiado cerca de un petardo a punto de explotar.

—¿Qué quieres de mí, exactamente? —preguntó él.

Jenny se estremeció y el calor le inundó las mejillas. Deseaba oír que todo iría bien, que él la amaba, que no era la situación ideal pero que hablaría con su esposa y con el padre de ella y que, de algún modo, conseguirían arreglarlo. Ella podía ocultar el embarazo hasta que organizaran la boda, que sería discreta, en privado. Qué tonta había sido por albergar una mínima esperanza siquiera.

—No lo sé —dijo—. Creía que no eras muy feliz... en tu matrimonio.

—No creerías en serio que iba a dejar a Margaret por ti, ¿no? —le espetó. Una fea mueca de autosuficiencia se extendió por su cara y una mirada de pánico lo traicionó—. Quiero decir que ¿cómo puedo saber que el niño es mío?

Ella se sintió como si acabaran de arrojarle un cubo de agua helada por encima.

Él volvió a mirar al otro lado del parque, como si a lo lejos hubiese algo más interesante. Jenny tuvo la sensación de que quería ganar tiempo, recabar munición.

—No he estado con nadie más que contigo, Ray —dijo con voz insegura y la sensación de que iba a ponerse a llorar de un momento a otro—. No sé cómo puedes insinuar que...

—Seamos sinceros, Jennifer —dijo, pronunciando su nombre como un insulto—, no te costó nada abrirte de piernas delante de mí, o sea que puede ser que lo hayas hecho con cualquiera.

A ella le entraron ganas de emprenderla a puñetazos contra él, de zarandearlo para arrancarle esa coraza con la esperanza de descubrir que debajo estaba el Ray al que conocía, aquel del que se había enamorado. De pronto la invadió la ira al descubrir que la había tomado por alguien muy distinto a la persona que era y, al mismo tiempo, sus palabras le minaron la moral con aquella verdad tan cruda y vergonzosa. Se había entregado a él demasiado pronto.

—Es culpa tuya —le dijo, aferrándolo por el brazo en un impulso.

—No montes una escenita —le espetó él entre dientes soltándose de un tirón—. Te estás comportando como una niña.

—¡Pero tú me dijiste que no habría ningún problema! ¡Que esto no pasaría! Y ahora me hablas como si no me conocieras de nada y...

Él la aferró por los hombros con ambas manos, y la inesperada fuerza con la que lo hizo la sumió en el silencio.

—Escúchame bien —siseó con rabia y los labios apretados en una fina línea—. No le contarás nada de esto a nadie, y si te ves obligada a hacerlo, no mencionarás mi nombre en ninguna circunstancia. Presentarás la carta de renuncia en la tienda de mi

madre antes de arruinarle la reputación junto con la tuya, y puedes tener por seguro que esta es la última vez que tú y yo hablamos.

La mantuvo inmovilizada unos instantes y, en cuanto la soltó, ella se levantó de golpe, con las mejillas manchadas de lágrimas.

—¡Te odio! —gritó.

Dio media vuelta y echó a correr.

Jenny caminó detrás de Azeez hasta el establo. La presión de lo que le esperaba esa tarde le aporreaba las venas mientras el equipo andaba de un lado a otro con los rituales de última hora. Tuvo la sensación de estar en un teatro entre bastidores a pocos segundos de que se levantara el telón.

Se pasó el delantal por la cabeza bajo los potentes focos del plató mientras Azeez se apoyaba sobre la encimera de su puesto de trabajo y movía la balanza como si fuera un sube y baja.

—No sé cómo te las apañas para pesar las cantidades correctas con esto —dijo.

—Hablas igual que mi Bernard —repuso ella con los ojos en blanco—. Seguramente no son exactas, pero es difícil deshacerse del hábito de toda una vida cuando se tienen tantos años como yo.

—Si paso de esta semana, te enseñaré a usar la balanza digital. Tu vida cambiará de medio a medio —aseguró, y se colocó las pesas en una mano—. ¿Y si le pones ese nombre a tu libro de cocina? *Jenny se moderniza.*

Ella sonrió e ignoró la punzada del pecho al recordar las tres recetas que con tanto esmero había escrito en el libro de la cubierta azul cobalto muchos años atrás.

Angela soltó una carcajada y, casi al instante, se disculpó por ello justo en el momento en que el establo quedaba en silencio.

—Buenas tardes, concursantes —saludó Katie cuando se dirigía a su puesto de la parte delantera de la sala. Amanda, Angus y Mo la siguieron. El ambiente se tornó serio en cuestión de segundos.

—Bienvenidos a «La delicia del pastelero» —dijo Mo—. Tenéis tres horas para demostrar vuestra verdadera habilidad y preparar... un Battenberg.

—Tres... dos... uno...

—¡Al horno!

Jenny miró la colección de ingredientes alineados sobre su encimera: tarros de almendra molida, harina y un cuenco con albaricoques frescos. El Battenberg necesitaba tantos componentes que se bloqueó y se sintió perdida. Recordó sus notas y comenzó por el final: la piel de naranja confitada.

—¿Qué nos prepararás hoy, Jenny? —preguntó Angus sin dejar de pasear la mirada por los ingredientes.

—Voy a hacer un Battenberg de chocolate y naranja —dijo mientras extraía espirales de piel de naranja con un cuchillo y saltaban diminutas gotitas de ácido de la superficie encerada—. La receta es de mi abuela, pero yo prepararé el bizcocho de chocolate y naranja con un relleno de mermelada de albaricoque y recubierto de mazapán al chocolate y piel de naranja confitada encima.

—Suena estupendamente —dijo Angus, y se frotó las manos—. ¿Esta receta tiene algún significado especial para ti?

—Bueno, el Battenberg era el bizcocho favorito de mi amiga de la infancia, Sandra —confesó mientras recordaba lo deprisa que solía comérselo—. Con frecuencia le llevaba un trozo a la escuela, aunque de eso hace muchos años.

—¿Y por qué has decidido rellenarlo de mermelada de albaricoque en vez de, por ejemplo, la propia naranja o crema de mantequilla al cacao? —quiso saber Amanda.

—La verdad es que quiero que destaque el sabor de la naranja y leí que las galletas Pim's llevan albaricoque en su lugar —explicó, desesperada por obtener el sello de aprobación de Amanda—. Amarga menos.

—Ya. Bueno, me muero de ganas de probarlo —dijo, tras lo cual se deslizó en dirección a Sorcha como un cisne, y Jenny se quedó con una pequeña duda pensando que quizá habría sido más fácil usar crema de mantequilla al cacao.

Lo primero era preparar el bizcocho de chocolate y naranja. No pensaba utilizar un molde especial para Battenberg, como algunos de sus compañeros, sino que seguiría las instrucciones de su abuela y hornearía los dos bizcochos a la vez, separados tan solo por una lámina doble de papel antiadherente. Tenía que afinar mucho con las medidas, pero si a su abuela le resultaba bien así, a ella también.

—Entrando —anunció, y esperaba que apareciera una cámara, pero enseguida vio que estaban todas apiñadas alrededor de Angela, quien al parecer estaba preparando un Battenberg de los colores del arcoíris y tenía varios boles de mezcla como si fueran botes de pintura.

Aquello era un regalo para la vista, pero sospechaba que tenía más en cuenta el aspecto que el sabor, ya que, a todas luces, el ingrediente principal consistía en colorante alimentario.

—¿Qué tenemos por aquí? —preguntó Mo al ver los moldes.

—Voy a meter los bizcochos en el horno —dijo mientras abría la puerta con la ayuda de un trapo de cocina y los deslizaba en la bandeja—. El tiempo juega en mi contra; aún tengo que preparar la mermelada de albaricoque.

—¿Durante las prácticas en casa, conseguiste ceñirte al tiempo reglamentario?

—No —confesó con una mueca—. Me faltaron diez minutos. Pero he cambiado el orden de algunos pasos y espero ir más deprisa esta vez.

—Confío en ti, Jenny —dijo él, y chocó los cinco con su espátula.

—Gracias, Mo —contestó ella, concentrada en extraer el pequeño hueso del centro de un albaricoque.

—Concursantes, ¡os queda una hora! —gritó Katie, lo cual produjo una oleada de expresiones nerviosas tales como «¡Oh, no!» «¡Joder!» o «¡Aún tengo mucho trabajo!» que hicieron eco en el establo a la vez que todos aceleraban el ritmo.

En la vida cotidiana, tres horas daban para mucho, pero Jenny empezaba a comprender que en *Britain Bakes* el tiempo corría a una velocidad muy distinta.

—¿Qué tal te va? —le preguntó a Azeez, que estaba plantado ante la fría luz del frigorífico con mala cara y un brazo en jarras.

Él suspiró y se rascó la coronilla, lo cual hizo que el pelo se le alborotara y algunos mechones le quedaran de punta en armonía con su desesperación.

—Estoy esperando a que se endurezca la cobertura de chocolate de estos granos de café para la decoración, pero tanta espera me tiene molido.

Pronunció la frase muy serio, y eso combinado con su cara hizo que Jenny, de repente, cayera en lo gracioso de la situación. Se llevó la mano a la boca y empezaron a temblarle los hombros.

—Jenny —dijo Azeez volviéndose hacia ella sin dar crédito—, ¿te estás riendo de mí?

Ella no pudo contestar, la histeria la invadió por completo y ambos acabaron con la cabeza metida en el frigorífico, riendo como dos niños de párvulos.

—¿Qué está pasando aquí? —preguntó un cámara a la vez que se cernía sobre ellos.

—Hay unos granos de café que nos están dando problemas —dijo Azeez tras recobrar el aliento—. De hecho, no sé por qué nos estamos riendo tanto; la culpa la tiene Jenny, es una mala influencia.

Antes de que ella pudiera explicarse, el persistente pitido del temporizador captó toda su atención. Los bizcochos. Corrió hasta su horno seguida por la cámara.

—Ya está —dijo. Abrió la puerta del horno y dejó los bizcochos sobre la encimera para retirar el papel antiadherente, con las mejillas sonrosadas por el intenso vaho del cacao caliente—. Se han separado del borde, lo que quiere decir que..., cruzo los dedos, están bien cocidos.

Cuando los bizcochos se hubieron enfriado, los cortó en cuatro partes y los apiló en forma de tablero de ajedrez, pegándolos con la mermelada de albaricoque.

—Faltan cinco minutos, concursantes, ¡solo cinco minutos! —gritó Katie.

Jenny colocó la barra de bizcocho en el centro del mazapán que había preparado y la envolvió con él como un bebé en una toquilla. Después alisó los bordes con los dedos para que no sobresalieran ni quedaran hundidos. La colocó sobre una tabla y cortó ambos extremos, lo cual reveló una sección de cuadrados marrones y beige que contrastaban a la perfección.

—Treinta segundos —anunció Mo.

Lo ideal hubiera sido que la piel de naranja confitada hubiera macerado durante unos días, pero no se había podido permitir ese lujo, de manera que la cogió a puñados y la dispuso en el centro del Battenberg, como una especie de cresta comestible.

—¡Tiempo! Por favor, apartaos de vuestras delicias —ordenó Katie a la vez que golpeaba un cazo con una cuchara.

Jenny dio un paso atrás con una gran sensación de alivio. Cuando salieron del establo y se sentaron en los escalones exteriores para deleitarse con una ráfaga del dulce aire de primavera, tomó conciencia de lo cansado que tenía el cuerpo, de la rigidez de las articulaciones y la falta de claridad mental. Durante la prueba había estado tan concentrada que no había pensado ni sentido nada; sin embargo, en cuanto terminó, la toma de contacto con la realidad fue como una bofetada que la levantó del suelo.

—Tu Battenberg tiene una pinta increíble —alabó Azeez—. ¿Estás contenta?

—Gracias. Creo que sí, solo espero que se noten bien los sabores. ¿Qué tal te ha ido a ti con el espresso martini?

—No mal del todo —dijo él, pero arrugó la nariz como si hubiera comido algo desagradable—. Los cuadrados no han quedado bien definidos para mi gusto.

—¿Sabes qué? Nunca he probado ese cóctel —confesó Jenny.

—¿De verdad? Pues está delicioso. Tendré que llevarte...

—Bueno, chicos, casi hemos terminado. Entrad conmigo en el establo, por favor —dijo Carys, y se apartó el flequillo de los ojos.

Se dirigieron al interior y un silencio de preocupación invadió el ambiente mientras, uno por uno, iban situando sus delicias frente al jurado. Se oyeron algunos comentarios sobre la irregularidad de los cuadrados y la falta de sabor del bizcocho que, aunque iban dirigidos a otros compañeros, hicieron que Jenny se sintiera muy poco convencida del resultado. ¿Estaba segura de haber puesto suficiente ralladura de naranja en el bizcocho? ¿Habría cometido un error con la mermelada de albaricoque? ¿Debería haber usado unos colores más llamativos?

Por fin, el momento de la verdad. Cogió el Battenberg y lo llevó hasta donde estaban los jueces, y al colocarlo frente a ellos tuvo la sensación de que estaba sirviendo su propio corazón en una bandeja.

El jurado dio media vuelta a la tabla que sostenía el postre y lo examinó con detalle antes de cortarlo por la mitad con un cuchillo.

—Qué cuadrados más bien definidos —comentó Angus, y a continuación se llevó el tenedor lleno a la boca.

No soportaba mirar. Pensó en las tres horas que le había costado prepararlo y lo deprisa que lo estaban devorando y destrozando su apariencia, con la piel de naranja confitada esparcida por el plato.

—No me gusta —dijo Amanda con los ojos entornados.

Sintió que el suelo se abría bajo sus pies.

—¡Me encanta! —Jenny exhaló el aire de golpe y se llevó las manos al cuello cuando el suelo volvió a su sitio—. Noto la naranja, noto el chocolate y noto la almendra. Es una combinación deliciosa, y la mermelada de albaricoque sabe francamente bien. Aun así... —arqueó una ceja—, vamos a someterlo a una prueba más.

Cogió un trocito de piel de naranja confitada y lo dejó caer en el plato.

—No cabe duda de que has aprobado —comentó, y torció un poco la sonrisa—. Hace ruido, lo que significa que está crujiente.

—Ay, gracias —dijo Jenny, y se llevó el pastel de vuelta a su puesto de trabajo, aturdida por la emoción y el orgullo.

—Gracias, concursantes —terció Katie—. Ha llegado el momento que todos estabais esperando. Mañana, dos de vosotros competirán por el codiciado batidor de oro, pero... ¿quiénes serán?

—Recordad que los miembros del jurado elegirán a los dos mejores pasteleros para el cara a cara en «El reto a ciegas». El ganador recibirá un batidor de oro, lo que significa que no podrán eliminarlo la próxima semana.

Hizo una pausa y prolongó el silencio como quien estira la masa pastelera.

—Miembros del jurado, por favor, tomad vuestra decisión.

Siguió una queda conversación entre Amanda y Angus, que hablaban en susurros cubriéndose la boca con la mano. Jenny observó a su alrededor las miradas de ojos abiertos como platos y los gestos de hombros encogidos, y luego bajó la vista al suelo mientras daba suspiros hondos.

—Angus, Amanda —dijo Katie para poner fin a la deliberación—, ¿podéis revelar el nombre de los dos concursantes que, según vuestro criterio, destacan más esta semana?

Angus se atusó el moño y se aclaró la garganta, lo cual dilató más el silencio.

—Paul —anunció, señalándolo con una inclinación de cabeza— y Jenny.

Ella se quedó de piedra, con la cabeza aturdida por los aplausos y la intensa luz de los focos.

—¿Yo? —preguntó casi sin voz, y se llevó una mano a la boca.

—¡Bien hecho! —exclamó Azeez, y alzó los dos pulgares.

En menos que canta un gallo, el equipo técnico inundó la sala; cada miembro movía su pequeño engranaje de aquella máquina gigante al retirar los pasteles y trasladar los utensilios de aquí y de allá.

—Gracias, chicos, habéis hecho un trabajo excelente y la primera jornada ha sido espectacular —alabó Andy, que había aparecido por detrás de una cortina de un lateral del establo—. Recordad que mañana debéis vestiros exactamente igual.

Se oyó un coro de voces cuando todos empezaron a relajarse y conversar. Jenny permaneció en mitad de todo ello, estupefacta.

—¡No os quitéis el delantal! Tenemos que rodar las entrevistas con todos antes de que os subáis al autobús para volver al hotel.

—¡Buen trabajo! —exclamó Carys, y se le acercó dando saltitos—. ¿Cómo te sientes?

—No me lo puedo creer —repuso ella mientras la chica la guiaba al exterior para que la entrevistaran—. Todo junto es surrealista, nunca había vivido una cosa así.

—Lo has hecho de maravilla —dijo Carys, y la llevó hacia un hombre que tenía una cámara sobre el hombro como si fuese un loro—. Te veré para el tercer asalto, y espero que estés fresca como una rosa.

Jenny le dijo adiós y se recogió el pelo mientras disfrutaba del canto de los pájaros y del sonido de las hojas de los árboles movidas por la agradable brisa del atardecer. Agradeció poder huir del caos que reinaba en el establo.

—¿Qué se siente al haber sido elegida para competir por el batidor de oro en la primera semana? —preguntó el cámara, pegando el ojo a la lente.

—No doy crédito —contestó Jenny, y sacudió la cabeza mientras repasaba mentalmente todo lo sucedido en un intento por asimilarlo—. Cruzo los dedos para que mañana pueda saborearlo, porque por ahora no alcanzo a tragármelo.

18

Pastel de piña al revés

A Jenny no le gustaban las sorpresas, ni tampoco ser el centro de atención; sin embargo, ese día la esperaban ambas cosas. Sus compañeros de programa la observaban con entusiasmo desde los márgenes mientras ella, de pie tras su puesto de trabajo, aguardaba a que revelaran el reto a ciegas. La tranquilizó un poco el hecho de que Paul estuviera acostumbrado a rescatar a personas de edificios en llamas y, en cambio, se lo viera igual de nervioso, con las manos a la espalda y mirando al techo.

Examinó el trapo de cocina que tenía delante, tras el que se ocultaba su suerte. Analizó la forma con tanto detalle como si fuera un regalo oculto bajo el envoltorio. Su peor pesadilla era que debajo hubiese algo de lo que jamás había oído hablar.

—Hoy nuestro jurado le ha dado la vuelta al mundo de la repostería con una receta *vintage* —anunció Mo mientras señalaba hacia el cubreplatos situado sobre un soporte al frente de la sala—. Angus, ¿quieres hacer los honores?

Él asintió, dio un paso adelante y, alzando el brazo con un gesto teatral, retiró el cubreplatos.

—¡Es un pastel de piña al revés! —exclamó, y Jenny se estiró para verlo—. Recordad que podéis acercaros a mirar, pero no tocarlo.

—Los ingredientes están delante de vosotros, debajo del

trapo de cocina, pero en «El reto a ciegas» no disponéis de la receta —dijo Katie en tono serio—. Tenéis setenta y cinco minutos para preparar el pastel de piña al revés.

—Jueces —empezó a decir Mo—, esta prueba también se juzga a ciegas, de modo que abandonad la sala, por favor.

—Tres... dos... uno...

—¡Al horno!

Jenny retiró el trapo de cocina de un tirón y enseguida se fijó en que la piña estaba entera en lugar de enlatada y en rodajas. ¿Qué narices se suponía que iba a hacer con eso?

—Supongo que, en otra época, debiste de preparar este pastel alguna que otra vez, ¿no, Jenny? —Mo, que había aparecido a su izquierda, formuló la pregunta con un brillo de picardía en la mirada mientras ella encendía el horno.

La tía Ethel había hecho un pastel de piña al revés una vez, pero nunca más porque el padre de Jenny se había quejado de que luego le picaba la boca por culpa de la piña. Desde entonces, la receta había quedado desterrada de los menús, y a ella no le importaba en absoluto, ya que estaba de acuerdo en que la piña no quedaba muy bien en un bizcocho.

—Pues la verdad es que no —repuso a la vez que se pasaba la mano por los labios y posaba alternativamente la mirada en el modelo y los ingredientes. Como no disponía de ninguna orientación sobre el tiempo ni la temperatura, optó por precalentar el horno a ciento ochenta grados—. Aunque sí sé en qué consiste, lo cual ya es algo para empezar.

No tenía tiempo que perder, así que no le quedaba otro remedio que ponerse manos a la obra; y, al momento, los dos concursantes estaban enfrascadísimos cortando piña, derritiendo caramelo y cascando huevos.

—¡Entrando! —exclamó Paul, lo cual sirvió para que Jenny reparara en que no tenía mucho tiempo.

Vertió la mezcla para el bizcocho sobre las rodajas de piña y la repartió bien con la espátula. Luego miró el modelo y se preguntó cuánto tiempo debía de ser necesario tenerlo en el horno. De todos modos, ya solo disponía de treinta minutos.

—Entrando —dijo, y de inmediato apareció una cámara a su lado—. No tengo ni la más mínima idea del tiempo de cocción —confesó mientras se abanicaba con una manopla de cocina—, así que estaré pendiente.

Dicho eso, se sentó junto al horno con el deseo de que el pastel se cociera deprisa y observó cómo se resistía. Por el rabillo del ojo, vio que Paul rociaba con caramelo líquido el dorso de un cuenco de cristal para crear una cúpula de filamentos de azúcar, por lo que se planteó seriamente escabullirse hacia la salida cuando nadie la viera.

—¿Cómo va? —preguntó un productor que se había unido a ella en el plató.

—Estoy un poco preocupada —confesó, y entornó los ojos para ver el pastel dentro del horno—. Quedan diez minutos y no sé si estará bastante hecho. El bizcocho lo parece, pero la piña no la veo, claro, porque está en la parte de abajo.

Justo en ese momento, Paul estaba dándole la vuelta a su pastel de piña al revés, y luego colocó con delicado equilibrio la decoración de azúcar en la parte superior, lo cual instó a Jenny a sacar el suyo del horno y dejarlo reposar a un lado.

—Quedan tres minutos —anunció Mo con los ojos muy abiertos.

—Bien —dijo ella, frunciendo los labios—. Pues manos a la obra.

Había llegado el momento de la verdad. Jamás le había importado tanto el aspecto de la base de un pastel. Las cámaras se apiñaron alrededor cuando lo volvió del revés, y se detuvo un instante para dar una firme palmada sobre el molde antes de retirarlo, como si fuese un castillo de arena.

Se le cayó el alma a los pies.

—Oh, no —exclamó con un grito ahogado, y posó los ojos de forma alternativa en Mo y en el desastre amarillo de la bandeja—. Se me ha olvidado engrasar el molde.

Mo se agachó para mirarlo como si fuese un animalito en peligro mientras ella hacía intentos desesperados por recuperarlo y retiraba los trozos de piña humeantes del pastel en ruinas.

—¡Tiempo! —gritó Katie—. Por favor, acercad vuestro resultado del reto a ciegas al frente de la sala.

Jenny se volvió hacia Azeez, que se había puesto las manos delante de la cara y la miraba entre los dedos.

Una mitad tenía un aspecto pasable, pero la otra se veía desigual porque había retirado la piña del fondo del molde con un cuchillo y la había colocado en equilibrio sobre el pastel en un intento desesperado por salvarlo.

De mala gana, lo trasladó al frente de la sala y lo depositó detrás de la foto donde se la veía sonriendo, la cual contrastaba tremendamente con su estado de ánimo en ese momento. Echó un vistazo al pastel de muestra, situado cruelmente sobre un soporte en el centro de la mesa, y luego al de Paul, que daba la impresión de acabar de salir de la portada de una revista gastronómica. Tenía todo lo que tenía que tener; el suyo, en cambio, era una réplica muy pobre. Pensó en su padre y lo mal que lo pasaba con el picor de la boca. Nada relacionado con la tía Ethel había dado jamás buenos resultados.

Jenny empujó la verja de su casa con un chirrido y se dirigió a la puerta de entrada, la cual se abrió antes de que ni siquiera tuviera tiempo de sacar la llave del bolso.

—Bienvenida a casa, cariño —dijo Bernard, y le cogió las bolsas con la mano izquierda porque en la derecha tenía una manopla de cocina.

Solo habían pasado un par de días y, sin embargo, le costó varios segundos acostumbrarse a verlo de nuevo.

—Quién lo iba a decir —exclamó, invadida por una cálida sensación de familiaridad—. ¡Bernard Quinn con una manopla de cocina!

—Pues sí —dijo él, y le dio un beso en la mejilla—. ¿Cómo te ha ido?

Cuando se despojaba del abrigo y se cambiaba los zapatos por las zapatillas, notó un buen olor a patata asada procedente del pasillo.

—¿Qué te parece si nos ponemos a cenar y te lo cuento mientras tanto?

Ella dejó que el olfato la guiara hasta la cocina, donde la mesa estaba puesta con su mejor servicio y un vistoso jarrón con tulipanes se erguía con orgullo en el centro, junto a un cuenco de ensalada y algunos restos de quiche.

—Gracias por esto —le dijo, y ocupó su asiento—. Los tulipanes están preciosos. ¿Son de los que has cultivado tú?

—Sí —contestó él, y sacó las patatas del horno para servirlas en los platos de la cena—. Todos han florecido estos últimos días.

Lo observó cortar las patatas por la mitad con la precisión de un cirujano, y luego introdujo un generoso rectángulo de mantequilla en el centro, la cual se derritió y formó un delicioso charco dorado.

—Estoy impresionada —alabó Jenny mientras sazonaba su patata con pimienta.

—Bueno, me dejaron buenas instrucciones —dijo él, y formó un óvalo con la boca al tratar de masticar la patata y enfriarla a la vez—. Va, cuéntame. ¿Cómo te ha ido?

—No sé por dónde empezar —confesó ella, y pinchó un tomate con el tenedor—. Los pastelitos de ruibarbo y crema inglesa fueron todo un éxito. Amanda me dijo que estaba un poco asustada porque no había utilizado ningún cítrico y me entraron las dudas, pero al final quedó gratamente sorprendida.

—Buen trabajo, cariño —dijo él sin dejar de aplastar la mantequilla en la patata—. Sabía que con eso tenías el éxito asegurado. ¿Y qué tal con el Battenberg?

—Pues incluso mejor —respondió mientras lo observaba ralentizar los movimientos hasta que levantó la cabeza para mirarla—. Les gustó tanto que me eligieron para competir con otro concursante por el batidor de oro.

Él dejó caer el cubierto en el plato y dio una palmada mientras en su cara se dibujaba una sonrisa de oreja a oreja.

—¡Bravo!

Jenny sostuvo el tenedor lleno delante de la boca un momento, hasta que lo retiró con expresión abatida.

—Oh, no. ¿Qué ha pasado?

—Bueno, lo de hoy ha sido un completo desastre. Me ha tocado hacer un pastel de piña al revés.

—No me gusta mucho esa receta. A tu padre siempre le picaba la boca, ¿verdad?

—Sí, y la he fastidiado del todo porque se me ha olvidado forrar el molde y la mitad de la piña se ha quedado pegada en el fondo —explicó antes de seguir comiendo—. Qué error tan estúpido.

—Lo siento —dijo Bernard con los ojos muy abiertos, cautivado—. Sigue, ¿y qué ha pasado?

—Pues que Paul, contra quien competía —empezó ella a la vez que doblaba pulcramente un trozo de lechuga con el cuchillo—, ha ganado el batidor de oro, lo que significa que la semana que viene está salvado y no podrán eliminarlo. —Él asintió mientras seguía a la expectativa—. Y yo he sobrevivido y podré concursar la próxima semana.

—¡Bien! ¡Sabía que lo conseguirías, cariño! —exclamó, y estiró el brazo para estrecharle el hombro—. ¿A quién han echado?

—A un joven granjero llamado Fergus. Ha sido una decisión difícil, pero su Battenberg tenía una forma rarísima —explicó muy seria al recordarlo.

—Bueno, qué buena noticia —dijo él, aún eufórico porque Jenny se había salvado—. ¿Qué toca la próxima semana?

—Es la semana de las galletas —dijo ella, y tragó saliva.

19

Barquillos de brandi a la lima

Cuando retiró los platos, sintió la presencia de su secreto en la boca del estómago, en la garanta, en las ardientes palmas de las manos. Cada vez le resultaba más difícil esconderlo, incluso bajo las chaquetas y los vestidos más anchos. Esa misma mañana se había examinado de perfil en el espejo; cada semana, su cuerpo le resultaba menos familiar. Le había crecido el pecho, se le había ensanchado la cintura y había aparecido una misteriosa línea amarronada en el centro del vientre, como si fuera una costura. Se preguntó cuánto tiempo más lograría fingir.

—He preparado uno de tus postres favoritos —dijo, forzando el entusiasmo en la voz.

—Qué suerte tengo —contestó su padre, y arqueó las cejas—. Pero ¿qué es?

Ella sacó una bandeja de barquillos de brandi con una forma cilíndrica perfecta, tan gruesos como cigarros puros y rellenos de crema elaborada con la nata de la leche. Los depositó sobre la mesa, pero su olor era más fuerte de lo habitual y, en lugar de parecerle delicioso como de costumbre, esa noche le provocó náuseas.

En la cara de su padre se dibujó una amplia sonrisa.

—Barquillos de brandi —dijo, y cogió uno para depositarlo

en equilibrio entre sus labios en su mejor imitación de Winston Churchill.

En circunstancias normales ella se habría echado a reír, pero era incapaz de mirarlo a los ojos: su conciencia la obligaba a evitarlo y fingía que estaba poco habladora o distraída. Todos los días se prometía a sí misma contárselo, pero ninguno lo hacía, ya que deseaba prolongar su convencimiento de que tenía una hija de la que podía sentirse orgulloso.

Rompió el barquillo de brandi con los dientes y se obligó a comer mientras sus pensamientos se volvían más ruidosos y saturaban sus otros sentidos. Dejó el barquillo en el plato, incapaz de terminárselo.

—¿Te encuentras bien, Jen? —preguntó su padre.

Ella asintió con una sonrisa tensa, como si le estuvieran tirando de las comisuras de los labios.

—Cómetelo tú —dijo, empujando el plato hacia él.

Su padre no cogió la galleta.

—No es propio de ti dejar un dulce en el plato.

Cuando lo miró a los ojos, tuvo la sensación de que no podía retener aquello dentro por más tiempo. El secreto ejercía presión y se elevó dentro de sí como una ola gigante, de modo que tuvo que cubrirse la boca con las manos.

—¿Qué te pasa?

Ella bajó la cabeza, sin saber qué responder, y oyó que su padre arrastraba la silla al tambalearse.

—¿Ha ocurrido algo? —insistió.

Ahora su tono denotaba apremio.

Lágrimas saladas le rodaron por la cara y notó su escozor en las mejillas.

—Es todo culpa mía —dijo, y las palabras escaparon de su boca—. He hecho una cosa horrible.

—Calma, calma —respondió él, y frunció los labios en una expresión apenada—. ¿Qué has hecho que sea tan horrible?

La preocupación de su padre solo sirvió para que ella se sintiera más culpable todavía. Notó que el pecho le subía y le bajaba, y de sus entrañas brotó un sollozo.

El hombre se levantó, se agachó a su lado y se sacó un pañuelo de la manga.

—Puedes contármelo —dijo, poniéndole el pañuelo en la mano—, sea lo que sea.

—Estoy... —dijo ella, y las palabras surgieron sin que pudiera contenerlas—. Estoy esperando un bebé.

Era la segunda vez que lo decía en voz alta y, aun así, se sentía como si no fuese ella misma quien hablaba.

En ese momento tuvo la certeza de que el recuerdo de la cara de su padre le pesaría en la conciencia toda la vida cuando, ante sus ojos, vio cómo se le partía el corazón. Se moría de ganas de que dijera algo, de que se enfadara, pero tras sus palabras solo quedó silencio. El resentimiento se abrió paso en su interior: contra Ray, contra la vida que crecía en su interior, contra ella misma.

Las comisuras de los labios del hombre se torcieron hacia abajo, y eso le confirió un aspecto diferente que a Jenny le resultaba insoportable.

—Lo siento —dijo con la barbilla temblorosa—. Sé que la situación no es perfecta, pero creía que lo había hecho bien sin tu madre.

Ella lo tomó del brazo, con el corazón encogido.

—Lo has hecho bien, papá; lo has hecho bien.

Él bajó la cabeza.

—No —respondió—. Os he fallado a las dos.

Jenny calentó la mantequilla, el azúcar moreno y el sirope dorado en el fondo de una sartén, contenta de sentirse de nuevo en el entorno seguro de su pequeña cocina. El caos controlado del establo había quedado sustituido por el serial radiofónico de la tarde, y lo único que tenía al lado era una gran taza de té. Cogió el temporizador del alféizar de la ventana; su viejo amigo. No era nada especial, un simple cuadrado de baquelita con una esfera, pero, aunque había amarilleado con los años y los números estaban borrosos, su agradable tic tac servía de música de fondo a algunas de sus tardes más gratificantes. Hizo girar la aguja, que en otro tiempo había sido roja, y dio comienzo a la misión de perfeccionar «El reto de la docena» mientras en su cabeza oía la voz de Mo al anunciar los doce barquillos de brandi: «ni uno más ni uno menos».

Pasó la cuchara de madera por el fondo de la sartén y acercó la oreja para oír los chasquidos de los granos de azúcar, que crepitaban con el calor. En cambio oyó un arrebato de tos de Bernard en la distancia que fue aumentando de volumen a medida que se aproximaba a la cocina.

—¿Te encuentras bien, cariño? —le preguntó con un sentimiento de alarma creciente cuando lo vio apoyar una mano en el bastidor de la puerta y llevarse la otra cerrada a la boca mientras resollaba y gemía como un motor viejo.

Él asintió y se inclinó sobre ella para alcanzar el inhalador de la estantería más alta del armario.

—Qué tos más fea —dijo ella, y su preocupación fue en aumento con cada uno de sus tremendos jadeos—. ¿Crees que deberíamos ir al médico?

Él colocó el tapón del inhalador y lo depositó de nuevo en el armario.

—No hace falta —aseguró con la voz rasposa—. Es solo un resfriado común.

Ella lo miró y observó que tenía los ojos llorosos, empañados.

—Yo no te veo bien —dijo, y una sombra atravesó su corazón—. Esa tos no suena bien. Si no vas al médico, estaré muy preocupada.

—No te preocupes, ya se me pasará. —Se llevó a la boca un caramelo para la tos—. ¿Qué estás preparando? ¿Quieres que te haga unas cuantas preguntas?

—Bernard —empezó a decir ella, cruzándose de brazos—, no tengo claro que esta semana deba irme si sigues encontrándote así.

—Estoy bien —insistió él en un tono que daba a entender que estaba exagerando las cosas—. Si me pongo peor, iré al médico, pero no tienes que preocuparte por mí.

Ella hizo una pausa y suspiró.

—De acuerdo —convino, y siguió removiendo el contenido de la sartén poco convencida—. Estoy preparando barquillos de brandi a la lima.

Bernard emitió un ruido de aprobación y tamborileó sobre la encimera con sus dedos hinchados. Jenny no era capaz de recordar el momento en que sus manos habían envejecido; los dedos, en otro tiempo estilizados, estaban enrojecidos e inflamados, y se estiró para acariciarlos.

—¿Cómo harás los tubitos?

—Bueno —empezó a decir ella mientras retiraba la sartén del fuego un momento para añadir harina, jengibre triturado, zumo de lima y piel de lima rallada—, los enrollaré en el mango de una cuchara de madera.

—Qué lista —repuso, y lo interrumpió el teléfono—. Vuelvo enseguida.

La cocina quedó inmersa en una bruma de intenso caramelo cuando Jenny fue colocando la mezcla en una bandeja de horno con la ayuda de una cuchara, formando charquitos separados, para luego introducirla en el horno. Cuando la primera tanda estuvo lista, la cambió por otra a toda prisa, y enrolló cada galleta con suavidad en el mango de una cuchara de madera untado con mantequilla mientras todavía podía darle forma.

A continuación llenó la manga pastelera de algodón con piel de lima rallada y nata, y retorció la parte superior con las manos para que el contenido saliera por la boquilla. Limpió el último puntito con el dedo, como se limpia un tubo de pasta de dientes con el cepillo, y se lo llevó a la boca. «Al final le añadiré un poco de crema de lima», pensó, «para darle un sabor más intenso a la nata».

—Rose y Jeremy te envían su cariño y la enhorabuena —anunció Bernard cuando regresó para examinar los progresos de Jenny. Tenía la voz ronca, quebrada—. Han llamado para saber cómo te iba... y para decir que a Rose la han ascendido a socia del bufete.

—Qué bien —exclamó ella a la vez que rellenaba cada uno de los barquillos—. Es una noticia excelente. Rose ha hecho un buen trabajo, lo tiene todo.

—Pues sí. Margot habría estado muy orgullosa de ella.

Al coger el siguiente barquillo, Jenny captó, por primera vez, un atisbo de lo que debía de sentirse cuando vivías una vida en la que los demás estaban orgullosos de ti, en la que podías entrar en una sala pisando firme como abogada, como madre, como una mujer de éxito.

20

Pastelitos de té con cobertura de chocolate

Tumbada en la cama, observó cómo la vida dentro de ella empujaba contra las paredes de su vientre; algo que formaba parte de sí y que, a la vez, ejercía su libre voluntad. Un movimiento fugaz se produjo en un lado de su barriga de embarazada, como el ojo que se mueve debajo del párpado. Empujó un poco y este se retrajo, como si fuese un juego en el que se había propuesto que no lo encontraran. Su secreto se había convertido en su mayor aliado; le aportaba compañía y consuelo en aquel aislamiento. Lo acarició con movimientos circulares y admiró su redondez perfecta. Cada día que pasaba sentía más el peso de tener que cargar con dos corazones.

Se levantó y se sostuvo sobre sus pies cansados para ir hasta la cocina y hacerse con la lata de galletas. Usó la barriga de apoyo para abrir la tapa y se topó con el reflejo de su cara en el metal. Volvió a encajar la tapa en la lata mientras buscaba alternativas. ¿Una rebanada de pan? ¿Una manzana? No le apetecía nada de eso.

Se cubrió con la trenca e introdujo los botones alargados en las presillas, pero dejó sin abrochar los dos de abajo y la prenda cayó suelta sobre el vientre. Le faltaban tres meses y aquello era imposible de disimular, pero por lo menos tenía que intentarlo, por si se encontraba con algún conocido.

—¿Adónde vas? —Su padre la sobresaltó con la pregunta.

—A comprar.

—Ya voy yo. ¿Qué te hace falta?

—No, iré yo. Necesito un poco de aire fresco. Llevo toda la semana encerrada en casa y...

Él vaciló; la preocupación le surcaba el rostro.

—Espera un momento —dijo, y desapareció en dirección a la planta superior.

Hacía un mes que le había confesado su secreto y desde entonces hablaban poco, en intercambios forzados, como si cada uno sirviera para recordarle al otro el dolor, la vergüenza.

Cuando volvió, vio que llevaba una cosa en la mano.

—Creo que deberías ponerte esto si sales a la calle —dijo, y le mostró el delicado aro de oro que sostenía sobre la palma de la mano, que Jenny reconoció como la alianza de su madre.

Ella hizo una pausa antes de tomar el anillo y empujarlo sobre sus nudillos hinchados.

—Gracias —le dijo con voz inexpresiva—. No tardaré.

Él sacó una silla y le indicó que se sentara.

—He hablado con la tía Ethel —anunció.

Ella asintió y se estremeció al imaginar la reacción de su tía, convencida de que se estaría regodeando en su fracaso.

—Dice que hay sitios a donde puedes ir. —Miró la mesa, el suelo, el anillo de su esposa—. Casas para chicas en tu situación. Puedes ir allí para tenerlo y nadie se enterará nunca.

—¿Y el bebé?

—Lo adoptará una pareja casada que tenga medios para criarlo y darle un hogar donde sentirse amado y feliz.

—¿Es como una casa para chicas malas? —preguntó mientras le daba vueltas a la alianza sobre el dedo.

—No lo llaman así.

—¿Cuánto tiempo tendría que pasar allí?

—Seis semanas antes de... la llegada, y seis semanas después.

Jenny apartó la mirada mientras procesaba sus palabras.

—La tía Ethel se ha puesto en contacto con una; cree que es lo mejor para ti y para... —hizo una pausa; tenía la voz acartonada— el bebé. Y me parece que tiene razón.

Permanecieron un momento sentados en mitad de un silencio incómodo.

—Pero nosotros nos las hemos arreglado —dijo ella—, los dos solos.

Él se pasó la mano por el pelo.

—Esto es diferente, Jen —repuso él con un suspiro—. Tu madre y yo estábamos casados cuando te tuvimos. Y algún día tú también querrás lo mismo para ti, ¿verdad?

Ella asintió.

—He pensado en lo que diría tu madre, le he pedido consejo en mis plegarias —dijo con expresión desesperada—. La verdad es que solo quiero hacer lo correcto, y me preocupa que tu futuro sea... difícil si tienes un hijo de otro hombre.

Ella tragó saliva; tenía la garganta seca.

—Sé que en este momento te parecerá el fin del mundo —prosiguió buscando su mirada—, pero eres muy joven y tengo la esperanza de que algún día, cuando formes una familia propia, mires atrás y le encuentres el sentido.

Ella recogió la cartera del suelo.

—Si vas a una de esas casas, nadie tiene que saberlo nunca.

—Seguro que tienes razón —dijo, aunque esas palabras traicionaban sus verdaderos sentimientos—. No tardaré.

Cerró la puerta tras de sí y se subió la capucha. En el exterior, los árboles se estaban convirtiendo en simples siluetas a medida que sus ramas quedaban despojadas de las hojas, las cuales caían tras formar una espiral como si fueran confeti dorado y marrón oscuro. El otoño solía ser su momento favorito del año, la estación de los días fríos y las noches oscuras endulzadas por las hogueras, los caminos que crujían bajo los pies y el reluciente color caoba de las castañas de indias. Ese año, en cambio, tenía la sensación de llevar piedras en los bolsillos.

En las calles había más bullicio a medida que se acercaba al centro de la ciudad. Atrapada en el calor de la trenca, una gota de sudor le corrió por el pecho y notó la intensa mirada de los transeúntes al subirse la manga izquierda para que interpretaran una historia distinta. Miraba de un lado a otro examinando las caras de los extraños en busca de Ray o, peor, Sandra, que pensaba que había dejado la escuela por órdenes del médico de-

bido a su mal estado de salud. Resultaba extraño cómo, cuando temías ver a alguien, todo el mundo se le parecía; tenía su misma estatura, caminaba igual, reía igual.

Sonó una campana cuando entró en la tienda y llamó la atención, aunque no lo deseaba. Avanzó sin hacer ruido para tratar de ser discreta, pero estaba segura de que el tendero estaba mirando justo el centro de su abrigo. Sin perder tiempo, buscó directamente el envoltorio a rayas rojas y plateadas de los pastelitos de té Tunnock's, por los que sentía un deseo inexplicable. Cogió uno y lo sostuvo en la palma de su mano antes de depositarlo junto a la caja registradora. Añadió tres más, buscó en el monedero y empujó el dinero hacia el hombre, que la miró como si lo hubiera importunado y exhaló una voluta de humo antes de entregarle el cambio. Ella se embutió los pastelitos en los bolsillos y se apresuró a salir.

Mientras cruzaba la ciudad, sus pies se movían con agilidad y apremio, y sintió tantas ganas de estar de vuelta en casa como antes las había sentido por salir. Dobló una esquina hacia una calle tranquila, se sacó un pastelito del bolsillo, retiró el envoltorio y dio un mordisco en el chocolate. El malvavisco, que se le pegaba a los labios y le cubría los dientes, la transportó a un lugar más feliz. Cuando aún disfrutaba del primero, empezó a desenvolver el segundo y lo mordió como si para ella fuera tan vital como el oxígeno.

Notó un ligero revuelo en su interior.

—Hola, pequeño amigo —dijo a la vez que se enjugaba la boca con el dorso de la manga—. Alguien ha salido tan goloso como yo.

Jenny se dirigió al establo aferrando el paraguas mientras la lluvia tamborileaba en el plástico y las gotas corrían por los lados como ratones.

—¿Cómo estás? —preguntó Azeez, y se colocó debajo del paraguas de tal forma que no llegaba a cubrir a ninguno de los dos y su diferencia de estatura hacía imposible que ambos cupiesen allí debajo.

—Mojada —contestó ella cuando una gota de lluvia le cayó de la punta de la nariz—. Y aterrorizada.

Se dieron prisa porque la lluvia se intensificó.

—Tus barquillos de brandi eran perfectos, y la iglesia de jengibre te ha llevado a la segunda semana consecutiva de «El reto a ciegas» ... —empezó a decir mientras se aferraba a su brazo y subían con cuidado los escalones de piedra—. Te irá de maravilla.

—Gracias —respondió ella cuando estuvieron bajo los intensos focos del establo.

—Mucha suerte —dijo él con un hilo de voz, y se unía al resto de los concursantes, situados en un lado.

Como si fuera un ritual, Jenny y Angela se dirigieron a sus puestos de trabajo, se pasaron el delantal por la cabeza y se lo ataron a la espalda. Al cabo de unos instantes, Amanda ocupó su posición en la parte frontal del establo, seguida de la celebridad a quien esa semana habían invitado para que formara parte del jurado: Camilla Wainwright. Jenny la había reconocido al instante; era la fundadora de una prestigiosa escuela de restauración y autora de muchos libros de cocina, aunque ella no había comprado ninguno. En persona hablaba con mucha corrección y tenía una voz profunda que le confería un aire de gran autoridad. La idea de presentar una de sus recetas ante alguien con el talento de Camilla se le antojó humillante en el mejor de los casos.

—Jenny, Angela —dijo Katie—, bienvenidas a «El reto a ciegas».

Ella miró el trapo de cocina abultado de su puesto de trabajo y luego el cubreplatos del centro de la sala con la esperanza de que fuese algo conocido, un viejo amigo.

—Camilla —la llamó Katie—, ¿quieres hacer los honores?

—Sí —respondió ella, y dio un paso adelante para levantar el cubreplatos, de modo que las dos concursantes crecieron unos centímetros al estirarse para ver lo que parecía una bandeja de pulsadores de mesa de concurso hechos de chocolate; uno cortado por la mitad mostraba todas las capas.

—Mi postre favorito: pastelitos de té con cobertura de chocolate —dijo Mo—. Tenéis los ingredientes delante de vosotras, debajo del trapo de cocina, pero en «El reto a ciegas» no se os muestra la receta. Disponéis de dos horas para preparar seis pastelitos de té idénticos. ¿Algún consejo, jueces?

Amanda entornó los ojos.

—Pensad muy bien cómo emplear el tiempo.

Jenny retiró el trapo de cocina y aparecieron los sospechosos habituales: huevos, azúcar, harina y chocolate.

—¿Alguna vez has preparado pastelitos de té con cobertura de chocolate, Jenny? —preguntó un hombre que la miraba a través del objetivo de una cámara.

—Por segunda vez consecutiva, me avergüenza decir que no. Pero sé exactamente el sabor que tienen, porque conozco muy bien los de la marca Tunnock's.

Dicho eso, se dispuso a mezclar los ingredientes para formar la base del pastelito, hecha de galleta, y añadió un chorrito de leche para cuajar la masa. La aplanó con un rodillo y marcó seis círculos idénticos con un cortador de galletas.

—¿Qué tal te va? —preguntó un cámara que apareció a su lado.

—Bueno, tienen pinta de galletas, y eso ya es algo —dijo a la vez que se dirigía al frigorífico—. Voy a ponerlas a enfriar mientras preparo el merengue, ya que no me gustaría que perdieran consistencia en el horno.

El cámara se retiró enseguida y se trasladó a toda prisa al lado de Angela, que tenía la frente perlada de sudor y rascaba un recipiente para tirar a la basura el merengue que le había quedado demasiado líquido.

—No pasa nada —la animó Katie con voz exageradamente optimista—. Aún queda tiempo.

Angela no pareció tranquilizarse lo más mínimo. Humedeció un trapo de cocina y se lo ató a la cabeza a modo de pañuelo mientras se preparaba para empezar otra vez. De hecho, daba la impresión de estar participando en un duro partido de tenis en el que los pastelitos de té con cobertura de chocolate estaban a punto de ganar el segundo set.

—Voy a dejar esto sobre la encimera para que se enfríe —dijo Jenny ante la cámara, y se apresuró a pintar con chocolate el interior de los moldes de silicona—. En el tiempo de prácticas aprendí que el chocolate pierde brillo si se enfría en la nevera.

—Concursantes, falta una hora, ¡solo una hora!

—Entrando —anunció Jenny con el corazón acelerado mientras trasladaba las galletas hasta el horno—. No tengo ni idea del tiempo de cocción que necesita esto. No me queda otro remedio que vigilarlo.

Batió las claras de huevo junto con el azúcar, la vainilla y el sirope dorado en una sartén con agua a fuego lento hasta que empezó a transformarse en una mezcla blanca parecida a la pasta de dientes y el azúcar formó una película brillante.

—Quiero que se endurezca un poco para que quede compacta cuando salga de la manga pastelera —dijo, y removió la masa con el batidor de varillas de manera que, al levantarla y dejarla caer, iba formando ondas como un dibujo infantil del mar.

—¡No puede ser! —oyó exclamar a Angela, que tenía la parte trasera del vestido empapada de sudor.

Jenny miró sus pastelitos a medio preparar y tuvo miedo de que se desmoronaran y acabaran siendo un desastre.

—¡Treinta minutos, concursantes! —gritó Katie.

Ahora o nunca. Con ayuda de la manga pastelera, introdujo el merengue italiano dentro de las seis cúpulas de chocolate colocadas en fila como si fuesen montañitas de espuma de afeitar y las presionó sobre la base de galleta antes de sellarlas con chocolate. Retrocedió y bajó despacio los hombros, que estaban agarrotados y casi a la altura de las orejas. De momento, lo único que podía hacer era esperar.

—Angela y Jenny, tenéis cinco minutos, ¡solo cinco minutos! —anuncio Katie, y las cámaras se acercaron rápidamente a la una y a la otra para captar el momento de la verdad.

Mo se situó junto a Angela y la observó sin pestañear mientras retiraba el molde con cuidado. Ella dio un grito ahogado. El merengue líquido se escapó por el borde entre la cobertura de chocolate y la base de galleta, y los pastelitos se convirtieron en una especie de muñeco de nieve derretido con un bombín de chocolate. Jenny se estremeció. No había forma de arreglar eso.

Oyó unas risas procedentes de un lado de la sala y miró a

los otros concursantes, que contemplaban la escena paralizados. Azeez se cubría la boca con la mano por el disgusto, pero detrás de él Sorcha daba la impresión de estar sofocando unas carcajadas histéricas.

—Jenny —dijo Katie, lo cual hizo que centrara la atención de nuevo en lo que tenía entre manos—, te quedan dos minutos.

Ella asintió.

—Allá vamos.

La sala quedó sumida en el silencio cuando volcó el molde de silicona en una bandeja mientras contenía la respiración, consciente de que no tenía el más mínimo control sobre lo que estaba a punto de suceder. Cual cirujano, retiró con cuidado las esquinas del molde y apareció una brillante cúpula de chocolate.

—Tiene buen aspecto —la alabó Katie cuando colocó el primer pastelito en otra bandeja—. Solo quedan cinco más.

A medida que fue retirando los moldes y comprobó que permanecían íntegros, sintió un alivio momentáneo que pronto se transformó en culpabilidad al ver, por el rabillo del ojo, que un asistente le entregaba un pañuelo a Mo para que, a su vez, se lo diera a Angela. La risa que habitualmente reinaba en el ambiente del establo dejó paso al vacío del silencio, de forma que solo se oía el repiqueteo de la lluvia en el tejado.

—Jenny, Angela, ¡se acabó el tiempo! —anuncio Katie más fuerte de lo que Jenny esperaba, dado que la tenía a dos palmos—. Por favor, llevad vuestros pastelitos al frente de la sala y colocadlos detrás de vuestra foto.

—Concursantes —dijo Mo señalando a todo el grupo—, por favor, uníos a Jenny y Angela para el resultado final.

Jenny y Angela se dirigieron al frente de la sala como si estuvieran presentando una ofrenda en una fiesta de la cosecha en tanto que sus compañeros se colocaban formando un semicírculo y aguardaban nerviosos, cambiando el peso de un pie a otro y frotándose las manos dentro del bolsillo de su delantal.

Entraron los miembros del jurado y examinaron el aspecto de los respectivos pastelitos. En el centro de la mesa estaban los de muestra, tan perfectos como una fotografía; a la izquierda, los de Jenny, que guardaban cierto parecido pero destilaban el encanto de la elaboración manual. A la derecha, los de la pobre Angela parecían payasos en un certamen de belleza.

—Ay, cielo —exclamó Camilla al coger uno de los pastelitos de Angela y ver que dejaba un rastro de gotas blancas—, alguien ha tenido un percance con el merengue. Me aventuraría a decir que los huevos no estaban bastante batidos.

Jenny miró de soslayo a Sorcha, convencida de que estaba riéndose, y luego se volvió hacia Angela, que tenía los hombros hundidos por la decepción. La invadió una oleada de empatía al ver que se habían malogrado todos sus esfuerzos.

—Mmm... —exclamó Camilla al limpiarse el merengue de los labios tras probar un bocado de los de Jenny—. Son casi perfectos. Buen trabajo.

Jenny sintió un gran alivio.

—Lo único es que debes procurar que sean uniformes —comentó Amanda—. Hay una ligera variación en el grosor del chocolate.

Ella tomó nota mentalmente, y por un momento se permitió imaginar cómo sería convertirse en la ganadora de la semana de las galletas, pero enseguida ahuyentó la idea de su cabeza.

—Ha llegado el momento de la verdad —declaró Mo, y le tendió a Camilla el batidor de oro—. ¿Por cuál de estos dos postres te decantas?

Se produjo un silencio.

—Sin duda, por este —dijo señalando el de Jenny.

—¡Oh! —exclamó ella, y empezó a temblarle la barbilla a la vez que Azeez la rodeaba con el brazo para estrecharla con firmeza. En sus ojos se formó un cerco salado de lágrimas que le resbalaron por las mejillas al primer parpadeo. Se las enjugó con el delantal mientras recibía palmadas en la espalda de sus nuevos amigos.

Camilla fue hacia ella con el batidor de oro y se le disparó el corazón.

—Bien merecido —dijo.

Jenny trazó el perfil con los dedos, sorprendida por lo mucho que pesaba y por su brillo.

—Ahora viene la parte difícil —dijo Mo con una expresión severa que no resultaba nada natural en él—. Paul, como ganador del batidor de oro de la semana pasada, estás salvado y no pueden eliminarte. Sin embargo, ha llegado el momento de que uno de tus compañeros tenga que marcharse.

Paul frunció los labios en una sonrisa modesta mientras los demás se removían por el nerviosismo.

—Miembros del jurado, ¿cuál de nuestros concursantes queda expulsado del programa?

Hubo una larga pausa.

—Martin —anunció Camilla mirando al párroco.

Él sonrió con gesto amable en tanto que todos avanzaban hacia él con los brazos abiertos. Un poco más lejos, Angela se cubría la boca con la mano y tenía los ojos muy abiertos por la conmoción.

—No pasa nada —dijo Martin mientras correspondía a los abrazos y los buenos deseos—. Es hora de que me marche, pero he tenido mucha suerte de poder estar aquí.

Jenny se sintió identificada con sus palabras, y una ardiente oleada de indignación creció en su pecho.

—No es que hayas tenido suerte, Martin —dijo, y dio un sonoro beso al aire junto a su mejilla—; la suerte te la has forjado tú.

—Gracias —contestó el párroco, e hizo una pausa como para indicar que sus palabras eran realmente importantes para él.

Al salir del establo, Jenny depositó el batidor de oro en el jarrón de cristal de la encimera de su puesto de trabajo, de modo que luciese allí como una medalla.

—Sabía que lo conseguirías —aseguró Azeez, aturdido al saber que habían conseguido sobrevivir una semana más—. ¿Nos tomamos un espresso martini para celebrarlo? Hay un bar cerca de la estación, o sea que, de hecho, nos pilla de camino.

Ella miró el reloj.

—Eso suena estupendo —dijo—, pero solo uno; no quiero que se me haga muy tarde por Bernard.

—Felicidades —terció Carys, y se abalanzó a darle un abrazo—. ¿Puedo raptarte un momento para una entrevista ahí fuera?

—Por supuesto —accedió—. Azeez, iré a buscarte a la zona de descanso.

Caía el sol cuando cruzó el huerto de árboles frutales y el césped en dirección a la cámara, y aspiró el aire fresco de última hora de la tarde tanto como le permitieron sus pulmones. Al acercarse, vio que Angela todavía estaba a media entrevista y se secaba las lágrimas con el dorso de la mano.

—La verdad es que estoy avergonzada —oyó que decía ante la cámara.

Jenny ralentizó la marcha para aguardar a cierta distancia, preocupada.

—La he fastidiado bien.

La productora le dio una palmadita en el brazo con vacilación antes de que la chica regresara a la zona de descanso con paso pesado y los brazos caídos a ambos lados del cuerpo.

—Angela —la llamó Jenny, y se dio prisa para alcanzarla—, no seas demasiado dura contigo misma. ¿Recuerdas lo que me pasó a mí la semana pasada con el pastel de piña al revés? Fue un desastre total, y la elaboración era mucho más fácil que la de los pastelitos de té con cobertura de chocolate.

—Gracias, Jenny. Tengo la impresión de que he quedado fatal. —Tragó saliva—. Y, entre nosotras, he visto que Sorcha se reía de mí.

Jenny metió la mano en el bolsillo y sacó uno de los pañuelos de Bernard, en el que lucían sus iniciales bordadas.

—Eso dice más de ella misma que de ti —respondió, estrechándole la mano—. Además, te eligieron para la prueba porque estabas entre las dos primeras, así que, entre nosotras, a mí me parece que son celos.

Angela asintió y las comisuras de sus labios se curvaron hacia arriba mientras miraba el pañuelo.

—¿Quién es BJQ?

—Mi marido, Bernard.

Angela sonrió y se enjugó las mejillas con el pañuelo.

—Ahora soy incapaz de utilizarlo para sonarme.

—Ah, a él no le importará —dijo Jenny, y sabía que era verdad—. Por cierto, a mí me gustan más tus pastelitos, me recuerdan a un muñeco de nieve.

—Sí, en el Sáhara —repuso Angela, cuya expresión empezaba a recuperar el brillo.

—Puede que sí, un poco —convino, y Angela tuvo que echar atrás la cabeza al estallar en una carcajada.

—Gracias —dijo—. Lo necesitaba. Y buen trabajo; te merecías ganar.

—¡Jenny! —la llamó Carys haciendo aspavientos con los brazos—. Tienes que venir para la entrevista antes de que nos quedemos sin luz.

—¡Voy! —contestó, y le dio un abrazo a Angela—. Nos vemos la semana que viene.

Tras separarse y mientras cruzaba el césped en dirección al lugar de la entrevista, Jenny se recreó en el placer de haber conectado con alguien, de haber ayudado a levantarle el ánimo.

—Aquí, Jenny, por favor —dijo el cámara en el momento en que ella buscaba en su bolsillo la barra de pintalabios para aplicarse una rápida capa.

—¿Qué se siente al ganar el batidor de oro?

—Es difícil expresarlo con palabras. Nunca pensé que quedaría ganadora en la semana de las galletas; solo esperaba poder pasar a la siguiente fase. —Vaciló antes de permitirse hablar con sinceridad—. En realidad, nunca creí de verdad que fuese lo suficientemente buena para estar aquí, pero hoy sí me lo parece.

—Y, de las tres recetas de esta semana, ¿de cuál te sientes más orgullosa?

—De la que hice para «La delicia del pastelero» —respondió con mucha convicción—. Usé como modelo la iglesia en la que me casé con mi marido, Bernard. Llevamos casados cincuenta y nueve años, casi sesenta, así que es muy especial.

—Excelente, gracias, Jenny. Una última pregunta: ¿te gustaría llamar a Bernard delante de la cámara y darle la buena noticia?

—Adelante —accedió.

El cámara le entregó un teléfono y Jenny marcó el número de su casa.

—Si lo sostienes delante de ti y le das al botón del altavoz... —dijo él, y la observó mientras lo hacía—. Eso es.

La pausa entre los tonos de llamada se le hacía cada vez más larga mientras esperaba a oír su voz y reformulaba las frases mentalmente, buscando la mejor manera de darle la noticia. Incluso algo tan simple como hablar con su marido le parecía, de repente, muy complicado ante la lente de la cámara. Por fin, una voz mecánica le pidió que, por favor, dejara un mensaje después de la señal.

—Qué raro —dijo, y examinó el teléfono más de cerca—. A lo mejor está en el jardín.

—¿Lo intentamos una vez más? —insistió el cámara, y ella estuvo de acuerdo, pero su expectativa iba mermando con cada tono de llamada, hasta que al final saltó de nuevo la respuesta automática.

—Da igual —dijo, y le devolvió el teléfono—. Seguro que está terminando de hacer algo en el jardín, desde fuera nunca oye el teléfono.

—No hay problema. De nuevo te felicito por tu trabajo, Jenny —añadió, y bajó la cámara para sostenerla con la mano como si fuera un maletín.

Jenny regresó a la zona de descanso con una intensa sensación de anhelo; el anhelo de compartir aquella noticia con la persona a quien más quería.

Sacó su teléfono, lo encendió y tecleó despacio un mensaje cuyas letras emitían tonos musicales similares a los de un piano sin afinar: «Querido Bernie, me quedo a tomar algo pero no tardaré. Te quiero. Un beso. Jenny». Decidió que se reservaría la buena noticia para dársela en persona y presionó el botón de enviar, con lo que su mensaje desapareció en el abismo con un sonido sibilante; y, tras observarlo, apagó el teléfono.

Al alzar la mirada hacia el cielo del ocaso sintió una enorme nostalgia. Una vez leyó en alguna parte que el drama de la monogamia era que jamás volvías a enamorarte, pero eso no se correspondía en absoluto con la verdad. A lo largo de los años, ella se había enamorado de Bernard muchas muchas veces.

21

Espresso martini

—Dos espresso martini —anunció el camarero alzando la voz para vencer el coro de conversaciones a la vez que empujaba hacia ellos dos copas bajo la tenue iluminación del bar.

Jenny estaba sentada en un taburete muy alto con los pies colgando, convencida, y con razón, de que jamás en toda su vida había entrado en un local así. Se oía mucho bullicio de personas cosmopolitas que mantenían conversaciones fascinantes acompañadas de bebidas muy elaboradas: copas con el borde decorado con sal, vasos altos de cristal tallado llenos de hojas de menta y alcohol en llamas que se extinguían al instante y que le recordaban a un pudin de Navidad. De fondo se oía música, pero no cantaba nadie y sonaba sin cesar un ritmo electrónico que no tenía estrofas ni estribillo. Los camareros llevaban zapatillas de lona y camisa blanca, y lucían una barba muy cuidada mientras agitaban, servían y decoraban bebidas como quien actúa en un número de circo, pasándose entre sí los utensilios con movimientos malabares en una coreografía muy bien ensayada.

—Mira esto —dijo Jenny al contemplar la espuma de color tostado cuya superficie perfectamente nivelada le recordó a la cerveza negra.

Azeez le correspondió con una sonrisa y la luz titiló en sus pupilas.

—Por *Britain Bakes* —dijo, y comprobó que nadie de alrededor lo había oído cuando alzó la copa—, y porque ganemos el batidor de oro.

—Y por los nuevos amigos —añadió Jenny al hacer chocar las copas con un suave tintineo.

Dio un sorbo y la sostuvo por el pie mientras sentía el cosquilleo de la espuma sobre el labio. Era una bebida helada de textura deliciosamente suave que le concedió dos segundos antes de azotarle la garganta sin miramientos y dejarle un rastro ardiente por todo el tracto hasta el estómago.

—¿Qué te parece? —preguntó él con una sonrisa ladeada que anticipaba su veredicto—. ¿Te gusta?

Ella hizo una pausa con expresión seria.

—Me gusta —concluyó a la vez que se limpiaba el labio superior con una servilleta—. Es fuerte, ¿verdad?

—Es sorprendente lo rápido que te acostumbras a él —respondió Azeez.

Ella miró alrededor para observar a la clientela.

—Conmigo aquí, la media de edad aumenta considerablemente; no cabe duda.

—También haces aumentar el talento —repuso él, tras lo cual se inclinó sobre la barra y bajó la voz hasta convertirla en un animado susurro—. Lo que no saben es que eres la nueva ganadora de la semana de las galletas.

Ella dio otro sorbo de la intensa bebida de color caoba.

—Bueno, ¿y qué tal lo estás pasando? En el concurso, quiero decir —preguntó Azeez.

—Es aterrador, emocionante y supone mucha presión, más de la que creo que nunca había sentido por algo que hasta hace poco era solo un pasatiempo, pero también es divertido —dijo mientras dejaba la copa sobre la barra— porque estoy haciendo algo por mí, algo de lo que me siento orgullosa.

Su amigo sonrió.

—Creo que la iglesia de pan de jengibre es lo mejor de todo lo que has hecho.

—Gracias —dijo—. Tu Coliseo también era digno de verse.

—Me parece que me ha servido para aprender que Roma no

se construyó en un día —respondió él con un guiño—, y mucho menos en tres horas.

Ella rio a la vez que le daba un trago a la bebida, lo cual la obligó a toser.

—Es toda una experiencia —dijo, y, de pronto, frunció el entrecejo—. Lo que más me preocupa ahora es la semana del pan, si es que llego.

—¿Por qué?

—Nunca me ha gustado hacer pan. Sigo la receta y siempre me queda apelmazado e incomible.

Él entornó los ojos.

—¿Rompes la masa después de que suba?

Ella asintió.

—Sí, siempre.

—Pues entonces seguro que te pasa lo mismo que me pasaba a mí —dijo él—. Eso hace que salga todo el aire, y ese aire es el que lo mantiene esponjoso. Normalmente basta con darle forma.

—¿En serio? —exclamó, y al querer apoyar la espalda tuvo que sujetarse; se le había olvidado que no había respaldo—. Lo probaré. ¿Qué tal estás compaginando todo esto con los estudios?

—En la universidad han sido muy comprensivos y me han ampliado el plazo de las entregas —dijo con un gran suspiro—. Pero mi pareja, no tanto.

—¿Ashley?

—Sí. La verdad es que no tengo tiempo para quedar con él y está enfadado porque no paro de cancelar las citas con nuestros amigos. Me resulta muy difícil guardar el secreto cuando nos vemos; además necesito todos los ratos libres para practicar.

—Supongo que te echa de menos —dedujo Jenny—. Lo bueno es que solo serán seis semanas.

—Ya lo sé, pero hay más cosas. Tengo la impresión de que estoy cambiando un poco. —Bajó la mirada y cruzó las piernas—. No sé qué hacer, porque mi prioridad en este momento es el programa, como tiene que ser, y creo que se lo está tomando como un feo hacia nuestra relación. Al principio creía que él estaba cambiando, pero ahora creo que soy yo. He llegado a la conclusión de que, probablemente, tiene razón.

Ella removió la espuma con un palito y creó pequeñas ondas satinadas.

—Oye, cielo, ¿me recuerdas cuántos años tienes? Si no te importa que te lo pregunte.

—Veintitrés.

—No tiene nada de malo que estés cambiando, ¿sabes? Las nuevas experiencias nos cambian a todos y, aunque con la edad pasa menos, nunca se termina del todo. Yo tengo setenta y siete años, y aún estoy cambiando. A fin de cuentas andamos por el mundo cargados con todo nuestro bagaje y nada más.

—¿En qué sentido estás cambiando? —preguntó él.

Jenny lo pensó un momento antes de contestar.

—No sé por dónde empezar —dijo, y dio otro sorbo—. Esta experiencia, el hecho de estar fuera de casa, hacerme amiga de personas a las que no conocería en otras circunstancias... Todo es nuevo para mí. Es la primera vez que estoy a solas, que soy independiente, si quieres llamarlo así, desde hace casi sesenta años. Y me trae muchos recuerdos.

—¿Qué recuerdos?

—Los recuerdos de la persona que yo era antes de conocer a Bernard, supongo.

—Qué interesante —comentó él mientras pasaba el dedo por el pie de la copa—. Deduzco que te estás redescubriendo a ti misma como individuo...

—Algo así.

—¿Y cómo os las habéis arreglado para cambiar durante sesenta años y seguir juntos?

—Es una buena pregunta. —Jenny se removió en el pequeño taburete y pensó que ojalá estuviera sentada en una silla y pudiera esconder los pies debajo de la mesa—. No soy ninguna experta y seguro que he cometido errores a lo largo de los años, pero las parejas más sólidas que conozco han evolucionado juntas y han apoyado los cambios de su pareja en lugar de parapetarse o vivirlos con miedo. Se parece a criar rosas: no puedes decidir exactamente cómo serán los capullos cuando se abran, pero, si las ayudas a trepar, disfrutarás viéndolas florecer.

—Me encanta la comparación —dijo Azeez—. Es un gusto poder hablar de relaciones con alguien más mayor. Con mis padres no puedo mantener estas conversaciones, ya me entiendes; como soy gay…

Dio un sorbo del cóctel, que ya casi había desaparecido y había dejado un rastro en la copa parecido a la espuma de las olas en la orilla.

—¿Ellos lo saben?

—Sí, sí que lo saben, y lo aceptan, pero es un poco incómodo. Son bastante clásicos y no me apetece hablar de estos temas con ellos.

—A mí me pareces una persona fantástica.

—Gracias —respondió él—, aunque la verdad es que no he tenido elección. Era esto o llevar una vida desgraciada para siempre. No se puede vivir una mentira.

Jenny pensó en ello mientras observaba cómo el camarero pasaba una rodaja de lima por el borde de una copa.

—Pues muchas personas lo hacen. A veces no hay nada más aterrador que tener que enfrentarse al juicio y la desaprobación de los demás.

—¿Otra copa, señor? —preguntó el camarero, y a continuación lanzó al aire un objeto reluciente y lo atrapó con la mano a la espalda.

—¿Una para el camino? —la tentó Azeez con un nuevo brillo en la mirada.

—Bueno, vale —accedió ella. Apuró los restos del espresso martini y un sofoco repentino le inundó las mejillas.

—¿Lo dices porque… te gustaría haber hecho las cosas de otra forma?

—Algunas sí —empezó a decir ella cuando en su interior prendió la chispa de la autoafirmación— me gustaría poder cambiarlas.

—¿Qué cosas? —preguntó él, picado por la curiosidad.

Su secreto era como un perro indisciplinado que tiraba de la correa. Por mucho que intentara frenarlo, estaba perdiendo el control.

—Sabes que acabas de decirme que no has tenido elección, ¿verdad? Que no se puede vivir una mentira.

—Sí —dijo él en tono quedo pero con atención.

Jenny dio un hondo suspiro y soltó la correa.

—Bueno, pues yo también tengo un secreto. —Su voz se redujo a un susurro—. Solo que no fui tan valiente como tú.

Se sorprendió a sí misma con aquellas palabras y esperó un segundo antes de dejarse llevar por el bullicio del bar. Allí se sentía a salvo, anónima; su amistad con Azeez la apartaba de la vida que llevaba con Bernard, de sus tazas de té, de los impecables arriates del jardín, de los recipientes por cuyos bordes sobresalía algún pastel.

—¿Qué quieres decir?

Jenny experimentó una peculiar sensación de ligereza que se apropió de sus miembros y la volvió momentáneamente indestructible.

—Hay algo que nunca le he contado a Bernard —dijo deprisa, como si al revelar su secreto se estuviera librando de él—. Se lo he ocultado durante casi sesenta años.

Azeez la escuchaba con gran atención, sin mover ni una pestaña.

—¿Y te gustaría habérselo contado?

—Bueno, no podía; en aquel momento era imposible —dijo, y se giró para comprobar que no los oía nadie—. Ahora no estaríamos juntos si...

Él se quedó pensativo y aguardó unos instantes a que ella continuara, pero no lo hizo.

—Sea lo que sea, y no tienes que decírmelo, no entiendo por qué no puedes contárselo ahora, después de tantos años. Ya sé que no conozco a Bernard, pero por todo lo que me has dicho me parece un buen hombre, alguien comprensivo que...

—Es el hombre más bueno que conozco —afirmó ella, y las palabras fueron como aguijones que le impedían que las retuviera dentro por más tiempo.

Pensó en su padre; en cómo, a pesar de su cariño y su bondad, la relación con él cambió y no volvió a ser nunca la misma.

—¿Verdad que al principio tampoco le contaste lo del concurso?

—Exacto —respondió Jenny, que notaba la visión periférica un poco borrosa, como si se hubiera olvidado las gafas.

—¿Y cómo reaccionó? ¿Te ha apoyado para que hagas el programa?

—Se lo tomó mal, pero me ha perdonado. Y cree más en mí que yo misma. —Sacudió la cabeza—. Pero eso es muy diferente.

—Aquí tenéis —anunció el camarero a la vez que empujaba las bebidas hacia ellos, y a continuación arrojó un grano de café dentro de cada una de modo que la espuma emitió un siseo.

Azeez la miró. Sus ojos denotaban preocupación.

—¿Por qué es tan diferente?

Jenny imaginó a su querido Bernard esperándola en casa y notó que le remordía la conciencia.

—Para mí sería insufrible que... —Las palabras se le atascaron en la garganta y bajó la vista al regazo—. Bernard tiene ochenta y dos años, y una cosa así echaría por tierra todo aquello en lo que ha creído desde hace sesenta. Podría acabar con nuestra vida juntos, con nuestro matrimonio... y él se quedaría destrozado. —Aquella confesión se quedó flotando en el ambiente mientras los ojos se le llenaban de lágrimas, pero enseguida se recompuso ante la repentina sensación de haber hablado demasiado—. Él no se lo merece —dijo con un suspiro quebrado.

Azeez le posó la mano en el brazo para consolarla.

—Dices... —Hizo una pausa para replantearse las palabras—. Desconozco la situación, pero cuando dices que no se lo merece, ¿no crees que lo que sí merece es... saber la verdad?

Jenny guardó silencio y se refugió en sí misma mientras recogía unos granos de azúcar sueltos de encima de la barra.

—Y quién sabe —añadió el chico con un destello de esperanza en la voz—, a lo mejor su reacción no es para nada como te la imaginas. La de mis padres no lo fue.

Ella asintió; aquellas palabras produjeron grandes cambios en su interior. Tal vez al querer proteger a Bernard de la verdad, lo había obligado a vivir una mentira. A lo mejor había llegado el momento de hacer justo lo que prometió que jamás haría.

El taxi avanzó despacio por el oscuro camino. Jenny sintió en el cuerpo las sacudidas de las ruedas del vehículo que circulaban sobre los adoquines. Tenía náuseas y notaba en la boca el regusto amargo del café mientras reproducía mentalmente la conversación con Azeez. Era la hora en la que los vecinos habían corrido las cortinas de las ventanas pero estas aún reflejaban cierta actividad moderada, y se imaginó a Bernard en su sillón, leyendo el periódico feliz y ajeno a sus cavilaciones. Por un momento se permitió pensar en su reacción, en el dolor de sus ojos cuando el mundo se le viniese abajo, pero enseguida la ahuyentó de su mente. Bernard merecía saber la verdad, a pesar de su miedo. Aquel secreto guardado desde hacía tanto tiempo pujaba por asomar a la superficie.

—Pare aquí, por favor —dijo, y se aferró al reposacabezas como si así pudiera controlar los frenos.

El taxista se apeó de un salto, abrió la puerta y sacó el equipaje del maletero, y ella le tendió un billete del monedero.

Recorrió a pie el camino hasta la puerta de entrada con paso inseguro y el corazón aporreándole el pecho. Notaba la humedad en la palma de la mano con la que asía la maleta. No podían seguir viviendo una mentira; tenía que decírselo ya.

Se detuvo al observar que Bernard había dejado abiertas las cortinas de la sala pero tenía las luces apagadas. Dio la vuelta a la llave en la cerradura e insistió en el punto donde siempre se encallaba.

—¡Yuju! —gritó, y aspiró el olor inconfundible de aquella casa: de sus cuerpos, del jabón de la ropa, de la cena del día anterior; un olor que solo notaba cuando había pasado fuera cierto tiempo.

Encendió la luz. Él no contestó.

Depositó el equipaje en el suelo y fue a la cocina.

—¿Bernard? —lo llamó, pero no se oyó nada a excepción del continuo susurro del frigorífico.

Empujó la puerta de la sala de estar, convencida de que él no estaba allí porque no había luz y no oía las voces del televisor, ni el frufrú de las hojas del periódico ni sus ronquidos.

—¿Bernard? —volvió a llamarlo, esta vez un poco más fuerte.

Pegó la cara al cristal de la puerta trasera y ojeó los parterres de flores a oscuras para detectar cualquier movimiento. El corazón le daba un brinco con cada leve sonido. Él no estaba allí. Volvió a la cocina y abrió la nevera. El trozo de pastel de carne y patatas que le había dejado para cenar permanecía intacto, con las instrucciones de cocción al lado. Era tarde; no debería estar fuera a esas horas, en el calendario no había nada anotado.

Corrió arriba. La cabeza le daba vueltas a medida que iba abriendo puertas: del dormitorio, del despacho, del cuarto de baño, y en todas partes la recibía la ausencia de Bernard. Dio un profundo suspiro; la mente le iba a cien por hora mientras intentaba imaginar dónde narices podía estar, convencida de que ese era el castigo que la vida tenía reservado para ella.

De pronto cayó en la cuenta. El cobertizo.

Bajó la escalera a toda pastilla, abrió la puerta trasera de un tirón y salió de la casa. Las bisagras de la entrada del cobertizo crujieron y encendió la luz, que consistía en una simple bombilla colgando del techo. Estaba oscuro, se notaba humedad y había un montón de herramientas. Se llevó una decepción: no veía a Bernard por ninguna parte. En el banco de trabajo, le llamó la atención un trapo manchado de lo que supuso que sería grasa. Lo cogió y lo examinó de cerca. No era grasa. Lo sostuvo en el aire, y la intuición la hizo regresar dentro, donde observó gotas en el suelo. Primero una, luego dos, y un reguero hasta el cubo de basura. Apoyó el pie en el pedal y la tapa se abrió. Estaba lleno de pañuelos de papel que acumulaban una alarmante cantidad de lo que sin duda era sangre seca y que ya no tenía un color rojo vivo sino marrón oscuro. Todo eso había ocurrido horas atrás, y durante ese tiempo ella se hallaba a muchos kilómetros de distancia, ajena por completo. Estaba ausente cuando él más la necesitaba.

Fue entonces cuando se percató del ruido de unas pisadas en el exterior, pero no se correspondían con el ritmo pausado de Bernard, sino con el taconeo de Ann en el camino de entrada. Corrió hacia la puerta en el momento en que su silueta se aproximaba al cristal.

—La luz está encendida, debe de haber vuelto de casa de Rose —oyó que decía al asir el pomo y abrirle de golpe.

—¡Ann! —exclamó con la cara pálida por la preocupación—. Bernard está...

—Hola, cielo —la saludó Ann con una prudencia inusual en ella mientras Fred, macilento, aguardaba detrás y un poco a la izquierda—. Jenny —dijo con la boca pequeña, seria, e hizo una pausa—, no quiero asustarte, pero Bernard está en el hospital.

Ella sintió que algo la separaba de lo que estaban a punto de revelarle, tenía la cabeza saturada por una especie de niebla.

—¿Se encuentra bien? —preguntó mientras intentaba descifrar sus expresiones—. ¿Qué ha pasado?

—Ha tenido una mala caída —explicó Ann en un tono calmado muy poco natural—. Nos ha llamado y hemos estado toda la tarde con él en urgencias.

Las palabras «una mala caída» y «urgencias» fueron como un bofetón que le azotó el cerebro y sintió que el corazón se le desbocaba.

—Está en buenas manos —terció Fred en un intento por tranquilizarla—. Se ha caído en el cobertizo y se ha golpeado la cabeza con una esquina. Cree que ha sido por la tos, se ha mareado y...

—No tendría que haberlo dejado solo —musitó ella, que sentía que el suelo se tambaleaba bajo sus pies—. Lo sabía, esa tos... No tendría que haberlo dejado.

Ann miró a Fred y frunció los labios en un gesto compasivo.

—¿Dónde está ahora? —quiso saber Jenny. Tenía en la cabeza muchas preguntas que pugnaban por hacerse oír—. ¿Qué ha dicho el médico?

—Le han dado unos puntos en el ojo derecho —explicó Ann mientras señalaba el lugar en su propia cara—; pero se lo han quedado por otra cosa.

—¿Otra cosa? —se extrañó Jenny, y posó la mirada en el uno y en el otro de forma alternativa.

—La cuestión es que parece que ha tenido suerte de haberse caído —prosiguió Ann sin mirarla a los ojos—, porque lo han oído toser y creen que tiene una neumonía.

—¡¿Una neumonía?!

Notó como un pedrusco atravesado en la garganta. ¿Cómo había permitido que sucediera una cosa así?

—Dicen que en su caso es más delicado porque ya padece asma —siguió explicando Ann a la vez que entraba en la casa y la atraía hacia sí en un extraño abrazo con sus pequeños miembros huesudos—. Y además es mayor, claro. Pero está en el lugar adecuado y cuidarán bien de él.

Jenny se enjugó una lágrima con la manga y el maquillaje se le acumuló en las arrugas de debajo de los ojos y en las mejillas. De repente se sintió como si alguien estuviera preparando un pastel en su cocina y tuvo el impulso de acudir a ocupar su puesto, a recobrar el control. Ya no podía seguir allí esperando; debía ir al hospital.

—Tengo que verlo —dijo a la vez que se abotonaba el abrigo—. Voy ahora mismo.

Ann miró a Fred y luego a Jenny.

—Es muy tarde, cielo —dijo—, y no te dejarán entrar fuera del horario de visitas. Cuando hemos salido estaba durmiendo y...

—Te recogeremos por la mañana a primera hora, ¿sí? —se ofreció Fred mientras le daba golpecitos en el brazo con sus manos torpes—. Te llevaremos al hospital y te traeremos luego a casa; lo que necesites.

Jenny debía de parecer alarmada, porque Ann continuó:

—Le he dado al enfermero vuestro número de casa, dice que se pondrán en contacto contigo si hay alguna urgencia. —Rebuscó en el bolso y sacó un dibujo infantil con algo escrito detrás—. Este es el número de la planta y el teléfono.

Jenny lo cogió, lo leyó y lo apretó en la mano.

—¿Seguro que no...? —Se interrumpió—. Es posible que como soy su mujer...

—Llegaríamos a las once de la noche —dijo Ann—. Cuando nos hemos ido, le estaban pidiendo a la gente que se marchara a casa.

—De acuerdo —accedió en contra de todo lo que sentía—. De acuerdo. Y gracias por haberlo acompañado.

Cuando se hubieron despedido y cerró la puerta, se apoyó en ella y lloró. Se imaginó a Bernard esforzándose por marcar el número de sus amigos en lugar del suyo, y la abrumó pensar que mientras ocurría ella estaba con la cabeza en otro sitio, tal vez ocupada elaborando una iglesia de pan de jengibre o un pastelito de té de chocolate. Nunca llegaría a comprender ese extraño tiempo que se nos concede antes de recibir una mala noticia; los minutos, horas o a veces días que pasamos en una burbuja de ignorancia, en un lugar donde todavía importan las minucias, antes de que la agudeza de la perspectiva la haga explotar. La idea de que probablemente ella estaba elaborando pasteles o, peor, celebrando su triunfo mientras Bernard luchaba en urgencias la avergonzó como si fuese su obligación saber guiarse por un sexto sentido según el cual, si algo le ocurría a él, en su corazón sonaría una alarma.

Esa noche, tumbada en la cama sin poder descansar, exhausta y sola, se preguntó cómo era posible que tan solo unas horas antes se hubiera planteado siquiera la opción de destruir los cimientos sobre los que habían construido su vida en común. Todo el tiempo había tenido la intuición correcta. Él era demasiado anciano, demasiado valioso, para vivir el tiempo que le quedase destrozado por el dolor de su engaño. Jamás le haría una cosa así; ya no.

22

Empanada de queso y cebolla

Para aquellos que ignoran el contexto, era una casa bonita. Destilaba una grandeza victoriana, separada de la carretera por un camino bordeado de árboles que daba la impresión de mantenerla al margen del resto de la sociedad, igual que les sucedía a quienes la habitaban. Tal vez fuese el tejado a dos aguas, muy inclinado, o los estrechos ventanales, pero algo en ella producía una sensación fría, casi estremecedora. No podía asegurar que fuese cierto, pero siempre había creído que los edificios absorben en gran parte aquello de lo que son testigos.

Mientras arrastraba su bolsa por los escalones de piedra hasta la puerta de entrada, se esforzó por olvidar la imagen de su padre cuando fue a despedirse de él, llevando en el vientre al nieto que jamás llegaría a conocer, y observó en sus ojos aquella red de finas venitas rojas. Apenas habían hablado de su secreto, tal vez con la esperanza de que no haría cambiar nada, de que desaparecería igual de silenciosamente que había llegado. Pero las palabras tácitas se habían instalado en su hogar como un huésped mal recibido y se negaban a dejarlos vivir solos y en paz, tal como habían hecho hasta entonces. Ella había convertido en realidad la peor pesadilla de su padre y no estaba segura de que algún día pudiera reparar aquel error.

Notó una patada fuerte, como si el bebé estuviera metiéndo-

le prisa. Asió el reluciente picaporte metálico y golpeó con él la puerta tres veces. Mientras esperaba, se atusó el pelo y se colocó bien el abrigo tras desabrocharse un botón para que le cayera suelto sobre el vientre.

—Hola —la saludó una mujer con una expresión contrariada, como si acabara de interrumpir la comida de Navidad con su familia—. ¿Es la señorita Jennifer Eaton?

—Sí —contestó ella, convencida de que había pronunciado la palabra «señorita» con un énfasis especial, como si escupiera un insulto.

—Sígame —dijo, y tras dar media vuelta soltó la puerta de modo que estuvo a punto de estamparse contra Jenny, pero ella extendió la mano justo a tiempo para sostenerla abierta y entrar en un recibidor elegante aunque austero, desprovisto de cuadros, abrigos o zapatos—. No tengo todo el día —le espetó la mujer que se había convertido en una figura bajita y cuadrada que se dirigía hacia una puerta.

Jenny cogió su bolsa y trató de alcanzarla mientras la redondez de su vientre le impedía llenar los pulmones en una lucha por ocupar espacio.

—Aquí es donde comerá —anunció la mujer que caminaba a zancadas por un comedor con el suelo cubierto de frías losas, donde se alineaban largas mesas de madera.

Los techos eran altos y el eco de sus pasos flotaba en un ambiente cargado de silencio que le recordó a la iglesia.

—Esta es la cocina —dijo al empujar la puerta que daba a una sala que olía a rancio y daba la impresión de estar sacada de una época antigua.

No había tarros ni ingredientes ni recetas amontonadas sobre la encimera. En vez de eso, se veía fría, aséptica, distinta a todas las cocinas que había visto en su vida.

—Y esto es el cuarto de la colada.

Sacó la cabeza por la esquina y se detuvo un instante ante la primera señal de que allí vivía alguien. Una hilera de pañales de tela de rizo, manchados y húmedos, colgaban del tendedero y le hicieron tomar conciencia de que a su secreto pronto le haría falta también pañales, ropa y un gorrito.

—Procure no perderse —masculló la mujer al doblar una

esquina y desaparecer por la escalera que desprendía un insoportable olor a abrillantador.

Jenny la siguió de cerca con los pies pesados y las mejillas encendidas por tener que arrastrar la maleta.

—Está todo muy limpio —dijo tratando de recobrar el aliento mientras pasaba la mano por la fría madera de la barandilla.

—Ese será su trabajo. Limpiará desde las siete de la mañana hasta el mediodía.

Ella asintió y se detuvo un momento para dejar la bolsa en un escalón, lo cual le alivió la mano.

—¿Y por las tardes?

—Descansará y preparará la canastilla del bebé —respondió la mujer.

—¿La canastilla del bebé?

Sus pisadas se volvieron más pesadas; estaba irritada.

—La llenará con gorros, patucos y pañales para los padres.

La palabra le dolió, como si le hubieran metido el dedo en la llaga, y le hizo pensar en su propio padre y en lo tremendamente sola que se sentía sin él, como si en ausencia de su amor ella no fuera nada.

La mujer se detuvo de repente.

—Esta es la primera planta —dijo, señalando el rellano con sus manos de anchura considerable.

Jenny siguió con la mirada las impecables tablas del suelo en busca de cualquier otro signo de vida —un cochecito, una manta, una persona—, pero solo reparó en un llanto lejano que hacía eco a través de las vigas del techo.

—¿Es el viento?

—Es la sala de recién nacidos —aclaró—. Esta es la planta de maternidad.

Mientras Jenny la seguía por otro tramo de escaleras, una gota de sudor le recorrió la espalda bajo el grueso tejido de lana del abrigo.

—Dormirá aquí —anunció al llegar a otro pasillo y abrir una pesada puerta de madera—. Su cama es la del rincón de la izquierda.

Dicho eso, desapareció hacia el rellano y dejó a Jenny frente a siete pares de ojos que, a la par, la escrutaron con meticulosi-

dad. Se quedó plantada en la puerta como si, de pronto, alguien hubiese abierto un telón y ella hubiera aparecido en mitad del escenario a causa de un terrible error.

—Buenas tardes —pronunció con un hilo de voz antes de dirigirse a toda prisa hacia el rincón, con la mirada fija en el suelo para atraer la menor atención posible.

Depositó la maleta en el suelo con un ruido sordo y se sentó en una cama de aspecto poco acogedor con barrotes de hierro forjado y sábanas muy tirantes.

Para su alivio, las chicas retomaron sus quedas conversaciones y siguieron con sus actividades: algunas tejían, otras leían y un pequeño grupo jugaba a las cartas en una esquina. Nunca había visto a tantas mujeres encinta en un mismo lugar, y anheló ser invisible para poder permanecer allí y observarlas a todas con detalle. En vez de eso, fue lanzando miradas furtivas a sus vientres abultados y la forma en que se movían, fascinada por la naturalidad con la que parecían relacionarse con su propio cuerpo. Se dio cuenta de que allí no era necesario ocultar los secretos bajo abrigos de invierno, ni mentir llevando alianzas prestadas.

—Soy Mary, encantada —dijo una voz desde la cama contigua, y Jenny desvió la mirada al instante.

La chica se removió para acercarse al borde de la cama; sacó los pies, delgados, y los dejó colgando. Su piel era tan pálida que Jenny vio el trazo verdoso de las venas. Su cuerpo era como el de una niña, y el enorme vientre ocupaba con orgullo el centro de su figura. Era tan grande comparado con todo lo demás que Jenny se preguntó cómo se las arreglaba para mantenerse de pie, y no digamos para limpiar durante cinco horas al día.

—Encantada, Mary, yo soy Jenny —respondió mientras intentaba fijarse en su cara para que la chica no pensara que la estaba observando.

El intenso rojo de sus labios contrastaba con su complexión rubia, y bajo sus ojos de color azul claro se veían unos círculos plomizos.

—Lo sé; estoy inmensa.

—No pensaba eso —contradijo, aunque su tono indicaba otra cosa.

—Mentirosa —soltó Mary, y bajó los pies al suelo para salir de la cama—. Lo digo de broma. —Le guiñó brevemente un ojo con picardía y salvó la distancia que las separaba para sentarse al lado de Jenny. La estructura de la cama crujió cuando cruzó las piernas—. ¿Cuándo sales de cuentas? —preguntó, y entrelazó las manos encima del vientre.

—A mediados de enero —dijo Jenny—. ¿Y tú?

—A principios de febrero —anunció mientras escrutaba a Jenny con los ojos entornados—. ¿Cómo ha acabado una chica como tú en un sitio como este?

Jenny se enroscó un mechón de pelo en el dedo, consciente de la rapidez con la que Mary la había calado. ¿Debía de parecerle ingenua o tímida, o tal vez una mojigata? Nunca había sido propensa a romper las reglas y, desde que tenía uso de razón, siempre había manifestado un carácter complaciente; sus profesores decían que era un placer tenerla como alumna y que se mostraba ávida por aprender. Sin embargo, allí estaba, tras cometer un acto tan vergonzoso que se cuestionó si de verdad se conocía a sí misma tan siquiera un poquito.

Mary estiró el brazo y le posó la mano en el vientre, y Jenny se estremeció.

—Lo siento —dijo, retirándola al instante—. ¿Te he hecho daño?

—No, no, en absoluto —respondió Jenny—. Es que es la primera vez que alguien me toca ahí.

Mary asintió y Jenny supo que lo había comprendido.

—O sea que el padre ha desaparecido.

—Sí —dijo ella, que sentía el impulso de contar su secreto.

Tal vez fuese porque ambas estaban en el mismo barco, o quizá porque, a pesar de su aspecto aniñado, Mary daba la impresión de tener mucho mundo, pero Jenny se decidió a continuar.

—Trabajo... bueno, trabajaba, en una tienda de ropa. Su madre es la dueña.

Bajó la vista y se estiró una pequeña piel endurecida de la comisura de la uña. Mary la miró con los ojos entornados.

—¿Él lo sabe?

—Sí, se lo dije yo —explicó mientras se retorcía el pequeño

pellejo como si fuera un diente suelto—, pero está casado y ya tiene un bebé. Cuando se enteró, no quiso saber nada de mí.

—Lo siento —dijo Mary, y le frotó el brazo con suavidad en un pequeño gesto de compañerismo—. ¿Tú lo querías?

—Creía que sí —repuso, y al arrancarse el pellejo dejó un rastro rosado y molesto junto a la uña—, pero ahora me arrepiento de haberlo conocido. No debería haber hecho nada de lo que hice.

—¿Su madre también lo sabe?

—¿La señora Smith? ¡No! —exclamó horrorizada—. No debe saberlo nunca. Ella cree que dejé de trabajar por órdenes del médico... Y también tuve que dejar el curso de secretariado; incluso mi mejor amiga cree que estoy enferma. Me he pasado semanas encerrada dentro de casa.

—Ya —contestó Mary, y cambió de tema—. ¿Crees que es un niño o una niña?

—Un niño —dijo. Las palabras brotaron de su boca con tal convicción que se sorprendió a sí misma—. Se llamará James.

—Ah, ¿sí? —preguntó Mary con una sonrisa—. ¿Y por qué estás tan segura?

—No tengo ni idea —repuso, y las dos se echaron a reír, lo cual provocó que sus barrigones empezaran a saltar arriba y abajo de una forma muy ridícula, y aún rieron más.

—Cómo cuesta reírse —dijo Jenny cuando recobró el aliento mientras se acariciaba el vientre, agradecida por la libertad de poder hacerlo en público.

Se dio cuenta de que era la primera vez que experimentaba esa extraña sensación, ya que hacía muchos meses que no se reía.

—¿Y tú? ¿Estás con el padre?

Durante una fracción de segundo, una sombra cruzó el semblante de Mary.

—No —contestó, y descruzó las piernas para volver a su cama, lo cual puso punto final a la conversación—. Te dejo para que deshagas el equipaje tranquila.

Jenny se volvió hacia su maleta, maravillada de que una persona pudiera propiciar tanta confianza y, de pronto, mostrarse tan hermética. Accionó las cerraduras y la maleta se abrió como un libro desprendiendo el inconfundible aroma de la co-

mida casera, como si el alma de su hogar se hubiera introducido en el equipaje para recordarle todo lo que había dejado atrás. Debajo de los camisones bien doblados y las grandes chaquetas de punto, vio algo que no recordaba haber puesto allí. Cuando apartó las prendas que lo rodeaban, reparó en que estaba envuelto con papel absorbente.

—¿Qué es? —preguntó Mary muy erguida, como si estuviera asomando la cabeza por encima de la valla del vecino.

Jenny lo sacó con cuidado y su expresión se suavizó al retirar ruidosamente el papel de las esquinas y reconocer lo que era.

—Debe de haberla hecho mi padre —dijo, y dio unos golpecitos sobre el hojaldre dorado y crujiente—. Es empanada de queso y cebolla.

Admiró la forma regular de la cúpula y observó que había dejado las marcas de los dedos donde las capas de hojaldre se juntaban. Lo imaginó aplanando la masa, troceando las cebollas y rallando el queso, y al hacerlo expresaba todo lo que había querido decirle sin ser capaz de exteriorizarlo con palabras. Si el amor se demostraba con acciones, estaba encerrado dentro de aquel hojaldre. Aspiró el olor penetrante y vio que en el centro la masa tenía una forma un poco rara. Ladeó la cabeza y sonrió al reconocer la letra J.

«J» de «Jennifer», pensó, pero también de «James».

—¿Diga? —contesto alguien por el interfono, y ella se acercó mientras aferraba la bolsa que había preparado para Bernard.

—Hola, vengo a ver a Bernard Quinn. Soy su esposa, Jennifer.

Hubo una breve pausa seguida del sonido de apertura de la puerta. Ella la empujó con pesadez y avanzó por un pasillo muy iluminado donde los pies se pegaban al suelo de linóleo. En el ambiente se respiraba una combinación de olor a enfermo y a comida de hospital, y con frecuencia alguien pasaba empujando a toda prisa una camilla, de modo que vislumbraba imágenes de piel macilenta, ojos cerrados y tubos. Deseó no haber buscado en internet la combinación «hombre de ochenta años con neumonía y asma» a primera hora de la mañana, una búsqueda que le confirmó sus peores miedos.

Atisbó a Bernard antes de que él la viera a ella, a través del cristal de la puerta de su habitación. A pesar de que había pasado toda la noche torturándose, no se sintió nada preparada para afrontar la realidad de aquel aspecto tan deteriorado. Tenía los ojos cerrados y un respirador de plástico sobre la boca y la nariz que, aunque estaba colocado allí para ayudarle, resultaba invasivo atado a su bello rostro. Él era su fortaleza, su estabilidad, y sin embargo, en cuestión de un instante, el amor más inquebrantable que había conocido en su vida parecía frágil y tan vulnerable como una fruta colgando de la rama de un árbol.

—Bernie —lo llamó bajito, y empujó la puerta con cuidado—, soy yo.

Para gran alivio suyo, él pestañeó y abrió los ojos, y enseguida se quitó el respirador con las manos trémulas.

—Hola, cariño —dijo él con la voz ronca de no hablar, y se volvió hacia ella.

—¡Ay, Bernard! —exclamó, incapaz de ocultar el horror al verle el lado derecho de la cara.

Lo tenía hinchado, y la tez presentaba zonas verdosas que se tornaban de un intenso morado alrededor del ojo. Sobre la ceja tenía una gran gasa blanca pegada a la cara con una especie de cinta adhesiva apta para la piel humana, y cuando él la miró vio que tenía los ojos vidriosos, distantes y, lo peor de todo, tristes.

—¿Qué te ha pasado? —le preguntó, y sintió una aguda punzada de dolor en la base de la garganta que se esforzó por mitigar, dispuesta a ser fuerte para él.

—Te estaba haciendo una tabla de amasar nueva, una más grande —dijo con la respiración fatigosa como si tuviera un gran peso encima del pecho—, y empecé a toser...

Ella le cogió la mano y le acarició el brazo. Notó su piel suave y fofa, como la de un melocotón demasiado maduro.

—... y sin darme cuenta... me mareé... y me di un golpe en la cabeza.

Torció el gesto en una mueca de dolor al toser. El sonido era brusco, inquietante, y se puso el respirador para coger aire unas cuantas veces. Jenny notó la presencia de un pensamiento compartido, no expresado, algo que ninguno de los dos diría nunca en voz alta. Ese tipo de caídas son frecuentes en las personas de edad avanzada. En algún momento, sin poder determinar cuándo en concreto, Bernard se había convertido en un anciano.

—Tendrías que haberme llamado —dijo antes de poder impedir que las palabras salieran de su boca.

—De eso nada —repuso él con el rostro demacrado y ceniciento—. ¿Qué habrías hecho?

—¡Habría vuelto a casa! —exclamó ella con la voz algo quebrada y la mirada fija en su ojo izquierdo, incapaz de mirar el derecho, tan hinchado.

—Ya... y por eso precisamente no te llamé.

El silencio que siguió estaba teñido de determinación, por lo que Jenny supo que no se pondrían de acuerdo.

Cogió la bolsa de Bernard del suelo y la colocó sobre su regazo. Era una mochila de lona que se ajustaba mediante unas tiras de cuero muy desgastadas. En otro momento de su vida fue la que Bernard utilizaba para ir a trabajar, y ella la llenaba de sus sándwiches favoritos, los de queso con pepinillos, además de una pieza de fruta y una generosa porción del pastel que había preparado esa semana.

Ahora estaba ajada y descolorida, lo que recordaba cuántos años habían pasado. La abrió y sacó sus objetos personales.

—Te he traído un pijama limpio, ropa interior, unas zapatillas... —dijo a medida que iba colocando las prendas recién planchadas sobre la mesilla de noche—, el periódico, un lápiz para que hagas el crucigrama y un paquete de gominolas de regaliz.

Si en ese momento hubiera levantado la cabeza, habría visto el destello de luz que atravesó la mirada de Bernard como una estrella fugaz.

—Gracias —dijo.

Se oyó un frufrú cuando sacó un gran paquete de forma circular que, envuelto con papel de aluminio brillante, recordaba a un ovni. Daba la impresión de que no cabía en la bolsa y, sin embargo, allí estaba.

—Me daba miedo que no comieras bien —dijo, colocando el paquete sobre su regazo—. Además no podía dormir, así que te he hecho esto.

Él retiró el papel de aluminio con sus manos trémulas y descubrió una empanada de hojaldre bien dorada con la forma muy llena y el borde sellado con pulcros pliegues.

—Es de queso y cebolla —explicó al recordar aquella que muchos años atrás había hecho su padre—; ayuda a sentirse mejor.

En se momento, por entre las ranuras de las persianas, vio un petirrojo que batía las alas en el exterior mientras subía y bajaba en el aire a la vez que emitía su canto alegre.

—¿Lo conoces? —preguntó Bernard con la voz rasposa cuando el pájaro aterrizó en un arbusto situado junto a la ventana y entonó su más bella melodía.

—Pues, por raro que parezca —empezó a decir Jenny mientras se preguntaba si había acudido atraído por aquel recuerdo—, creo que sí.

Lo observó hasta que dio un saltito y se ocultó en otro arbusto.

—B... —leyó Bernard al tiempo que trazaba con el dedo la inicial de tono tostado dibujada en la capa superior de la empanada—. ¿La «B» de «*Britain Bakes*»?

Ella puso los ojos en blanco con gesto cariñoso, contenta de que tuviera energía para bromear.

—La «B» de «Bernard» —lo corrigió, y se mordió la parte interior del labio—, o de «bronca», por la que te va a caer si no te pones bien enseguida.

Su risa enseguida se transformó en una tos que amenazó con echar a perder aquel divertido momento.

—Gracias —dijo él cuando su respiración se acompasó—. Echo de menos tus pasteles.

Ella tragó saliva, entrelazó las manos sobre el regazo y bajó la cabeza.

—Bueno, ya no te pasará más —afirmó, y sintió que en su interior se abría un abismo—. No pienso volver a *Britain Bakes*. Me quedaré aquí, contigo, donde tendría que haber estado desde el principio.

El silenció que se hizo a continuación puso de relieve el ruido quedo de los fluorescentes, y la expresión de decepción de Bernard dijo más de lo que nunca podría expresarle con palabras.

—En el fondo sabía que no debería haberme presentado al concurso —prosiguió, y un dolor se extendió por su garganta mientras intentaba justificarse—, y lo que ha…

—No dejarás ese concurso por nada del mundo —aseguró él con la mano en las costillas, como si le dolieran al hablar.

—Claro que sí. Tienes una neumonía, tengo que estar aquí para cuidarte. —Sacudió la cabeza, avergonzada—. No he estado a tu lado cuando más me necesitabas y no cometeré el mismo error dos veces.

Bernard estiró el brazo para coger la taza de plástico de la mesilla de noche y dio un lento sorbo de agua que, con su pulso irregular, le resbaló por las comisuras de la boca y la barbilla.

—Este es tu momento, Jenny —dijo, y se enjugó la boca con la manga del pijama mientras su pecho se elevaba con esfuerzo y producía silbidos—. Tienes un don, hace años que lo sé… pero ahora también lo ven otras personas… y tienes que perseguir tu destino.

—¡Pero todo eso no es importante, Bernard! —dijo mientras sentía que en su corazón se formaba un nudo muy prieto—. Nada de eso importa. Lo que de verdad sí que me importa eres tú.

—Pues hazlo por mí, porque me molestaría mucho que lo dejaras.

Ella se agarró la cabeza con las manos.

—Aquí me cuidan bien… y cuando salga, si tengo otro accidente, te prometo que te llamaré.

—Eso no ayuda nada —repuso ella a la vez que pensaba en silencio que quizá nunca saldría del hospital—. Aún no sabemos cuánto tiempo tendrás que quedarte aquí ni cómo de grave es esto. Además, aunque te vayas a casa, no puedo llevar el teléfono encima durante el concurso. ¿Y si te pasa algo en mitad de un reto y lo descubro varias horas más tarde? No pienso correr ese riesgo.

—Jenny —empezó a decir él sin dejar de apretarle la mano todo lo que le permitían sus limitadas fuerzas—, podríamos dejar que el miedo a que ocurra lo peor condicione nuestra vida, pero no sería un panorama muy divertido…

Ella guardó silencio mientras buscaba la forma de darles la vuelta a sus palabras.

—Intenta dejarte guiar por la esperanza en lugar del miedo —prosiguió, y una sonrisa le suavizó el rostro—. Se diría que me esperan unos tiempos terribles, si las cosas van tal como tú sugieres.

—Exacto —contestó ella con un deje de humor en la voz apenas perceptible.

Permanecieron un momento absortos en sus respectivos pensamientos.

—Cuéntame —le pidió—. ¿Cómo ha ido?

—¿Cómo ha ido el qué?

—La semana de las galletas.

—Ah —exclamó Jenny con un suspiro—, he ganado el batidor de oro.

A él se le iluminaron los ojos y la miró de hito en hito.

—Ya lo sé —dijo ella, incapaz de reprimir la sonrisa.

Él levantó la mano en un frágil intento de vitorearla, pero enseguida volvió a dejarla sobre la cama.

—Es fantástico —opinó—. ¿Y cómo se te ocurre plantearte siquiera la posibilidad de dejarlo?

Ella se encogió de hombros y frunció los labios con el estómago revuelto por todo aquel lío.

—Quiero que me prometas una cosa —dijo él con la voz rasposa.

—¿El qué?

—Quiero que me prometas que no te rendirás.

Ella sacudió la cabeza.

—No puedo prometerte eso —respondió, y bajó la mirada al suelo moteado de azul.

—¿Por qué?

—Porque ya me he retirado.

23

Lionesas de *Eton mess* y café con nueces

Pronto reparó en que la fortaleza se mide en números. Mientras caminaba calle arriba con el vientre tan abultado que era imposible disimularlo con la trenca, sintió que las miradas de desaprobación le afectaban un poco menos al quedar diluidas dentro del grupo. Se habían aventurado a pasar la tarde en la ciudad y balanceaban en la mano las bolsas con las compras, que consistían en pañales de tela, ovillos de lana y éclairs *de chocolate de la panadería local.*

—Camina detrás conmigo —dijo Mary, y se acercó arrastrando los pies hasta que entrelazó el brazo con el de Jenny y la atrajo hacia su cálido cuerpo.

—Vas muy lenta —protestó ella—, no sé si es por la barriga o porque tienes las piernas cortas.

Mary la pinchó con el dedo a través del abrigo.

—¡Ay!

—Lo tienes bien merecido.

Jenny nunca había tenido una amiga más bajita que ella, como Mary, y, aunque solo se conocían desde hacía un mes, le daba la impresión de que era su amiga de toda la vida. La amistad suele fundamentarse en las experiencias compartidas, por lo que, a medida que sus secretos crecían, también lo hacía el cariño que sentían la una por la otra. En muchos sentidos eran como el día y la noche. Mary procedía de una familia que solo mencionaba muy de vez en cuando y siempre con un tono de resentimiento a causa de la mala relación con su padrastro, a quien su madre defendía a toda costa. Jenny venía de un hogar donde había crecido con amor y su padre la adoraba totalmente. Mary era todo contradicciones —intrépida aunque vulnerable, rebelde aunque temerosa, autosuficiente aunque insegura—, y Jenny sentía un impulso irrefrenable de cuidar de ella.

—No veo la hora de quitarme de encima a este bebé, Jen —dijo con la respiración fatigosa a medida que la cuesta de la calle principal se volvía más empinada—. Estoy incómoda todo el tiempo, es una tortura.

—Ya lo sé —dijo Jenny estrechándole el brazo—. Ya no falta mucho.

—Cuidado con lo que deseas —dijo una chica llamada Sylvia que se había detenido a encender un cigarrillo—. Aún tienes que dar a luz.

—Gracias por recordármelo —contestó Mary con los ojos entornados—. Tú también.

—Según mi hermana, deberíamos practicar el método Grantly Dick-Read —siguió diciendo Sylvia.

—¿El qué? —preguntó Mary a la vez que le daba un codazo a Jenny en las costillas como diciendo «ya verás».

—Grantly Dick-Read. Tiene que ver con respirar cuando das a luz.

—Yo ya sé respirar —soltó Mary.

—No hablo de respirar normal, tonta. Es una especie de relajación; parece que ayuda a controlar el dolor.

—Dejad de discutir —terció Jenny—. Todas tendremos que pasar por eso antes o después... ¿Dónde podemos aprenderlo, Sylvia?

—Creo que en el hospital dan clases. —Dio otra calada al cigarrillo—. Pero no para chicas como nosotras.

Mary la miró y esbozó una sonrisita.

—¿Qué pasa? —dijo Jenny, y se frotó la barbilla con la manga—. ¿Me he manchado la cara de chocolate?

—No —rio Mary—, es que eres muy sensata y harías muy bien de madre.

Jenny bajó la vista a sus pies, ocultos por la barriga, y se sintió momentáneamente halagada por las palabras de su amiga antes de que se dispersaran y dieran paso a un denso silencio.

—Lo siento —se disculpó ella casi sin aliento—. No era mi intención...

—No pasa nada —la atajó Jenny—. Yo también lo creo.

De pronto frenó en seco.

—¿Qué ocurre? —se extrañó Mary, que estuvo a punto de caerse, puesto que iban cogidas del brazo.

—Se me ha olvidado una cosa —dijo—. No tardaré. Enseguida os alcanzo.

Antes de que Mary pudiera protestar, se soltó y salió corriendo en dirección a la tienda de periódicos.

Estaba despejada y tranquila, y fue directa al estante de los productos de papelería. Allí, entre los lápices y los sobres, había un pequeño cuaderno de color azul cobalto, apropiado para un chico. Lo cogió, acarició la suave cubierta y pasó el dedo por las páginas abiertas para hojearlo, lo cual produjo una leve brisa. Miró alrededor para asegurarse de que nadie la miraba y, tras acercárselo a la nariz, aspiró el prometedor olor de sus páginas inmaculadas. Era perfecto.

El resto de la tarde permanecieron en la sala de descanso. Ese era su momento favorito del día. Básicamente consistía en dejar pasar el tiempo, pero suponía un agradable alivio tras dedicar la mañana a fregar suelos y a pulir escaleras. Cogió las agujas de hacer punto, con las que estaba tejiendo el principio del delantero izquierdo de una diminuta chaquetita de lana blanca suavísima. Pasó las páginas del cuaderno de muestras y contempló las imágenes de bebés con gorritos de lana atados con una cinta a la barbilla y abrigos de ganchillo con pulcros botoncitos y un delicado canesú. Se aseguraría de que James estuviera igual de guapo. Tendría su saquito de abrigo, sus chaquetitas, sus chalecos y sus ranitas, como los bebés de las fotos. Mientras continuaba tejiendo un ojal en la pasada número setenta y cinco, las agujas iban chocando entre sí con ritmo regular y aquella rutina la reconfortaba. A menudo, cuando tejía y se dejaba llevar por la ensoñación, el bebé le daba pataditas como si supiera lo que estaba haciendo, y ella le decía: «Espera, no puedes nacer hasta que tenga listo todo el ajuar».

—¿Por qué el tuyo queda tan bonito y el mío es un desastre? —preguntó Mary, y la invitó a un bocado de éclair *de chocolate.*

Examinó la caja donde Jenny estaba preparando la canastilla del bebé, forrada de papel azul claro con pequeños motivos, y sacó un par de patucos de color crema adornados con una brillante cinta blanca.

—Quizá es porque siempre estás jugando a las cartas —le espetó Jenny con la boca llena de nata fresca.

—Qué pequeños son —comentó Mary, y metió un dedo en cada uno para moverlos por la mesa como si caminara.

—De verdad espero que no tengas los dedos manchados de chocolate —dijo Jenny, pero parecía que Mary no la había oído.

—Mirad esto.

Del fondo de la caja, sacó una delicada toquilla hecha a ganchillo y la sostuvo contra la ventana para que las otras chicas pudieran reunirse alrededor y admirarla.

—Es propio de un bebé de la familia real —comentó Jean, una chica reservada que escuchaba a las otras escondida detrás de sus agujas de punto y rara vez intervenía en las conversaciones.

Sylvia estiró el brazo y le quitó la toquilla a Mary para enrollársela en la cabeza como un turbante, tras lo cual se miró en la ventana usándola a modo de espejo.

—Gracias —dijo Mary, que notó que Jenny estaba incómoda y le quitó la prenda a Sylvia.

—¿Alguna piensa poner algo especial en la canastilla? —preguntó esta—. Algo para cuando cumpla los dieciocho años.

—¿Como qué? —quiso saber Mary, y cruzó los brazos sobre el vientre.

—Yo tengo un crucifijo de plata que me regaló mi madre —dijo una voz desde la esquina—. A lo mejor lo pongo.

—¿Podemos poner una fotografía? —preguntó otra.

—Lo dudo —respondió Sylvia, tras lo cual las chicas quedaron sumidas en el silencio de sus pensamientos y solo se oía el clic clac de las agujas de tejer y el silbido de los naipes al arrojarlos sobre la mesa.

—¿Y tú, Jen? —preguntó Mary, que siempre trataba de evitar los momentos de introspección.

—Pues, de hecho, tengo una idea —confesó a la vez que empujaba la labor hacia dentro de la aguja de tejer.

—Cuenta.

—Un libro de recetas.

—¿Un libro de recetas? —Sylvia parecía desconcertada.

—Conozco unas cuantas recetas que vienen de mi familia y me gustaría que las aprendiera. He pensado escribirlas en un cuaderno para él, y a lo mejor algún día se anima a prepararlas.

Mary asintió, pero Sylvia no se quedó convencida.

—Las recetas contienen amor, ¿verdad? —prosiguió Jenny—. Si ve que las he escrito para él, sabrá que me importa.

—¿Alguna vez has pensado en quedártelo? —preguntó Sylvia, hurgándose las uñas.

—Claro, pero no tengo elección. ¿Qué haría? No tiene padre, y yo no tengo marido. Mi padre cree que el niño merece crecer en una familia como la que he tenido yo.

—Pues yo no estoy de acuerdo —dijo Mary mientras repartía una mano de naipes—. Si tú lo quieres, no necesita más familia.

—No podría mantenerlo sola.

—¿Y tú por qué no te quedas a tu niño, Mary? —preguntó Sylvia—. Ya que lo tienes tan claro.

—Porque mi caso es diferente —dijo, y dejó de ordenar sus cartas para mirar a Sylvia directamente a los ojos—. Yo no quiero a este bebé.

—¿Quieres que te ayude a tejerle una toquilla? —le preguntó Jenny a la vez que daba golpecitos con el pie en la pierna de Mary.

—No, gracias —dijo, y salió de mala manera hacia el dormitorio dejando un silencio incómodo en la sala—. Me voy a dormir la siesta.

Cerró la puerta de golpe, y Jenny sintió pena por su amiga, por el dolor que tenía enterrado dentro de sí.

Dejó a un lado la labor, cogió la caja de la canastilla y la depositó sobre su regazo, tras lo cual se dispuso a colocar dentro cada una de las prendas. Formó un pulcro cuadrado con la toquilla y empujó con el dedo las mangas de una diminuta chaquetita para después abrocharle los botones y sacar el cuello hacia fuera. Por un momento experimentó la emoción que debía de sentirse al vestirlo, al introducir aquellos bracitos regordetes en las mangas, al guiar sus suaves pies hacia el interior de los patucos, al atarle las cintas de las manoplas; y, de pronto, tuvo ganas de gritar. Quería gritar porque no sería ella quien lo hiciera.

Empezaba a caer la tarde y Jenny se dio cuenta de que el primer día de la semana de la repostería estaba tocando a su fin mientras ella se encontraba en el asiento trasero del coche de Ann y Fred. Bernard ocupaba el sitio del copiloto. Por el retrovisor lateral pudo echar algunas miradas a la profunda línea de sutura que tenía encima del ojo y le dio las gracias a su ángel de la guarda porque, tras seis largos días con sus respectivas noches, por fin volvían a casa.

—¡Cuidado, Fred! —exclamó Ann aferrada al reposacabezas de su asiento como si tuviese garras en vez de manos cuando él superó un badén con demasiado entusiasmo—. Queremos llegar a casa, no volver al hospital.

—Lo siento, chicas —se disculpó él, sacando la cabeza por encima del asiento—, no lo he visto a tiempo.

—Jenny —empezó a decir Ann, y abrió la bolsa que quedaba apretada entre ambas—, he preparado esto para que no tengas que preocuparte por la cena.

Jenny echó un vistazo y, a través del plato de cristal que actuaba a modo de ventana, vio los ganchitos de carne grisácea y la textura grumosa del puré de patatas entre las gotas de condensación pegadas al papel film extendido sobre la superficie: el pastel de carne y patatas de Ann.

—Gracias, Ann, qué gesto tan atento —dijo, y se esforzó por pensar que estaba hecho con buena intención a pesar de que, seguramente, no sabría a nada—. Ambos habéis sido un verdadero regalo del cielo esta última semana.

Mientras Ann explicaba historias de personas con neumonía, bien porque las conocía de primera mano o porque le habían hablado de ellas, Jenny dejó vagar la mente imaginando cosas del concurso. Se preguntó cómo les habría ido a sus compañeros, qué receta habrían tenido que preparar y si habría habido éxitos o desastres. La semana de la repostería suponía todo un reto, y notó una fuerte punzada en el pecho al pensar que no había podido participar en ella; pero enseguida se repuso, espoleada por el sentimiento de culpa. Lo más importante, se recordó a sí misma, era que Bernard volvía a casa. ¿Qué más podía desear?

Sacó el teléfono del bolso y lo encendió.

El estómago le dio un vuelco; tenía un mensaje de Azeez. Él era la primera persona a la que había llamado cuando decidió renunciar al concurso, y al principio el chico pensó que le estaba tomando el pelo. Sin embargo, al saber lo del accidente de Bernard, su sorpresa inicial se convirtió de inmediato en preocupación. Apoyaba por completo la decisión de Jenny, aunque en su voz notó lo desilusionado que estaba.

Abrió el mensaje. Era una foto suya con Carys en el puesto de trabajo de ella. Se les veía radiantes. La balanza de cocina de hierro fundido le provocó una queda punzada de nostalgia, como si un sacacorchos diera vueltas en su interior. Debajo de la foto, su amigo había escrito unas palabras:

> Hola, Jenny, cómo está Bernard? Hoy te hemos echado mucho de menos, pero estarás orgullosa de mí. Mañana me toca enfrentarme a Sorcha en el reto a ciegas (la que se ha liado porque se ha cargado la delicia del pastelero de Angela «por accidente», cuando estaba haciendo espacio en la nevera!!) Algún consejo? Bss. Azeez

Dio un grito ahogado y la alegría disparó fuegos artificiales en su interior, pero enseguida se extinguieron ante la mirada escrutadora de Ann. Se recompuso y adoptó un aire serio mientras tecleaba una respuesta con calma.

YUPIII!!! BUEN TRABAJO! MI CONSEJO ES QUE TE DEJES GUIAR POR LA INTUICIÓN Y SOBRE TODO DISFRUTES EL MOMENTO. ESPERO QUE ANGELA ESTÉ BIEN, SALÚDALA CON CARIÑO DE MI PARTE. BERNARD ESTÁ MEJOR, JUSTO ESTAMOS VOLVIENDO DEL HOSPITAL. OS ECHO DE MENOS. BUENA SUERTE. UN BESO

JENNY

Miró por la ventana las calles bañadas por el sol e imaginó que Azeez ganaba el batidor de oro. La emoción y la alegría se mezclaban con la pena por no estar allí para celebrarlo con él. Apagó el teléfono y lo guardó en el bolso en el momento en que el coche paraba en la entrada de su casa.

—Gracias por todo —dijo Bernard en el momento en que Fred apagaba el motor.

—No hay de qué —respondió Fred—, y si hay algo que podamos hacer, ya sabéis dónde estamos.

—Sois muy amables —dijo Jenny.

—No te olvides del pastel de carne —le recordó Ann.

Jenny cogió las bolsas con una mano y pasó la otra por el brazo de Bernard para subir la cuesta hasta la puerta de entrada. Él caminaba con más dificultad que antes, parecía que estuviera hecho de papel.

—Hogar, dulce hogar —dijo entre resuellos.

A medida que se acercaban, Jenny notó algo extraño.

—Qué raro —dijo, y se formó una arruga en la parte superior de su nariz cuando observó una luz que brillaba detrás del cristal—. Estoy segurísima de que no me he dejado la luz encendida.

Sacó las llaves del bolso y estaba a punto de introducirlas en la cerradura cuando la puerta se abrió de golpe y la sobresaltó.

—¡Rose! —exclamó, y los engranajes de su mente se pusieron en marcha—. ¿Qué narices estás haciendo aquí?

—¡Ay, tío Bernie! —exclamó Rose con la cabeza ladeada mientras examinaba la cara magullada de Bernard—. Pobrecito… Tiene que dolerte mucho.

—¿Va todo bien? —preguntó Jenny, y entró en la casa—. ¿No deberías estar trabajando?

—Todo bien —la tranquilizó Rose mientras, con cuidado, retiraba el abrigo de Bernard de sus hombros encorvados—. Me he tomado unos días libres.

—¿En serio? —se extrañó, y se dirigieron poco a poco a la cocina—. ¿Adónde te vas?

—Bueno, si os parece bien, me quedaré aquí.

Jenny miró a Bernard a la vez que intentaba deducir qué estaba pasando, pero él no parecía preocupado en absoluto. A Jeremy y a Rose se les veía muy bien juntos la última vez que estuvieron con ellos... No sería... No, ¿verdad?

—Ay, cielo... —dijo, tanteándola—, ¿qué ha pasado?

—Ahora os lo explico —contestó ella, y encendió el hervidor de agua—. ¿A quién le apetece un Earl Grey?

—Sí, por favor —respondieron casualmente al unísono.

Jenny ayudó a Bernard a sentarse en una silla y observó cómo Rose servía el té y abría y cerraba armarios tratando de encontrar las cosas en una cocina que no era la suya. Por fin se unió a ellos en la mesa. Tenía una expresión seria cuando se colocó el pelo detrás de las orejas.

—Tengo una propuesta —anunció a la vez que daba una palmada en el aire como una locutora de televisión.

A Jenny se le puso un nudo en el estómago al anticipar lo que su sobrina iba a decir. Por un momento tuvo la impresión de haber captado una mirada entre Bernard y Rose, pero no estaba segura.

—Yo me encargaré de cuidar del tío Bernie las próximas semanas mientras se recupera —explicó, y dio un sorbo de té—, así tú podrás volver a *Britain Bakes*.

Jenny miró a Rose y a Bernard alternativamente con los ojos como platos y la boca abierta. Bernard dirigió una inclinación de cabeza a Rose como gesto de agradecimiento, de manera que Jenny dedujo que lo habían hablado antes.

—Qué amable —dijo rompiendo el silencio—, pero no puedo permitirlo. Tú tienes a Poppy y a Max, por no hablar del nuevo trabajo...

—Sí que puedes —insistió Rose con voz firme a la vez que

Bernard asentía en señal de que estaba de acuerdo—, y debes hacerlo. Jeremy es más que capaz de cuidar de Poppy y Max. Además, solo serán unos días a la semana y yo puedo hacer teletrabajo, me lo han concedido.

Jenny dio un profundo suspiro cuando le sobrevino la montaña rusa de la última semana.

—Agradezco mucho el gesto... —dijo, y volvió a asaltarla la certeza de que había tomado la mejor decisión—, pero ya es tarde.

Rose sacudió la cabeza, segura de que estaba en lo cierto.

—La cuestión es que me he perdido la semana de la repostería —dijo Jenny con un gran peso dentro de sí—. Es una de las pruebas más duras, no sería justo para los demás concursantes. No me dejarán volver aunque quiera y...

—¡Sí que puedes! —exclamó Bernard, interrumpiéndola con un entusiasmo sorprendente—. Le he dado a Rose el correo electrónico de Carys y ha hablado con ella. Dice que, como la semana pasada ganaste el batidor de oro, esta semana tampoco podían echarte, así que no te habrían eliminado. Puedes volver para concursar en la cuarta semana.

Rose asintió y amplió la sonrisa para animarla a aceptar su ofrecimiento.

Jenny pestañeó mientras un resquicio de luz se abría paso en su interior, pero entonces sus ojos toparon con la cara magullada de su querido Bernard.

—No es solo eso —dijo con una mano en el corazón—. Es que aquí dentro siento que no puedo hacerlo.

Rose miró a Bernard, como si estuvieran trazando un plan silencioso tan solo con el contacto visual.

—Te diré lo que vamos a hacer —dijo él, y las comisuras de sus labios se curvaron en un gesto de decepción apenas perceptible—. ¿Por qué no te tomas esta noche para pensarlo? A lo mejor podrías preparar alguno de los pasteles que no has podido presentar en el programa esta semana.

Ella lo sopesó un momento, animada por la idea de distraerse haciendo un pastel, y empezó a tomar nota mentalmente de los ingredientes que tenía en los armarios.

—Supongo que podría preparar mi reto de la docena —dijo—. ¿Lionesas de *Eton mess* y café con nueces?

—Sí, por favor —respondió Rose, y le guiñó un ojo a Bernard.

—Muy bien —convino Jenny—. Acepto el reto.

Fue casi al cabo de dos horas cuando Rose regresó y descubrió que media cocina era un auténtico apocalipsis, bien porque estaba en manos de un desastre o de un genio. En el fregadero se apilaban montones de bandejas de horno, batidores y cuencos de mezcla, y la encimera estaba cubierta de restos de merengue triturado y sartenes abandonadas.

—¿Qué tal te va? —preguntó para tantearla.

—Bien, creo —respondió Jenny mientras se limpiaba la mejilla manchada de harina—, pero aún no las he probado.

Las lionesas de *Eton mess* estaban recubiertas con glaseado de frambuesa de color rosa y bañadas en migas de merengue, de manera que casi parecían bolas de nieve. Al lado estaban las de café, recubiertas de crujiente craquelado, con un aspecto agrietado como la tierra seca y la decoración dorada de la nuez en polvo.

—La verdad es que creo que nunca he visto nada parecido —dijo Rose mientras las examinaba con atención.

—Pues entonces será mejor que las probemos —propuso Jenny—, a ver si tienen buen sabor.

Dicho eso, llevó la bandeja al salón y la colocó sobre la mesita auxiliar delante de Bernard, cuya cara estaba oculta tras el periódico.

—Servíos —dijo—. Las rosas están rellenas de frambuesa y recubiertas de merengue triturado, y las marrones están rellenas de café.

—Madre mía —exclamó Bernard. Dejó el periódico a un lado y cogió una con cada mano—. Yo me comeré una de cada, si te parece bien. Tengo que ponerme al día.

Jenny hincó el diente en la ligera masa que recubría el cremoso relleno de frambuesa y tuvo que chuparse los dedos porque se salió por los lados. Se oyó un coro de «oooh» y «mmm» mientras se sorbían los labios, se daban un respiro y volvían a por más como si fuesen criaturas en trance.

—Guau —dijo Bernard con las mejillas hinchadas como un

hámster—. La verdad es que en tu vida has preparado pasteles riquísimos, cariño, pero estas lionesas están increíbles.

—¿Se notan consistentes por fuera y blandas por dentro? —preguntó.

—Sí —respondió Rose tapándose la boca con la mano—. Y todas por igual.

—¿Cuáles preferís?

—Las de *Eton mess* y las de café con nueces —fue la respuesta que dieron al unísono.

—O sea, las dos —aclaró Bernard, y la obsequió con un guiño cómplice.

Mientras se sacudían el polvillo de las manos y se daban palmaditas en el estómago, Jenny se preguntó qué le habrían dicho los miembros del jurado si hubieran estado allí.

—¿Podemos tomarnos un minuto para comentar lo lejos que has llegado, por favor? —pidió Rose a la vez que dejaba el último bocado de lionesa rosa a un lado del plato—. Siempre has sido una pastelera excelente, pero esto no es un simple tronco de chocolate o un *tiffin*... —Señaló el plato—. ¡Es como tomar un té en el Ritz!

Jenny sonrió para ocultar el conflicto que tenía lugar en su interior.

Observó al otro lado del jardín el movimiento en medio de la oscuridad, la queda orquesta de hojas que se aferraban con obstinación a las ramas cuando el viento se colaba entre ellas. Los guantes de goma se pegaban a su piel y formaban apretadas arrugas mientras frotaba una bandeja como si quisiera arrancarle el motivo de la decoración. La dejó en equilibrio sobre el escurridor y, a continuación, volcó la palangana con el agua de fregar y contempló cómo esta desaparecía por el desagüe formando una espiral y los restos jabonosos ascendían como si quisieran esquivar su destino.

—Bernard se ha ido a la cama —dijo Rose al asomarse por la puerta—. Creo que le cuesta bastante subir la escalera, pero puede hacerlo si se lo toma con calma. ¿Te ayudo a fregar los platos?

—Eres muy amable —contestó Jenny—, pero no hace falta. Ya casi he acabado.

Rose se apoyó en la encimera como dando largas, de modo que Jenny imaginó que tenía ganas de decirle algo.

—¿Has tenido tiempo de pensar en lo del concurso? —dijo, y posó sus ojos azules en Jenny para seguirla con la mirada mientras colocaba cada utensilio en su lugar.

—Le he dado un par de vueltas —repuso ella a la vez que secaba una sartén con un trapo de cocina.

—¿Y?

—Tu propuesta es uno de los ofrecimientos más amables que me han hecho en la vida —dijo Jenny, y procedió a cerrar la puerta del armario y coger un batidor de varillas del escurreplatos—; y, para serte sincera, una parte de mí se muere de ganas de volver al programa.

Rose asintió.

—¿Pero?

—Pues que lo que le pasó a Bernard la semana pasada me ha recordado que el tiempo es muy valioso... —Hizo una pausa mientras trataba de encontrar las palabras adecuadas—, y es posible que no nos quede mucho por vivir juntos.

El dolor que encerraba aquella verdad le atenazó el pecho.

—Lo comprendo —dijo Rose—. ¿Puedo contarte una cosa?

—Claro que sí —la animó Jenny, y dejó el batidor en el recipiente de los utensilios.

—Quiero a Poppy y a Max más de lo que soy capaz de expresar con palabras y, si pudiera, querría estar a su lado cada minuto mientras crecen; no me perdería ni un segundo. Sé que, sin que te des cuenta, llega el día en que les lees el último cuento o se les cae el último diente de leche, y la mayoría de las veces ni siquiera somos conscientes de que el tiempo pasa. O sea que tienes razón: el tiempo es muy valioso.

Jenny notó una cálida oleada de emoción que le empañó los ojos, de modo que se concentró en secar la bandeja que tenía en la mano para disimularlo.

—Pero también sé que es importante concederte a ti misma el tiempo y el amor que les das a los otros. Para mí, eso es mi profesión, y cuidar esa parte de mí no pone en entredicho el amor que les tengo a ellos.

Jenny guardó la bandeja en el armario y se volvió a mirarla.

—Lo que quiero decir es que esas dos cosas no siempre están reñidas. No se trata de elegir entre tus ilusiones y Bernard. Estoy convencida de que tanto lo uno como lo otro tiene un gran valor.

Jenny se quedó en silencio, pero en su fuero interno el alivio se abrió paso entre la desazón como una campanilla de invierno.

—No solo eso, sino que creo que, si estás satisfecha contigo misma, muchas veces estás mejor con los que te rodean.

—No se trata de elegir —repitió Jenny, y al pronunciar las palabras en voz alta sintió que se quitaba un peso de encima—. Siempre has sido muy sabia, Rose; incluso de niña.

Rose se acercó a ella, la atrajo hacia sí y la abrazó tan fuerte que notó el olor de su champú.

—Te prometo una cosa —empezó a decirle, y se apartó para mirarla a los ojos—: cuidaré muy bien del tío Bernard.

—Sé que lo harás —repuso asintiendo con la cabeza y enjugándose una lágrima de la mejilla. A continuación exhaló un enorme suspiro—. Qué cosas —dijo mientras colgaba el trapo de cocina en la puerta del horno—; mira que volver a *Britain Bakes* justo para la semana del pan...

24

Pan campesino

Ocurrió el 11 de enero. Retiró el trapo de cocina y vio una capa pálida, suave y abultada como su barriga. Volcó el recipiente en la tabla cubierta de harina e hincó el dedo en la parte interior, más blanda, formando un agujero que, poco a poco, empezó a cerrarse de nuevo como una esponja mojada. Estiró la masa y la dobló sobre sí misma varias veces para sacar el aire; el olor de la levadura era tan intenso que notó que se le agarraba al paladar. Notó su textura maleable en las palmas de las manos cuando la aporreó hasta dominarla por completo, lo cual le produjo un leve dolor en el arco de la espalda.

Separó una cuarta parte de la masa y empezó a dar forma redonda a las dos piezas; estirando la capa superior y remetiéndola debajo de sí misma como si fuera una sábana. Luego presionó la pieza más pequeña sobre la grande, tras lo cual introdujo dos dedos recubiertos de harina en el centro de ambas hasta que notó la dura superficie de la mesa. Con ayuda de un cuchillo, marcó la superficie con ocho finos cortes para después dejar que fermentara un poco más. Viéndola crecer, pensó que le recordaba a un dibujo infantil de la corona de la reina.

Se agachó para introducir la masa del pan dentro del horno y, en ese momento, notó un cálido reguero en la parte interior de la pierna, de modo que examinó su falda. No vio nada, pero notaba la humedad en la piel.

Cerró la puerta del horno y cruzó corriendo el vestíbulo en dirección al cuarto de baño. Por el camino se cruzó con Mary, que estaba arrodillada junto a la escalera con un cubo de agua al lado y un cepillo en la mano y daba la impresión de que jamás podría volver a levantarse.

—¿Por qué tienes tanta prisa? —le preguntó.

Jenny apretó las piernas y observó las cerdas puntiagudas del cepillo que Mary tenía en la mano.

—¿Te encuentras bien?

—Creo que sí —respondió bajando la voz—. La matrona me ha pedido que prepare un pan campesino y, al ir a meterlo en el horno, me ha pasado una cosa.

—¿Qué cosa? —preguntó Mary con los ojos entornados, y dejó el cepillo en el suelo.

—No lo sé, he tenido una especie de percance.

Mary se levantó apoyándose en la barandilla.

—¿Necesitas que te deje unas bragas?

—No... no parece eso; es diferente.

—¿Diferente? Espera... —Mary la cogió del brazo—. ¿Crees que es el bebé?

Jenny se miró el vientre; lo notaba pesado y bajo.

—Podría ser.

—¿Qué están haciendo? —las interrumpió la matrona, y se dirigió hacia ellas con paso firme.

—Yo... —empezó a decir Jenny, y sintió que se le encogía el corazón.

La matrona posó la mirada en la mancha oscura que se estaba extendiendo por su falda.

—Vaya a ponerse una compresa —le ordenó—, y luego salga a la puerta principal.

Mary se levantó de un salto y la cogió del brazo.

—No hace falta que vayan las dos —saltó la matrona, y le dio unas pataditas al cubo de agua—. Los suelos no se friegan solos.

Al cabo de poco rato, Jenny se encontraba dentro de un taxi con una compresa a modo de pañal debajo de la falda y la mano en los riñones, que le continuaban doliendo. Miró por la ventana mientras recorrían las calles; las siluetas se desdibujaban formando una línea recta, las casas de ladrillo rojo se confundían con el tono marrón de las aceras y los mirlos eran simples borrones en el cielo de la tarde. Posó la mano en el frío cristal que la separaba del mundo exterior y se sintió completamente sola. Quería la compañía de su padre; y la de su madre. Quería preguntarle qué estaba ocurriendo, qué debía hacer. Quería coger la mano que cogió la suya por primera vez y apretarla con fuerza, llena de amor y de miedo.

Cuando llegó a la maternidad, la recibió una enfermera con aquella expresión adusta que se había vuelto tan habitual durante los últimos nueve meses. Sylvia le había hablado de la rasuración, el enema y la rutina de los baños calientes: aquello por lo que tendría que pasar obligatoriamente antes de dar a luz. Sin embargo, eso no sirvió para minimizar el impacto de soportar las frías y despiadadas manos de las enfermeras que se abrían paso dentro de su cuerpo. Ella solo deseaba que todo terminara. Después la llevaron a una pequeña habitación y le ordenaron que se vistiera con la tiesa bata del hospital, doblada a los pies de la cama. Hizo lo que le decían, pero tuvo dificultades para atársela y se vio expuesta de un modo humillante cuando la parte trasera se abrió al tumbarse sobre la cama.

Los minutos le parecieron horas mientras esperaba para que la vieran, azotada por rachas de dolor agónico que empezaban en la espalda y, poco a poco, se extendían por todo su cuerpo. Apretó la mandíbula y un gran gemido escapó entre sus dientes. De vez en cuando oía el eco de un grito gutural procedente del otro lado de la pared, y escuchaba presa de horror sin dejar de imaginar que a ella le ocurriría lo mismo. Clavó las uñas en el colchón y una intensa furia se apoderó de ella cuando pensó en Ray y en las nulas consecuencias que había tenido que afrontar.

—¡Socorro! —gritó en la habitación vacía, y al pestañear le cayeron lágrimas mientras las rachas de dolor iban en aumento y ella se sentía como si hubiera cedido todo el control a esa fuerza imparable—. ¡Estoy aquí! —chilló, segura de que se habían olvidado de ella—. Que alguien me ayude, por favor, ayuda...

—Ya está bien —soltó con voz cortante una mujer ataviada con un delantal de plástico a la vez que se acercaba a ella—. No hace falta que monte una escena, señorita Eaton, ya la hemos oído bastante.

Antes de que Jenny pudiese asimilar sus palabras la asaltó otra racha de dolor, y esta vez fue tan agudo que empezaron a temblarle las piernas.

—Vamos a ver —dijo la comadrona separándoselas, y en ese momento entró otra enfermera.

—Ha ido rápido —comentó la mujer, y empezaron a introducirle instrumentos rígidos con movimientos bruscos y una expresión implacable que reflejaba la repulsión que sentían.

Jenny se sintió más sola incluso que en las horas precedentes.

Cuando estaba en el peor momento, la comadrona colocó una trompetita metálica contra su vientre y sostuvo la oreja pegada a ella para notar el latido del pequeño corazón que fue un rayo de esperanza en medio de la oscuridad. No estaba sola; no lo estaba en absoluto. Allí había alguien a quien tenía que conocer.

—¿Ya viene? —exclamó con voz entrecortada mientras cerraba los ojos con fuerza.

—Todavía no —le respondieron en tono lacónico, y las dos enfermeras salieron de la habitación.

Ella fue llenando los pulmones a medida que los dolores se volvían más seguidos, y notaba el corazón a cien cada vez que soltaba el aire, retorciéndose pero decidida a poder con aquello.

—No te pasará nada malo —le dijo a él—. Lo haré lo mejor que sepa, te lo prometo.

La asaltó una repentina necesidad de empujar y se implicó en ello hasta la médula, con una fuerza que desconocía hasta el momento y que empleó a pesar de que estaba agotada. La habitación empezó a llenarse de enfermeras, pero ella no las veía en realidad. En ese momento su percepción estaba acaparada por la férrea determinación de conocer al pequeño y por el dolor atroz que sentía entre las piernas.

—Ya casi está aquí —dijo la comadrona.

Ella consiguió reunir fuerzas para empujar con toda su alma, y emitió un sonido que no se parecía a los anteriores: un grito desgarrador, un alarido procedente de las mismas entrañas, como un lobo aullándole a la luna. Chilló por todo aquello que se había visto obligada a callar durante tanto tiempo, por la vida que se había formado en su interior y la vergüenza que la habían hecho sentir.

—Es un niño —anunció la comadrona, y ella asintió porque ya lo sabía.

—Es James —dijo cuando lo colocaron sobre su pecho.

Recorrió con el dedo el delicado perfil de sus orejas, la curva de su diminuta nariz, sus labios fruncidos. Se sintió como si hasta ese momento hubiera sido ciega y al posar los ojos en ese ser minúsculo, toda la belleza del mundo la inundara como la luz de la mañana entre los árboles. Bajo la sangre, tenía la cabeza cubierta de oscura pelusilla, y cuando lo miró y él la miró a ella, se sintió como si tuviera entre las manos su propio corazón. Aquella no era la mirada de un recién nacido, sino la de un hombre de edad, plácido y sabio como si hubiera existido desde siempre. Todo en él le resultaba familiar, y al acariciarle la húmeda mejilla con el dorso del dedo, supo que su mundo había cambiado para siempre. Ya no era solo Jennifer Eaton; era la madre de aquella personita.

—Vamos a lavarlo y a pesarlo —dijo la comadrona, y se dispuso a quitárselo de las manos.

Ella se resistió y lo aferró contra su pecho.

—Lo volveremos a traer —dijo ella, y tiró con más fuerza—, solo queremos limpiarlo.

Cuando la comadrona se lo llevó, Jenny tuvo la sensación de que sus brazos se quedaban lacios y vacíos y lo siguió con la mirada hasta que salió de la habitación y volvió a quedarse sola. Fue entonces cuando lloró. Lloró porque lo amaba muchísimo, y porque no quería que se lo llevaran de nuevo.

El regreso de Jenny a *Britain Bakes* trajo consigo una agitación inesperada. Se sentó en los escalones de piedra y se calentó las manos uniendo las palmas como si fueran los fogones de una cocina económica. Entornó los ojos al mirar el establo bajo la clara luz del sol de la mañana. ¿Cómo narices había terminado en «El reto a ciegas» de la semana del pan?

«A lo mejor es que somos como una mezcla de huevos, azúcar, mantequilla y harina —se dijo—, capaces de transformarnos en casi cualquier cosa».

—Debería haber tenido más cuidado con lo que deseaba —dijo Azeez al aparecer en la sombra con los nervios visiblemente a flor de piel; se subió las mangas, se las volvió a bajar y se revolvió el pelo—. Me moría de ganas de que regresaras al programa y ahora resulta que somos contrincantes.

—Te prometo que no tienes de qué preocuparte —dijo ella sacudiendo la cabeza—. Me refiero a que quizá tendrías motivos si fuera la semana de los pasteles, pero no lo es.

Él rio con unas carcajadas tan contagiosas que Jenny no pudo por menos que reír también, lo cual le alivió la tensión de los hombros.

—Eso no lo tengo claro —repuso él—. Dices que se te da mal hacer pan, pero los panecillos de Pascua y la trenza de pan te han propulsado a los primeros puestos.

—Eso ha sido una combinación de la suerte del principiante y de los consejos que me diste tú —aclaró ella sin apartar los ojos del equipo técnico mientras corrían de un sitio a otro con cuencos de mezcla, bolsas de harina y trípodes.

—Concursantes, por favor, dirigíos al establo para «El reto a ciegas» —los avisó Carys con un pequeño ventilador de pilas en la mano que obligaba a su flequillo a desafiar la fuerza de la gravedad.

Azeez ayudó a Jenny a ponerse de pie y ambos siguieron a Sorcha, Paul y Angela hasta el interior del establo. Estos tres tomaron asiento a un lado de la sala en tanto que que Jenny y Azeez volvieron a sus puestos de trabajo y se ataron los respectivos delantales a la espalda. Jenny reparó en que todos les habían deseado buena suerte excepto Sorcha, quien parecía carecer por completo de interés mientras se hurgaba las uñas, más que largas para alguien que se dedica a la cocina.

Amanda entró en el establo junto con el juez invitado esa semana, Luca Loretti. Era un chef de renombre y gran experto en la elaboración de pan, que había atraído a un gran número de seguidores gracias a su mentón anguloso y sus modales descarados. Una vez Jenny empezó a ver su programa de televisión dedicado al pan, pero oyó que hacía un comentario inadecuado mientras daba forma a una baguete y Bernard ni se inmutó. Jenny observó que Sorcha ya no estaba pendiente de sus uñas, sino que tenía puesta toda la atención en el chef.

—Buenas tardes, Jazeez, y bienvenidos a «El reto a ciegas» —les saludó Mo, y el mote provocó un estallido de risas entre los espectadores.

—Esta semana hay mucho en juego —siguió diciendo Katie con un tono exagerado y la expresión severa—, porque el ganador obtendrá la inmunidad en la semifinal de la próxima semana y, por tanto, será el primer concursante que tenga asegurada la participación en la final de *Britain Bakes*.

Un denso silencio cubrió la sala, y Jenny estaba segura de que desde fuera se oían los latidos de su corazón. Competir con Azeez iba en contra de su instinto más primario, le parecía totalmente inadecuado, de manera que decidió tomárselo como si fuera un desafío contra el pan.

—Luca, ¿quieres hacer los honores?

Él dio un paso adelante, y sus bíceps tuvieron problemas con la costura de la camisa cuando levantó el cubreplatos y reveló algo que parecía un muñeco de nieve chafado.

—Es una hogaza de pan campesino —anunció, y Jenny la miró atónita y la asaltó el vivo recuerdo de lo ocurrido sesenta años atrás.

—Tenéis dos horas y media para preparar las vuestras —dijo Mo mientras Azeez clavaba en Jenny una mirada como la de un conejo ante los faros de un coche.

—Tres... dos... uno...

—¡Al horno!

Jenny retiró el trapo de cocina y lo colocó doblado sobre su brazo. Debajo había muy pocos ingredientes: harina panadera, manteca de cerdo, levadura y sal.

—¿Pan campesino? —masculló Azeez con cara de desconcierto, y se acercó para mirar más de cerca el modelo—. ¿Te suena de algo?

Ella asintió.

—Es un tipo de pan antiguo.

—¿No hay amasadora? —se extrañó él, y se remangó para empezar—. Esto va a ser difícil.

Jenny colocó la balanza en el centro de la encimera y dejó que su memoria tomara la iniciativa para pesar los ingredientes mientras desaparecía momentáneamente tras una nube de harina. «Solo una hogaza más —se dijo—, y será la última en toda mi vida».

Se dirigió al frente de la sala. Tenía la blusa pegada a la espalda y aspiraba bocanadas calientes del pan recién hecho, lo cual provocó en ella una respuesta pavloviana al imaginarse untándolo con gruesas capas de mantequilla salada y notando su textura elástica entre los dientes. Colocó la hogaza de pan detrás de su foto y miró la de Azeez. Esta tenía más costra y se parecía a una calabaza, porque se hinchaba a partir de los surcos que el chico había trazado en la superficie, lo que la convertía en la versión sofisticada del modesto intento de Jenny.

Paul, Sorcha y Angela se unieron a ellos en el momento en que entraban los jueces. Sorcha estaba mucho más relajada que los demás, puesto que la semana anterior se había hecho con el batidor de oro, aunque no sin controversia.

—Buscamos un pan bien ligado, con una buena fermentación y el exterior crujiente y dorado —dijo Amanda mientras posaba los ojos alternativamente en las dos hogazas—. Hoy el reto habrá sido especialmente difícil a causa del calor, porque la temperatura puede provocar que el pan suba demasiado rápido y tienda a aplastarse.

Los dos concursantes asintieron con muy poca diferencia de tiempo mientras se removían con expectación.

—Vamos a empezar por este —resolvió Luca, y levantó la hogaza de Azeez para darle unos golpecitos en la base, como si quisiera comunicarse con ella en clave—. ¿Lo oís? —preguntó—. Suena bien, a hueco, lo que significa que el agua se ha evaporado, tal como se espera.

Le hizo un corte y la costra saltó y se partió formando esquirlas doradas. A continuación cogió un trozo y lo sostuvo en alto para señalar las burbujas de aire.

—Tiene una buena costra —comentó con la mano delante de la boca mientras masticaba—. Y por dentro está suave y esponjoso.

—Impresionante —concluyó Amanda cuando devolvió la hogaza a la bandeja en forma de medialuna, y Jenny notó un cosquilleo en el estómago, contenta por Azeez.

Sin embargo, su emoción pronto se vio interrumpida por los jueces, que se dirigían hacia ella.

Amanda cortó dos rebanadas de su pan, le tendió una a Luca y ambos las mordieron. El silenció que siguió se hizo eterno, insoportable.

—Está bueno... pero tendría que haber pasado un poco más de tiempo en el horno —sentenció Amanda—. El centro se nota algo pegajoso, pero no está mal.

Jenny se mordió el labio inferior mientras contenía la respiración.

—El sabor es intenso y muy agradable —añadió Luca.

Ella exhaló, aliviada porque no había resultado un absoluto desastre. Gracias a los consejos de Azeez, no había perdido del todo la batalla contra el pan. Se podía comer, incluso estaba bueno, y eso ya era un progreso.

—Ha llegado el momento de la verdad —anunció Mo a la vez que le tendía a Luca el batidor de oro y adoptaba un tono solemne—. Miembros del jurado, ¿cuál de estas dos hogazas de pan campesino preferís?

—Las dos merecen un elogio por el esfuerzo, pero la ganadora es... —dijo Luca, y se acercó a la una y a la otra de forma alternativa en una danza cruel— ¡esta!

Se situó detrás de la barra de pan de Azeez, y Jenny se volvió a mirar a su amigo, que parecía una figura de cera con cara de sorpresa.

—¡Sí! —exclamó Jenny, y le dio un abrazo en el que empleó toda la energía que le quedaba mientras Luca le colocaba el batidor de oro en la mano.

Azeez, sin palabras, se quedó mirando el objeto como si estuviera vivo, y Angela, Paul y Sorcha se reunieron a su alrededor, esta última con su mejor fachada de alegrarse por él.

—¡Felicidades a nuestro primer finalista! —dijo Mo, y Jenny aplaudió y aplaudió hasta que empezaron a dolerle las manos.

—Una semana más —dijo un hombre con una cámara al hombro.

—Pues sí —respondió Jenny bajo los rayos de sol de la tarde—. Estaba segura de que no sobreviviría a la semana del pan, pero aquí estoy.

—¿Y qué sientes al saber que Angela tiene que abandonar el programa?

Le vinieron a la cabeza los panecillos de Pascua con forma de emoticonos que Angela apenas había tenido tiempo de hornear, cuyos rasgos peculiares les conferían una expresión tremendamente ofendida.

—La echaremos mucho de menos. Es una chica encantadora, y como repostera... tiene mucha imaginación. Sin ella, esto no será lo mismo. Es tan divertida —respondió—. Pero el hecho de que Azeez haya ganado el batidor de oro suaviza un poco el golpe. La verdad es que se lo merece, y me alegro muchísimo de que tenga un puesto en la final.

El cámara le indicó que se desplazara ligeramente hacia la izquierda y levantó los pulgares en un gesto de aprobación.

—¿Habías horneado alguna vez una hogaza de pan campesino o ha sido la primera?

—Pues sí, una vez —dijo ella con los ojos clavados en la tierra cuarteada y la hierba seca—, hace sesenta años.

—¿Y qué tal te salió?

—No lo sé —confesó, vacilante—. No pude probarla.

25

Berlinas de grosella negra con flor de saúco y de manzana con canela

Un joven entró en la habitación con un ramo de flores y un puñado de cartas, y escrutó las camas con cara de desconcierto y unas arrugas muy marcadas en la frente mientras trataba de no fijarse demasiado. De pronto, su expresión cambió y una sonrisa suavizó su rostro cuando se dirigió hacia ella, quien le sonrió sin ganas para disimular el pánico que crecía en su interior a la vez que buscaba algún indicio de quién era. ¿Por qué se alegraba tanto de verla?

—Aquí estás —dijo, y se detuvo en la cama contigua para darle un beso en la mejilla a la mujer allí tendida—. Peggy, es perfecta.

A Peggy se le iluminó la cara, de tez tan perfecta que parecía la de una niña, y en sus mejillas se formaron unos hoyuelos cuando le echó los brazos al cuello.

—Qué ramo tan bonito; rosa porque hemos tenido una niña —dijo, y cerró los ojos al enterrar la nariz en las flores—. ¿Te han dejado verla?

—He mirado por el cristal de la sala de recién nacidos —respondió él, y le acarició el hombro—. La enfermera la ha levantado para que la viera. Es muy guapa.

Al cabo de un momento, otros dos caballeros entraron en la habitación y se acercaron a sus respectivas esposas con una alegría tan ajena a ella que le dolía verlo. Abrieron juntos las tarjetas de enhorabuena y hablaron con entusiasmo de los buenos deseos de amigos y familiares mientras trataban de hacerles un hueco en la mesilla de noche.

—¿Tu marido vendrá esta noche? —le preguntó Peggy—. Solo queda media hora para que cierren, más vale que se dé prisa.

Eso atrajo la atención de las otras parejas y ella se sintió aún más sola. En su mesilla de noche no había nada excepto un vaso de agua. Lo cogió, dio un sorbo y lo hizo rodar entre las manos.

—No, por desgracia no vendrá —dijo a la vez que observaba las ondas que la luz formaba en la superficie del agua—. Está... en la Marina, en alta mar. No ha podido arreglarlo para llegar a tiempo.

—Ay, qué lástima. Espero que vuelva pronto para conocer a su precioso hijito.

—Yo también lo espero —respondió ella, y reparó en que las parejas la miraban con una media sonrisa que contradecía la expresión compasiva de sus ojos.

Se moría de ganas de volverse invisible, igual que ellos de no tener que verla, y sintió un gran alivio cuando le dieron la espalda y retomaron sus conversaciones. Se colocó de lado, se tapó la oreja con la sábana para amortiguar las voces y cerró los ojos para que creyeran que estaba dormida. Tenía el cuerpo tremendamente sensible, como si no fuese más que el cascarón del cual habían arrancado a James; y, allí tendida, anheló poder volver al lado de Mary, donde no se veía obligada a fingir.

La despertó el sonido de las ruedas de un carrito que alguien empujaba en la habitación y que emitía una serie de chirridos y sonidos metálicos cada vez más fuertes a medida que se acercaba a su cama. Abrió los ojos, aún pegados, y se incorporó, y tuvo que contener la respiración cada vez que movía el cuerpo, todavía dolorido. Debió de quedarse dormida de verdad mientras fingía estarlo.

La enfermera había dejado a James a los pies de su cama, en el carrito, y de allí procedía el llanto del bebé, que expulsaba todo el aire de sus pulmones en fuertes bocanadas, ante lo cual Jenny sintió la imperiosa necesidad de acallarlo. Se estiró para cogerlo y lo sostuvo contra su pecho para aportarle alimento en tanto que sus manos diminutas hallaban apoyo en su piel. Enseguida guardó silencio, satisfecho, mientras ella le acariciaba las sienes cubiertas de pelusilla como un melocotón. Después de varios meses con la sensación de ser una carga, de pronto sentía que la necesitaban. Examinó la curvatura perfecta de su arco de cupido y la forma en que se movía cuando él succionaba, los delicados hoyuelos del dorso de las manos, su pelo similar al plumón, y una cálida sensación la recorrió por dentro mientras disfrutaba de cada detalle. Cuando el bebé hubo terminado, le dio un beso en la coronilla y aspiró su dulce aroma al tiempo que él enroscaba los deditos en torno a uno de los suyos de tal forma que tuvo la impresión de que iba a estallar en lágrimas de emoción.

—Hola, cielo —dijo una voz cascada.

Jenny levantó la mirada y vio a la mujer de la limpieza inclinada sobre ella, rodeada por un halo de rizos canosos.

—Hola —la saludó, y vio que entre los dedos manchados de nicotina sostenía una bolsa de papel salpicada de manchas allí donde la grasa la había empapado.

—Espero que no te importe que te moleste —dijo, y se le acercó más—, solo quería que supieras que tienes un bebé precioso. —A Jenny se le puso un nudo en la garganta y vaciló—. Me recuerda a mi hijo, hace muchos años. Tenía una buena mata de pelo, igual que el tuyo.

—Gracias —contestó ella—. Se llama James.

—Con un nombre así, es para llevárselo al fin del mundo —aseguró la mujer, y guardó silencio mientras, al parecer, se debatía con las palabras que pujaban por salir de sus labios—. He visto que no tienes visitas... y te he traído esto.

Dejó la bolsita en la mesilla de noche y le dio unas palmadas.

—Son unas berlinas de mermelada.

—Qué amable —contestó Jenny—. Seguro que sabía que soy muy golosa.

La mujer miró el reloj.

—Será mejor que vuelva a casa —dijo, sonriéndole a James—. Disfrútalo. No duran así mucho tiempo.

Cuando los bebés habían regresado a la sala de recién nacidos para pasar la noche y la habitación quedó a oscuras, Jenny empapó la almohada de lágrimas. Durante diecisiete años, el tiempo solo le había servido para recordarle el momento en que debía estar en algún sitio o para indicarle el intervalo del que disponía para preparar la comida u hornear un pastel. Sin embargo, de la noche a la mañana se había convertido en el bien más preciado para ella y haría cualquier cosa, lo que fuera, por poder pararlo. «No duran así mucho tiempo». Imaginó su primera sonrisa desdentada, sus primeros pasos vacilantes, su primera palabra. ¿Cuál sería? ¿Mamá? No soportaba pensar en eso.

Sacó los pies de la cama y los posó en el frío suelo. A continuación, de puntillas y conteniendo la respiración, recorrió el pasillo en busca de la sala de recién nacidos. Se apoyó en el cristal y miró dentro, escrutando las hileras de cunas y buscando entre las caritas diminutas que asomaban por debajo de las sábanas. Allí estaba; era el segundo de la izquierda. Lo reconoció por la forma de la mejilla y por el pelo oscuro. Se le veía en paz, angelical, ajeno a la situación en la que se encontraba por culpa de su madre, que era un castigo por su pecado. Cada minuto que pasaba implicaba uno menos para estar junto a él. Solo le quedaban seis semanas.

Jenny fue la primera en subir al minibús. Se sentó a un par de filas de distancia del conductor, en un sitio tranquilo desde el que gozaba de una vista detallada de su cogote, reluciente y pecoso, con una roncha de color rosa intenso en la coronilla, donde supuso que se había dado un golpe. A medida que el fresco manto de rocío de la mañana desaparecía y el sol calentaba la tierra, tuvo la impresión de que había algo especial en el coro del amanecer que entonaban los pájaros. Se fijó en un canto en particular, tal vez el de un mirlo, tan vehemente que parecía que en cualquier momento fuese a estallar y quedar reducido a un millar de plumas. Se imaginó en la misma situación: horneando un pastel tras otro hasta explotar y convertirse en una nube de azúcar glas. Menuda forma de morir.

—Siento llegar tarde —se disculpó Azeez, y miró el teléfono antes de embutírselo en el bolsillo y dejarse caer en el asiento contiguo al de Jenny.

Sorcha y Paul iban detrás, y les dieron los buenos días con una inclinación de cabeza cuando el motor se puso en marcha con un rugido. El ambiente del autobús era distinto; se notaba vacío, lo cual les recordó que, de todos los participantes en el concurso, solo quedaban ellos cuatro.

—¿Por qué estás tan sonriente? —preguntó Azeez mientras se frotaba los ojos hinchados por el sueño.

—Me estaba imaginando que explotaba en una nube de azúcar glas... —explicó ella, y vaciló al oírse pronunciar esa frase en voz alta—. Da igual.

—Es una suerte que hayamos llegado a la semifinal, porque ya queda poco —dijo él con cierto humor en la voz—. Creo que ya estamos todos un poco desquiciados.

Recorrieron el trayecto por la autopista concentrados y en silencio, con la mirada fija en las recetas como si estuvieran aprendiéndose el papel de una obra teatral mientras mentalmente amasaban y doraban ingredientes en la sartén.

—¿Qué sabores has elegido para los dónuts? —preguntó Azeez con la cabeza apoyada de lado en el respaldo y los ojos cerrados.

—Prepararé una docena de berlinas de mermelada de grosella negra con glaseado de flor de saúco y otra de manzana con glaseado de canela.

—Se me está haciendo la boca agua y aún no son ni las seis de la mañana.

—¿Y tú?

—Dónuts de crema de mango con yuzu y rosquillas de té chai con especias.

—Suena muy bien —dijo ella cuando doblaban la esquina y enfilaban el camino de grava, quizá por última vez—. Me parece que no he visto nunca un yuzu.

—¿En serio? —se extrañó él, y abrió los ojos con gesto exagerado—. Es como el fruto del amor de la lima y el limón.

Jenny soltó una risita; lo imaginaba perfectamente.

Mientras recorrían el tramo de curvas hacia donde les deparaba la suerte, pensó en todos los lugares que guardaban un significado especial en su vida: la aguja de la iglesia de Kittlesham, que se elevaba en el horizonte y le recordaba a su hogar siempre que estaba lejos; el nudoso roble que Poppy había bautizado como «el árbol del tío Bernie» y que implicaba que estaban cerca de casa de su familia; y, ahora, las magníficas puertas de la mansión de *Britain Bakes*. Se habían convertido en el símbolo de la emoción ante las posibilidades de futuro en un momento de su vida en el que creía que ya no volvería a sentirla.

—Pase lo que pase hoy, me acordaré de esto durante toda mi vida —dijo.

Azeez sonrió.

—Yo también.

La masa se le pegaba a las manos como si fuera chicle, y se esforzó por aplastarla contra la encimera y arrancársela de los dedos mientras esta se agarraba a todo lo que tocaba. Esa semana, en el jurado tenían como invitada a Frida Malik, la anterior ganadora de *Britain Bakes*, y Jenny se sintió sobrecogida cuando se le acercó.

—¿Es una receta de tu familia? —quiso saber Frida a la vez que estiraba el cuello más allá del lío de cacharros e ingredientes para leer sus notas.

La chica tenía los ojos más expresivos que Jenny había visto jamás, y su comportamiento destilaba la misma calidez y pragmatismo que cuando estuvo participando en el concurso.

—En esta ocasión, no —explicó Jenny con la respiración entrecortada mientras seguía trabajando la masa—. Es de cosecha propia. Mi madre no les ponía levadura a las berlinas; las hacía con harina leudante, margarina y una cazuela llena de manteca que esta vez no resultaría apropiada.

—Suena como los dónuts de la época de la guerra —dijo Amanda, que había aparecido a su lado—. ¿El glaseado de flor de saúco lo has preparado tú?

—Sí. Al final del jardín tenemos un precioso saúco, y hace

unos días puse un par de flores en un tarro con azúcar para que maceraran, así que espero que hayan dejado el sabor.

Frida levantó el tarro y se lo llevó a la nariz, y su mirada se iluminó antes de pasárselo a Amanda para que hiciese lo mismo.

—La grosella negra tiene un sabor muy potente —opinó Amanda al depositar el tarro de nuevo sobre la encimera—. ¿Confías en que se note el de la flor de saúco?

—Espero que sí… —dijo, y las palabras se quedaron en suspenso, igual que la confianza en sí misma.

Dicho eso, Jenny se concentró en la receta, y durante un par de horas su mundo se redujo a la línea de producción de berlinas; hasta que, poco a poco, la freidora fue llenándose de bolas de masa que daban vueltas dentro del aceite hirviendo como patos de feria.

—Concursantes, quedan treinta minutos —anunció Mo— ¡Que no os pillen con las manos en la masa!

Una a una fue enrollándolas dentro del glaseado de flor de saúco y las dejó enfriar mientras introducía la mermelada en jeringuillas que, por un momento, la hicieron sentirse como una enfermera. Por el rabillo del ojo vio que Mo corría hacia Paul porque, al parecer, se le había caído un cuenco de azúcar y lo estaba recogiendo como si fueran las cenizas de su abuela.

—No hay nada más decepcionante que hincarle el diente a una berlina y descubrir que casi no tiene mermelada —dijo Jenny ante la cámara, y lo infló tanto de grosella negra que parecía que fuera a salirse por los bordes—. Por lo menos, rellenos sí que estarán.

Retiró la jeringuilla y en su lugar colocó una flor comestible, cosa que repitió veinticuatro veces antes de disponer las berlinas sobre un soporte de cristal de dos pisos.

—Qué bonitas, Jenny —exclamó Katie al acercarse a la vez que juntaba las palmas de las manos con entusiasmo.

—Gracias. Lo he hecho lo mejor que he podido; el resultado ya se verá —dijo, y empujó el soporte hacia el borde de la encimera mientras sus pensamientos se dispersaban al imaginarse anunciándole a Bernard su éxito, el título de finalista de *Britain Bakes*, con una sensación de logro.

Pero, al instante, apartó sus sueños de una patada, como quien aplasta los restos de una hoguera, y los extinguió antes de que se convirtieran en una decepción. Su deseo de quedarse en el concurso era mayor de lo que estaba dispuesta a reconocer.

Estaba de pie en el aparcamiento, aferrando una bolsa de papel con dos de las berlinas del día anterior, una de cada sabor.

—¿Quieres que espere contigo? —preguntó Carys, cargada con bolsas, cuencos apilados en los brazos y, sobre estos, un *walkie-talkie* que sostenía en equilibrio con la barbilla.

—No hace falta, gracias —respondió Jenny, y una chispa de esperanza saltaba en su interior cada vez que un coche se detenía junto a las puertas del recinto—. Seguro que Bernard llegará de un momento a otro.

Miró el reloj, el teléfono, el cielo cada vez más oscuro. Llegaba once minutos tarde... no, doce, y él siempre era puntual, sobre todo en lo que respectaba a ella. Suspiró y se sentó en el borde de la maleta. Bernard tenía ochenta y dos años, se estaba recuperando de una neumonía y había sufrido un golpe en la cabeza hacía poco. En su pecho se formó un nudo de frustración mientras se recriminaba su decisión de que fuese a recogerla, por mucho que él hubiese insistido. Se enroscó un mechón de pelo en el dedo y lo estiró sin dejar de imaginarlo conduciendo por la autopista a toda pastilla, dando volantazos. Miró el reloj de nuevo.

—¡Cariño!

Levantó la cabeza y se puso en pie de golpe al ver el coche parado delante.

—Lo siento, llego unos minutos tarde —se disculpó, y bajó del vehículo para liberarla de la carga.

—Ya las meto yo —dijo ella, y las introdujo en el maletero—. Estaba empezando a preocuparme.

Jenny ocupó el asiento del acompañante y notó un olor que era una mezcla de plástico y la cereza sintética del ambientador pasado que colgaba del espejo retrovisor.

—Lo siento, cariño —repitió, y su sonrisa se desvaneció—. ¿Llevas mucho rato esperando?

—Solo diez minutos, pero ya me conoces, siempre me pongo en lo peor.

—¿Lo peor? —se extrañó él mientras acomodaba sus largas piernas en el espacio del conductor—. Nunca he tenido un accidente en mi vida, y no pienso tenerlo ahora.

Se cruzó el cinturón de seguridad sobre el pecho y lo abrochó con un ruido metálico, y a continuación estampó las manos en las rodillas y se volvió a mirarla.

—Bueno, suéltalo —le espetó.

Ella bajó la vista a su regazo y se alisó los pliegues de la falda.

—¿Cómo ha ido?

—Bien —dijo ella—. Ha habido un cambio.

—¿Un cambio?

—«El reto a ciegas» lo han hecho los dos peores en vez de los dos mejores.

Jenny vio en la cara de Bernard el esfuerzo por comprender lo que le estaba diciendo.

—O sea que el ganador va a la final... —siguió diciendo.

—... y el perdedor... ¿queda expulsado? —terminó él.

Ella asintió.

—Qué ingenioso —opinó—. Bueno, ¿y? ¿Has participado en «El reto a ciegas»?

Ella dio un hondo suspiro ante el momento de la verdad.

—No —dijo, y una sonrisa asomó en su rostro cuando las palabras se volvieron reales—. Estoy en la final, Bernie.

Jenny oyó el chasquido del cinturón de seguridad y, al momento, él se le echó encima y la abrazó con tanta fuerza que apenas podía respirar.

—¡Lo has conseguido! —dijo contra su cuello—. ¡Caramba! ¡Lo has conseguido!

Dicho eso, se volvió hacia el volante y estampó la mano tres veces en el claxon.

—¡Bernie! —exclamó ella, y se cubrió la boca con la mano a la vez que empezaban a temblarle los hombros por la risa y el llanto mezclados en una especie de histeria ingrávida.

—¡Lo sabía! —soltó, y su expresión era de puro deleite.

Ella respiró un momento y lo miró a los ojos; todas las emociones formaban un nudo delirante.

—Bueno, qué, ¿las probamos? —propuso él, y alcanzó la bolsa de papel.

—¿No prefieres dejarlo para después de la cena?

—Ni de broma —dijo con la mirada teñida de picardía.

—¿No? —preguntó ella con las cejas muy arqueadas—. Pues yo tampoco.

Permanecieron en el aparcamiento, sentados el uno al lado del otro, contemplando cómo el sol desaparecía del cielo mientras hincaban el diente en la crujiente capa exterior y la esponjosa masa blanca hasta llegar a la mermelada que les estalló en la boca y les resbaló por la barbilla en forma de goterones. Se pasaron la lengua por los labios cubiertos de azúcar a la vez que emitían ruiditos satisfechos y se preparaban para dar el siguiente bocado.

—Esto sí que es ser feliz —dijo ella mientras saboreaba el momento: uno de esos pequeños instantes que, sumados a muchos más, formaban toda una vida.

—Qué lista eres —soltó él, y bajó la ventanilla para sacudirse el azúcar de las manos—. Claro que yo eso ya lo sabía.

26

Tartaletas de melaza

Con su pequeña cabeza encajada en la mano izquierda, usó la derecha para arrojar el agua sobre su barriguita, suave y redonda, y él empezó a dar patadas y a mover los brazos con sacudidas espontáneas. Estampó la mano en la superficie del agua del baño y las gotas le salpicaron el vestido.

—¿Te gusta? —le susurró, y sonrió cuando el asombro iluminó la mirada del bebé y varios atisbos de expresión cruzaron su rostro como sombras nocturnas.

Jenny intentó memorizar esos momentos con todo detalle, almacenándolos en su cerebro para que no se borraran jamás.

Lo introdujo un poco más en el agua, y al mojarle la coronilla los finos mechones se le pegaron a la piel en forma de hebras oscuras. Le cambió la cara; sus facciones se crisparon con horror y, en cuestión de segundos, todo él se encogió y se puso rojo. Ella lo rodeó con sus brazos y lo envolvió con una toalla mientras lo oía emitir un llanto que ahondó en su oído y le dejó una sensación palpitante.

—Lo siento —dijo, y le frotó la espalda al tiempo que lo mecía y le besaba la mejilla húmeda.

El bebé trató de recobrar el aliento antes de seguir con sus lloros, con la cara muy prieta a causa del enfado, dejando ver sus encías rosadas.

—Vamos —dijo, y le secó el pelo de forma que los delicados mechones se le quedaron hacia arriba, como si acabara de salir del cascarón.

Posó la cabecita sobre su piel y, poco a poco, la respiración del bebé se acompasó cuando ella lo acurrucó contra sí para ofrecerle el antídoto contra sus lágrimas. Lo dejó sobre la toalla, lo roció con talco como si fuese azúcar glas y ahondó en los pliegues de sus piernas y sus brazos dándole palmadas mientras él la miraba con los ojos aún brillantes por las lágrimas. Le introdujo los brazos en las mangas del pelele, lo sentó y lo inclinó hacia delante para abrocharle los botones de la espalda con una mano. El pequeño se tambaleaba; su equilibrio dependía por completo de ella. Tenía una carita seria, como un viejo lleno de arrugas.

—Ya casi hemos terminado —dijo.

Lo deslizó dentro del saquito y abotonó el borde inferior mientras contemplaba sus iniciales bordadas. Un día él también les prestaría atención, quizá preguntaría qué eran y eso lo guiaría como miguitas de pan hasta sus verdaderos orígenes. Aunque era una esperanza vana y lo sabía. La expresión de su cara estaba cambiando de nuevo; los débiles músculos donde más adelante le crecerían las cejas se habían juntado con expresión de advertencia. Ella lo cogió y distrajo su llanto echándoselo al hombro y meciéndolo con suavidad mientras emprendía el camino de regreso a la sala de recién nacidos.

Las cunas estaban alineadas. Ahora la suya era la segunda contando desde la puerta, más cerca de esta cada vez que un bebé se marchaba. Cogió la tarjeta azul que tenía atada y frotó el papel entre sus dedos pulgar e índice. Ponía: EATON, JAMES. FECHA DE NACIMIENTO: 11 DE ENERO. PESO AL NACER: 4,5 KG. *Algo al leer su nombre, al verlo escrito en el papel, hizo que sintiera un fuerte vínculo; se pertenecían el uno al otro. Lo calmó en sus brazos con ternura y observó que cada vez le pesaban más los párpados, y notó el cálido peso contra su cuerpo mientras pensaba que, sin duda, él era lo más bello que había creado y crearía jamás. No solo era bello por su piel aterciopelada y su naricita, sino por la inocencia y la esperanza que representaba. Era un milagro de vida todavía no vivida, de recuerdos que aún no se habían producido.*

Cuando se quedó dormido, lo dejó a regañadientes en la cuna y se disponía a salir de puntillas de la sala cuando oyó el llanto de la pequeña Sarah, la hija de Mary, nacida dos semanas después que James.

—Ya está, ya está —dijo, y la levantó para besarle la frente, que desprendía un dulce olor a leche.

La meció con suavidad y la luz de la luna iluminó sus rasgos diminutos.

—A la cama inmediatamente —ordenó la matrona, y Jenny se sobresaltó cuando la mujer cruzó la sala en su dirección—. Ese bebé no es suyo.

Dejó a Sarah dentro de la cuna y le acarició la barriguita con ternura antes de arroparla y marcharse a toda prisa.

Deslizó su cansado cuerpo en la cama y estiró el brazo para abrir el cajón de la mesilla de noche y sacar su agenda y un lápiz. La abrió, tachó el día con una cruz conminatoria y fue repasándola una y otra vez con líneas que afinaban el papel y dejaban en el aire un olor a plomo.

—¿Puedo meterme? —preguntó Mary.

Ella asintió y se apartó un poco para dejar espacio a su lado, y ambas se cubrieron la cabeza con la sábana y formaron una especie de tienda de campaña con las rodillas.

—He cogido esto en la cocina —dijo su amiga, y depositó algo fino y redondo en la palma de su mano.

Estaba pegajosa y olía de maravilla. Dio un bocado y notó que la textura estaba un poco cristalizada, como la capa superior de un tarro de miel. El hojaldre de debajo se desmenuzaba y compensaba el dulzor empalagoso al mezclarse en el paladar.

—Mmm... —exclamó, y dio otro bocado—. ¿Una tartaleta de melaza?

—Exacto —dijo Mary con los labios cubiertos de migas—. ¿Qué estás escribiendo? ¿Es el libro de recetas?

Jenny se terminó el último bocado y sacó las manos por un lado de la cama para sacudírselas con discreción.

—No, hoy no. Voy tachando los días desde que nació James —explicó cuando volvió a reunirse con su amiga bajo la calidez de las sábanas.

Mary no dijo nada, solo le cogió la mano y se la estrechó con fuerza.

—Preferiría quedarme aquí toda la vida a tener que separarme de él —dijo, y apartó la mano de su amiga para taparse la cara.

—Ya lo sé —respondió Mary, y le acarició el hombro.

—¿Tú te sientes igual con Sarah? —preguntó Jenny, pestañeando para abrir los ojos, porque notaba los párpados pegados.

Mary aguardó un momento antes de hablar.

—Sí —dijo, y el pelo le cayó sobre la cara—. Nunca pensé que iba a quererla.

—¿No?

—No —repitió su amiga—. Yo no quería tenerla.

Jenny vaciló unos instantes mientras descifraba aquellas palabras que se le clavaron como flechas.

—Pensaba que la odiaría. Tenía miedo de que se pareciera a él.

—Lo siento —dijo Jenny, y la atrajo hacia sí—. No tenía ni idea.

Permanecieron fuertemente abrazadas en la oscuridad, protegidas del mundo exterior.

—¿Cuántos días te quedan? —preguntó Mary, y cogió la agenda mientras hojeaba las cruces plomizas.

—Uno —respondió Jenny.

Esa mañana apenas cruzaron una palabra; ambas sentían el ánimo por los suelos a causa de un dolor que compartían pero que soportaban en silencio.

—Está muy guapo —opinó Mary, que observaba cómo Jenny le ataba una cinta a la barbilla y ajustaba a sus mejillas regordetas el gorrito de punto que había estado reservando para una ocasión especial.

—Gracias —respondió ella—. ¿Te importaría cogerlo un momento mientras compruebo que lo tiene todo?

Mary lo cogió, le besó la mejilla y le frotó la naricilla con la suya. El bebé se parecía a los de la portada de la revista, vestido de pies a cabeza con las prendas que Jenny le había tejido: las manoplas, la chaquetita y los patucos a juego.

Levantó con cuidado la tapa de la caja y se imaginó que era ella quien la recibía mientras recorría con la mirada la ropita bien doblada de color amarillo, azul y blanco, y que bastarían para vestirlo durante un par de meses por lo menos. Debajo había tres docenas de pañales y dos toquillas tejidas a ganchillo: una más sencilla para cada día y la más elegante para las ocasiones especiales. Cogió el libro de recetas azul y lo hojeo mientras paseaba los ojos por los títulos Pastel Selva Negra, Pastelitos de chocolate crujientes de la abuela Audrey y *Tiffin* de papá, *escritos con su mejor caligrafía. Besó la cubierta y lo depositó con cuidado sobre las prendas. Luego vaciló un momento antes de cerrar la tapa. Gracias a eso, siempre estaría a su lado.*

—Dese prisa, Jennifer, el taxi la está esperando fuera —dijo la matrona con la cara crispada por el nerviosismo cuando irrumpió en la habitación y le embutió un sobre en la mano—. Esto es importante, no lo pierda. Son sus papeles.

Ella asintió y se los guardó en el bolso.

—Le recomiendo encarecidamente que, después de hoy, corte todos los lazos y deje que este desafortunado incidente quede en el pasado —dijo, y se dio media vuelta.

Jenny se dirigió al taxi con la maleta en una mano y la caja en la otra. Mary la siguió con James en brazos. La puerta principal se cerró con fuerza tras ellas como si se alegraran de verla marchar, y las dos amigas recorrieron el camino de grava sin pronunciar palabra mientras la presión crecía en su interior. El momento que tanto temían se había convertido en realidad: su tiempo juntas había terminado.

—Deme esto —dijo el taxista, y le quitó la maleta de la mano antes de abrirle la puerta.

Durante un breve instante, Jenny se preguntó si el hombre sabía lo que estaba ocurriendo, si recorría ese trayecto a menudo.

Se volvió hacia Mary; su sencillo vestido caía suelto sobre el vientre abultado y tenía las ojeras muy marcadas. James descansaba en sus brazos y miraba embelesado el árbol que se alzaba sobre él, ajeno a todo.

—Bueno, pues adiós —se despidió Mary, y los abrazó a ambos sin poder soltarlos mientras su caja torácica se elevaba con movimientos espasmódicos e irregulares—. No sé cómo voy a soportar estar aquí sin vosotros.

—Te las arreglarás —la animó Jenny. Tenía la voz quebrada mientras luchaba por mantener la compostura—. Lo harás por Sarah. Os echaré mucho de menos.

Cuando ya no pudieron alargar más el momento, se separaron y Jenny entró en el coche.

—Buena suerte, pequeño —dijo Mary con los ojos rojos cuando besó a James en la coronilla, y lo depositó sobre el regazo de Jenny. Sostuvo la puerta abierta con una mano y se llevó la otra al bolsillo—. Esto es para ti. Le he pedido a Sylvia que lo cogiera —dijo, y le introdujo algo en el puño.

Era una fotografía de James en su cunita, con los ojos abiertos y vivarachos, el pelo oscuro y los dedos diminutos aferrados al borde de la toquilla.

—Ay, Mary —exclamó contemplándola—. La guardaré toda la vida. Muchas gracias.

El motor cobró vida con un rugido y obligó a Mary a cerrar la puerta del taxi. Sus ojos estaban muy abiertos y llenos de desesperación. Cuando se alejaron, la chica permaneció en el camino; tenía un brazo enroscado por debajo del tórax y con el otro decía adiós frenéticamente, y las lágrimas le rodaban por las mejillas. Jenny vio que iba haciéndose cada vez más pequeña, hasta que doblaron una esquina y desapareció. Nunca más la volvería a ver.

Jenny se volvió a mirar a Bernard, cuya nariz sobresalía por debajo del edredón como una aleta de tiburón en medio del océano. Sus oídos habían decidido por cuenta propia concentrarse en aquella respiración, en su sonido agitado e irregular. A veces pasaban diez segundos enteros desde que espiraba y volvía a inspirar, y eso la obligaba a inclinarse sobre él y buscar con la mirada el movimiento del pulso en su garganta. Cuando lo veía, volvía a recostarse sobre la almohada con una sensación de alivio, pero, a la vez, ansiosa y desvelada. Estaba tumbada en la cama, pero tenía la cabeza en la final de *Britain Bakes*, y tan pronto se veía a sí misma ganando el concurso rodeada de una euforia embriagadora como perdiéndolo trágicamente tras un completo desastre. Tenía la piel sudorosa, todas las posturas le resultaban incómodas y el tic tac del reloj sonaba cada vez más fuerte.

Sacó los pies de debajo del edredón, se puso las zapatillas y se ató la bata a la cintura. A continuación bajó de puntillas la escalera, entró en la cocina y cerró bien la puerta tras de sí. La temperatura era cálida, estaba oscuro y se oía el rumor de los electrodomésticos. En el horno parpadeaban las 3.07, y los números seguían apareciendo delante de ella tras apartar la vista. Encendió una lámpara, abrió un poco las persianas y miró hacia el otro lado del jardín, sumido en una calma siniestra.

Encendió el horno, sacó una bola de masa de la nevera, cogió un par de limones del frutero y un tarro de sirope dorado Lyle's del armario. Sobre la encimera estaban las notas para su prueba de «La delicia del pastelero», y pensó que parecían los apuntes de un sabio chiflado: anotaciones, rectificaciones y combinaciones de recetas. Cualquier día le pedirían que entregara la lista definitiva de ingredientes para el más importante de los retos.

Se acercó hasta el calendario colgado en la pared contigua al frigorífico, que mostraba el mes de junio junto con un retrato de ella preparando pasteles según el punto de vista de Poppy: un conjunto de formas abstractas que la representaban sonriendo de oreja a oreja y con un cuenco del que salía volando purpurina. La verdad es que, a esas horas intempestivas, se parecía más que nunca a esa criatura desquiciada que moraba en la cocina. Examinó las casillas con las fechas, y vio que en la de ese día había escrito «*Britain Bakes* filma en casa». Debajo, en grandes letras mayúsculas de color verde aparecían las palabras «FINAL DE BRITAIN BAKES» rodeadas de rayitas como si fuese confeti. Al verlo escrito se le antojó muy real y aterrador, y le pareció fuera de lugar entre las horas de dentista, las partidas de bolo césped y las tardes de merienda. Era su vida sobre papel, lo extraordinario de la mano de lo cotidiano, las vacaciones que tanto tiempo había estado esperando encajadas entre la cita para que alguien arreglara el hervidor de agua y una visita al médico. También estaban las casillas en blanco y las fechas que no requerían palabras porque los propios números ya estaban grabados en el alma de la persona en la que se había convertido.

Hizo palanca en la tapa del sirope con el mango de una cucharilla, lo vertió en el cazo y observó cómo impactaba sobre el fondo con ondas agitadas que caían más deprisa a medida que el chorro era más fino. Le recordó a cuando sostenía la cuchara con las gachas muy por encima del cuenco y el contenido sorteaba los copos de avena y creaba un charco dorado en el centro, de modo que, si lo mirabas con atención, veías el dibujo de la porcelana.

Lo dejó en el fuego para que se calentara, cortó un limón por la mitad y lo colocó sobre la punta del exprimidor de cristal. A continuación empezó a retorcerlo, de forma que con cada vuelta perdía un poco más de consistencia y la pulpa quedaba atrapada mientras que el zumo se escurría hacia el recipiente inferior como si fuera un foso. Cuando terminó, lo añadió al sirope.

La siguiente tarea era la más difícil de realizar en silencio. Enchufó el procesador de alimentos a la clavija de la pared y empezó a arrojar dentro rebanadas de pan como si estuviera alimentando a los patos del estanque. Contuvo la respiración cuando accionó la máquina, y se estremeció cada vez que interrumpía el silencio como un taladro neumático mientras mantenía la mano sobre el tubo con la esperanza de que amortiguara el ruido. Se detuvo un momento para separar el recipiente y agitarlo, y observó las migas con aire descontento. Eran demasiado grandes. Volvió a encajar el recipiente en la máquina y la puso en marcha de nuevo.

Preparó los moldes para masa quebrada, dividió la densa mezcla de color ámbar entre todos ellos y observó cómo iba formando charcos uniformes que parecían piedras preciosas. Sacó la masa sobrante que guardaba en la nevera, la aplanó y la dividió en finas tiras que dispuso sobre las tartaletas a intervalos regulares para, a continuación, formar un tejido perpendicular pasando las tiras por encima y por debajo, por encima y por debajo. Le temblaban los dedos a causa de la precisión del trabajo que suponía crear doce coberturas de rejilla mientras su mente estaba perdida en algún lugar entre los pliegues de masa.

Cuando deslizó las tartaletas dentro el horno, acercó una silla y se topó con el reflejo de su cara en la puerta de cristal: el pelo cano, los ojos cansados, las arrugas de la piel formadas por la risa, por el llanto, por la vida.

—Como hace un día muy agradable, creo que será mejor que rodemos en el jardín —dijo Carys, que con una mano sostenía un trípode, y con la otra, un saco de arena.

El equipo la siguió en una amalgama de bolsas, postes y tazas de café.

—Buenos días, Jenny. Esta es una semana importante —dijo el operador de sonido tras saludarla con una inclinación de cabeza—. Buenos días, Bernard.

—Hoy no tardaremos tanto como la otra vez, lo prometo —dijo Carys, y apretó el pulsador de su bolígrafo—. Solo le haremos una breve entrevista a Bernard para ver qué opina sobre el hecho de que estés en la final.

—¿Alguien quiere un té? ¿Café? ¿Tarta de melaza? —preguntó Jenny desde la puerta mientras observaba cómo el equipo de filmación ocupaba el jardín y montaba focos sobre los parterres de flores.

—Sí, por favor —dijeron varias voces a coro.

—Café con leche y tres terrones de azúcar.

—Para mí un café solo, por favor.

—Yo quiero un cortado largo de café.

—Será mejor que lo traiga todo en una bandeja —concluyó Jenny, y regresó al interior de la casa.

Cogió un taburete y alcanzó la cafetera de prensa que, como apenas la utilizaban, estaba guardada en un armario de encima del extractor de humo junto con una máquina para hacer soda y varias fiambreras olvidadas. La bajó y la llenó de café molido, cuyo intenso aroma se pegó a sus fosas nasales.

Esperó a que el agua del hervidor estuviera lista y observó desde la ventana cómo a Bernard le enganchaban un micrófono en el interior del cuello de la camisa y le indicaban que se levantara y se situara un poco hacia la izquierda y luego un poco hacia la derecha. Varias caras conocidas revoloteaban a su alrededor; una persona sostenía un micrófono de pie que más bien parecía un tejón colocado justo sobre su cabeza y otra estaba agachada e inclinaba un enorme disco plateado hacia la cara de Bernard. Se le veía nervioso, pero solo ella lo notaba; estaba un poco más callado de lo normal, su expresión sonriente era algo más discreta y terminaba las frases con una risita de cortesía. Era una estampa surrealista, y mientras la observaba, Jenny sintió que la invadía la nostalgia, como si estuviera rescatando ese instante de su memoria en lugar de vivirlo en el momento.

—Bueno —dijo Carys, y miró el teléfono a la vez que pasaba un dedo por la pantalla—. Si pudieras repetir mi pregunta antes de responderla sería genial, porque mi voz no aparecerá en el reportaje.

Él asintió y se puso muy tieso.

—Pues empezamos —anunció, volviéndose hacia el equipo—. ¿Estamos listos? —La mujer apostada detrás de la cámara levantó un pulgar en el aire—. De acuerdo —dijo Carys—, y muéstrate relajado, Bernard, como si tú y yo estuviéramos conversando con naturalidad. No hay respuestas buenas ni malas; es muy fácil.

—Lo haré lo mejor que pueda —repuso él.

—¿Qué te ha parecido la trayectoria de Jenny en el concurso hasta ahora?

—Hasta ahora, la trayectoria de Jenny en el concurso ha sido extraordinaria. Al principio, cuando envió la solicitud, se lo ocultó a todo el mundo, incluso a mí, y creo que es porque no creía que fuese a llegar muy lejos. Pero… ¡está en la final!

Sonrió al recordar algo y sacó las manos de los bolsillos para entrelazarlas en su regazo.

—Anoche, cuando hacía poco que me había dormido, soñé que alguien entraba en mi cobertizo. Bueno, creía que era un sueño, pero estaba convencido de que había oído una taladradora. La cuestión es que esta mañana me he dado cuenta de que era Jenny con la batidora eléctrica, que se había levantado a medianoche para practicar su receta.

Se oyó un coro de risas entre los miembros del equipo, y Jenny sonrió mientras llenaba la cafetera de agua caliente y observaba el café flotando en la superficie.

—Pero lo de hoy no es un caso aislado —aseguró Bernard—. Desde el principio puso el alma en *Britain Bakes* y no ha parado. En el supermercado del pueblo se creen que tenemos una pastelería, y no me sorprende, porque hace meses que cada dos por tres los dejo sin harina y sin azúcar.

—Fantástico —dijo Carys—, ¿y alguna vez has pensado que llegaría a la final?

Él dio un profundo suspiro y pensó un poco la respuesta.

—Si me preguntan si alguna vez he pensado que Jenny llegaría a la final, la respuesta es sí. Nunca lo he dudado.

—¡Oooh! —exclamó Carys—. ¿Y crees que tiene posibilidades de ganar?

Jenny empujó el émbolo y sintió la resistencia del agua en la palma de la mano.

—Llevamos casados casi sesenta años y, para ser sincero, creo que esa mujer es capaz de hacer cualquier cosa que se proponga —dijo—. Pase lo que pase, para mí ya es la ganadora, porque sé lo que le ha costado llegar hasta aquí. Quizá parezca que, porque somos ancianos, lo único que necesitamos es llevar una vida sencilla, pero Jenny ha demostrado que en todas las etapas de nuestro viaje por este mundo hay lugar para los sueños, que podemos alcanzarlos precisamente gracias a nuestra edad y no a pesar de ella.

Ella tragó saliva y frunció los labios.

—Pero me alegraré de tenerla de nuevo en casa, porque la he echado de menos, la verdad —concluyó.

En el momento en el que estaba cogiendo la bandeja, la interrumpió el estridente sonido del timbre de la puerta y notó un cosquilleo en el estómago que imitaba el movimiento del agua hirviendo de la cafetera. Aguardó unos minutos, con la esperanza de que quien quisiera que hubiera llamado se marchara de allí, pero el timbre sonó otra vez. El equipo se volvió hacia la ventana y el operador de sonido la miró nervioso y con mala cara.

—Lo siento —indicó con gestos mientras dejaba la bandeja—. Un segundo.

Corrió hacia la puerta y vio una figura menuda al otro lado del cristal. «Pues claro. ¿Quién si no?».

—Hola —la saludó Ann, y se apostó en el escalón de la entrada con los talones juntos y las puntas de los pies hacia afuera—. Tengo la sensación de que hace siglos que no nos vemos. ¿Todo en orden? ¿Bernard se encuentra bien?

—Sí, está mucho mejor —dijo Jenny con una incipiente sonrisa forzada—. Tenemos que concretar algún plan juntos. ¿Fred también está bien?

—Se ha quedado en casa. Me preguntaba si puedes devolverme mi plato del horno, el del pastel de carne.

—Ah, sí —dijo—. Ahora mismo me coges un poco ocupada, pero puedo acercártelo en los próximos...

Observó que algo a su espalda había captado la atención de Ann, y cuando se volvió vio a Carys abriendo la cremallera de una mochila en el recibidor.

—¿Quién es? —preguntó Ann, con los brazos cruzados en un gesto de determinación.

Jenny posó la mirada en Carys y de nuevo en Ann.

—Déjame que te lo explique —dijo—. Pasa, pasa.

Con un solo paso, Ann se plantó en el interior de la casa y Jenny cerró la puerta tras ella.

—Carys —anunció—, esta es Ann, mi vecina y buena amiga.

—Ah... —exclamó Carys sin saber si debía presentarse o esconderse—. Hola, Ann.

—La cuestión es que Ann... —empezó a decir Jenny mientras miraba a Carys para pedirle ayuda— no sabe nada.

—¿Qué es lo que no sé? —preguntó Ann.

—Bueno, pues le haremos firmar un acuerdo de confidencialidad y ya está —resolvió Carys—. Como es amiga vuestra, no tenemos que preocuparnos demasiado.

—¿Qué acuerdo de confidencialidad? ¿Alguien puede explicarme qué narices está pasando aquí?

—Estos últimos meses no he sido del todo sincera —explicó

Jenny, y un rubor le tiñó las mejillas—. Estoy concursando en *Britain Bakes.*

Su amiga frunció los labios con fuerza y se irguió mientras miraba a Jenny de hito en hito.

—Ella es Carys, una de las productoras del programa —la presentó, y la chica le tendió la mano.

Ann correspondió a su gesto con cierta vacilación sin dejar de observarla como si fuera una criatura de otro planeta.

—Y estoy en la final.

No era frecuente que Ann se quedara sin palabras, pero esa información la dejó completamente muda y con los ojos como platos.

—¡Lo sabía! —exclamó con un chillido justo antes de arrojarle los brazos al cuello en un rarísimo arrebato que Jenny no había visto jamás.

Se volvió hacia Carys, que observó lo que estaba ocurriendo con la boca un poco entreabierta.

—El día del accidente de Bernard... ¡no permitió que te llamáramos! ¡Y llegaste tardísimo! Ya decía yo que te traías algo entre manos; o eso o estabas perdiendo la chaveta.

—Siento no habéroslo explicado antes. Se supone que no puedo decir nada hasta que lo anuncien oficialmente. No lo sabe nadie, solo la familia.

Jenny miró a Ann, que tenía una expresión peculiar y, poco a poco, iba bajando la cabeza.

—¿Ann? —la llamó, y la cogió por el brazo—. ¿Te encuentras bien?

En ese momento, su amiga emitió un sonido angustioso y empezó a hacer pucheros mientras sacaba un pañuelo de papel del bolso para cubrirse la cara con él.

—Ay, Ann —dijo Jenny, y rodeó con el brazo su figura diminuta y huesuda—, no llores.

—No puedo creerlo —protestó ella mientras se sonaba la nariz con un ruido exagerado.

—Siento interrumpiros —terció Carys, que había aparecido con una tablilla sujetapapeles en la mano—. Ann, ¿te importaría firmar esto para asegurarnos de que no le dirás nada a nadie hasta que te demos permiso?

—Pues claro —respondió ella, y se enjugó las lágrimas con el pañuelo hecho jirones.

—Y ¿te importaría que te entrevistáramos para el programa, ya que eres amiga de Jenny? Solo queremos hacerte algunas preguntas sobre ella, no tienes nada que temer.

—Ay, Dios mío —exclamó ella, y se remetió la blusa dentro de la falda—. Sí, sí; encantada.

Dicho eso, siguió a Carys hasta el jardín y Jenny fue detrás con la bandeja de café, que enseguida quedó arrasada por los miembros del equipo.

—¡Ann! —se extrañó Bernard, y una expresión de pánico cruzo su semblante.

—No te preocupes —dijo la mujer—. Jenny me lo ha explicado todo. Qué orgulloso debes de estar.

—Menos mal —exclamó él, y al relajarse esbozó una sonrisa radiante—. Pues sí, la verdad.

Jenny se estiró para entrelazar su brazo con el de Bernard mientras contemplaba al equipo revolotear en torno a Ann, que parecía especialmente menuda en medio de todos ellos. A pesar del impacto, la mujer se puso muy tiesa y su pecho se hinchó como el de un pájaro con las plumas recién acicaladas.

—Ann, antes has dicho que sospechabas que Jenny se traía algo entre manos, ¿verdad? ¿Podrías explicarnos cómo ha sido verla prepararse para el concurso?

—Bueno, Jenny siempre ha sido una mujer muy casera —explicó en tono apresurado—. A mi marido, Fred, le encanta venir a esta casa y probar cualquiera de los pasteles que suele preparar, a menudo en grandes cantidades. Ella y solo ella tiene la culpa de que esté engordando.

Jenny se mordió el labio e intercambió una sonrisa con Bernard mientras observaban la escena.

—Normalmente preparaba... bueno, pasteles normales: bizcochos de fruta, *shortbread* y esas cosas; pero estos últimos meses ha cambiado por completo de estilo. A quienes hemos tenido la suerte de venir a merendar a esta casa, nos ha obsequiado con toda clase de dulces especialísimos.

—¿Y qué te parece que haya conseguido llegar hasta la final?

Ann miró a Jenny y sacudió la cabeza con un gesto tan imperceptible que más bien pareció un pequeño temblor. A continuación se volvió de nuevo hacia la cámara.

—Me alegro mucho por ella y estoy muy emocionada —dijo a la vez que entrelazaba las manos con fuerza —. Sabe que puede contar con todo nuestro apoyo.

27

Un pícnic a través del tiempo

Jenny se sentó en la escalera junto con Azeez y Sorcha para observar al equipo técnico, que entraba y salía a toda prisa del establo, y empezó a juguetear con su alianza de boda dándole vueltas e introduciéndola y sacándola una y otra vez de su dedo anular. De vez en cuando sufría un espasmo involuntario como resultado del frío y del cansancio.

—¿Oyes eso? —preguntó Azeez, cogiéndola del brazo.

Prestaron atención mientras intercambiaban miradas propias de alguien que ha visto un fantasma. En la distancia se oía el fragor de la multitud, más o menos intenso según de dónde soplara el viento.

—Son ellos, no cabe duda. Oigo la risa de mi madre —dijo Azeez, y se cubrió la cara con el delantal.

—¿Qué aspecto tengo? —preguntó Sorcha.

Abrió y cerró repetidamente los ojos de largas pestañas mientras su boca lucía radiante por el brillo de labios.

—Estás estupenda —dijo Azeez, y le dio un codazo a Jenny en la pierna—. Pase lo que pase hoy, tenemos suerte de haber llegado a la final de *Britain Bakes*.

—Sobre todo Jenny —opinó Sorcha, lo cual los descolocó a ambos.

—¿Por qué Jenny? —quiso saber Azeez, y la miró con el entrecejo fruncido.

—Porque se ha saltado la semana de la repostería.

Jenny se puso roja al sentir que el argumento que Sorcha acababa de exponer de forma tan despreocupada la dejaba en evidencia.

—No creo que haber faltado por haber tenido problemas personales se pueda llamar suerte —comentó Azeez—, y además la semana anterior había ganado el batidor de oro, o sea que tampoco la habrían echado.

Sorcha pestañeó con incomodidad, pero no replicó.

Azeez se volvió hacia Jenny.

—¿Por qué da mucho más miedo hoy que la familia estará presente?

—Estaremos tan liados que ni siquiera nos daremos cuenta —dijo Jenny con muy poca convicción mientras trataba de distinguir la voz de Bernard.

El corazón le latía con tal fuerza que apenas oía nada más allá de sí misma.

—¡Sorcha! ¡Azeez! ¡Jenny! —los llamó Carys, dirigiéndose hacia ellos con grandes ademanes para indicarles que entraran en el establo—. ¡Adentro!

Azeez rodeó a Jenny por los hombros y la atrajo hacia sí.

—Tú puedes —la animó.

Bajaron la escalera y fueron hacia el establo apiñados y llenos de nervios mientras se ataban los delantales con dos nudos.

Jenny se situó detrás de su puesto de trabajo para la prueba final y colocó una mano sobre la balanza de hierro fundido como quien hace un juramento de lealtad. Cuando Amanda entró en la sala, estaba sublime con su llamativo traje rosa entallado a la perfección que desprendía el brillo satinado de la seda natural. Detrás iba el juez invitado, Tony Conway, y las imágenes de ambos eran polos opuestos. El descaro de este contrastaba con la elegancia de ella, y por mucho que fuese un cocinero con una estrella Michelin, tenía los modales del dueño de un pub. Estaba calvo y tenía una cara anodina de la que nadie se acordaría de no ser por las gafas de gruesa montura azul, las cuales lo dotaban de un aire excéntrico que solo la gente famosa puede permitirse.

—Bienvenidos, finalistas —los saludó Mo—. Esta es vuestra última vez en la prueba de «La delicia del pastelero».

Hizo una pausa para que sus palabras calaran. Jenny notó la presencia de una cámara a su derecha y frunció los labios al saber que no tenía dónde esconderse.

—Esta semana contáis con cinco horas para preparar un pícnic muy peculiar: una cesta llena de vuestras mejores recetas. Los miembros del jurado han decidido que debe contener obligatoriamente cuatro especialidades con distintos tipos de masa —añadió Katie con la mirada fija en Amanda y Tony, que permanecían quietos como figuras de cera.

—Tres... dos... uno...

—¡Al horno!

Jenny alisó con la mano la lista de instrucciones situada sobre el tablero de su puesto de trabajo y vio que las letras y los números se mezclaban en el equivalente visual del ruido blanco mientras los engranajes de su cerebro chirriaban como un motor desgastado que intentaba desesperadamente ponerse en marcha.

Mo, Katie, Amanda y Tony se acercaron y se colocaron frente a ella.

—Buenos días, Jenny —empezó a decir Tony, y apoyó los brazos cruzados sobre su barriga—. ¿Qué vas a prepararnos hoy?

—Voy a preparar un pícnic a través del tiempo —explicó—, un homenaje a las recetas de mi familia que me han permitido estar hoy aquí.

—Qué bonito —alabó Amanda—. ¿Y qué va a contener?

Jenny pasó el dedo varias veces por la esquina del papel con las instrucciones situado sobre la encimera, de modo que esta se enrolló por efecto de la fricción.

—Doce *éclairs* Selva Negra; doce tartaletas de melaza y cardamomo, inspiradas por una antigua amiga que una vez me dio una para animarme... —Hizo una pausa antes de seguir—; doce porciones del *tiffin* de mi padre hechos con galleta casera, frutos secos y chocolate negro, y, por último, el bizcocho de té y fruta seca de mi abuela, que es todo un ejemplo de postre sencillo al que siempre se puede recurrir.

—Todo dulce —observó Tony, frotándose la barbilla—. ¿De dónde has sacado la idea de combinar los ingredientes de un pastel Selva Negra con la masa de los *éclairs*?

—El pastel Selva Negra siempre ha sido mi sello característico en los cumpleaños —explicó Jenny—. Le tengo mucho cariño.

Pensó en la cubierta azul de su libro de recetas. La del pastel Selva Negra era la primera que había escrito para James, y se preguntó si alguna vez lo habría preparado; si, mientras mezclaba los ingredientes, le llegaba aunque fuese un poquito del amor que sentía por él.

—Y, como me he saltado la semana de la repostería, he pensado que era una buena oportunidad para preparar masa *choux*.

—Me muero de ganas de probarlos —dijo Tony.

—Pues a mí me parece... —empezó a decir Amanda mientras trataba de que Jenny la mirara— que todos esos dulces están dentro de tu zona de confort. ¿Cómo piensas asegurarte de que no parezca demasiado fácil?

—Bueno... —dijo Jenny, y miró a Amanda a los ojos menos de dos segundos antes de bajar la vista de nuevo a las recetas—, la cesta del pícnic será de pan de jengibre.

Los jueces se miraron unos a otros al tiempo que Mo se volvía hacia la cámara.

—¡Menudo reto, sin duda! —exclamó Tony—. ¡Y todo en solo cinco horas!

—La verdad es que es todo un reto, sí —convino Amanda—. Pero ganaste el batidor de oro con la iglesia de jengibre, o sea que, si alguien puede hacerlo, esa eres tú.

—Solo quiero que suelten un poco el calor y luego los volveré a meter en el horno cinco minutos más —explicó Jenny mientras perforaba los *éclairs* para formar unas diminutas chimeneas por las que el calor ascendía en volutas y se dispersaba.

Se detuvo un momento y repasó la lista de instrucciones para ir tachando lo que ya estaba hecho.

—Al *tiffin* solo le falta la cobertura de chocolate; las tartaletas ya están terminadas; los *éclairs* tengo que volver a meterlos en el horno; al pan de jengibre me queda darle la forma...

Dio un grito ahogado.

—¿Va todo bien? —preguntó Mo, asomando la cabeza por encima de su hombro para mirar la lista.

—El bizcocho de té y fruta seca... —dijo, frotándose las sienes—. He preparado la mezcla y la he reservado, pero me he olvidado por completo de meterla en el horno.

Se acercó el cuenco, retiró el trapo de cocina que lo cubría y se puso a remover la masa, que se había endurecido y le recordaba a una bota metida en el barro.

—¿Cuánto tiempo me queda?

Mo miró el reloj.

—Aún tienes una hora.

Jenny bajó la cabeza y vio que en la encimera brillaban gotas de masa y había migas de pan dispersas.

—Me he impuesto un reto imposible —dijo en tono derrotista—. El bizcocho tiene que estar noventa minutos en el horno.

Levantó la cuchara y dejó que la mezcla cayera en el cuenco formando gruesas ondas, muy desanimada ante la idea de que se echara a perder.

Al cabo de un instante, su mirada se iluminó.

—He tenido una idea.

—Cuéntanos —dijo Mo.

—Si hago bizcochitos pequeños se cocerán más deprisa —concluyó, animada de nuevo—. ¡Saliendo!

—¿Qué sale? —preguntó Mo, y giró la cabeza como si tuviera que abrirse paso en mitad de la autopista en hora punta.

—Los *éclairs* —dijo Jenny mientras los sacaba del horno y los trasladaba a una rejilla con doce movimientos rápidos antes de dirigirse al aparador del fondo de la sala en busca de un molde.

—Jenny —susurró Carys desde detrás de la cortina—, están en el cajón de la izquierda.

Ella revolvió los moldes de diferentes formas y tamaños como si quisiera encontrar oro, y por fin sacó uno apropiado y lo abrazó contra su pecho.

—Nunca he preparado este postre en tamaño individual —confesó mientras inspeccionaba el molde unos instantes antes de volver a su puesto de trabajo—, pero es la única solución posible.

Engrasó el molde con movimientos rápidos, como si estuviera creando figuritas de origami, y repartió la mezcla por igual en todos los huecos.

—¡Entrando! —anunció, y deslizó el molde dentro del horno mientras pestañeaba y se le empañaban las gafas por efecto de la columna de calor—. ¡No tengo ni idea de cuánto tiempo necesitan estar dentro!

—Te dejo que continúes —dijo Mo, y desapareció en dirección a Sorcha—. ¡Mucha mierda! Pero ¡no la metas en el horno!

Jenny posó la vista alternativamente en el *tiffin*, las porciones de pan de jengibre y los *éclairs* mientras hacía cálculos mentales y articulaba sumas en silencio. Mezcló el relleno de la tarta de cerezas con la nata y lo introdujo en cada uno de los *éclairs* con la precisión de un cirujano, lo cual inundó su interior de ondulaciones de color rojo intenso.

—Mataré dos pájaros de un tiro —dijo ante la cámara, y retiró de la placa de cocción un cazo que contenía un cuenco de chocolate deshecho. Vertió la mitad encima del *tiffin* y lo repartió por las esquinas con ayuda de un cuchillo mientras usaba la otra mitad para glasear los *éclairs* en una serie de movimientos expertos.

En ese momento se acordó de los bizcochitos, y se agachó delante del horno para observar que se habían curvado ligeramente por encima, pero seguían teniendo un aspecto tan anémico que resultaba preocupante.

—Tengo el tiempo justísimo —masculló a la vez que reparaba en la cámara que acababa de captar un tremendo primer plano del postre a través del cristal del horno.

En un esfuerzo final, dispuso las porciones de pan de jengibre sobre una gran bandeja pastelera de color verde y pasó los dedos por encima de la superficie irregular para crear las marcas del trenzado de la cesta. Entornó los ojos, concentrada, y comenzó a aplicar pegamento de caramelo en los puntos de unión con trazos generosos antes de colocar todas las piezas en su sitio y contar hasta veinte, tal como hacía Bernard cuando reparaba cosas con la pistola de silicona. Trató de definir los límites con un delicado hilo de glaseado blanco y contuvo la respiración mientras decoraba la tapa con su mejor caligrafía para escribir «Un pícnic a través del tiempo».

—Faltan cinco minutos, concursantes, ¡solo cinco minutos! —anunció Mo.

La sensación que la recorrió por dentro en esos instantes finales era agridulce; cada emoción quedaba contrarrestada por su opuesta: alivio y miedo, orgullo y desánimo, energía y agotamiento. Cortó el *tiffin* en pulcros daditos y los apiló sobre la base de la cesta mientras su mente viajaba hasta el libro de recetas. Justo al lado alineó los *éclairs* con toda su exuberancia, colmados de relleno de cereza que sobresalía por los bordes. En el otro extremo colocó las tartaletas de melaza y cardamomo con su bonita cobertura de rejilla, por cuyos huecos asomaba una capa del contenido con aspecto de gominola. En el último minuto sacó los bizcochitos en miniatura del horno, a los que precedió una densa vaharada con aroma de té y frutas.

—Quiero comprobar si están hechos por dentro —explicó ante la cámara con la oreja puesta sobre los bizcochitos, pero solo pudo oír el estrépito de los utensilios de cocina—. Aunque, de todas formas, a estas alturas ya no puedo hacer nada.

Sacó los bizcochitos del molde uno a uno y se los pasó de una mano a otra antes de depositarlos en la bandeja, donde seguían humeando.

—Cualquiera diría que cinco horas es mucho tiempo —dijo mientras introducía tres piezas de cada pastel en la cesta y disponía el resto con buen gusto alrededor—, pero siempre se queda corto.

—Concursantes, ¡se acabó el tiempo! —gritaron Mo y Katie al unísono.

Jenny colocó en equilibrio la tapa sobre la cesta y dio un paso atrás a la vez que daba un largo y hondo suspiro para aceptar que ya no tenía ningún tipo de control sobre lo que ocurriera a continuación.

Fue veinte minutos después, tras despejar los puestos de trabajo y colocar una mesa en el frente de la sala, cuando Amanda y Tony se unieron a ellos, listos y expectantes para recibir el veredicto.

Lo primero que se llevó ante los jueces fue el «pícnic navideño de Sorcha»: tartaletas de *brie*, arándano rojo y beicon, bolas de *macaron* rojas y verdes dispuestas en forma de árbol de Navidad, cucuruchos de barquillo al brandi rellenos de *mousse* de chocolate blanco y bayas de enebro, y, por último, una pulcra trenza de pan de higo y nueces. Constituía un impecable despliegue de delicias, todo presentado entre ramitas de acebo, ramas de canela y rodajas de naranja.

A continuación vino el «pícnic sorpresa de Azeez», y la sorpresa consistía en que cada receta contenía un elemento inesperado: lionesas rellenas de salmón ahumado y *mousse* de rábano picante, un pastel al revés de queso feta y tomate seco, dónuts de helado de frambuesa y una quiche de manzana con especias y pasas sultanas.

—Y en último lugar, pero no por ello menos importante, ¡Jenny! —exclamó Kate.

Recogió la bandeja con los pasteles dispuestos en un frágil equilibrio y se acercó a los jueces como si caminara sobre la cuerda floja, con las manos temblorosas bajo el peso que soportaban.

Lo primero que oyó fue un grito ahogado colectivo mientras ella seguía concentrada en el trayecto entre su puesto de trabajo y la mesa. Cuando colocó la bandeja delante de los jueces, vio que la cesta de pan de jengibre se había derrumbado y su laboriosa obra de arte había quedado reducida a pedazos de forma cuadrada esparcidos por la bandeja. Por un momento tuvo la esperanza de que pareciera que todo formaba parte del plan, que esa era su forma de revelar el contenido de la cesta aunque el público lo hubiese juzgado mal y se hubiera llevado una decepción. Sin embargo, lo único que siguió fue un espantoso silencio.

Jenny era la única persona en la sala de espera. Estaba en la segunda planta de una casa victoriana, fría y ruinosa, amueblada tan solo con lo imprescindible, por lo que en ella se respiraba un ambiente funcional que apenas parecía el de una casa. Tomó asiento en la esquina más alejada de la puerta y procuró ponerse cómoda en la rígida silla de madera mientras se acariciaba la zona del vientre donde había llevado a su hijo. Notaba unas punzadas muy dentro de la pelvis y apretó los muslos, muerta de ganas de ir al lavabo pero consciente de que eso lo despertaría. Frente a ella había una mesa baja con unas cuantas revistas antiguas que tenían las esquinas arrugadas. «¿A quién se le ocurriría ponerse a mirarlas en un momento tan valioso como este?», se preguntó.

James descansaba en el pliegue de su codo, firme y cálido. Examinó el surco que unía el labio superior y la nariz y que quedaba oscurecido por las sombras; la curva de las pestañas morenas; los remolinos del pelo. Con cuidado de no despertarlo, introdujo el dedo pulgar por debajo de aquella pequeña mano de deditos crispados y los estiró para posarlos con delicadeza sobre el suyo; tenía unas uñas tan perfectas que parecía imposible.

—Jennifer Eaton —la llamó una voz, rompiendo el silencio.

Levantó la cabeza y vio a una mujer joven que se acercaba a ella con paso seguro desde el lado opuesto de la sala.

—Este debe de ser James —dijo la mujer, que ladeó la cabeza y sonrío—. Qué guapo. Me encanta cómo va vestido.

—Gracias —repuso Jenny, y abrazó al niño un poco más fuerte.

—Soy la señora Clarke, la encargada de la agencia de adopción —dijo con la seguridad de una maestra de escuela—. Voy a enseñárselo a la pareja. —Sin vacilar, colocó los brazos debajo de los de Jenny y atrajo a James contra su pecho—. Será solo un momento.

—¿Puedo ir al retrete, por favor? —preguntó sin poder aguantarse por más tiempo.

—Está al final del pasillo a la izquierda, junto a la escalera.

Cuando Jenny se dirigió al servicio era incapaz de sentir nada más allá de su necesidad inmediata, en la que había centrado toda la atención. Notó el asiento helado bajo los muslos, apoyó la cabeza en las manos para orinar y se estremeció cuando una corriente de aire alcanzó su piel desnuda. Se subió las medias, se lavó las manos, y en ese momento oyó el sonido amorti-

guado de unas voces. Cerró el grifo y prestó atención. Era una voz con inflexiones, de una mujer entusiasmada, y de vez en cuando se le unía otra más grave que hablaba de forma pausada y suave. No pudo distinguir las palabras ni las frases, como si las voces procedieran de una radio alejada, pero supo que eran ellos. Prorrumpieron en risas alegres que pronto se calmaron y la conversación retomó su quedo tono susurrante. Abrió el cerrojo y enfiló el pasillo, primero caminando y luego corriendo, para volver a la sala de espera, donde examinó los asientos vacíos con la sensación de estar paralizada por el pánico.

—Hola —la saludó la mujer, asomando la cabeza por la puerta. No llevaba a su hijo en brazos—. Les ha parecido un encanto; incluso les ha sonreído. Ahora esa pareja es muy feliz gracias a usted.

Jenny la miró sin dar crédito. Se sentía totalmente perdida. Le habían arrebatado el centro de su universo y tenía la impresión de que iba a caerse.

—¿Estas son sus cosas? —preguntó la señora Clarke en tono práctico a la vez que cogía la caja de color azul celeste situada al lado de donde Jenny estaba sentada antes.

—Pero no lo he visto despierto —protestó Jenny.

La encargada de la agencia de adopción hizo ver que no la oía y prosiguió.

—Voy a llevarles esto. Puede quedarse aquí todo el tiempo que necesite. Tómeselo con calma.

Dicho eso, cogió la caja, salió por la puerta y la cerró con firmeza tras de sí.

—No lo he visto despierto —repitió Jenny, y se dejó caer en una silla mientras una fuerza se elevaba en su interior y pujaba por liberarse.

—¡No lo he visto despierto!

Estampó la mano en la silla contigua de tal forma que esta tembló y las patas chirriaron contra el duro suelo. Un dolor visceral le atenazó el pecho, como si todo lo que en el mundo era bello estuviese perdiendo, poco a poco, su belleza; y en medio permanecía ella, impotente por completo. James se había convertido en lo único que daba sentido a su ser, y sin él solo le quedaba un vacío abismal. Tenía el corazón destrozado.

Salió a la calle. Llevaba la maleta en una mano mientras con la otra aferraba la fotografía de su hijo dentro del bolsillo del abrigo. Él ya no estaba; y, sin embargo, lo veía en todas partes: en los cochecitos de bebé con los que se cruzaba, en los árboles que a él tanto le gustaba mirar, en el hueco que el osito de peluche había dejado en el estante de la pared. Junto a ella pasó un mar de rostros de quienes se dirigían a atender sus asuntos; hombres y mujeres; jóvenes y ancianos. «No tenéis ni idea de lo que me he visto obligada a hacer —pensó—; no tenéis ni idea».

Jenny se situó de pie entre Sorcha y Azeez. El silencio amplificaba su respiración. Azeez le cogió la mano, sudorosa por los nervios, y se la estrechó con fuerza.

—El ganador o la ganadora de *Britain Bakes*... —Mo hizo una pausa y se oyó a la multitud contener la respiración al unísono— es...

Jenny miró la multitud de rostros de hombres y mujeres, de jóvenes y ancianos, y escudriñó el horizonte tratando de encontrar a quien era su mayor apoyo. Lo vio en las primeras filas, hacia la derecha. Le habían ofrecido una silla para que se sentara y llevaba una pajarita de color rosa muy bien colocada. Sus ojos rebosaban de orgullo y tenía los labios fruncidos en una fina línea de tal modo que daba la impresión de que era lo único que lo mantenía entero. Detrás de él estaba Rose, con la mano en el hombro de su tío, y Poppy, que hacía equilibrios en el brazo de la silla a la vez que agitaba la mano con desesperación y asomaba la lengua por un hueco que tenía entre los dientes incisivos.

—... ¡Azeez!

Entre el fragor de la multitud, Jenny se volvió hacia su amigo y lo estrechó con todas sus fuerzas.

—¡Eres un genio! —exclamó—. ¡Lo has conseguido!

Él retrocedió mientras se enjugaba los ojos con la manga de la camisa, sonriendo y sollozando al mismo tiempo. Amanda y Tony se dirigieron hacia ellos. Sobre los brazos llevaban una alta pila de las flores más bonitas que Jenny había visto jamás:

espuelas de caballero, hortensias blancas y peonías de color rosa pálido salpicadas de rojo frambuesa.

—Buen trabajo, Jenny. Has estado muy cerca —dijo Amanda, y le estrechó la mano para, a continuación, colocarle en los brazos el ramo de flores—. Has sido una concursante extraordinaria.

Ella quería decir muchas cosas, pero en ese momento tenía las palabras atascadas en la garganta. Había gente por todas partes, corrían en todas direcciones, y se sintió como si estuviera en medio en una melé de rugby muy civilizada. Apenas veía nada por encima de las flores que sostenía contra sí, clavada en el sitio, rendida y con la sensación de ser muy pequeña.

—Buen trabajo, cariño —dijo Bernard, y la abrazó tan fuerte que la levantó del suelo.

Jenny enterró la cara en el tranquilizador aroma de su cazadora y la inundó una acogedora sensación de hogar a la vez que las lágrimas empezaban a rodarle por las mejillas. Lloraba por James, por Bernard y por el secreto que jamás podría compartir con él. Habían pasado sesenta años y el dolor de aquel día era igual de intenso; su ausencia era un vacío que nada llenaría jamás.

—Tía Jenny —la llamó Poppy, tirándole del delantal—. Cuando sea mayor, quiero ser como tú.

Jenny se agachó y cogió la mano de la niña mientras la miraba fijamente a los ojos.

—Tú serás lo que quieras ser, cariño. Recuérdalo siempre.

Cuando se levantó, Rose le plantó un beso en la mejilla.

—Menos mal que volviste al concurso —dijo—. Estamos muy orgullosos de ti, y tu receta para «La delicia del pastelero» ha sido espectacular. Creo que ha sido el pastel más bonito que has hecho hasta el día de hoy.

Jenny le dio las gracias, aunque sabía que lo que decía no era cierto.

—A mí me gusta más el *tiffin* —dijo Poppy, asintiendo con decisión—. Me he comido tres trocitos.

—¡¿Tres?! —exclamó Rose—. Bueno, no puedo culparte, la verdad.

—Sois muy amables —dijo Jenny, que dejó que Bernard le

limpiara las mejillas con un pañuelo arrugado que se había sacado de la manga de la chaqueta—. Ha sido un desastre que se haya derrumbado la cesta, pero al menos parece que lo de dentro está bueno.

—¡Jenny! —gritó Carys, que emergió de entre la multitud con los brazos muy abiertos—. ¡Has estado impresionante!

—Rose, Poppy, esta es Carys —la presentó—. Es… Bueno, por ella es por quien estoy aquí.

—Hola —dijo Carys—. Me alegro mucho de conoceros… pero necesito robaros a Jenny para una entrevista rápida.

Jenny asintió y sacó el tubo de pintalabios del bolsillo del delantal para, a continuación, aplicarse una nueva capa con movimientos raros de la boca mientras trataba de captar su imagen en un espejito rectangular.

—Será solo un momento —les aseguró; y, acto seguido, cerró el tubo y desapareció entre la multitud.

Siguió a Carys hasta una zona más tranquila, un poco fuera del epicentro de las celebraciones, de manera que el coro de voces animadas se atenuó.

—Estoy abrumada —dijo cubriéndose la cara con las manos, y notó el sabor salado de sus mejillas.

—Tómate tu tiempo —le aconsejó Carys mientras se situaba junto a la cámara—. Son muchas cosas las que tienes que asimilar.

Jenny respiró hondo. Los recuerdos del pasado eran tan vívidos que tuvo la impresión de que los hechos pertenecían al día anterior.

—Vale —dijo, y se obligó a centrarse en el momento presente a la vez que asentía con la cabeza para indicarle que estaba lista.

—¿Qué se siente al haber conseguido llegar hasta aquí y ser una finalista de *Britain Bakes*? —le preguntó Carys.

Jenny vaciló y sacudió la cabeza como si fuera consciente de ello por primera vez.

—Yo creía que era demasiado mayor para esto, que era una tonta por haberme atrevido a enviar la solicitud —dijo con la voz atascada en la garganta—, pero aquí estoy, lo he conseguido, y eso es algo que nadie podrá arrebatarme jamás. —Se limpió los ojos con el borde del delantal—. A los que estéis en la misma situación que yo, os animo encarecidamente a que hagáis aquello que deseáis, porque podéis hacerlo y lo haréis.

Carys giró la cabeza hacia atrás como si quisiera disimular las lágrimas.

—En tu trayectoria a lo largo del programa te has servido de muchas recetas de tu familia. ¿Por qué son tan importantes para ti?

—Las recetas son algo muy valioso. Contienen pequeños fragmentos de historia, de nostalgia y de las personas tal como eran en el momento en que las escribieron. Al leer sus palabras y seguir sus métodos, han estado a mi lado. Yo creía que estaba sola cuando entré en el establo, pero en realidad siempre han estado conmigo. —Hizo una pausa y pensó en el libro de recetas, en James—. Supongo que lo que quiero decir es que es importante seguir escribiendo recetas, seguir preparándolas y seguir dejando su legado.

—Qué bien lo expresas —alabó Carys mientras consultaba sus notas—. Y hoy que tienes aquí a algunos de tus familiares, ¿cómo de orgullosos se sienten de ti?

Jenny miró hacia donde Bernard, ataviado con su pajarita rosa, se había puesto de pie y hablaba con Azeez, y un triste peso en la boca del estómago amenazó con echar a perder ese momento.

«No tenéis ni idea de lo que hice —pensó—; no tenéis ni idea».

28

Tarta Pavlova de frambuesa y grosella negra

Un sol radiante se coló entre la tela de las cortinas y Jenny despertó en el dormitorio bañado por la luz y sumido en un calor sofocante. Durante unos segundos no supo dónde estaba, y entonces oyó el silbido de Bernard, el borboteo del hervidor de agua, el estrépito del buzón antes de que el correo aterrizara sobre el felpudo con un ruido sordo. Desde que habían terminado de grabar el programa, Jenny había retomado su vida de siempre, solo que le parecía totalmente distinta; todo lo que antes le aportaba tranquilidad ahora estaba teñido de culpa. *Britain Bakes* había ahondado en partes de ella que estaban enterradas, y el pasado se había infiltrado en el presente de tal forma que veía su secreto allá donde mirase.

—¿Cariño? —lo llamó al reparar en que sus pasos se habían detenido a media escalera, lo cual no formaba parte del habitual ritmo de las cosas.

El silencio persistía.

—¿Bernard?

Él subió a toda prisa, estampando las zapatillas en la moqueta.

—¡Ya lo han anunciado! —exclamó, y cruzó la puerta a toda prisa para dejar la bandeja del té con un gran estrépito—. ¡Sales en el *Kittlesham Herald*!

Jenny notó dentro de sí una desazón, como si alguien estuviera deshaciendo una aspirina efervescente en su estómago.

Bernard fue hasta la cama, desplegó el periódico al estilo de una cometa y extendió los brazos para señalar el artículo a doble página. Jenny se recostó en él, con la mejilla apoyada en la manga de su pijama de algodón, y notó el olor del papel recién impreso:

UNA JUBILADA DE KITTLESHAM EN LAS FILAS DE BRITAIN BAKES

Bajo el titular había una gran fotografía de todos ellos delante del establo, dispuestos en semicírculo con los brazos cruzados sobre el delantal como si fueran adversarios en las elecciones locales.

—¡Mírate! —dijo Bernard con la cara iluminada por la emoción—. No estás mal, para ser una jubilada.

Jenny se examinó con su indumentaria de falda y blusa, situada entre Angela y Azeez. Esperaba ver a una anciana en la foto; en cambio, solo vio a una concursante de *Britain Bakes*.

—«Jennifer Quinn, de setenta y siete años, vive en Kittlesham con su marido Bernard, que lleva sesenta años disfrutando de sus recetas» —leyó Bernard, tras lo cual se aclaró la garganta y miró en su dirección mientras cerraba el periódico.

Bueno, no del todo.

«Jennifer creció en una familia que adoraba preparar pasteles y ellos son el alma de sus recetas, la mayoría de las cuales han pasado de generación en generación».

Dio un sorbo del té humeante.

«Empieza el 5 de septiembre a las ocho de la tarde».

—De pronto, parece muy real, ¿verdad? —dijo mientras paseaba los ojos, provistos de sus gafas, por el artículo.

—He vuelto a tener esa sensación, la misma de la noche anterior a las grabaciones.

—La diferencia es que ahora ya no tienes que hacer nada —dijo él, y le tendió una taza de té de la bandeja tras acercársela con cuidado por encima del edredón—. Puedes tumbarte a la bartola y disfrutarlo.

Ella asintió y dio un sorbo de Earl Grey.

—A lo mejor podríamos dar una fiesta cuando empiece, invitaríamos a Rose, Jeremy, Max y Poppy... y quizá a Ann y a Fred también les gustaría venir.

Jenny entrelazó los dedos alrededor de la taza y el vapor le alcanzó la parte inferior de la barbilla.

—No lo sé —dijo—. Me dará vergüenza que me vea todo el mundo.

—¡¿Vergüenza?! —El té saltó por encima del borde de la taza de Bernard y ella le cogió el brazo para estabilizarlo—. Todo el mundo estará muy orgulloso de ti; no es frecuente poder celebrar una cosa como esta.

Ella pensó en sus palabras, poco convencida. Lo último que sentía eran ganas de celebración.

—De acuerdo —dijo—, pero no te prometo que no me tape la cara.

Él soltó una risita.

—Vale, te dejaré que te tapes la cara.

Se terminaron el té, y Bernard sacó las piernas de debajo del edredón y desapareció rumbo al cuarto de baño. Jenny oyó el familiar sonido de la radio al encenderse cuando las tuberías cobraron vida con un chirrido y el agua empezó a salpicar la pared de la bañera.

Se acercó el periódico y leyó otra vez el artículo, asombrada por lo real que le parecía todo de repente. Por fin volvió la página y ojeó una noticia sobre un representante local del Parlamento que se había aprovechado del sistema financiero para comprarle a su hija un bolso de diseño, y otra sobre dónde podían comprarse casas en la zona para obtener beneficios en los siguientes cinco años. Se mojó los dedos con saliva para poder pasar mejor las hojas mientras las exploraba en busca de algo que le llamara la atención. Se detuvo. En el margen de la página once había un artículo titulado:

MADRE E HIJA REUNIDAS GRACIAS A FACEBOOK

Pauline Thompson, de 54 años y vecina de Willerby by Stow, se ha reunido recientemente con su madre biológica después de que su hijo utilizase una cuenta de Facebook para establecer contacto con familiares. «Mi hijo encontró el nombre de soltera de mi madre en mi partida de nacimiento y empezó a buscar a personas con ese nombre. Por un golpe del azar, dio con el hermano de mi madre, mi tío, y le envió un mensaje. Por suerte, él sabía de mi existencia y nos puso en contacto».

Notó la tensión en el pecho cuando siguió leyendo:

> La señora Thompson ha descrito la experiencia de reunirse con su madre biológica como una montaña rusa emocional, y dice que le estará eternamente agradecida a su hijo por haberla encontrado antes de que fuese demasiado tarde. «Toda mi vida me he preguntado quién era mi madre, pero tenía miedo de lo que podía encontrar. Ahora estoy que no quepo en la piel».

Se enroscó el pelo en el dedo. El corazón le aporreaba el pecho de tal forma que estaba segura de poder oírlo.

> Las redes sociales están cambiando la manera en que las personas buscan a sus familiares, más allá de los canales oficiales. También hay varios grupos de Facebook que permiten establecer contacto tanto por parte de los padres biológicos como de los hijos adoptivos.

De pronto no soportaba el contacto del camisón en la piel; le resultaba claustrofóbico. Dobló el periódico en un pulcro rectángulo y lo depositó sobre la bandeja del té. Los dedos le habían quedado manchados por una película de tinta.

Bajó a la cocina y se frotó las manos con jabón mientras dejaba correr el agua y miraba hacia el jardín, donde se observaba cierto grado de actividad debido a la eclosión de las flores, fruto de la labor de Bernard, con las abejas volando entre los parterres y las rosas abriendo sus pétalos como si quisieran entregarle su corazón al sol. Introdujo tres rebanadas de pan en la tostadora, dejó la mantequilla y un tarro de mermelada sobre la mesa de la cocina y llenó dos vasos de zumo de naranja sin hacer el mínimo esfuerzo por pensar. Bernard se unió a ella. Tenía la cara enrojecida por efecto de la ducha.

—¿Sabes? —empezó a decir él, y se sentó en una silla cuyas patas rascaron el suelo cuando quiso acomodarse en ella—. Tendríamos que enmarcarlo y guardarlo para siempre.

—¿El qué? —preguntó ella a la vez que una rebanada saltaba de la tostadora.

—El artículo. —La miró como si se hubiera olvidado de quién era—. Es digno de guardarse, ¿no te parece?

Ella estuvo de acuerdo y se acercó a él con la bandeja de las tostadas mientras, en su mente, el artículo en cuestión quedaba eclipsado por otro muy distinto.

El primer episodio se emitió a última hora de una agradable tarde de verano, y Jenny había pasado la mayor parte del día tratando de obviar lo inevitable, que esa noche aparecería en la televisión nacional del único modo que sabía hacerlo: en la cocina.

Aclaró las grosellas negras y las frambuesas a puñados debajo del grifo y las agitó con movimientos enérgicos antes de apilarlas dentro del colador, donde parecían un montón de joyas. Las palmas de las manos le quedaron teñidas de un intenso tono rojizo. La cálida brisa traía consigo efluvios de azúcar quemado y el murmullo de la conversación: Ann bombardeaba a Rose con preguntas sobre cómo eran los miembros del jurado vistos cara a cara mientras Jeremy y Fred descubrían que tenían un interés común por los coches y diseccionaban los modelos que ambos habían conducido a lo largo de los años. Sentía la seguridad del refugio de su cocina durante una fiesta, arrullada por el coro distante de las conversaciones a media voz y el calor del horno, libre de disfrutar de algún que otro bocado de lo que le apeteciera en ese momento. Chafó una frambuesa contra el paladar y succionó la pulpa para separarla de las indestructibles semillas.

—Tía Jenny —dijo Poppy, y se encaramó en el marco de la puerta mientras daba golpecitos en el suelo con la punta del pie.

Jenny dio un respingo.

—El tío Bernard me ha dicho que te diga que faltan veinte minutos para que empiece el concurso. —Hizo una pausa—. ¿Qué comes?

—Una frambuesa. —Le tendió el colador—. ¿Te apetece una?

Poppy examinó el montón de fruta y cogió una especialmente jugosa.

—¿Por qué tienes el horno apagado si dentro hay un pastel?

—Es una tarta Pavlova. Hay que dejarla dentro del horno para que se enfríe poco a poco.

—¿Por qué?

—Porque si la temperatura cambia de repente, se hunde. —Poppy asintió despacio, al parecer satisfecha con la explicación—. ¿Te gustaría ayudarme a terminarla?

A la niña se le iluminó la mirada, y asintió.

Jenny acercó un taburete a la encimera, vertió dos tubos de nata doble en un cuenco de mezcla y encajó las varillas en el batidor eléctrico.

—Queremos que la textura sea suave, más parecida a la del yogur que a la del requesón —dijo, y alzó la voz por encima de la velocidad más baja del batidor mientras rodeaba la mano de Poppy con la suya y los brazos de ambas se agitaban por efecto del electrodoméstico—. Tienes que asegurarte de que las varillas permanecen dentro de la nata. Si las sacas, lo salpicarán todo.

Poppy asintió y Jenny la soltó y observó cómo usaba las dos manos para mantener el control como si fuese un taladro neumático.

Abrió el horno y sacó la tarta Pavlova, tras lo cual retiró con cuidado el papel absorbente y la deslizó en la bandeja más grande que pudo encontrar. Era como un nido inmenso, de color yeso muy pálido y mate como la piedra pómez, totalmente distinto de la montañita blanca y brillante que había introducido en el horno. La cubrió junto con Poppy de gruesas capas de nata y encima apilaron las frutas. Por último, la espolvorearon por encima con azúcar glas y añadieron un hilito de puré de grosella negra.

—¿Una para cada una? —dijo Poppy, ofreciéndole una de las varillas de batir.

La tenía bien enseñada.

—Pues claro.

Al principio les resultó fácil lamer las varillas, pero luego tuvieron que ladear la cabeza para succionar el metal e introducirse en los rincones más difíciles, concentradas por completo en apurar todos los restos de nata como si fuera el único placer en el mundo. Por algún motivo sabía mejor así.

—¿Qué tramáis vosotras dos? —preguntó Bernard.

—Estamos haciendo una tarta Pavlova —repuso Poppy sin dejar de lamer.

—Ya veo; se nota el olor desde el jardín. —Miró el interior del cuenco vacío—. ¿Y a mí no me habéis dejado ni un poquito?

Poppy se echó a reír ante aquella forma tan dulce de quejarse, y las conversaciones distantes fueron avanzando hacia la cocina hasta que esta dejó de ser un refugio tranquilo separado de la fiesta para convertirse en la propia fiesta.

—Faltan diez minutos, tenemos que ir a sentarnos —ordenó Ann en un tono autoritario que sirvió para que todo el mundo saliera en bandada hacia el salón.

—La verdadera obra de una finalista de *Britain Bakes* —dijo Rose, y la interrumpió el ruido sordo de un tapón de champán que saltó por los aires, esquivó a Fred y acabó encima de un cojín, seguido de cerca por las disculpas de Bernard.

Se reunieron alrededor del televisor y hablaron en voz baja, como si estuvieran esperando para oír un anuncio oficial o el mensaje de Navidad de la reina, mientras Bernard llenaba las copas altas con champán y las iba pasando a cada uno de los presentes.

—Quiero proponer un brindis —dijo—, por mi querida esposa, que me sorprendió totalmente con la noticia de que había entrado en *Britain Bakes*, pero que no me ha sorprendido en absoluto al convertirse en finalista. Se entrega en cuerpo y alma, no solo a los pasteles sino a los amigos y la familia, y no sé qué habría hecho sin ella. —Hizo una pausa, y la comisura del labio le tembló durante una fracción de segundo—. Por Jenny.

—Por Jenny —repitieron todos alzando las copas.

Ella observó cómo las burbujas se congregaban a los lados de la copa, y sintió que la satisfacción quedaba empañada por todo aquello que ocultaba.

Cuando el televisor cobró vida, los nervios se aferraron a su estómago como si fuesen unas manos frías.

Deslizó el cortador de pasteles en la tarta Pavlova con un

ligero crujido y la dividió en ocho gruesos triángulos. La quebradiza capa exterior se desmoronó formando un dulce polvillo y en el centro se observaba el color blanco níveo y la textura firme con alguna que otra perla de azúcar fundido.

«A continuación, un placer para los sentidos: ocho de los mejores pasteleros no profesionales del país se enfrentan cara a cara en la nueva temporada de *Britain Bakes*».

Todos se irguieron en sus asientos, guardaron silencio e intercambiaron miradas cómplices, a excepción de Fred, completamente absorto en la generosa porción de tarta Pavlova que acababa de aterrizar en su regazo.

Cuando la conocida sintonía empezó a sonar y Mo y Katie dieron la bienvenida a los espectadores, a Jenny la invadió una sensación surrealista, como si de un momento a otro fuese a despertar de un sueño. En la pantalla, el establo parecía un espacio profesional e impecable, todo el trabajo entre bastidores quedaba muy bien oculto. No se veía a nadie esperando en la zona de descanso ni fregando cacharros, sino solo una transición perfecta entre los verdes prados y el interior del establo, donde los concursantes se dirigían a sus puestos de trabajo.

—¡Tía Jenny! —exclamó Poppy cuando la vio aparecer en la pantalla tan nerviosa como se había sentido por dentro mientras se pasaba el delantal por la cabeza y miraba hacia Azeez.

Todos la miraron y aplaudieron con júbilo mientras ella se hundía en el sofá y daba sorbitos de la copa con ganas de esconderse. Pensó en el artículo, y se trasladó mentalmente a la casa de maternidad, a su querida amiga Mary. Se preguntó si habría encontrado a Sarah, si habría tenido más hijos, si todavía acarreaba el dolor de la pérdida. ¿Habría escondido su secreto durante todos aquellos años igual que había hecho ella?

—Menuda locura —dijo Max mientras se desplazaba por la pantalla del teléfono con los ojos fuera de las órbitas.

Jenny volvió a centrar la atención en el televisor.

—Ya es tendencia en Twitter y solo llevamos diez minutos de programa.

Sin saber muy bien lo que significaba eso, Jenny observó cómo los demás concursantes les revelaban a los jueces lo que habían preparado para «El reto de la docena». Era interesante ver lo que ocurría en otros puntos del establo y los pequeños fragmentos del día a día de sus amigos alternados con el programa: Azeez en el suelo de su habitación esbozando proyectos de arquitectura o Paul, el bombero, deslizándose por una barra antes de presentar a sus colegas junto con una fiambrera llena de *brownies* caseros.

—¡Eres un caso serio! ¡Te llevaste tu balanza de pesas! —exclamó Ann cuando el instrumento apareció en primer plano, y Jenny deseó de inmediato haberlo pulido antes.

«Jenny va a presentarnos una variante de la tarta de limón de su sobrina y preparará doce bizcochitos glaseados de crema inglesa rociados con intenso jugo de ruibarbo», anunció la voz en *off* cuando ella apareció en la pantalla.

Cogió un bocado de Pavlova para distraer la atención.

—¡¿Mi tarta?! —se extrañó Rose.

Jenny asintió.

—Qué honor —dijo echándose a reír.

—Te expresas muy bien —opinó Jeremy con la voz gangosa por culpa del merengue.

—Bueno, es que lo han recortado y solo veis la mejor parte.

—¡Es el tío Bernard! —exclamó Poppy, que saltaba arriba y abajo dándose impulso con las manos—. ¡¿Están en vuestra casa?!

Jenny observó su imagen en el mismo sofá en el que estaban sentados en ese momento, compartiendo el té de la tetera mientras Bernard resolvía el crucigrama.

—Cielo santo —dijo Bernard—, ¡para grabar treinta segundos estuvimos tres horas! ¿Y cuándo me he hecho así de viejo?

—Va, para ya —dijo Jenny, y le acarició la pierna a través de los suaves pantalones verde botella.

El programa siguió su curso, y se oyeron gritos ahogados a medida que salían pasteles del horno, expresiones de horror cuando Amanda dijo que no tenía claro que el ruibarbo pegara con los pastelitos glaseados y vítores cuando Angus describió el reto de la docena de Jenny como «un postre fantástico». Bernard lo observaba todo encandilado y, de vez en cuando, aseguraba que Jenny era «la mejor con diferencia», pero era evidente que su falta de imparcialidad le estaba nublando el juicio.

A continuación era el momento de «La delicia del pastelero», y todos se acercaron un poco más al televisor.

—Parece una prueba muy difícil —dijo Rose cuando enfocaron un primer plano de las manos de Jenny mientras disponía los bizcochos de distinto color en forma de tablero de ajedrez.

—El pastel arcoíris es muy bonito —opinó Poppy a la vez que observaba cómo Angela colocaba los llamativos bizcochos como si fueran piezas de Lego.

Por fin llegó el momento de la verdad: uno por uno, los concursantes llevaron sus Battenberg al frente de la sala y los dejaron a merced de los jueces.

—En Twitter están encantados contigo y con Azeez —dijo Max, y levantó la pantalla para mostrársela a todos—. Y han creado el hashtag «Jazeez».

—¿El qué? —dijo Ann con una mueca de desconcierto.

—Es una cosa que... —El chico se interrumpió—. Es difícil de explicar.

—¿Quién se come todas las sobras? —preguntó Fred—. El jurado solo prueba un bocadito; me parece una pena tirar todo eso.

—¿Quieres prestarte voluntario? —bromeó Ann.

—Casi todo se lo comía el equipo —aclaró Jenny—. Creo que para cuando terminó el rodaje del programa debían de ponerse malos con solo ver un pastel.

—¿Podemos hacer uno de esos la próxima vez? Por favor —musitó Poppy, dándole palmaditas a Jenny en la rodilla; y, a continuación, la apretó con fuerza cuando la vio caminar hacia los jueces con el Battenberg adornado con una piel de naranja confitada en el centro.

En la sala se hizo un silencio absoluto mientras trataban de adivinar los comentarios que recibiría Jenny.

«No me gusta —dijo Amanda— ¡Me encanta!».

Prorrumpieron en aplausos y Rose se puso en pie de un salto, tras lo cual los demás hicieron lo propio de forma escalonada, como quien pide un bis en el teatro.

—Es muy feo cómo te ha dicho que le gustaba el pastel —opinó Poppy, y Bernard se mostró completamente de acuerdo con ella.

—¡Toma ya! —exclamó Max cuando eligieron a Jenny y a Paul para competir por el batidor de oro.

En el salón hubo un fragor de alegría que enseguida dio paso al silencio en cuanto empezó el reto.

—No puedo mirar —dijo Rose, y se escondió detrás de un cojín cuando los concursantes le dieron la vuelta al pastel de piña al revés.

—Mamá, solo es un pastel —le espetó Max con un ligero ceceo a causa de la ortodoncia—. Además, ya sabemos que a la tía Jenny no la echaron la primera semana.

—Ya lo sé, pero es que...

Se oyó un grito ahogado colectivo cuando Jenny reparó en que no había engrasado el molde.

—Aun así, apuesto a que es el que está más bueno —dijo Bernard, que no estaba dispuesto a reconocer que quizá Jenny no lo había hecho bien.

Jeremy interrumpió el silencio que volvía a reinar en el salón.

—¿Hasta qué punto os explican lo que tenéis que hacer en «El reto a ciegas»? —quiso saber.

—No nos cuentan nada —musitó Jenny—. Lo único que tenemos son los ingredientes y la muestra debajo del cubreplatos.

—Ostras —exclamó, y se frotó la barbilla mientras reflexionaba—. ¿Y tampoco os dejaban probar...?

—¡Papá! Chisss... —lo instó Max para proteger el momento crucial en el que los jueces iban a entregar el batidor de oro.

—¡No! —protestó Bernard, y levantó los brazos en el aire cuando Paul fue nombrado ganador de la semana de los pasteles—. ¡¿Qué dicen?!

—Ay, Bernie —dijo Jenny mientras sacudía la cabeza ante la visión edulcorada que su marido tenía de ella—. Es un milagro que no me mandaran a casa después de un desastre semejante.

—Siempre me ha gustado este programa —afirmó Rose, alzando la voz por encima de los aplausos—, pero es diez veces más emocionante cuando conoces a alguien que concursa.

—Totalmente de acuerdo —dijo Ann con una sonrisa tan amplia que no parecía ella—. Lo estoy viendo y aún no me lo creo.

—Tía Jenny —la llamó Max con la cara iluminada por la tablet que tenía en el regazo—, la gente está haciendo preguntas en los comentarios de tu página de Facebook. Hay un montón.

—¿Qué clase de preguntas? —quiso saber Jenny, con los hombros levantados por efecto de la tensión.

Max se sentó a su lado en el sofá y a Jenny la mareó un poco el fuerte olor de la loción para después del afeitado, sobre todo teniendo en cuenta que apenas tenía vello en la cara.

—Son sobre los pasteles —dijo. Era evidente que estaba impresionado—. Mira.

Jenny miró el batiburrillo de palabras y fotografías.

—Léemelas tú —propuso.

—Esta, por ejemplo: «¿Qué puedo hacer con las claras de huevo sobrantes? No soporto tirar la comida», de Miriam Birtwistle.

—Vale —dijo Jenny, y se puso las gafas de leer—. Bueno, puede preparar *macarons* con almendra; son sencillos y aguantan bastante tiempo. Solo necesita claras de huevo, almendra molida y azúcar extrafino.

Max tecleó en la pantalla con sus largos dedos.

—Si quiero responder a estas preguntas... ¿cómo lo hago? —preguntó Jenny.

—¿Quieres que te inicie la sesión en el ordenador de arriba? —se ofreció el chico sin apartar los ojos de la tablet—. Solo tienes que entrar en la página de Facebook, está todo allí.

No tenía claro si era por el champán, por el calor de finales de verano o por el artículo, pero esa noche, tumbada en la cama, se sintió como si estuviera navegando por un mar embravecido, atrapada en un espacio entre el sueño y la conciencia, mientras por su mente cruzaban ideas distorsionadas.

Deslizó los pies dentro de las zapatillas y bajó de puntillas a por un vaso de agua. La cocina era una sombra onírica del día anterior; los vasos hacían equilibrios boca abajo en el escurridor y en la puerta de la nevera lucía con orgullo el artículo sobre *Britain Bakes*. Se inclinó sobre la encimera, acompañada por el rumor de los electrodomésticos, incapaz de ignorar la sensación por más tiempo. Regresó arriba y pegó la oreja a la puerta del dormitorio para comprobar que Bernard seguía durmiendo. El silencio trajo consigo algo que parecía a la vez un resuello y un ronquido, y eso la convenció de que era el momento de dirigirse al despacho.

Amoldó la mano a la forma redondeada del ratón y lo movió, de modo que la pantalla cobró vida con un chisporroteo y la intensa luz interrumpió la oscuridad. Mientras esperaba a que se cargara la página de inicio, pensó en la primera vez que vio el formulario de solicitud. Le resultaba extraño pensar en todo lo ocurrido desde entonces, en cómo había cambiado, y reconoció el mismo impulso que ahora la sobrepasaba, la semilla imparable que le arrebataba el sueño y que no podía ignorar.

Tecleó «Facebook» en el motor de búsqueda y fue redirigida a una página que se le antojó muy poco acogedora para tratarse de un sitio donde relacionarse con amigos, con un encabezado que era un batiburrillo de azul y blanco salpicado de puntitos rojos. Desplazó la flecha hasta la casilla de rastreo y, al teclear el nombre de su hijo, las letras atravesaron la coraza del tiempo de modo que, al mirarlas, sintió una intensa nostalgia. Se lo imaginó aprendiendo a escribir ese nombre por primera vez, con sus pequeñas manos alrededor del lápiz mientras lo movía para crear los trazos correctos; podía verlo en la portada de sus libros de texto y en la esquina de los preciosos dibujos que le habría regalado a la mujer a quien llamaba mamá.

Oyó las pisadas de Bernard en el pasillo; las tablas del suelo crujían bajo su peso a medida que se acercaba. Contuvo el aliento y se esforzó por prestar atención al tiempo que trataba de adivinar adónde iba. La puerta del cuarto de baño se cerró, y ella exhaló un suspiro y pulsó la tecla «intro».

En cuestión de segundos aparecieron una serie de caras, y Jenny entornó los ojos mientras deslizaba el cursor por el gran número de entradas correspondientes a James Eaton, buscando desesperadamente a alguien que le resultara familiar, como si quisiera encontrar a tientas el camino de vuelta a casa y tratara de dar con algo, lo que fuese, para orientarse en la oscuridad. Cada vez que examinaba los rasgos de un extraño, la esperanza iba disminuyendo igual que caen los granos de un reloj de arena.

No tenía ni idea de dónde vivía o cuál era su aspecto, y, además, cabía la posibilidad de que hubiera cambiado de nombre, pero eso era lo único que conocía de él. En su mente, James seguía siendo el niño que había dado en adopción muchos años atrás cuando aún dormía, con el suave cabello formando ondas en la coronilla. El desencanto hacía mella en su corazón a la vez que el peso de todo lo que se había perdido de él la aplastaba y apenas la dejaba respirar: su primera palabra, su primera vez en bicicleta. No solo había perdido a un bebé; había perdido a un niño, a un joven. La vida había pasado y se lo había perdido todo.

Permaneció sentada en la oscuridad, fundida en ella, mientras oía la cadena del cuarto de baño y el chirrido del grifo. No tenía nada más que perder, así que decidió lanzarse a un último intento desesperado y, recordando el artículo del periódico, tecleó en la casilla de búsqueda varias combinaciones de palabras: «reunión familia biológica», «encontrar hijo biológico», «búsqueda de familiares biológicos». Fue saltando de un sitio a otro sin orden ni concierto hasta que dio con un tablón de anuncios de personas adoptadas, hermanos, tíos y primos, todos en busca de algún ser querido al que le habían perdido la pista, separados por los avatares de la vida. Se situó en el espacio para escribir y observó el cursor, que parpadeaba expectante frente a ella:

> Querido servicio de ayuda a los familiares de personas adoptadas: mi amado hijo nació el 11 de enero de 1962 mientras me alojaba en Grant House, una casa de maternidad. Le puse el nombre de James Eaton y lo quería muchísimo, pero como madre soltera no tenía otro remedio que darlo en adopción. Me dijeron que no podía mantener el contacto con él, y no tengo ni idea de quiénes lo adoptaron ni de dónde eran. Todo cuanto sé es que lo entregué con un libro de recetas que contenía algunas de las más apreciadas por mi familia. He guardado este secreto durante toda mi vida y, por tanto, desearía que este mensaje se mantuviera en el anonimato. Si pueden ofrecerme algún consejo sobre cómo puedo encontrarlo (suponiendo que sea posible), les estaré muy agradecida. No ha pasado ni un solo día sin que haya pensado en él y, aunque llevo sesenta años tratando de acallar mis sentimientos, últimamente me resulta insoportable.

—¿Cariño? —la llamó Bernard desde el rellano—. ¿Va todo bien?

Ella se quedó paralizada, con el corazón aporreándole el pecho.

—No podía dormir... Solo estoy respondiendo un correo electrónico de Azeez... No tardaré.

Él hizo una pausa y sus pasos sonaron más cercanos.

Ella mantuvo el dedo en suspenso sobre el botón, y le dio a «enviar».

29

Galletas de avena

Quizá fuese porque tenía lugar en directo, o porque era su primera vez, o porque ella solía formar parte de la audiencia y, de pronto, se había convertido en invitada; el caso es que a Jenny, que había aparecido en un concurso de la televisión nacional, se le hacía una montaña la entrevista de ese día en la radio. Observó su traje de chaqueta de seda azul celeste, un regalo que se había hecho a sí misma para la ocasión, y empezó a preguntarse si se habría equivocado vistiéndose así. ¿Era demasiado vistoso? Desde luego, lo parecía en comparación con el asiento raído del tren en el que viajaba y que lucía una estridente combinación de todos los tonos posibles de naranja. Tal como Bernard había observado a las cinco de la mañana mientras ella se arreglaba el pelo con el secador, en la radio nadie la vería. Pasó la mano por encima de la manga y el tejido de seda se le pegó a la piel. Eso daba igual, concluyó; a fin de cuentas, muchas veces se pintaba los labios para contestar al teléfono.

—¿Le apetece tomar algo? —preguntó una empleada, quien empujaba un carrito con una fuerza considerable por el pasillo del tren y que a su paso iba cerrando compartimentos y tumbando bolsas de mano—. ¿Una bebida caliente? ¿Un rollito de beicon? ¿Pastel de frutas?

—Tomaré un Earl Grey —dijo Jenny levantando la mano con gesto cauteloso—. Con leche y sin azúcar, por favor.

La empleada se lo sirvió entre una sibilante nube de vapor.

—¿Algo más?

Jenny examinó la oferta de aperitivos y, por la forma en la que la mujer tamborileaba con los dedos, dedujo que su indecisión le resultaba molesta.

—¿Eso son galletas de avena?

El tamborileo cesó.

—Sí. ¿Quiere una?

—Sí, por favor —repuso mientras buscaba dinero suelto en el monedero.

—Serán cuatro libras con noventa y nueve centavos.

Jenny contó las monedas en la palma de su mano y, mientras tanto, cruzó una mirada con la mujer, que cambió de expresión cuando sus ojos reflejaron el movimiento de los engranajes de su cerebro al identificarla.

—Gracias —dijo la empleada, y depositó el dinero en la caja registradora sin dejar de observarla, hasta que por fin avanzó hasta el siguiente viajero.

Quizá no estaba acostumbrada a que los pasajeros del primer tren de la mañana fuesen vestidos como los invitados de una boda, pensó Jenny a la vez que sacaba su barra de pintalabios y examinaba su reflejo en el minúsculo espejito. La alivió comprobar que no había nada fuera de su sitio, cerró el estuche y desenvolvió la galleta de avena. Cuando hincó los dientes en los granos de cereal, estos se rompieron en pedazos y formaron una dulce masa pastosa que se le pegó a la boca y le recordó al postre equivalente que solía preparar en casa. Siempre le habían encantado los bordes quemados que todo el mundo evitaba, el sabor amargo de la parte tostada que contrarrestaba el dulzor empalagoso y que dejaba una agradable molestia en la mandíbula porque costaba mucho masticarlo. Entre bocado y bocado, reparó en una niña de seis o siete años como máximo que la miraba por un hueco entre los asientos. Le devolvió la sonrisa, pero la pequeña se escondió.

Dio un sorbo de té caliente y se volvió hacia la ventana para observar que, a medida que se acercaban a la ciudad, el verde se tornaba gris y los patios de las casas se convertían en edificios altos, y estos, en estadios de fútbol. Hacía una semana que había enviado el mensaje y le venía a la cabeza en cuanto tenía un momento de calma. El deseo de comprobar si había recibido alguna respuesta se estaba volviendo una obsesión, pero nadie se había puesto en contacto con ella. Intentó imaginarse contándoselo a Bernard, enlazaba frases en su mente para después desestimarlas y empezar de nuevo. No había palabras para algo de tal magnitud como el secreto que le había ocultado.

Notó que la observaban y, cuando levantó la cabeza y vio que la niña volvía a asomar la cabeza entre los asientos, tuvo miedo de que le hubiera leído la mente.

El tren llegó a Londres y se detuvo en King's Cross, y en ese momento Jenny notó que le hervía la sangre y no pudo distinguir la emoción de los nervios. Se atusó el pelo y volvió a pintarse los labios, se encajó el bolso de viaje bajo el brazo y bajó del tren para situarse en el concurrido andén cuyo ambiente desprendía el olor del hollín.

—Disculpe...

Dio media vuelta mientras se palpaba todos los bolsillos, convencida de que se había dejado algo en el tren. Era la madre de la pequeña que la había estado observando y que seguía haciéndolo, esta vez desde detrás de las piernas de su madre.

—Espero que no le moleste que se lo pregunte, pero ¿es usted Jenny? —Jenny se detuvo y trató de situarse en tanto que se hacía a un lado para dejar paso a los viajeros que cruzaban las puertas en tropel—. ¿De *Britain Bakes*?

—Sí —contestó ella, como si esa madre fuera una pitonisa que hubiese adivinado una verdad—. Sí, soy yo.

Los ojos de la mujer se iluminaron, y bajó la voz después de mirar repentinamente alrededor, consciente de que estaba llamando la atención.

—Mi hija la ha reconocido en el tren; es una gran admiradora suya. A las dos nos ha gustado mucho verla en el programa... ¿Le importaría que nos hiciésemos una foto juntas?

—Claro que no, será un placer —dijo, y se volvió hacia la niña—. ¿Cómo te llamas?

—Tilly —susurró ella, tratando de evitar su mirada.

—Encantada de conocerte, Tilly. ¿Te gusta hacer pasteles?

—Me gusta hacer rocas de chocolate con peta zeta —dijo con los ojos clavados en el suelo.

—Vaya... Rocas de chocolate con peta zeta... Yo no las he hecho nunca.

—Explotan en la boca como fuegos artificiales —explicó la pequeña, y Jenny se sintió halagada y ridícula por igual cuando se agachó a su lado para hacerse la foto.

—Han quedado muy bien —dijo su madre mientras deslizaba el dedo por las imágenes del móvil—. A la abuela de Tilly le encantarán, también es una gran admiradora suya. —Se guardó el teléfono en el bolso—. ¿Qué se dice, Tilly?

—Gracias —contestó la niña—. Espero que gane el concurso.

Jenny sonrió y les dijo adiós con la mano.

Se unió al grupo de viajeros que iba moviéndose entre obstáculos, convergiendo y separándose como un río dividido por las rocas. El ajetreo de primera hora de la mañana resultaba en miles de conversaciones que pendían como una nube bajo el techo de la estación y se combinaban en un murmullo indescifrable. De vez en cuando, Jenny reparaba en que alguien se quedaba mirándola un poco más de la cuenta, o le daba codazos a su amigo a la vez que señalaba con la cabeza en su dirección. Eso le recordó a la época en que, embarazada de James, se cubría con la trenca y los ojos de los extraños se cebaban en ella como buitres mientras caminaba por la calle con su hijo escondido debajo del corazón. Y ahora allí estaba de nuevo; volvía a ser el centro de atención, pero por el motivo contrario, aunque seguía siendo la misma persona de siempre.

—¡Jenny! —la llamó una voz familiar.

Buscó entre la muchedumbre y vio unas manos que se agitaban con frenesí por encima de las cabezas. Trató de abrirse paso hasta él por el camino más corto, sorteando a extraños, hasta que se fundieron en un abrazo.

—Ay, Azeez —exclamó, y dio un paso atrás para verlo bien. El joven tenía la cara igual de alegre que su llamativa camisa de rayas—. Te he echado de menos.

—Yo también —confesó él, y acarició la solapa de la chaqueta de Jenny—. Me gusta tu modelito.

—¿En serio? Me lo compré expresamente para esto. ¿No te parece un poco exagerado?

—No, para nada, y menos si lo lleva la mujer más dulce del país.

—Disculpad —los interrumpió un hombre vestido con traje y zapatillas deportivas, cuyo pelo mostraba algunas canas prematuras—. Sois Jenny y Azeez de *Britain Bakes*, ¿verdad?

Ellos se miraron como si tuvieran que asegurarse y asintieron a la vez.

—¡Qué pasada! En el trabajo hemos hecho una porra y yo he apostado por Jenny —explicó.

—Oooh —exclamó Jenny con entusiasmo fingido a la vez que trataba de no revelar nada con su respuesta.

—Esta mañana os he visto en los periódicos —dijo, tras lo cual se embutió las manos en los bolsillos de los pantalones y se encogió de hombros.

—Sí, este año están publicando muchos artículos —contestó Azeez, y miró el reloj—. Tenemos que irnos. Ha sido un placer conocerte.

Dicho eso, entrelazó el brazo con el de Jenny y la arrastró hacia la hilera de taxis.

—Ay, cielo —dijo ella—. No conozco de nada a ese hombre y ya me siento culpable por lo de la porra.

—Ya... Más le valdría haber apostado por mí —contestó Azeez, y ella le pellizcó el brazo—. ¿No te parece que todo esto es un poco excesivo?

—Sí, en el tren una niña me ha pedido una foto juntas. Aún no doy crédito.

—Por lo menos ella te lo ha preguntado. Yo no paro de ver a gente que me hace fotos con el móvil disimuladamente. ¿Viste lo de tu balanza en el periódico?

—¿Mi balanza?

—Salió en un suplemento del fin de semana; ha habido un récord de ventas de balanzas de hierro fundido desde que apareciste en *Britain Bakes*. Ahora es imposible encontrarlas, y las de segunda mano se están vendiendo por una pequeña fortuna.

—Me estás tomando el pelo —repuso ella, y lo observó mientras le hacía señas a un taxi.

—No, no, te lo juro. Tendría que haberte traído el artículo para que lo vieras.

—¡Pero si son más viejas que la tos! —Jenny sacudió la cabeza sin dar crédito y asió la puerta del taxi para entrar—. No veo la hora de contárselo a Bernard.

La presencia era una cualidad que solía estar reservada a las personas y no a los edificios, pero, verdaderamente, la Broadcasting House la tenía. Cuando Azeez ayudó a Jenny a salir del taxi y ella se paró un momento en la acera para estirar sus miembros doloridos y miró arriba, lo que vio hizo que se sintiera muy pequeña. Era un coloso con la fachada de cristal en cuyo centro lucían con orgullo las iniciales BBC y del cual no paraba de entrar y salir gente de apariencia profesional que le conferían un aspecto de estar vivo.

—¿Preparada? —preguntó Azeez a la vez que arqueaba una ceja.

Jenny respiró profundamente, y notó un cosquilleo en la piel mientras trataba de asimilar lo que estaba viviendo.

—¿Cómo narices he acabado aquí? —preguntó con un brillo en la mirada.

—Será mejor que no empecemos con eso —dijo Azeez a la vez que se revolvía el pelo a causa de la timidez y de los nervios—. Vamos.

Cruzaron las puertas giratorias y entraron en un gran vestíbulo, donde se colocaron al final de una larga cola de personas con aspecto preocupado que lucían bonitos zapatos y no se despegaban del teléfono. La temperatura era fresca y olía a gente tomando café. Mirara donde mirase, Jenny veía enormes pantallas que transmitían las noticias a la vez. Ese lugar daba la impresión de pertenecer al futuro; las paredes eran gigantescos paneles de cristal tras los cuales se mostraban hileras interminables y uniformes de escritorios y periodistas que aporreaban sus teclados sin parar.

—¡Hola! Soy Dom, uno de los productores —se presentó un joven tras aparecer en mitad de la cola.

Era esbelto, tenía una atractiva barba incipiente y llevaba la camisa sin remeter por un lado.

—Tenemos el estudio al otro lado de la calle, en la Wogan House —explicó, y les estrechó la mano antes de entregarles un pase de invitado a cada uno.

Lo siguieron a través de la misma puerta giratoria y cruzaron la calle tras él. El calor y el ruido del centro de Londres los azotaron como una bofetada.

—¿Qué tal el viaje? —preguntó, y empujó la puerta de un edificio de piedra con aspecto más tradicional.

—Bien, gracias —respondió Jenny, y acercó el pase a la barrera mientras una parte de ella temía que no se abriera al detectar que era una impostora.

La puerta se abrió y ella la cruzó con Azeez pisándole los talones.

—Esto es un poco diferente del establo —opinó él cuando subían en el ascensor.

—Pues sí, y ni la mitad de divertido —repuso Dom—. Lo estamos pasando muy bien con el concurso; este año parece que os habéis hecho todos muy amigos. Creo que hoy mis padres se han sentido más orgullosos que nunca de mí cuando les he dicho que os tendría en el estudio.

Jenny sonrió y se encogió de hombros con modestia a la vez que salía del ascensor y seguía a Dom por un pasillo enmoquetado.

—Yo también he seguido el programa durante muchos años, y debo decir que no me ha decepcionado. Une a las personas porque viven una experiencia común.

—Estoy de acuerdo —opinó Azeez—. Solo que, en conjunto, es todo un poco surrealista; incluso esto.

—Hemos llegado —anunció el productor, y los hizo pasar a un despacho que olía a té frío y a moqueta, en cuyas mesas había tazas vacías y notas a modo de recordatorio.

Jenny reparó en que la radio era muy distinta de la televisión, con su llamativa apariencia y sus misteriosos entresijos. La radio era esos misteriosos entresijos.

—El estudio está por allí —indicó Dom, señalando una ventana.

Fue entonces cuando Jenny vio a Jon Rodgers rodeado de botones y pantallas, hablando frente a un micrófono. Se le veía más menudo al natural, y no pudo evitar mirarlo fijamente mientras asociaba a la persona que tenía delante con la voz que se oía por la radio.

—¿Té o café? —les preguntó el productor, y señaló un sofá de aspecto envejecido, arrinconado en una esquina de la sala.

Ellos rechazaron la invitación amablemente.

—En primer lugar, gracias por venir; estamos muy emocionados por teneros aquí —dijo, y apretó un bolígrafo contra su muslo—. Os explicaré un poco cómo irán las cosas. Primero os preguntarán por vuestra experiencia en *Britain Bakes*, pero solo hasta la tercera semana, claro. También os preguntarán si hay un motivo especial por el que os gusta hacer pasteles y qué significado tiene eso en vuestra vida, por qué habéis querido participar en el programa, cosas sobre vuestra familia y demás.

—Vale —dijo Azeez—. A mí me parece bien.

—Y os recuerdo que es para todos los públicos —El joven se aclaró la garganta y dio un sorbo de agua—. Nada de palabras malsonantes ni expresiones ofensivas.

—Lo intentaré —repuso Azeez con voz juguetona, y miró a Jenny—. Pero es a ella a quien tenéis que insistirle.

—Va, para ya —dijo ella, y puso los ojos en blanco.

—Qué gracioso —opinó Dom con cara de entusiasmo—. Sois exactamente igual que en televisión.

El joven leyó por encima el documento que sostenía sobre la rodilla y se humedeció los dedos para volver la hoja.

—Jenny, a ti te preguntarán por el artículo que ha salido esta mañana en los periódicos, claro. Es un tema muy importante y emotivo, y sé que muchos oyentes querrán conocer tu historia.

Se hizo un silencio mientras Jenny miraba a Azeez con la esperanza de que él hubiera entendido a qué se refería, pero su amigo no parecía saber más que ella.

—Lo siento —dijo—, tendrás que ayudarme. Esta mañana no he leído los periódicos.

Dom se puso muy serio y miró a uno y a otro de forma alternativa.

—Bueno, ha salido un artículo sobre... ¿la adopción?

De repente, Jenny palideció y notó que se le secaba la boca. Intentó hablar, preguntarle a aquel hombre de dónde se había sacado eso, pero no consiguió articular palabra.

Azeez la miró con los ojos como platos, leyéndole la expresión.

—Creo que Jenny no sabe nada; se ha pasado toda la mañana en el tren.

—Ay, claro —cayó Dom—. He dado por sentado que lo habías visto. Menos mal que te lo he preguntado. ¿Prefieres no hablar del tema?

Ella asintió con expresión vacía. El estrés le producía una sensación de distanciamiento y falta de control.

—Muy bien. Voy a entrar a hablar con el equipo —dijo el productor, y se puso de pie para desaparecer hacia el interior del estudio.

—¿Estás bien? —le preguntó Azeez a Jenny mientras escrutaba su semblante—. ¿Sabes de qué habla?

—Yo... —Se le tensó la garganta—. ¿Han encontrado a James?

—¿Quién es James? —preguntó Azeez con la frente arrugada de preocupación, y se sacó el teléfono del bolsillo para teclear el nombre de Jenny en un motor de búsqueda.

Movía la rodilla con nerviosismo mientras esperaba a que se cargara la información, y a continuación seleccionó la primera entrada. El titular rezaba así:

EL SECRETO DE JENNY QUINN, UNA DESGARRADORA HISTORIA PARA LA QUE NO EXISTEN RECETAS MÁGICAS.

Azeez siguió bajando por la página y, de pronto, se quedó boquiabierto.

—James... ¿es tu hijo? —preguntó.

Ella se cubrió la cara con las manos y se apoyó en las rodillas.

—Han publicado un artículo sobre el post que escribiste...

en Facebook. —Azeez movía los ojos a izquierda y derecha mientras leía la información en diagonal—. No lo han encontrado.

—Pero... si... no dejé mi nombre —dijo, y el impacto de la noticia le vació los pulmones como si alguien se hubiera plantado de pie sobre su pecho.

—No creo que en Facebook se pueda mantener el anonimato. Si estabas conectada a tu cuenta, debía de aparecer tu nombre y tu foto...

Ella empezó a sentir que un escalofrío de culpabilidad le recorría la piel y el pánico crecía en su interior, como si estuviera atrapada en una insoportable pesadilla de la que no podía despertarse.

—Bernard —musitó.

—¿Qué pasa?

—Él no... Yo no...

—Él no ¿qué? —quiso saber Azeez, y al caer en la cuenta su mirada se ensombreció como cuando una nube tapa el sol—. El secreto...

—Hola —dijo Dom, dirigiéndose hacia ellos con una rigidez que denotaba su incomodidad—, acabo de hablar con el equipo y...

—No puedo hacerlo —soltó Jenny, y empezó a recoger sus cosas—. Lo siento, pero tengo que irme a casa.

—Vale —dijo Dom, mirando de uno a otro como un ciervo delante de los faros de un coche—. En treinta minutos entramos en directo y luego...

—Pues yo también lo siento, pero me marcho con ella —dijo Azeez—. No puedo dejarla sola.

—No —protestó ella, aferrándole el brazo—, tú no debes irte. Tienes que hacer la entrevista.

Dom miró a Azeez, y este miró a Jenny.

—De verdad que no creo que estés en condiciones de irte sola —dijo Azeez, sacudiendo la cabeza—. Voy contigo.

—Hablo en serio —insistió ella—. Tú tienes que hacer la entrevista.

—Siento mucho todo esto —se disculpó Dom—. No era mi intención...

—No es culpa tuya. El problema es que para ella ha sido un golpe —dijo Azeez.

—Lo comprendo. ¿Te pido un taxi para que te lleve a la estación, Jenny?

—Gracias —repuso ella con las manos temblorosas.

Rebuscó en el bolso, y al encender el teléfono este respondió con una serie de pitidos.

—Creo que ese es el número del gabinete de prensa de *Britain Bakes* —observó Azeez, que se había asomado por encima del hombro de Jenny—. Seguro que han estado intentando hablar contigo.

Ella abrió los mensajes y el corazón le dio un vuelco cuando vio un sobre junto al que aparecía el nombre de Bernard, enviado a primera hora de la mañana: «Buena suerte. Te estaré escuchando. Estoy muy orgulloso de ti. Te quiero. Besos. Bernard».

Jenny arrojó el teléfono dentro del bolso.

—Tengo que irme —dijo, y se puso en pie de un salto—. Lo siento mucho.

30

Era un sábado por la noche y Jenny bajó la escalera vestida con su mejor indumentaria y unos zapatos de tacón. El pelo le lucía en bellos tirabuzones. El vestido era bonito; tenía la falda de capa y, cuando daba vueltas, se levantaba y giraba con ella como una peonza. Poco tiempo atrás se habría sentido muy emocionada en una noche como esa y se habría pasado la semana hablando de ello con Sandra en el trayecto hacia la escuela. Ahora, en cambio, eso era lo último que deseaba en el mundo. Era como si su vida anterior hubiera transcurrido en tecnicolor y la de ahora fuese en blanco y negro.

—Estás guapísima —dijo su padre cuando pasó junto a él por el pasillo.

—Gracias —contestó ella en un tono apagado que era incapaz de cambiar.

—Me alegro de que vayas —comentó él con un entusiasmo forzado—. Te hará bien.

Ella se pasó los dedos por el pelo, convencida de que no sería así.

—No quiero ir —dijo, y bajó la cabeza—. No tengo ningunas ganas.

Él la miró como si sus palabras le dolieran.

—Cuando estés allí lo pasarás bien. —Frunció los labios en una sonrisa compasiva—. Y te alegrará ver a Sandra, hace mucho tiempo que no os veis.

Jenny asintió. No merecía la pena intentar explicárselo; él no lo entendería. Nadie podría entenderlo. Era como si le hubieran arrancado el corazón del pecho y anduviera por el mundo con una herida invisible a ojos de los demás.

Llamaron a la puerta.

—Debe de ser ella —dedujo su padre—. Diviértete.

Jenny contuvo la respiración y se preparó para fingir mientras acudía a abrir.

—Hola —la saludó Sandra.

El tiempo que habían pasado separadas se evidenció al instante, porque su amiga esbozó una sonrisa en lugar de abrazarla como de costumbre y entre ellas se instaló una timidez que antes no existía.

—¿Cómo te encuentras?

—Mucho mejor, gracias —contestó, pero la traicionaron su mirada vacía y su sonrisa incómoda.

En el salón de baile reinaban la música a todo volumen y el calor de los cuerpos. Permanecieron de pie en una esquina oscura, y Jenny se sintió como si estuviera viéndolo todo desde el exterior mientras observaba a los grupos de amigos que formaban corrillos, riendo y charlando, y envidió su alegría, su inocencia.

Sandra le dio una calada al cigarrillo y el humo ascendió en una voluta desde sus labios.

—¿Qué tal la escuela? —preguntó Jenny, intentando convertirse en la persona que solía ser.

—Bien —dijo Sandra, y se colocó el pelo detrás de la oreja mientras sus ojos seguían algo en la distancia—. He aprobado el examen de taquigrafía.

—Enhorabuena —la felicitó Jenny, y sintió una repentina punzada de celos.

Hubo una breve pausa.

—Te he echado de menos, Jen —confesó Sandra, mirándola a los ojos—. Las primeras semanas que faltaste a clase, continuamente me olvidaba de que no ibas a venir y esperaba en el muro a que pasaras a buscarme.

Jenny bajó la vista a sus talones y sintió un estremecimiento a causa de la culpa.

Se moría de ganas de compartir con su amiga el tremendo error que había cometido y el perfecto milagro que había surgido de ello; quería hablarle del amor imperecedero que había sentido y de la pesadumbre que acarreaba desde entonces. Deseaba que Sandra supiera por qué ya no era la chica a quien antes conocía. En cambio censuró sus palabras hasta que dejaron de existir. Aquella amistad y su secreto eran como el agua y el aceite.

—¿Seguro que te encuentras bien? —preguntó Sandra con la cabeza ladeada y una mueca de preocupación.

—Sí, sí —la tranquilizó Jenny, y se enderezó un poco a la vez que tomaba conciencia de sí misma—. Siento no ser hoy la mejor compañía, creo que es por el cansancio.

—No te disculpes —dijo su amiga—, es comprensible. Llevas meses postrada en la cama, así que esto debe de ser bastante impactante.

Jenny se obligó a esbozar una sonrisa incómoda.

—¿Vas a volver?

—Quizá —empezó a decir—, si soy capaz de...

—Te está mirando —la interrumpió Sandra, con la atención puesta en otra parte.

—¿Quién?

—El alto, el de las orejas de soplillo.

Jenny siguió la mirada de Sandra hasta un grupo de hombres del otro extremo de la sala, todos ataviados con sus mejores trajes.

—¿El moreno?

—Sí, ese. No para de mirarte.

—Seguro que no —la contradijo, y se volvió hacia ella mientras pensaba qué preguntarle a continuación—. ¿Cómo está tu familia?

Sandra dio un grito ahogado.

—¿Qué pasa?

—Ese chico... —bajó la voz—, creo que viene hacia aquí.

—Seguramente ha visto a algún conocido —dijo Jenny, pero se le encendieron las mejillas.

—¿Vas a volver a Lady Jane's? —le preguntó Sandra sin dejar de mirar al joven—. Cuando te hayas recuperado del todo.

Jenny sacudió la cabeza con más ímpetu de la cuenta.

—Pero ¿y Ray? ¿Has tenido noticias de él?

—No —contestó Jenny con un sabor amargo en la boca—. Es lo peor que podría pasarme. Por favor, ¿me das uno de tus cigarrillos?

—Veo que has cambiado de parecer —observó Sandra.

Jenny estaba mirando a su amiga, que rebuscaba dentro del bolso para encontrar un cigarrillo, cuando notó el contacto de una mano.

—Disculpa —la interrumpió el chico alto de las orejas de soplillo, tratando de vencer el volumen de la música—, ¿me concedes este baile?

Ella vio que Sandra la estaba observando.

—Si a su amiga no le importa —añadió, y en su cara se dibujó la más amable de las sonrisas.

—Claro que no me importa —dijo Sandra, y se mordió el labio para disimular la risa.

La banda empezó a tocar y una sacudida de energía recorrió la sala cuando muchas personas se pusieron de pie. Una parte de ella deseaba quedarse junto a Sandra, esconderse; pero aquel chico desprendía seguridad, familiaridad, de modo que dejó que la guiara hasta la pista de baile, donde dieron vueltas y vueltas de una esquina a otra en una especie de baile entre el jive *y el* twist. *Era un alivio estar con un extraño, con alguien que no la conocía de nada y, por tanto, no tenía que fingir; y por primera vez en muchos meses se vio obligada a existir en el momento presente, a centrarse únicamente en mover su cuerpo al ritmo de la música.*

La canción terminó y la banda entonó una melodía más lenta, de modo que las parejas de la pista bailaron más pegadas. El chico se le acercó y, con delicadeza, colocó una mano en la parte baja de su espalda.

Ella tenía las palmas de las manos húmedas de tanto apretarlas, pero confiaba en que él no lo notara.

—Soy Bernard, por cierto —se presentó—, o Bernie para abreviar.

Cuando levantó la cabeza, Jenny vio que los ojos le brillaban en la oscuridad, protegidos por unas pestañas larguísimas.

—Encantada de conocerte, Bernard —dijo ella, y aspiró el aroma de su loción Old Spice—. Yo soy Jenny.

Él hizo una mueca, por lo que ella supo que no la había oído, y al acercarse le pisó la punta de pie y ella se retiró de un salto.

—Lo siento —se disculpó con cara de horror—. Soy demasiado alto para bailar.

Algo en su expresión le resultó gracioso, y empezaron a temblarle los hombros mientras la risa le hacía sentirse más ligera.

—Además, a pesar de que tengo unas orejas enormes, oigo muy mal —dijo, visiblemente aliviado porque había conseguido hacerla reír—. ¿Cómo te llamas, disculpa?

—Jenny —dijo ella un poco más fuerte.

Por el rabillo del ojo vio a Sandra. Al parecer, trataba de ser amable con un chico que se estaba sirviendo de una silla para impulsarse hacia arriba y tenía el cigarrillo a poco más de un centímetro del vestido de su amiga.

—Jenny, ya sé que nos acabamos de conocer —empezó a decir Bernard haciendo copa con la mano sobre la oreja de ella—, pero ¿estás libre mañana por la noche? Me gustaría mucho salir contigo. ¿Al cine, quizá?

—Sí, sí que estoy libre —contestó ella, y se sorprendió a sí misma porque las palabras salieron de sus labios antes de que pudiera contenerlas—. Me gustaría mucho.

—Pasaré a recogerte. ¿Dónde vives?

En ese momento, Sandra estaba poniendo los ojos en blanco y empujaba un vaso de agua en dirección al hombre del otro lado, que, al parecer, había perdido el control de sus piernas.

—En Chestnut Road, en el número veintinueve... Será mejor que vaya a ver a mi amiga, creo que ese hombre la está molestando.

Él la tomó de la mano.

—Lo conozco, es Larry, mi vecino. Antes ha estado en el pub...

La guio a través de la multitud y cruzaron la pista de baile en dirección a Sandra y Larry. Tenían los dedos entrelazados y Jenny percibió la calidez, la química.

—¿Es amigo tuyo? —preguntó Sandra mirando a Bernard con los brazos cruzados—. Lo digo porque me parece que le conviene irse a casa.

Bernard pasó el brazo de Larry por encima de su hombro y lo ayudó a levantarse mientras él se curvaba bajo su peso.

—Te debo una disculpa. Me lo llevo antes de que cause más problemas —dijo—. Jenny, nos vemos mañana en el veintinueve de Chestnut Road. ¿A las seis?

—A las seis —convino ella, y una sonrisa le tiró de las comisuras de la boca.

—Buenas noches —dijo, y sus ojos castaños se quedaron mirándola hasta el último segundo antes de volverse y desaparecer entre la multitud.

—¿Tienes una cita? —quiso saber Sandra, estrechándole el brazo.

Ella asintió y un resquicio de luz se abrió paso en su oscuridad interior.

—Sí, eso creo.

Montada en el autobús número 112, que recorría el camino desde la estación de Kittlesham hasta el parque del centro de la población, Jenny se dio cuenta de que podía estar a punto de volver a perder a la persona a quien más amaba en el mundo. Había elegido un asiento en la primera fila del piso de arriba y tenía la frente apoyada en el frío cristal para que nadie pudiera ver las lágrimas que le resbalaban por las mejillas. Una parada más y estaría en casa.

Cuando el autobús frenó con un chirrido, oyó las pisadas de los viajeros que subían por la estrecha escalera.

—Robbo, idiota —vociferó alguien a la vez que le daban una patada a una lata por el pasillo, y esta fue a parar a los pies de Jenny, de modo que se volvió a mirar.

Era un grupo de chicos de la escuela secundaria del pueblo, con las corbatas sueltas, la cara llena de granos y la sombra del bigote sobre el labio superior.

—Es esa vieja del programa de la tele —dijo una voz que tenía un sonido extraño, como atrapada entre dos tonalidades, y la atención del grupo se desvió de la lata y se centró en Jenny como si fuera la de una manada de lobos.

—¡Hola, señora!

Jenny notó el pulso del corazón en las costillas y se puso tensa mientras respiraba con pequeñas inspiraciones superficiales. «Ahora no», pensó, y se mantuvo más quieta que una estatua con la esperanza de que, si no les hacía caso, perdieran el interés.

—Señora de los pasteles, ¿por qué nos ignora?

Se oyó una risita colectiva.

—¡Es de mala educación no contestar! —exclamó una voz.

—¿Dónde está su bebé? —dijo otra.

Ellos tenían ganas de reírse y Jenny ardió por dentro a causa del miedo, la ira y la indefensión. Se limpió las mejillas con la manga de la chaqueta mientras seguían resbalándole lágrimas silenciosas que le hacían cosquillas al resbalarle hasta la barbilla y colarse por el cuello de la blusa.

El autobús aminoró la marcha y la lata rodó hacia delante. Para su alivio, la siguiente parada era la suya. Aferró el bolso y contó hasta tres antes de dirigirse a la escalera con los ojos clavados en las motas del suelo de vinilo. El autobús viró y se sujetó a la barra. Tenía los nudillos blancos cuando bajó por la escalera y el ruido se amortiguó. Las puertas se abrieron y bajó a la calle, donde caminó despacio a la vez que la desesperación crecía en su interior, de tal modo que apenas podía respirar. El corazón la llevaba hacia la única persona que podría hacer que se sintiera mejor, el eje alrededor del cual giraba su mundo.

Cuando llegó a la verja de su casa, apenas distinguía la entrada con la visión emborronada por las lágrimas. Hizo girar la llave en la cerradura, empujó la puerta y la cerró deprisa, como si la estuvieran siguiendo. Las luces estaban apagadas y en la casa reinaba la quietud.

—¿Bernard? —lo llamó, y escuchó su voz, que quedó absorbida por el silencio.

Miró en la cocina, en el jardín y en la sala de estar. Fue hasta su sillón, que era una extensión de sí mismo, y acarició el raído terciopelo del reposabrazos. Sobre la mesita auxiliar vio sus gafas de lectura y un paquete de regaliz variado; pero, al lado, un periódico doblado captó su atención. Porque en la portada aparecía una fotografía de ella tomada durante un momento de tensión del concurso, y se la veía cansada, afligida. Lo cogió y leyó por encima el artículo que habían escrito sobre ella y que le descubría al mundo su secreto, el que había estado enterrado durante tanto tiempo. Era demasiado tarde; Bernard ya lo sabía, y para eso, efectivamente, no existían recetas mágicas. ¿Cómo había sido tan estúpida? Había puesto en riesgo lo más valioso. Dentro, muy dentro de sí, siempre había sabido que en algún lugar la desgracia yacía latente, aguardando para recordarle quién era y qué merecía.

—¡Bernard! —lo llamó, y estampó los pies en la moqueta cuando subió corriendo la escalera, cruzó el descansillo y abrió de golpe la puerta del dormitorio, la del baño, la del despacho. Giró con torpeza la llave de la portezuela que daba al jardín y la forzó con el pie. Examinó el perímetro inmaculado, pero no vio a Bernard por ninguna parte.

Poco a poco se acercó al cobertizo, aterrada ante la idea de que, si no estaba allí, había agotado todas las posibilidades. La puerta se resistió con un crujido perezoso y, a continuación, se abrió despacio. El interior era frío y húmedo, y Jenny se sintió abrumada por el olor de serrín, de cera y de pulimento. Se le cayó el alma a los pies y el pulso empezó a martillearle en las sienes; allí no había nadie. El único lugar al que podía haber ido era a casa de Rose y Jeremy, pero el coche estaba fuera, así que no tenía sentido.

Volvió al recibidor, descolgó el teléfono y marcó su número. Con cada sonido iba perdiendo un poco más la esperanza; y mientras escuchaba reparó en que el perchero estaba diferente, más vacío. Faltaba la chaqueta de Bernard. Se había ido.

Caminó por las calles de Kittlesham sin dejar de escrutar los rostros de los desconocidos en busca de sus ojos castaños, sus mechones blancos, los zapatos de cordones que, sin duda, llevaba puestos, aunque hiciese calor. Avanzó hasta la iglesia y pasó por la tienda de periódicos y el parque. Las rutas que tanto conocía se le hacían extrañas, anónimas, porque no las recorría con él a su lado. Había niños que gritaban de júbilo dándole patadas a un balón de un lado a otro, y una pareja los observaba mientras disfrutaba de un pícnic en un banco; sin embargo, tanta felicidad solo servía para resaltar su aflicción. Apoyó la mano en la corteza rugosa de un árbol y trató de recobrar el aliento cuando unas gotitas diminutas cruzaron por delante de sus ojos.

Se dejó caer hasta que topó con las gruesas raíces de madera. Los últimos sesenta años de su vida se proyectaron frente a ella, acompañados por la calidez de su sonrisa, de sus silbidos, del latido de su corazón cuando apoyaba la oreja en su pecho y le rodeaba la cintura con los brazos.

—Bernie —dijo, y ahogó el llanto en la chaqueta de seda mientras la ausencia hacía mella en su interior.

Todo ese tiempo se había guiado por el miedo de perderlo, de herirlo, pero al no querer desvelarle su secreto había conseguido precisamente eso. Era más de lo que podía soportar.

31

Pudin de melaza

Jenny examinó los rieles con prendas diminutas mientras se consumía ante aquellas chaquetitas tan bien tejidas, los peleles estampados y los vestidos con el canesú fruncido. Habían pasado quince años, y sin embargo en su mente James seguía teniendo seis semanas, con sus deditos diminutos, sus orejas como pequeñas conchas y las lorzas alrededor de sus muñecas. Cogió unos pantalones de peto de un azul palidísimo en cuyos botones había pintados unos alegres patitos amarillos. Dos años. «De modo que a los dos años era así», se dijo. ¿Seguiría teniendo el cabello espeso y moreno o se habría vuelto rubio? ¿Tendría los ojos azules, como ella, o se le habrían oscurecido con el tiempo? Mientras devolvía el peto al riel, le llamó la atención una trenca de color verde botella. Cuatro años; a esa edad ya debía de estar en la escuela. Introdujo los relucientes botones de madera por las presillas como si quisiera vestirlo y notó que volvían a abrirse las heridas de su corazón. Acarició el cuello de la trenca vacía, una prenda que le hizo pensar en todas las cosas que nunca sabría de él.

—¿Puedo ayudarla, señora?

Se estremeció como si la hubieran pillado metiendo la nariz en un armario ajeno.

La dependienta era una mujer más mayor de ojos cálidos que brillaban a través de unas gafas muy grandes.

—Estoy buscando algo para mi cuñada, acaba de tener un bebé —explicó Jenny mientras tragaba saliva para apartar la tristeza de su garganta—. Es una niña.

—Felicidades —dijo la dependienta, y su rostro se frunció en una sonrisa—. ¿Le han puesto nombre?

Jenny asintió.

—Rose.

El rostro de la mujer se iluminó.

—Tengo exactamente lo que busca, querida.

Fue directamente hacia el extremo más alejado de la tienda con un paso que revelaba su condición de artrítica.

—Esto estaba esperándola —dijo, y revolvió entre la ropa colgada en el riel hasta que le mostró un vestidito blanco con el canesú fruncido y el cuello bordado con capullos de rosa.

—Es perfecto —convino Jenny, y recorrió con el dedo la delicada labor de aguja como si fuera escritura en braille.

La mujer sonrió y desanduvo el camino hasta la caja registradora antes de doblar el vestido con pulcritud e introducirlo en una bolsa de papel.

—¿Desea algo más? —preguntó—. La he visto coger la trenca de color verde.

—Ah, no —dijo Jenny—. Solo la estaba mirando.

—¡Ya estás aquí! —exclamó Bernard con la voz teñida de emoción cuando ella cruzó la puerta cargada con las bolsas de compra y llenó la casa de un soplo de aire fresco.

Tenía el pelo grueso un poco húmedo en las zonas por donde se había pasado el peine mojado en un intento de domarlo, y Jenny vio que había elegido su mejor camisa para la ocasión.

—Lo siento, me he entretenido en la tienda de ropa de niños —se disculpó, y abrió la bolsa de papel para coger el vestido por los hombros y sostenerlo en el aire—. Le he comprado esto a Rose. Mira, tiene capullos de rosa bordados en el cuello.

—Buena elección —alabó él y se acercó para mirarlo más de cerca—. A Margot le encantará.

—¿Cómo están? —preguntó Jenny de camino a la cocina.

—Bien. —Bernard miró el reloj—. Ya están en casa y tienen muchas ganas de vernos. No veo la hora de llegar.

—Es una gran noticia —dijo ella, y abrió el armario donde guardaba los productos de repostería para escrutar los estantes—. Iba a preparar un pudin de melaza para darles energía. Creo que podríamos acompañarlo con nata fresca.

Él se inclinó sobre la encimera mientras se pasaba los dedos por el bigote que se había dejado crecer últimamente. Seguía resultando novedoso, y ni Jenny ni él se habían acostumbrado todavía.

—¿Te has planteado...? —Hizo una pausa y reformuló la frase—. Ahora que tenemos a Rose, con la alegría...

Jenny se mantuvo ocupada preparando el pastel. Empujó el lomo de su libro de recetas Be-Ro para mantenerlo abierto y buscó los ingredientes mientras captaba lo que él iba diciendo.

—¿Te has planteado alguna vez cómo sería tener un niño nuestro?

Ella mezcló la sal, la harina y la margarina y añadió una cucharadita de jengibre triturado.

—Tengo treinta y dos años, Bernard —dijo mientras cascaba un huevo—. Creo que es un poco tarde...

—Eso no lo sabemos —protestó él—. A un compañero de colegio, su madre lo tuvo a los treinta y cuatro años.

—Seguramente era su último hijo, no el primero —observó ella mientras retiraba la tapa del tarro de melaza.

Él guardó silencio un momento y la encimera crujió cuando cambió de postura.

—Ya sé que siempre has dicho que te gusta cómo es nuestra vida así, solos los dos, y que no es el momento, que como perdiste a tu madre de pequeña no quieres cargar con la responsabilidad de dejar a un hijo huérfano... —Se acercó a ella y le pasó el brazo por los hombros—. Supongo que me refiero a que, si en algún momento cambias de opinión, puedes decírmelo.

Ella vertió un poco de azúcar en la balanza y se formó una montañita reluciente. Tanta actividad servía para ocultar su vacío. Era como si alguien hubiera abierto una puerta en su corazón y de pronto se sintiera completamente hueca por dentro. Para ella solo existía un bebé, y ese era James. ¿Cómo podría tener otro hijo sin que le recordara al que había perdido? Jamás superaría un dolor semejante.

—Disfrutaré de Rose —resolvió mientras trasladaba el azúcar al cuenco de la mezcla—. Me encantará ser la tía Jenny, y al final del día podremos llevarla de vuelta con Margot y John y no tendremos que sufrir la peor parte.

Vio por el rabillo del ojo que Bernard volvía a acariciarse el bigote.

—Eso es verdad —dijo, pero ella notó que su tono estaba desprovisto de emoción y la oprimió el nudo de la culpabilidad.

Mientras mezclaba los ingredientes con una cuchara de madera, notó que él retiraba el brazo y prestó atención al sonido de sus botas cuando se alejó.

—Bernie —lo llamó, y dejó de remover—. ¿Eso es lo que tú quieres? ¿Formar una familia?

Él se detuvo con la mano en el tirador de la puerta.

—Me encantará ser el tío Bernard —contestó.

Jenny permaneció sentada en el sillón de Bernard mientras oscurecía, hasta que oyó el ruido de una llave en la cerradura. Se levantó de un salto y corrió hacia la puerta de entrada, donde vio a Bernard de pie en el recibidor, solo que estaba distinto. De hecho, apenas lo reconoció.

—Bernard —dijo, y lo abrazó de forma instintiva, pero él mantuvo los brazos pegados al cuerpo, lacios.

Ella se retiró y lo miró a los ojos; los tenía vidriosos y desprovistos de vida. Las líneas de expresión que solían revelar su talante risueño ahora lo hacían parecer frágil, agotado. Bernard volvió la cabeza con un gesto brusco para evitar mirarla a los ojos, como si le resultara demasiado doloroso.

—Siento no habértelo contado —empezó a decir, y la aflicción se abrió paso en su interior como una violenta tempestad—. Yo tenía diecisiete años... Estuve con un hombre casado al que entonces creía que amaba, pero no era verdad... Él se desentendió... Solo lo sabían mi padre y mi tía... Pasé mucha vergüenza. Cometí un error, y no tuve otra alternativa que darlo en adopción...

Quiso coger aire, pero no podía parar, como si estuviera asomada a un abismo y algo la empujara a saltar, a soltarlo todo.

—Fui a una casa de maternidad para tenerlo... Estuve apartada de todo durante varios meses. —Tragó saliva y se llevó las manos al pecho—. El problema es que nadie me había explicado que amaría a ese niño con todo mi corazón, que era mi hijo y estaría dispuesta a dar la vida por él.

Dejó caer la barbilla y soltó un quedo sollozo, como si le estuvieran retorciendo el corazón.

—Me dijeron que tenía toda la vida por delante, que nadie tenía por qué enterarse —sollozó—, que algún día las cosas se pondrían en su sitio y lo superaría... Pero, Bernie..., no lo he superado.

Él bajó la cabeza.

—Nunca fui capaz de contártelo... Nada más conocerte supe que no podría permitirme perderte a ti también. Creía que si lo sabías no querrías casarte conmigo... Y con el paso de los años, cada vez tenía más enterrado mi secreto; hasta que ha sido demasiado tarde. Te he engañado, y sé que eso lo ha destruido todo.

Lo miró entre las lágrimas; vio sus hombros hundidos, su pelo de un blanco níveo. Él permaneció en silencio con la cabeza gacha: la viva imagen de la desolación que había causado.

Incapaz de soportarlo por más tiempo, Jenny subió al dormitorio. Retiró el taburete de debajo del tocador y se encaramó a él para alcanzar la estantería más alta del armario. De allí sacó sombrereras y cajas de zapatos que fue lanzando sobre la cama, como si quisiera mostrarle a todo el mundo los últimos sesenta años de su vida. En el interior había viejos tesoros cubiertos de polvo, objetos que había guardado de bautizos, cumpleaños, funerales y bodas; cada una de las cajas era un recuerdo de la vida que Bernard y ella habían construido en pareja. Y en ese momento se preguntó cómo lo hacía la gente; cómo, generación tras generación, decidían formar una vida juntos con la única certeza de que algún día acabarían por perderla.

Tuvo que esparcir todos y cada uno de los recuerdos sobre la cama para llegar hasta la cajita de madera oculta en el último rincón. La sacó y la depositó sobre su regazo para trazar líneas con el dedo en la gruesa capa de polvo que se dispersó en el aire y le tapó la garganta. Levantó la tapa y vació el contenido. La tarjeta de color azul había perdido el color con los años. EATON, JAMES. FECHA DE NACIMIENTO: 11 DE ENERO. PESO AL NACER: 4,5 KG. Unas palabras que estaban desapareciendo en el mismo papel en el que fueron escritas. Debajo estaba la preciosa foto de James en la cuna que le había regalado Mary, y acarició con un dedo el contorno de su cabecita de bebé, de sus orejitas en forma de conchas diminutas, de su pelo oscuro. No quería olvidarlo jamás.

Se dejó caer en la cama, rodeada de su vida en cajas, y enterró la cabeza en la almohada mientras su cuerpo se sacudía entre jadeos y aquella ausencia la vaciaba por dentro.

La puerta se abrió despacio y el peso de Bernard hundió el colchón a su lado. Ella se volvió a mirarlo con la cara manchada de lágrimas.

Él cogió la tarjeta y la fotografía y las miró de cerca.

—¿Es él? —preguntó, con la voz frágil, queda.

Ella asintió.

—Es precioso —dijo, y las palabras se atoraron en su garganta a la vez que contraía el rostro y cerraba los ojos con fuerza mientras las lágrimas empezaban a rodarle por las mejillas.

Ella lo abrazó y enterró la cabeza en la lana de su jersey y lloraron juntos con los dedos entrelazados, como si quisieran evitar mutuamente que el otro se desmoronara.

—Aquella noche en el baile me salvaste, Bernard, sin que ni siquiera te dieras cuenta..., pero has pagado un precio muy alto... Te dije que no quería una familia porque no me veía capaz de tener otro bebé después de lo de James. ¿Cómo habría podido? Me habría resultado demasiado doloroso ver a su hermano o su hermana pequeña y saber que a él lo había abandonado...

Los hombros empezaron a temblarle mientras seguía entre sus brazos.

—Ahora me doy cuenta de que hice algo terrible, de que al perder mi derecho a elegir te privé también a ti, y eso nunca me lo perdonaré, Bernard... Habrías sido un padre maravilloso.

Estuvieron así un rato, hasta que él se enjugó los ojos con la manga del jersey. Jenny no había visto nunca nada más triste que las mejillas de Bernard surcadas de lágrimas.

—Si mi vida hubiera sido distinta, Jenny, no la habría vivido a tu lado —dijo él, y se sacó un pañuelo del bolsillo con sus gruesos dedos temblorosos—, y eso sí que no lo habría soportado.

Se sonó la nariz con breves bufidos y se guardó el pañuelo dentro de la manga.

—Estoy muy contento con la vida que he vivido —prosiguió—, y la verdad es que no me lamento demasiado por lo que no he podido tener, porque sé que he tenido muchas cosas buenas. Lo que sí lamento es que, aunque sé perfectamente cuántas tazas de té tomas al día y a qué hora, y que te gusta dejar las cortinas entreabiertas para ver el cielo a primera hora de la mañana, y también que cuando estás preocupada te frotas el labio superior con el lado del edredón que está frío… esto no lo sabía.

Las palabras la azotaron como un embate de agua fría, de modo que apenas podía respirar.

—Siento que te ocurriera una cosa tan terrible, que hayas tenido que acarrear ese dolor toda la vida y que no hayas podido compartirlo conmigo.

—Yo nunca he querido hacerte daño —dijo ella, y se le cerró el estómago mientras por dentro sentía una presión que no podía contener—. Cuando llegó el momento en el que me fue imposible ocultarle a mi padre lo que había hecho, algo entre nosotros cambió… Era como si el amor que nos teníamos estuviera enterrado bajo el peso de la tristeza, y… y no quería que a nosotros nos pasara lo mismo.

Él le acarició el pelo con suavidad, de tal modo que, a pesar de su desesperación, Jenny se sintió muy viva y saboreó aquellas caricias como si fueran las últimas.

—La pérdida de James me dolió tanto que jamás me he recuperado… y tengo mucho miedo de perderte también a ti.

—Nosotros siempre formaremos parte de la vida del otro, Jenny —dijo el, y la besó en la coronilla—. Te quiero, y ni siquiera la muerte podrá cambiar eso.

32

Pudin de tofe pegajoso

Las tareas más ordinarias eran muy sanadoras: tender la colada, frotar un lavabo sucio u hornear un pudin de tofe pegajoso, y en los días y las semanas que siguieron, sirvieron para proporcionar momentos de respiro entre el miedo y la culpabilidad. Fueron las prosaicas rutinas del día a día, los rituales discretos pero constantes, lo que poco a poco volvió a tejer sus lazos de unión.

Jenny introdujo el mango de una cuchara por debajo de la tapa del tarro de melaza y fue haciendo palanca para abrirla mientras las persistentes hebras de azúcar se pegaban a ella como si fueran telarañas, hasta que por fin se hicieron muy finas, más ligeras que el aire, y se rompieron. No pudo resistir la tentación de surcar la superficie cristalina con la punta del dedo, lo cual creó capas oscuras y pegajosas; y, aunque sabía que acabaría por decepcionarla, no fue capaz de no probarla, con la leve esperanza de que se pareciera al equivalente de color dorado. Como imaginaba, su sabor amargo la desengañó. Nunca aprendía la lección. Introdujo una cuchara en el tarro y le dio vueltas y vueltas en el aire antes de que se formara un denso goterón que dejó caer en el cazo.

Mientras removía la melaza junto con la mantequilla y el azúcar mascabado, iba dejando al descubierto unas breves líneas plateadas en el fondo del cazo y formaba figuras que duraban tan solo una fracción de segundo antes de desaparecer bajo la mezcla. Añadió una jarra de nata doble de la nevera y lo llevó todo al punto de ebulición a la vez que observaba cómo cobraba vida.

—¡La final empieza en cinco minutos, cariño! —la avisó Bernard desde la sala de estar.

Pinchó el bizcocho con la punta de un palillo y lo empapó con la salsa de tofe, tras lo cual sirvió dos porciones, todavía humeantes, en sendos platos. La de Bernard era especialmente generosa y lucía con orgullo sobre un lecho de nata. «Justo a tiempo», pensó mientras una conocida sintonía la arrastraba hasta la sala.

—¡Oooh! —exclamó Bernard, y se incorporó un poco en el asiento cuando el cuenco caliente aterrizó en su regazo. La pantalla del televisor se reflejaba en los cristales de sus gafas—. ¿Tofe pegajoso?

Ella asintió y una sonrisa le tiró de las comisuras de los labios.

—Es mi favorito —dijo, y se remetió una servilleta por el cuello de la camisa—. Gracias.

Jenny introdujo la cuchara en el bizcocho, cuyo interior estaba esponjoso y tan caliente que de él salían danzando volutas de vapor con el olor del azúcar caramelizado, y al empaparlo en el charco de nata adquirió un sabor más dulce e intenso.

—¿Sabes qué? —dijo mientras disfrutaba de cada bocado que se derretía sobre su lengua, lo cual era una distracción muy oportuna para no fijarse en su imagen en la pantalla—, creo que nada de lo que preparé en *Britain Bakes* estaba tan rico como este pudin.

—¡Ahí está Ann! —exclamó Bernard, y dejó caer la cucharilla en el cuenco con estrépito cuando transmitieron un fragmento de la entrevista que le habían hecho para el programa.

«Sabe que puede contar con todo nuestro apoyo», dijo Ann con un brillo en la mirada mientras posaba frente a las hortensias blancas del jardín.

—Estoy muy contento de que mis hortensias blancas...

—¡Ahí estás tú! —lo interrumpió Jenny, y lo observó mirarse en la pantalla, tan paralizado durante todo el tiempo que duró su aparición que parecía que solo pudiera existir un Bernard a la vez—. Es raro lo de verte en la tele, ¿verdad?

Él asintió, totalmente desprovisto de palabras, hasta que cogió la cucharilla y volvió a llenarla de pudin.

Jenny prestó atención al desarrollo del programa, en el que la realidad que ella recordaba aparecía recortada e impecable como una versión concentrada de los hechos, con los grandes momentos magnificados y los murmullos más intensos. Daba igual que supiera el desenlace; resultaba embriagador ver a Azeez rellenando sus lionesas de salmón y rábano picante al tiempo que Sorcha disponía los *macarons* sobre una bandeja de horno formando vistosos puntitos rojos y verdes. Cuando el reloj empezó a marcar los últimos minutos, Jenny se puso tensa aguardando el temido momento en el que se desmontó la cesta.

—No sé cómo narices se las arregla el jurado para decidir; todo tiene una calidad extraordinaria —opinó Bernard, y se inclinó hacia delante para depositar el cuenco increíblemente limpio sobre la mesita auxiliar sin apartar los ojos de la pantalla—. Entiendo que Azeez ha arriesgado al elegir los sabores y demás, pero yo no sé hasta qué punto disfrutaría con una quiche de manzana con especias y pasas sultanas.

Ella sonrió; su expresión seria le hacía mucha gracia.

—¿Te acuerdas de cuando mirabas el programa desde detrás del periódico? —preguntó.

—Ay, no...

Él se incorporó en el sillón y la siguió por la pantalla mientras llevaba la cesta hasta el jurado, tras lo cual apareció un primer plano de Azeez cubriéndose la boca con las manos cuando esta se desmoronó.

Jenny se enroscó un mechón en el dedo y tiró con fuerza. Revivir todo eso era casi igual de traumático que experimentarlo de verdad.

—Pero tú hiciste una cosa más que los demás; ¡la cesta fue un plus! —protestó Bernard, y sacudió la cabeza para demostrar que estaba en desacuerdo con el veredicto—. Qué mala suerte.

Permanecieron sentados en silencio mientras el jurado probaba las recetas con una calma desesperante, y oyeron el crujido del pan de jengibre y el suave impacto del *tiffin* a medida que iban desmontando sus creaciones sin que su semblante revelara nada de nada.

«Tus sabores están muy conseguidos», dijo Amanda, y Bernard agitó el puño en el aire como si estuviera presenciando una tanda de penaltis en lugar de viendo cómo alguien degustaba un *éclair*.

—¡Vamos! —rugió, y Jenny no pudo evitar echarse a reír.

Antes de que se dieran cuenta, estaba exactamente en el mismo lugar que hacía unos meses, de la mano de Sorcha y Azeez en el centro del césped bien cuidado, rodeada por un público de amigos y familia. Era el momento que todo el país había estado esperando.

«El ganador o la ganadora de *Britain Bakes*... es... —anunció Mo al tiempo que la cámara se paseaba entre sus caras expectantes y el silencio pesaba cada vez más— ¡Azeez!».

Se oyó el fragor de la multitud cuando corrieron hacia ellos en un mar de lágrimas, risas y abrazos; y, de pronto, la cara de Jenny ocupó toda la pantalla y se vieron sus ojos enrojecidos y llenos de lágrimas.

«Yo creía que era demasiado mayor para esto, que era una tonta por haberme atrevido a enviar la solicitud, pero aquí estoy, lo he conseguido, y eso es algo que nadie podrá arrebatarme jamás», dijo ante la cámara, y Bernard la miró desde su sillón con los ojos arrasados en lágrimas.

—Ay, cariño —dijo, tras lo cual se puso de pie con esfuerzo para acercarse a ella, y Jenny sintió el súbito impulso de levantarse y acudir a su encuentro.

Cuando llegaron el uno frente al otro, se rodearon mutuamente en un fuerte abrazo.

—Lo has conseguido —dijo, y se apartó un poco para mirarla mientras sacudía la cabeza y una sombra sentimental le cubría el rostro—. Imagínate si el año pasado a estas alturas hubiéramos sabido que serías finalista de esta edición.

—No me lo habría creído —repuso Jenny—. Uno nunca sabe lo que le espera a la vuelta de la esquina.

Hubo un momento, durante el tiempo que empezaban a aparecer los créditos, en que él bajó la cabeza como si quisiera decirle algo pero no se atreviera.

—¿Va todo bien? —preguntó Jenny.

—He estado pensando... —empezó a decir, y se dirigió a la mesita contigua al sillón para coger el periódico y hojearlo hasta que algo cayó al suelo—. Aquí está.

Recogió lo que parecían cartas dobladas, escritas con su caligrafía.

—He estado pensando en James. —Dio vueltas al papel entre sus dedos—. ¿Alguna vez has intentado buscarlo o te gustaría hacerlo?

Jenny bajó la mirada al suelo mientras digería que Bernard pronunciara ese nombre.

—Me dijeron que no podía hacerlo —explicó ella, y se dejó caer en el sofá—. Hasta que escribí la nota en Facebook, no pensaba que en mis circunstancias eso fuera posible.

Él se le acercó y dirigió el mando a distancia hacia el televisor para apagarlo.

—Ya —repuso, y desdobló los papeles, que temblaron como una hoja—. Bueno, pues me parece que sí lo es.

Jenny se colocó las gafas en la punta de la nariz y trató de concentrarse en las palabras escritas a lápiz que parecían páginas web y números de teléfono.

—He estado investigando un poco —explicó Bernard, y le posó una mano en la rodilla—. Hay sitios donde podrían ayudarnos, si eso es lo que quieres.

—¿Y tú? ¿Quieres eso? —preguntó ella con una sensación de vacío en el estómago, como si estuviera en un ascensor y alguien hubiera cortado el cable.

—Yo solo quiero que sepas que tienes todo mi apoyo para buscarlo, si es lo que quieres hacer.

Jenny examinó los motivos de la alfombra, las marcas del fondo de la taza sobre la mesita, las marcas de las cucharillas en los cuencos vacíos.

—La cuestión es que creo que, si lo hacemos, tenemos que estar preparados porque pueden pasar varias cosas —observó él—. Quizá no tengamos suerte, pero si lo encontramos, él ahora tendrá sesenta años y las cosas podrían ser complicadas. Es posible que no desee mantener el contacto, o que ni siquiera sepa que lo adoptaron. —Hizo una pausa mientras miraba por encima de las gafas antes de continuar—. No sabemos qué clase de vida lleva, o si...

Se interrumpió y decidió no seguir, pero Jenny sabía muy bien lo que estaba pensando.

—Ya lo sé —respondió ella, y le cogió la mano para depositarla en su regazo.

—Claro que, por otra parte, podría salir muy bien —añadió, y le estrechó la mano—. Solo quiero que seamos realistas.

Bernard había hablado en plural, y a Jenny eso le pareció lo más importante. Por primera vez en su vida no se sentía sola en cuanto a esa parte de su historia.

—Gracias —dijo, y apoyó la cabeza en el brazo de él—. ¿Y qué podemos hacer para encontrarlo?

—Bueno —empezó Bernard, que procedió a desdoblar otra hoja para enseñarle un correo electrónico que había impreso—. Me he puesto en contacto con una organización de ayuda a familiares de personas adoptadas y, aunque es cierto que como padres biológicos hay poco que pueda hacerse, sí que existen dos posibilidades.

Ella asintió y entornó los ojos para leer las palabras a través de las gafas.

—Lo primero que puedes hacer es incluir tu nombre en la lista de contactos. Así, si él ha hecho lo mismo y quiere que lo encuentren, es posible que os pongan en contacto.

A Jenny le dio vueltas el estómago.

—¿O sea que tenemos que estar los dos en la lista de contactos? —preguntó mordiéndose el interior de la mejilla.

—Exacto.

—¿Y la segunda posibilidad?

—La otra posibilidad es usar una agencia de intermediación. Según tengo entendido, es un servicio por el que pagas y ellos se encargan de encontrar a James. Si lo encuentran, hablan con él en tu nombre, averiguan si está dispuesto a establecer contacto y a que se conozca su nombre adoptivo.

A Jenny le dio un vuelco el corazón ante la idea de que le

hubieran cambiado el nombre y ahora James fuese Matthew o tal vez David, o incluso Paul.

—¿Y si dice que sí? —preguntó ella mientras le escrutaba el semblante.

—Bueno, entonces nos ayudarán a ponernos en contacto con él e iniciar la relación.

Jenny dio un suspiro hondo, temblorosa.

—¿Cuánto tiempo se tarda? —quiso saber.

Él pasó el brazo alrededor de sus hombros menudos y la atrajo hacia sí.

—Eso no se sabe hasta que empieza el proceso. Quizá vive en el extranjero, y entonces se tardaría más. —Dobló las hojas fruto de sus investigaciones en un pulcro rectángulo—. Solo quiero que estés informada de lo que puede pasar, debes tener las esperanzas puestas en lo mejor y prepararte para lo peor.

Ella contempló el dorso de sus manos, manchado por la edad, mientras asimilaba esas palabras.

—¿O sea que hay bastantes posibilidades de que hagamos todo eso y nunca sepamos su paradero? —dijo, como si el hecho de pronunciar las palabras en voz alta la ayudara a aceptar la situación.

—Sí, cariño —dijo Bernard—, pero por lo menos te quedará la tranquilidad de saber que tú has hecho todo lo posible.

Ella lo pensó un momento.

—Pues entonces creo que tenemos que intentarlo —concluyó.

Esa noche, tumbada en la cama, pensó en la infinidad de posibilidades acerca de la vida que habría llevado James. Era algo que había hecho millones de veces desde que se lo arrebataron, sobre todo el día de su cumpleaños, el día de la madre o cuando se cruzaba con un niño por la calle. Se preguntó si habría sido afortunado y habría tenido hijos, si habría encontrado el amor y forjado una carrera profesional satisfactoria, si habría sido feliz. El corazón le aporreaba el pecho mientras se planteaba otras posibilidades como que hubiese tenido una vida difícil, y en tal caso la responsable era ella. Cogió su vaso de agua y se acordó de lo que le había dicho Bernard, que por lo menos habría hecho todo lo posible. Buscó consuelo en la fortaleza de su marido, en la convicción de que, pasara lo que pasase, siempre tendría a Bernard para compartirlo. Y entonces lo recordó de joven y pensó en que siempre había antepuesto las necesidades de ella a las suyas propias. Cada vez que sacaba el tema de formar una familia, ella le ponía excusas y lo desestimaba, hasta que llegó el día en que fue demasiado tarde.

—Bernard... —dijo en la oscuridad—, si pudieras vivir otra vez sabiendo todo lo que sabes ahora, ¿elegirías compartir tu vida conmigo?

Sus palabras fueron recibidas por un silencio, por lo que pensó que estaría dormido. Se frotó el labio superior con la colcha de algodón y sintió que la invadían la alegría, la pena y el amor de los últimos cincuenta y nueve años.

—Sí —respondió él, y estiró el pie para notar la calidez de la pierna de ella—. Lo haría una y mil veces.

33

«Maridaje de pasiones», un pastel para las bodas de diamante

—Pesa una tonelada —se quejó la camarera mientras ayudaba a Jenny a colocar el pastel de tres pisos sobre la brillante superficie de acero de la encimera del pub, haciendo equilibrios para mantenerlo recto.

Era un clásico pastel de frutas, igual que el del día de la boda, y Jenny lo había recubierto con un glaseado de color marfil, de tal manera que los pisos parecían las sábanas de una cama muy bien hecha, sin una sola arruga a la vista. Los laterales estaban decorados con flores prensadas comestibles de color lila, amarillo, magenta y verde, y cada pétalo era igual de fino que las alas de una mariposa, o sea que podía apreciarse la red de filamentos que mantenía su estructura. No se parecía a nada que hubiera preparado anteriormente; era tan elaborado que resultaba imposible verlo todo de una vez y había que mirarlo por partes, poco a poco. La idea consistía en reflejar un maridaje de pasiones: la suya por los pasteles y la de Bernard por la jardinería. Jenny estaba entusiasmada con el resultado. Era bastante espectacular, y llamó la atención de todos los empleados de la cocina del pub local, reunidos a su alrededor.

—Por favor, ¿podrían sacarlo justo antes de que pidamos el postre? —les pidió.

Aquella cocina industrial le recordaba a la de la audición.

—Claro —respondió el jefe de cocina, y con una simple mirada fulminante consiguió que todos volvieran al trabajo—. Es una auténtica obra de arte. Debe de haber tardado siglos en hacerlo.

—Me ha llevado un buen rato, sí —confesó ella en un tono que irradiaba su felicidad en ese día—. Claro que, tratándose de mis bodas de diamante, no podía quedarme corta, ¿verdad?

Regresó a la mesa y aspiró el intenso olor de la salsa de carne que llegaba en cálidas ráfagas procedentes de la cocina mientras sorteaba a las familias, parejas y amigos que disfrutaban de sus reuniones durante la comida del domingo. Por fin dio con la suya y se detuvo un instante para observar sin ser vista. Jeremy llenaba vasos de agua y Max les enseñaba a Azeez y a Ashley, su novio, algo gracioso en su móvil. Fred había estirado el brazo para alcanzar la cesta del pan, y Rose y Ann comentaban el menú y lo analizaban como si fuera su última cena. En la cabecera de la mesa, Poppy estaba sentada sobre la rodilla izquierda de Bernard y su muñeca, en la derecha, y él le daba de comer con una cucharilla, tal como es debido, por lo que la niña estaba encantada. Contempló aquella escena caótica y perfecta, y fue capaz de apreciarla con otros ojos precisamente porque no formaba parte de ella. Existían familias de muchas clases y tamaños, pero ella se sentía orgullosa de que esa fuera la suya. Los últimos sesenta años la habían llevado hasta ese momento, hasta ese lugar en concreto desde el que podía ver la vida que habían construido juntos. Su existencia se había basado en el dolor por el pasado y la preocupación por el futuro, lo cual le había supuesto renunciar al presente.

—¿Va todo bien, señora Quinn? —preguntó la camarera mientras depositaba un montón de cartas con el menú sobre la barra, muy bien alineadas—. Creo que voy a sacar el champán, si le parece que están listos.

—Sí, por favor —la animó ella, y se unió a su familia en la mesa, donde ocupó un asiento entre Bernard y Rose.

La camarera apareció con una bandeja llena de copas altas y le entregó la botella a Bernard para que la descorchara, por lo que Poppy se tapó las orejas con tantos aspavientos que todos se echaron a reír. Jenny observó cómo la espuma ascendía hasta el borde de las copas y allí se detenía un momento antes de retroceder y estabilizarse con un suave burbujeo.

—Por Jenny y Bernard —propuso Rose alzando la copa—. Por sus sesenta increíbles años de matrimonio y por muchos más.

—¡Por Jenny y Bernard! —repitieron a coro todos los comensales, y el júbilo de sus voces la animó a volverse para darle un beso a su marido, que, a los ochenta y dos años, seguía teniendo la misma mirada dulce y brillante que cuando lo conoció por primera vez.

—Gracias por acompañarnos en un día como hoy —dijo Bernard, poniéndose de pie—. Por nuestra maravillosa familia, por los viejos amigos y también por los nuevos. Cuando me casé con Jenny, no tenía ni idea de lo valiente que era, y hablo en nombre de todos cuando digo que, Jenny, eres nuestra fuente de inspiración.

Hubo un murmullo de aprobación procedente de la mesa mientras todos la miraban.

—Tu capacidad para coger la vida por los cuernos sin importar lo que se te ponga por delante ha servido para que hoy seas la fuente de inspiración de todo el país, y siempre te estaré agradecido por haberme elegido para compartir tu vida.

Jenny lo miró, y las lágrimas le arrasaron los ojos cuando, por primera vez, reparó en que, aunque había pasado sesenta años muy felices junto a Bernard, ahora, por fin, se sentía feliz por sí misma.

—Nos has emocionado a todos —dijo Rose mientras se cubría la cara con una servilleta.

—Bueno, contadnos —saltó Azeez—: ¿cuál es el secreto?

Jenny miró a su marido. La palabra «secreto» hizo que se estremeciera por dentro. No era a ella a quien correspondía contestar eso después de todo lo ocurrido.

—Es una buena pregunta —contestó Bernard, luego frunció los labios como si tuviera que pensarlo mucho y vio que nueve pares de ojos se fijaban en él y aguardaban a que rompiera el silencio—. Con los años, ambos cambiamos, eso es inevitable, pero siempre hay una cosa que nos une, y es que somos humanos y, por lo tanto, hay que procurar ser amables los unos con los otros.

Tomó la mano de Jenny y se la estrechó con aquel gesto familiar y tranquilizador, tras lo cual ella sintió que sus palabras, una a una, se iban asentando como recientes copos de nieve, y supo que todo lo que decía era cierto.

Siguieron unos instantes de silencio durante los cuales Jenny notó que el corazón le latía muy fuerte y le temblaban las piernas. Pensó que tal vez sí que le correspondía a ella contestar esa pregunta, precisamente por todo lo ocurrido.

—Nadie nos enseña cómo compartir la vida con otra persona —empezó a decir, y se aclaró la garganta—. Para eso no existen manuales ni recetas, y creedme si os digo que más de una vez he deseado que sí que las hubiera.

Hubo un murmullo de risas y eso la animó a continuar:

—Me quedo muy corta si digo que he cometido unos cuantos errores durante mi matrimonio, pero lo que he aprendido es que a veces son esos errores, nuestros mayores fallos, la verdadera prueba de amor; son la oportunidad para conocer mejor al otro y poner ese amor en práctica, para reconstruir aquello que se ha roto en mil pedazos. —Miró a Bernard, y en sus ojos vio dos inmensos mares—. ¿Que cuál es el secreto de sesenta años de matrimonio? No estoy del todo segura. Lo que sí sé es que el mayor gesto de amor es amar a alguien a quien conoces de verdad.

34

El libro de recetas

Jenny ejerció presión con los dedos en la superficie de la mesa para estirarlos, de tal modo que sintió un leve dolor en la palma de la mano con la que había estado aferrando el bolígrafo. «Un último esfuerzo antes de las vacaciones de Navidad», se dijo mientras daba un sorbo de agua.

—¡Cinco minutos! —anunció la publicista a la vez que se retorcía el pelo en un moño con forma de *pretzel* y se lo ataba en la coronilla.

Un gruñido de decepción se propagó por la cola.

—Un libro por persona y veremos hasta dónde nos da tiempo, pero eso significa que se han acabado las fotos.

Le colocaron delante lo que le pareció el centésimo ejemplar del libro *Britain Bakes: cien recetas caseras*, y Jenny lo abrió y aspiró el prometedor aroma del papel nuevo.

—Buenas tardes —saludó, y cuando levantó la cabeza vio a un niño que la miraba con aire perplejo desde detrás de sus gafas de gran graduación.

A su lado había una chica con un plumífero largo que estaba acariciando el pelo del niño, tan revuelto que daba la impresión de que nunca se lo peinaba.

—¿Cómo te llamas?

—Se llama Edward —contestó la chica mientras el pequeño

seguía mirando a Jenny como si acabara de salir de la pantalla del televisor de su casa—. Es para nuestra niñera, así que nos gustaría que se lo dedicara a la niñera Green. Es una gran fan suya y este será su regalo de Navidad.

—Claro —accedió Jenny, y presionó el pulsador del bolígrafo contra la mesa: «Para la querida niñera Green, ¡nunca dejes de cocinar pasteles! Feliz Navidad. Besos. Jenny».

—¡Siguiente! —anunció la publicista, y la chica le dio las gracias a Jenny, cogió el libro y lo guardó dentro de su bolsa de tela.

—Feliz Navidad, Edward —le deseó Jenny mientras agitaba la mano para despedirse cuando el niño se alejó sin dejar de mirarla con aquellos ojos enormes por efecto de los cristales de aumento, hasta que llegó al otro extremo de la tienda y salió por la puerta.

—Hola —dijo, y al levantar la vista vio a un joven que llevaba un jersey de *jacquard* y tenía el pelo de un llamativo tono pelirrojo.

Depositó un libro frente a ella y Jenny retiró una nota adhesiva de la portada.

—Patrick —dijo ella, esforzándose por leer la nota a través de sus gafas—. ¿Es correcto?

—Sí, o Pat —repuso él, y acompañó la frase de una risa nerviosa—. ¿Sabe? He enviado una solicitud para participar en el concurso... Quiero el libro para poder practicar, por si me avisan para una audición. —Ella asintió y esbozó una sonrisa cansada—. No pensaba presentarme, pero cuando la vi a usted en el programa me dije: «¿Por qué no yo?».

—Me alegro mucho de oírlo —respondió ella, y ejerció presión sobre la portada abierta del libro—. Buena suerte.

«Para Patrick —escribió Jenny, y tuvo que hacer una pausa mientras su cerebro se ponía en marcha—. Tienes el mundo a tus pies. Para hacer un pastel solo se necesitan huevos, azúcar, mantequilla y harina (casi siempre), así que, ¿por qué no tú? Pero, sobre todo, ¡disfruta! Que seas muy feliz con tus recetas. Besos. Jenny».

El joven cogió el libro y leyó la dedicatoria con una sonrisa que recordaba a la de un niño en la mañana del día de Navidad.

—Bueno, vamos a tener que poner fin a esto o estaremos

aquí toda la noche —dijo la publicista dirigiéndose a la cola mientras revisaba los correos electrónicos del teléfono y sus cuidadas uñas repiqueteaban en la pantalla—. Encima de la mesa hay algunos ejemplares que la autora ha firmado de antemano, por si a alguien le interesa.

Jenny observó a las últimas personas de la cola, que tenían las mejillas enrojecidas por el frío e intercambiaban murmullos de decepción.

—Francesca, no hay problema —dijo Jenny—. No me importa firmar unos cuantos ejemplares más; no quiero que nadie se marche a casa con un disgusto.

Francesca miró el reloj y arqueó las cejas.

—Bueno, en ese caso, date tanta prisa como puedas. Por favor, un libro por persona, ¡solo uno!

Un hombre avanzó hasta Jenny. Ella solo se fijó en el color verde oscuro de su chaqueta de lana y observó que se aferraba a algo que llevaba guardado en el bolsillo.

—¿Tiene el libro? —preguntó mientras posaba la mirada en las personas situadas tras él en la cola, preocupada por que no perdieran esa oportunidad.

Él vaciló, y al fin le puso delante lo que llevaba en el bolsillo. Era un libro, pero no un ejemplar del que había estado firmando durante todo el día, con fotografías a todo color y tipografía profesional. La portada tenía un tono azul cobalto desvaído y estaba manchada de grasa y chocolate, y las esquinas se hallaban arrugadas por el uso. Tardó un poco en darse cuenta, pero a medida que lo examinaba la invadió una sensación de certeza mientras el tiempo se escurría entre sus manos como la arena. Era la sensación de haber reencontrado a alguien después de mucho tiempo; alguien que le resultaba tremendamente familiar y que, a la vez, era muy distinto, casi un extraño. Abrió la portada, y aquellas páginas hojeadas mil veces no ofrecieron ninguna resistencia. Por dentro tenía un aspecto frágil, envejecido, y las líneas y los márgenes estaban tan borrosos que apenas se veían. Sin embargo, reconoció la letra al instante; era la suya. Leyó las palabras que había escritas: *Pastel Selva Negra de Jenny, Pastelitos de chocolate crujientes de la abuela Audrey y* Tiffin *de papá*. Dejó el bolígrafo en la mesa y miró al hombre.

Epílogo

Dos meses más tarde

Era el mes de febrero más frío que se había registrado jamás, y Jenny y Bernard habían decidido hacer el viaje en contra de las recomendaciones meteorológicas y de su buen juicio.

La autopista estaba cubierta de nieve medio derretida de color grisáceo, en claro contraste con el grueso manto albugíneo que se extendía sobre los prados a lado y lado. Jenny apenas resultaba visible en el asiento del acompañante, detrás de una tarta de café de tres pisos decorada con nueces recubiertas de polvillo dorado y una bandeja de flanes de huevo. En el interior del coche circulaba un cálido aroma de café y nuez moscada impulsado por el ruidoso sistema de calefacción, que expulsaba aire caliente como si no hubiera un mañana.

Giraron un poco a la izquierda antes de tomar una curva cerrada a la derecha.

—¡Santo cielo! —exclamó Bernard, que conducía muy pegado al volante, más que nunca en su vida—. Cómo resbala... Será un milagro si conseguimos llegar de una pieza.

—Lo estás haciendo muy bien, cariño —lo animó Jenny, que tenía los nudillos blancos de la fuerza con la que aferraba la bandeja. No tenían elección; debían llegar hasta allí—. ¿Llegaremos muy tarde?

Avanzaron despacio. A Jenny el estómago le daba más vueltas que una peonza.

—Unos tres cuartos de hora, me temo —dijo Bernard, cuyos hombros casi le rozaban las orejas—. Empiezo a pensar que deberíamos haberlo pospuesto. No sé cómo narices nos las arreglaremos luego para volver con todo tan oscuro.

—Lo siento —se disculpó ella cuando la realidad de todo lo que se había perdido le produjo una sensación de urgencia en el pecho—. He esperado este momento durante más de sesenta años y ahora soy incapaz de malgastar ni un segundo.

—Ya lo sé. —Bernard tenía la mirada fija en la carretera—. De algún modo conseguiré que lleguemos.

Jenny no estaba segura si era porque llegaban tarde, por la calefacción del coche o por el olor empalagoso del glaseado de café, pero empezó a notar la quemazón de las náuseas en la garganta. Deseaba muchísimo que ese día fuera bien, que él sintiera aunque fuese un ápice del vínculo que siempre había existido entre ellos; pero ¿y si no? Era como presentarse a una audición para un papel que ya estaba cubierto: ella no era la persona a quien él consideraba su madre.

—No me puedo creer que no supiera que, de niño, su postre favorito era el flan de huevo —dijo cuando pasaban junto a un coche averiado, y agradeció en silencio que no fuera el suyo—. A mi padre también le encantaba, y tengo la sensación de que debería haberlo adivinado.

—Ya...

Notaba que Bernard estaba nervioso porque contestaba con respuestas lacónicas, como hacía siempre que no escuchaba.

—Vuélvemelo a explicar —le pidió mientras estiraba el cuello para mirar por encima del capó como si fuera la valla del vecino—. Su esposa se llama Claire y su hijo, Andrew, ¿verdad?

—Sí —confirmó ella, que sentía cómo el corazón le aporreaba el pecho.

—Y Andrew tiene dos hijos pequeños, una niña y un niño, que se llaman... —Bernard entornó los ojos como si le costara pensar— Abigail y... ¿Monty?

—Monty es el perro, tienen un spaniel.

—Ah, sí —dijo Bernard—. Menos mal que te lo he preguntado.

—Su nieto se llama William, y su nieta, Abigail.

—William —repitió él, como si estuviera ensayando para una obra de teatro—. La esposa es Claire, el hijo, Andrew..., los nietos William y Abigail..., y Monty es el spaniel.

—Me cuesta asimilar que tiene nietos —dijo Jenny mientras observaba cómo una ráfaga de copos flotaba hasta el suelo con ingravidez antes de mezclarse con la sucia aguanieve marcada por los neumáticos—. Me he perdido esa etapa en la que se convirtió en padre, y en abuelo.

Miró a Bernard, cuyos labios articulaban los nombres en silencio.

Siguieron circulando por la autopista sin pronunciar palabra, como una especie de cápsula de nervios, determinación y pasteles. A Jenny le resultaba difícil de creer que, durante todos esos años, James hubiera vivido a tan solo una hora de trayecto en coche. ¡Una hora! Y ella sin saberlo. Imaginó las veces en que se habrían cruzado sus caminos; tal vez incluso habían hecho cola juntos en el supermercado o lo habría adelantado con el coche.

Bernard puso el intermitente.

—Sujétate bien a los postres —le advirtió, y salió de la autopista a la velocidad astronómica de diez kilómetros por hora.

Ella abrazó las bandejas.

—Bien —dijo, y se obsequió a sí mismo con un sorbo de té del termo situado entre ambos—. Todo perfecto. Nos quedan unos quince minutos.

Jenny se incorporó un poco en el asiento con una sensación de ligereza en el estómago.

—Vuélvemelo a recordar. ¿Fue su hijo, Andrew, quien reconoció las recetas en *Britain Bakes*? —insistió Bernard, con las manos bien aferradas al volante.

—Sí, parece que estaba viendo el programa con los niños y reconoció el *tiffin*. Sabía que su padre era adoptado y, de niño, había usado el libro de recetas, así que sabía que yo me llamaba Jenny... Telefoneó a su padre de inmediato.

—Ah, eso —dijo él, que no dejaba de pisar el pedal del freno—, y su padre también estaba viendo el concurso y había pensado lo mismo, solo que creyó que era una idea ridícula y optó por callarse.

—Exacto —confirmó Jenny—. Pero cuando la historia salió publicada en los periódicos, supo que estaba en lo cierto.

Bernard le posó una mano en la rodilla con gesto cariñoso y enseguida volvió a ponerla en el volante.

—Cuando ya pensabas que tus setenta y siete años habían sido los más emocionantes de tu vida, va y te pasa esto a los setenta y ocho —observó Bernard.

Dio un giro brusco a la derecha y la tarta de café golpeó el lateral del recipiente con un ruido sordo.

—Espero que no se haya destrozado —dijo Jenny, y levantó la tapa para asegurarse de que las nueces que adornaban el pastel seguían intactas—. Es su favorita.

—Bueno... Creo que es aquí.

Jenny, con las rodillas temblorosas, paseó la mirada entre las casas cubiertas de nieve en busca de una señal.

—Es el once —dijo mientras examinaba las verjas—, pero con la nevada no se ven los números.

Cada vez que pasaban junto a una casa intentaba imaginárselo viviendo en ella, a su hijo. ¿Habría instalado un columpio para sus nietos? ¿Sería ese el coche que conducía? ¿Eran suyas esas botas que había junto a la puerta?

—¡Ahí! —señaló Bernard, y hundió el pie en el freno—. Alguien ha limpiado el número para que lo veamos. Tienen la luz encendida y la puerta del jardín está abierta.

Jenny pensó que los pequeños detalles eran, precisamente, lo más grande.

Cuando enfilaron el camino de entrada, tuvo la impresión de que todo era un sueño. Los propios nervios hacían que no sintiera el cuerpo. Lo primero que vio fue el muñeco de nieve. Tenía una zanahoria torcida por nariz y dos guantes muy grandes colgando de los extremos de los brazos hechos con ramitas. Lo segundo fue un ligero movimiento de la cortina de la sala de estar.

—Mira —susurró, y divisó dos caritas que se asomaban por encima del alféizar.

Captó su imagen durante dos segundos antes de que volvieran a esconderse, lo cual bastó para distinguir a una niña con una corona de papel en la cabeza y un niño con el pelo grueso y enmarañado, cuyos ojos azules le resultaban familiares.

Bernard tiró del freno de mano y apagó el motor antes de recostarse en el asiento.

Jenny abrió el espejo de la visera y se aplicó una rápida capa de pintalabios.

—¿Listo?

—Eso creo —respondió él, y se desabrochó el cinturón de seguridad—. No recuerdo la última vez que me puse así de nervioso.

Jenny salió del coche, recogió el recipiente con la bandeja encima en equilibrio y cerró la puerta. Se agarró del brazo de Bernard y caminaron juntos mientras sus pies se hundían en la nieve con agradables crujidos e iban dejando las huellas del trayecto que habían recorrido juntos.

—William y Abigail..., y Monty, el spaniel —repetía Bernard con un hilo de voz mientras el vaho de su aliento se disipaba en el ambiente frío.

Jenny se asomó por la ventana de la entrada de la casa y vio dos pequeños pares de botas de agua, un gorro con borla y la chaqueta de lana verde que él llevaba el día que le firmó el libro.

—Conozco esa chaqueta —dijo con el corazón agitado—. La reconocería en cualquier parte. Estamos en el sitio correcto, sin duda.

—Pues adelante —la animó Bernard, y le estrechó el brazo.

«A la una... a las dos...». Llamó al timbre.

Se oyó el ladrido de un perro seguido de pequeños pasitos.

Su figura se acercó al cristal, y la puerta se abrió con un chasquido.

—Ya estáis aquí —los recibió—. Justo a punto para el té.

Agradecimientos

Para escribir una novela se necesitan muchos ingredientes, más que huevos, azúcar, mantequilla y harina; pero aquí cito algunos de los más importantes:

Gracias, en primer lugar, a mi familia y amigos, por cuyo amor y apoyo les estaré eternamente agradecida. A la abuela y al abuelo, por su constante compañía, siempre presente durante mi infancia, por responder a las interminables preguntas para mis investigaciones, y, a la abuela, también por malcriarme ofreciéndome tantos postres deliciosos a lo largo de los años. A mis padres, que siempre me han animado a perseguir mis sueños y, de ese modo, he hecho posible que Jenny persiga los suyos. Ninguna de las dos lo habríamos logrado sin vosotros. A mi madre, Noll, por los cuentos que me contaba a la hora de acostarme y por todo lo que ha venido después. Eres la persona más creativa y empática que conozco, y estas páginas están llenas de tu amor. Y a mi padre, protector de los glotones; estas páginas están llenas de tus recetas.

Gracias también a mi marido, James, por ser el Bernard de mi Jenny (aunque con muchas más habilidades culinarias), por tu fe inquebrantable y tu apoyo en todo momento, y por no quejarte ni una sola vez cuando me hizo falta dedicarme a escribir durante nuestra luna de miel. Tú me llenaste de tu amor y yo he podido verterlo en esta novela; jamás podré agradecértelo lo suficiente. También a nuestro gato, Colin, que ha permanecido sentado a mi lado en cada revisión del manuscrito. Nunca sabrás cuánto consuelo me has aportado ni cuánto necesito tu compañía.

Gracias especialmente a todos aquellos miembros de Curtis Brown que han formado parte de este viaje, en particular a mi maravillosa agente Lucy Morris, que fue la primera persona que creyó en la señora Quinn y la primera integrante del club de fans de Bernard Quinn. Tu fe, tus consejos y tu mente excepcional han sido los ingredientes esenciales para que la historia de Jenny haya salido a la luz; no habría podido tener a nadie mejor a mi lado. También me gustaría dar gracias a la organización Women's Prize Trust, que al otorgarme el galardón Discoveries Prize de 2021 no solo me ayudó con el empujón que tanto necesitaba, sino también a que conociera a Lucy.

Gracias a mi brillante editora, Rebecca Hilsdon, por la mejor carta y el mejor pastel que recibiré jamás; ambas cosas me cambiaron la vida a su manera. Los Quinn no podrían haber estado en un lugar más seguro que contigo. Y a Pamela Dorman, cuyo ojo clínico en cuestiones editoriales convirtió esta historia en una mejor. También a todas las personas con talento de Penguin Random House, tanto en el Reino Unido como en Estados Unidos, entre las que se incluyen Marie Michels, Jane Glaser, Lucy Berestford-Knox, Phillipa Walker, Gaby Young, Sriya Varadharajan, Jen Harlow, Jessie Beswick, Lauren Wakefield, Sarah Scarlett, Christine Choi, Molly Fessenden, Kristina Fazzalaro, Tricia Conley, Alicia Cooper, Madeleine Rohlin, Claire Vaccaro, Jason Ramirez y la ilustradora Rebecca Hollingsworth. Un gran agradecimiento también para mis editores internacionales, en particular para el doctor Tim Müller y todos los miembros de DTV, cuyo entusiasmo a la hora de recibir a la señora Quinn hizo que su historia se publicara primero en Alemania.

Debo una enorme gratitud a todos los que me han ayudado, tanto a inspirarme como a documentarme para esta novela. Gracias a Fern y Simon Bennett por compartir tan generosamente conmigo la historia de vuestra madre, Pam, que a su vez inspiró la de Jenny. A Jane Beedle y Andrew Smyth por tomaros el tiempo de compartir conmigo vuestras aventuras culinarias y televisivas. Y a Rose Bell, cuya extensa investigación sobre el tema de las casas de maternidad no tiene precio y es lo que me llevó hasta la obra de Angela Patrick *The Baby Laundry for Unmarried Mothers*, con la cual he tejido gran parte de la experiencia de Jenny. Algunos detalles me llegaron también de la mano de Ann Hipkin y Sarah Jones. Gracias por responder a mis preguntas.

Asimismo, me gustaría dar gracias a Rowan Hisayo Buchanan y al grupo de escritura Faber de 2020, que me ofrecieron unos comentarios muy útiles y alentadores cuando la historia de la señora Quinn no era más que la simiente de una idea.

Y, finalmente, el mayor agradecimiento de todos. Aunque la historia de Jennifer Quinn es una obra de ficción, su secreto fue inspirado por hechos reales. Se estima que, entre 1949 y 1976, en Inglaterra y Gales se adoptaron alrededor de ciento ochenta y cinco mil bebés de madres solteras. Como parte de mi investigación, aprendí mucho sobre la coacción y la crueldad a la que se vieron sometidas tantas madres, algo que me ha resultado de lo más desgarrador. A través de la historia de Jenny, tengo la esperanza de arrojar un poco de luz sobre esta devastadora injusticia que en su época estuvo normalizada y luego cayó en el olvido. Lo siento muchísimo.